«PANDORA»

Della stessa autrice
(anche in ebook)

La villa degli aranci fioriti

JULIET HALL

IL COLORE DELLE ONDE D'INVERNO

Traduzione di Francesca Sassi

Sperling & Kupfer

ISBN 978-88-200-5470-0
86-I-13

Ad Ana, con amore

Prologo

Il campanello di casa la svegliò. Era forte, insistente.

Ruby si alzò a sedere sul letto, mezzo addormentata. Stava sognando che era in un night club, le luci erano soffuse, e suonava il sassofono...

Ancora il campanello. Sempre più insistente.

Mentre a fatica tornava alla realtà, borbottò: «OK, ho capito, arrivo». Gettò un'occhiata alla sveglia sul comodino di James e così lo vide: bello, la barba incolta, le braccia allargate in una posa quasi a dire: Accidenti, cosa devo fare per renderti felice? (Da parte sua, lei non lo sapeva. Aveva sempre sperato che accadesse e basta.)

La sera prima avevano litigato. Come accadeva sempre più spesso, ultimamente. Lui sembrava andare in un senso e lei correva nella direzione opposta. Convivevano da due anni, ma il dubbio era: le loro strade si sarebbero mai davvero incrociate?

Chi diavolo si presentava alla porta alle sei del mattino? A quell'ora non poteva certo essere il postino.

Si trascinò fuori dal letto. «James, svegliati. Hanno suonato.»

«Chi?» farfugliò lui, la voce impastata dal sonno.

Oh, fantastico! Ruby s'infilò l'accappatoio, infreddolita, e ciabattò lungo il corridoio, sistemandosi in qualche modo i capelli arruffati. Non avrebbe dovuto lasciarsi tentare da quell'ultimo bicchiere di vino. Dopo il lavoro, si era fermata a bere qualcosa con Jude e, nella smania di risolvere i problemi del mondo, avevano finito per scolarsi un'intera bottiglia. Poi una volta a casa...

Fuori c'erano due persone. Riusciva a distinguerne le sagome attraverso il vetro: un uomo e una donna, più bassa. Una macchia a quadretti, indefinita, scura. Chi poteva mai essere? Un brutto presentimento l'assalì.

Aprì la porta.

1

La casa era quella di sempre. I mattoni rossi, la porta bianca, le finestre scorrevoli, logorate dall'uso. Ruby e Mel si scambiarono un'occhiata. «Grazie per avermi accompagnata.» Ce l'avrebbe mai fatta da sola? Pensò a James, rimasto a Londra. Be', sì, ce l'avrebbe fatta lo stesso. Ma sarebbe stato molto più difficile.

«Guarda che non ti mollo qui», disse Mel. «Entro a darti una mano.»

«Una mano?» Troppo tardi, era già fuori dall'auto, non poté che seguirla. «Non sei obbligata a...» reagì Ruby.

«Non dire sciocchezze.» Mel aprì il cancello e, percorrendo il vialetto, la prese sottobraccio. Il giardino era infestato da erbacce e le piante erano rinsecchite. Eppure non era passato un secolo!

Ruby provò un immenso sollievo. Mel era la sua più cara amica ed era proprio ciò di cui aveva bisogno in quell'istante. Pur avendo trentacinque anni, si sentiva una bambina. Le strinse forte il braccio. Erano trascorsi due mesi ed era arrivato il momento di affrontare il passato e decidere le prossime mosse.

Giunta alla porta, chiuse gli occhi e inspirò il profumo del gelsomino che la mamma aveva piantato anni prima. Sembrava avvolgerla e rassicurarla.

Infilò la chiave nella toppa e le parve di sentire la voce di sua madre. *Devi lasciarla appena un po' fuori e poi muoverla su e giù.* La porta si aprì, riluttante.

Mel restò immobile, non spettava a lei entrare per prima. Ruby raddrizzò le spalle e respirò l'aria di casa e famiglia per la prima volta da quel tragico giorno.

Era già stata nel Dorset dopo l'incidente, ovvio. Lei e James erano venuti da Londra per il funerale. Ricordò quel viaggio, l'espressione sul viso di James, la bocca sottile e seria, gli occhi fissi sulla strada, posati di rado sulla donna che gli sedeva accanto. Ruby si era accorta a malapena dei chilometri macinati in auto, dello spuntare all'orizzonte delle verdi, familiari colline del Dorset. La gioia del ritorno si era trasformata in un tremendo senso di vuoto. E non se l'era sentita di guardare la casa, neanche con lui al suo fianco. Da quanto tempo non passeggiavano mano nella mano lungo il fiume o non parlavano, non parlavano davvero come se avessero voglia di sentire ciò che avevano da dirsi? E ora questo. Povero James. Non aveva saputo come gestire la cosa, come gestire lei. Aveva cominciato a guardarla come fosse un'estranea. Il che in un certo senso era vero. Era diventata un'altra persona da quando aveva perso i genitori.

Dopo la cerimonia funebre erano tornati a Londra e Ruby aveva affrontato il terribile periodo che segue il lutto. I biglietti di condoglianze di amici e conoscenti di cui ignorava quasi l'esistenza e di altri che invece frequentava, come Frances, amica storica della mamma, che era stata così gentile da darle il suo indirizzo e il numero di telefono, nel caso le occorresse aiuto. E poi c'erano stati il testamento e l'autenticazione; il disbrigo degli affari rimasti in sospeso, un momento di lucido distacco dal dolore.

E, in un modo o nell'altro, era anche riuscita a terminare l'articolo che stava scrivendo, in cui denunciava una catena di hotel e il malcostume di riutilizzare il vino della casa, per poi buttarsi a capofitto nel progetto successivo e in quello dopo ancora. Vedeva raramente le amiche. Aveva smesso di andare in palestra e disertato quelle occasionali serate fra donne con Jude, Annie e le altre che avevano sempre la capacità di tirarle su il morale. Lavorava e basta. Finché scriveva, intervistava le persone e indagava sulle loro storie, Ruby non era costretta a pensare alla sua vita, a ciò che era successo ai suoi genitori, a lei. Aveva inserito il pilota automatico. E lì in mezzo, da qualche parte, c'erano James e la loro relazione sull'orlo dell'abisso.

Eppure Ruby non era sicura di lasciar perdere, non ancora. Sapeva di dover tornare nella casa del Dorset, di dover passare in rassegna tutta la roba dei suoi, di dover decidere cosa fare di quel posto. Ma come poteva? Farlo sarebbe stato come ammettere... Che era vero. Che l'avevano davvero lasciata.

La sera precedente la situazione era degenerata. Dopo aver finito l'articolo a cui stava lavorando, Ruby si era fatta un lungo bagno. Le scoppiava la testa. Poi si era seduta sul divano con il portatile, il sax e la chitarra, e aveva atteso l'ispirazione, invano. Non suonava quasi più, non scriveva canzoni da mesi. E non era solo per la morte dei genitori. C'era qualcos'altro che non quadrava nella sua vita.

James era rientrato tardi dall'aperitivo dopo il lavoro, così stanco e irritabile da rifiutare la cena preparata apposta per lui. Quando le aveva annunciato in tono sbrigativo che andava subito a letto, Ruby non era riuscita a trattenersi. «Che senso ha stare insieme, James?» gli aveva domandato. «Sembra che vogliamo cose diverse. Non passiamo più tempo insieme.» Una parte di lei desiderava che lui obiettasse, che spazzasse via tutti i suoi dubbi e la prendesse tra le braccia. Non ne poteva più di quelle continue discussioni. Qualcosa doveva cambiare.

Invece lui aveva ribattuto: «Non so più cosa vuoi, Ruby. Tutto qui». Teneva le mani in tasca, chissà perché. Forse per non avere un contatto con lei?

Che cosa voleva? E, già che c'eravamo, che cosa voleva James? Lui adorava vivere a Londra, frequentare bar e ristoranti affollati e, di tanto in tanto, fare una capatina a Praga o ad Amsterdam, preferibilmente in compagnia di un paio di amici. A parte qualche serata fuori con le ragazze, Ruby desiderava invece pace e solitudine. Preferiva passeggiare lungo le scogliere di Chesil Beach che fare shopping in Oxford Street. A lui piaceva il cibo cinese, a lei la cucina italiana. Lui era un fanatico dell'hip hop, lei andava matta per il jazz. Lui guardava la TV, lei leggeva. Lui giocava a calcio, lei ballava. E la lista nella sua mente proseguiva a oltranza. Non si ricordava neanche più come né perché si era innamorata di lui. Un tempo facevano delle cose insieme. Si divertivano. Che cosa le era successo?

Si rese conto che stava piangendo.

James non se n'era accorto, era di spalle. E fu allora che Ruby capì che cosa doveva fare. Doveva prendersi una pausa: lavorava come giornalista freelance da oltre cinque anni, i suoi genitori le avevano lasciato una piccola eredità e la casa, perciò poteva permettersi un po' di tempo per riflettere. E doveva tornare nel Dorset. Doveva affrontare quel che era successo. Era abbastanza forte per farlo, ora. Doveva esserlo.

La casa. Certo, non era facile.

Entrò in soggiorno, ma si fermò subito. Era come se i suoi genitori fossero usciti per un paio d'ore e potessero rispuntare da un momento all'altro. Si avvicinò al tavolo, fece scorrere il dito sul foglio di carta per acquerello, rigido, verde pallido. La mamma stava dipingendo; i pennelli erano ancora immersi in un vasetto d'acqua ormai torbida, gli acquerelli gettati nel vecchio contenitore di latta, la tavolozza sul tavolo, i fiori appassiti in una brocca. Nel toccarli, le si sbriciolarono come polvere tra le dita. C'erano due tazze incrostate con fondi di tè, ormai seccati da un pezzo. E il maglione verde di papà, appeso allo schienale della poltrona. Ruby lo prese, ci affondò il viso per sentire ancora il suo profumo, quello del dopobarba agli agrumi che gli aveva regalato a Natale, mischiato all'odore di pino e lucidante per il legno. *Erano così giovani. Che ingiustizia...*

Chissà che cosa le aveva detto: «Ti va un giro in moto? Fino al lungomare? Dài, forza. Che ne dici? Proviamo?»

Probabilmente la mamma aveva sorriso e sospirato, in quel modo tutto suo, e aveva lasciato il lavoro. «Va be', andiamo, tesoro. Ma solo per un'oretta. Una pausa mi farà bene.»

Ruby se l'immaginò per un istante: i capelli scuri brizzolati che le cadevano sul viso, gli occhi socchiusi per impadronirsi meglio del soggetto, gli orecchini d'argento che catturavano la luce... Che ingiustizia.

Per consolarla, Mel le mise un braccio intorno alle spalle. «In auto ho del latte. Vado a prenderlo e ci facciamo una bella tazza di tè. Poi ci mettiamo al lavoro. OK?»

«OK», rispose Ruby. Erano lì per quello. Ma c'era un mucchio di roba, roba che per lei significava tantissimo. Un'intera vita di ricordi.

«Dovresti portare via un po' di oggetti personali: ti aiuterebbe a chiarirti le idee», fece Mel, sorseggiando il tè.

Ruby sapeva bene che cosa intendeva.

«Perché pensi di venderla la casa, vero?»

«Sì, certo.» Anche se... Be', sinceramente, non aveva ancora preso una decisione. Sul treno per Axminster, però, aveva riflettuto a fondo. Che cosa la tratteneva a Londra? Il bello dell'essere freelance è che puoi lavorare ovunque, basta avere con te il portatile. C'era un'enorme differenza rispetto a prima, quando era interna in quel giornaletto locale di Pridehaven o in seguito, a Londra, per la rivista femminile *Donna e Salute*. Dopo un anno di sbattimento in redazione dalle nove alle cinque, era riuscita finalmente a pubblicare il genere di articoli che voleva lei, pezzi che le permettevano di fare ricerche e scegliere argomenti che le interessavano sul serio. E ce la faceva anche a mantenersi, malgrado a volte fosse proprio dura.

Quando si trattava di partecipare a riunioni di redazione e cose del genere, vivere in città era comodo, ma non fondamentale. Doveva essere sempre pronta a mollare tutto e a recarsi ovunque la nuova storia o il nuovo articolo richiedessero la sua presenza, ma, purché potesse inviare mail e raggiungere in fretta un aeroporto o una stazione degni di questo nome, che importanza aveva dove abitava? C'erano le amiche, soprattutto Jude: le sarebbero mancati tanto i loro sproloqui davanti a una bella bottiglia di vino. E c'era James, ovviamente. Pensò all'ultima volta che l'aveva visto, mentre saliva sul taxi diretta all'aeroporto: immobile sulla soglia di casa, alto, bello, gli occhi azzurri ancora assonnati e confusi. Era davvero per lui che restava a Londra? Chissà...

«Ecco il nostro piano d'azione, tesoro», proseguì Mel, decisa. «Liberiamo una stanza alla volta, usando tre sacchi: uno per le cose da tenere, uno per quelle da vendere e uno per quelle da dare in beneficenza.»

Bene, al lavoro!

Quando si fermarono per il pranzo, a base di birra e tramezzini al formaggio e sottaceti, Ruby ebbe la sensazione di aver smosso le acque. Aveva versato fiumi di lacrime, ma stava facendo ciò per cui aveva pian piano raccolto il coraggio negli ultimi due mesi: fare piazza pulita. Era difficile, ma terapeutico.

Si guardò intorno. Faceva abbastanza caldo per sedersi in giardino a prendere una boccata d'aria. La brezza portava con sé il profumo dei vecchi piselli odorosi che sua madre aveva tanto amato e che ora sbocciavano selvaggiamente, abbarbicati al logoro graticcio vicino al muro posteriore. La mamma ne faceva tanti mazzi e li distribuiva in giro per casa. «Perché si sappia che è arrivata l'estate», ripeteva sempre. Ruby decise che quella sera avrebbe fatto altrettanto.

«Immagino che tu voglia tornare a Londra il prima possibile, non è così?» domandò Mel a bocca piena, facendo la faccia triste. Era un'attrice nata, un vero talento. Ma a diciotto anni si era perdutamente innamorata di Stuart, il suo futuro marito, e così aveva finito per prendere tutt'altra strada: da un decina d'anni gestiva una cappelleria nella via principale di Pridehaven, una fiorente attività che ora comprendeva anche la vendita di accessori. Bizzarre cravatte, sciarpe di seta serigrafate, cinture e borsette di pelle fatte a mano… Il clou, tuttavia, restavano i cappelli, di cui ora esisteva persino un festival locale. «Lascia perdere la metropoli, tesoro. Al giorno d'oggi, la vera vita è qui.»

Forse Mel aveva ragione. «Non sono sicura di voler tornare a Londra», disse Ruby. Le era mancato quel giardino, gli spazi aperti e, soprattutto, il mare.

Aveva lasciato il Dorset dieci anni prima, quando ne aveva venticinque. Ambiva a essere indipendente, vedere cose nuove, sperimentare altri stili di vita. Era stufa di occuparsi di storielle noiose per il giornale locale, con le solite interviste a piccole celebrità autoctone e la rubrica settimanale sulla salute. Aveva inoltrato domanda presso la rivista londinese, perché aveva tutta l'aria d'essere eccitante, e poi era un'ottima opportunità per fuggire da ciò che le pareva ormai così provinciale. Quando aveva incontrato James, per un istante aveva creduto di aver fatto quadrare tutto nella sua vita. Era bello, intelligente e di compagnia. Facevano entrambi un lavoro che amavano e la grande città era il loro mondo. Londra offriva tutto quello che si poteva desiderare: spettacoli teatrali, eventi musicali, cinema, gallerie d'arte… Ma con il tempo aveva scoperto che anche il posto a *Donne e Salute* aveva i suoi limiti e che, in fin dei conti, lei non era una tipa da città. Aveva vissuto la vita metropolitana e se l'era goduta. Ma la realtà era altro. Era casa. E anche se i suoi genitori non c'erano più, da qualche parte in fondo al cuore sapeva che quella era ancora casa sua ed era lì che voleva restare. Almeno per il momento.

«E James?» chiese Mel, sorpresa.

Ruby esitò quanto bastava.

«Oh, capisco… Vi siete lasciati?»

«No.» Almeno non ancora, pensò. «Ti telefono», le aveva assicurato lui quella mattina, prima che partisse. Non aveva avuto nulla da obiettare sul suo ritorno nel Dorset, ma immaginava fosse solo per una settimana o due, non per sempre!

«Quindi?»

Bella domanda. «Be', ci siamo presi una pausa; si dice così, suppongo.»

Non c'era bisogno di aggiungere altro. Mel la conosceva fin troppo bene. Ma una cosa era certa: che fosse solo per un paio di settimane oppure per sempre, Ruby non sarebbe rimasta in quella casa. Era troppo grande e brulicante di ricordi. Il fantasma dei suoi genitori non le avrebbe dato tregua.

Dopo pranzo, Ruby affrontò la camera matrimoniale. Aveva già tirato fuori tutti i vestiti e li aveva infilati negli appositi sacchi. In fondo all'armadio, nascosta dietro un mucchio di borsette, aveva trovato una scatola da scarpe. Avvolta da un elastico spesso, sul coperchio esibiva alcune scritte, forse in spagnolo, ma a parte questo non aveva nulla di straordinario.

Al piano di sotto, Mel stava passando l'aspirapolvere. Che angelo!

Ruby era stremata. Era molto più faticoso di quanto ci si potesse immaginare.

Quando capita a te, quando ti suonano alla porta all'alba e tu apri e ti ritrovi davanti due agenti di polizia sul punto di annunciarti che i tuoi genitori sono morti, non è affatto come te lo immagini. Aveva notato dettagli stupidi e insignificanti. Per esempio, che la donna indossava un giubbotto imbottito, senza maniche, e aveva gli occhi cerchiati di scuro. E che era il 21 marzo, il primo giorno di primavera.

«C'è sempre un angolo cieco», le aveva spiegato il poliziotto. «È per questo che le moto sono così pericolose. Non è stata colpa loro», aveva rimarcato quasi a giustificarsi. «La responsabilità di solito è degli automobilisti.»

C'è sempre un angolo cieco.

«Non hanno sofferto, mi creda», aveva aggiunto la collega.

Ne era sicura? Davvero?

Di colpo le era balenata nella mente un'immagine: le ruote che stridono e fumano, la puzza di gomma bruciata. Le mani della mamma che stringono la vita di papà. Lo schianto delle lamiere. I corpi sbalzati in aria. Non semplici corpi. I corpi dei suoi genitori. E poi il silenzio. Oh, mio Dio.

Dicono che il tempo lenisce le ferite. Ma quanto ci voleva? Stava guarendo? A volte non ne era sicura, ma almeno non le tremavano più le mani e aveva smesso di sbattere contro le porte.

Tolse l'elastico dalla scatola. Era troppo leggera per contenere scarpe o stivali. La scosse con delicatezza. Un fruscio.

Se solo suo padre non avesse comprato quella maledetta moto. Quante volte l'aveva pensato dal giorno dell'incidente? Gliel'aveva anche detto. L'aveva accusato di voler fare il giovane. Era in età pensionabile ormai. Avrebbe dovuto darsi alle carte o alle bocce, non fare il centauro in giro per la campagna.

Ruby sospirò. Senza accorgersene aveva trattenuto il fiato. I primi del mese era andata a trovarli, in un freddo weekend marzolino, mentre James era via con gli amici. Era stata l'ultima volta che li aveva visti. Non l'avrebbe scordata mai.

«Non sai l'ultima, tesoro», le aveva annunciato la mamma, allungandole una tazza di caffè e togliendosi un ciuffo di capelli dagli occhi, come una ragazzina.

«Racconta», aveva replicato lei, ricambiando il sorriso.

«Papà ha comprato una moto! Non è pazzesco? Alla sua età!» Le mani sui fianchi, si fingeva seccata.

«Vuoi dire un motorino?» Ruby si era immaginata un trabiccolo con il manubrio alto e la sella stretta.

«No, no, una moto seria. Un motorino non gli bastava, al vecchio Speedy Gonzales.»

«Stai scherzando, vero?» Ma sapeva che non era così. «Papà, sei diventato matto? Quanti anni credi di avere?»

«Non si è mai troppo vecchi per divertirsi, tesoro», aveva risposto lui, facendo capolino da dietro il giornale. «Prima che arrivassi tu, ho avuto per un po' una Triumph Bonneville 650. Ho sempre sognato di ricomprarne una. Tutta colpa di *Easy Rider*. È iniziata così.» E lanciando un'occhiata alla mamma: «E poi sognavo di rispolverare i pantaloni di pelle».

«Oh, piantala!» aveva ribattuto lei, arrossendo. Sembravano ringiovaniti di dieci anni.

«Sarà l'andropausa», aveva commentato Ruby per punzecchiarlo. Era contenta di tornare a casa nei weekend e sapeva che a loro faceva piacere, anche se non l'avevano affatto ostacolata quando aveva deciso di trasferirsi a Londra. Avevano sempre rispettato il suo lavoro e non intendevano tarparle le ali. L'avevano educata a essere indipendente e si aspettavano che prima o poi spiccasse il volo.

«Sarebbe ora che crescesse», aveva scherzato la mamma, scarmigliandogli i capelli; lui l'aveva afferrata per la vita e avevano cominciato un finto tira e molla, ridacchiando come due bambini.

«Vale anche per te, direi», aveva proseguito Ruby. Poi si era alzata e si era unita ai genitori in un superabbraccio collettivo. Avrebbe tanto desiderato che anche lei e James fossero così...

Il giorno seguente papà le aveva mostrato la moto, sfrecciando su e giù per la strada, mentre lei lo osservava a braccia conserte. «Se vuoi, ti faccio fare un giro. Ho la patente da un pezzo.»

Ruby gli aveva posato una mano sulla spalla. «Cerca di essere prudente, d'accordo?» Non le piaceva l'idea di saperlo in giro per il Dorset in sella a una moto. Né che sua madre facesse da passeggero.

«Ma certo. Non ti libererai di me tanto facilmente, ragazzina.»

E invece...

Si asciugò le lacrime, fece un bel respiro e aprì la scatola.

Carta velina, fotografie. Le scorse velocemente. Tutte facce sconosciute. Chi erano quelle persone? E che cosa ci facevano lì dentro? Avevano un'aria... interessante. Prese un'istantanea e la scrutò da vicino.

Ritraeva due giovani appoggiati al muro arancione di una casa sulla spiaggia. Sullo sfondo si intravedevano la sabbia oro pallido, il mare turchese, qualche roccia nera e un faro a strisce bianche e rosse. La ragazza indossava un maxiabito con stampa azteca, morbido, a maniche ampie, aveva lunghi capelli biondi e rideva.

Il ragazzo aveva pelle olivastra, capelli neri, ricci e la barba, e cingeva disinvolto le spalle di lei. Altra foto, stessa ragazza, sui venticinque anni o forse meno, seduta al posto del guidatore su uno psichedelico furgone Volkswagen. Ruby sorrise. Era come fare un tuffo nel passato, all'epoca dei figli dei fiori, un periodo lontano di cui riusciva però a cogliere il fascino. Altra immagine: un gruppo di hippie seduti sulle rocce nere, una sagoma con la chitarra, forse la solita ragazza, troppo distante, però, per esserne sicuri. E poi ancora lei, sulla spiaggia, con un neonato tra le braccia. Un neonato.

Ruby sentì un groppo in gola. Sua madre non l'avrebbe mai vista in quella posa. E nemmeno suo padre. Non l'avrebbero mai vista sposarsi, né avere figli. Non avrebbero potuto gioire per l'uscita di un suo articolo sul supplemento domenicale. Né avrebbero più assistito ai concerti jazz in cui suonava il sax, alternando i suoi pezzi a cover di brani famosi; anche se, onestamente, da quando si era trasferita a Londra, aveva molto trascurato la musica. Avrebbero perso tutti quei momenti, tutto il suo futuro.

Ruby posò le foto sul pavimento e riprese a esaminare il contenuto della scatola. Nell'angolo in basso scovò un involto di carta velina rosa pallido, l'aprì e ne spuntò fuori un filo di perline colorate, come quelle di moda negli anni Sessanta e Settanta. Come quelle che indossava la ragazza delle foto. Le tastò: erano vecchie, fragili e delicate. Che fossero le stesse?

Continuò a vagliare con cura il fondo della scatola e scoprì un cuffietta bianca lavorata a uncinetto, così piccola da poter appartenere soltanto... a un neonato. La prese in mano, era morbidissima. La mise accanto alle perline e aprì l'ultimo pacchettino. Un pezzo di plastica grigia. Un plettro. Esattamente identico al suo. Ma perché conservare un plettro lì dentro? Guardò quell'insieme di oggetti apparentemente raccolti a casaccio. Che cosa ci faceva quella roba in una scatola da scarpe nell'armadio dei suoi genitori?

* * *

«Ho appoggiato un sacco pieno di scartoffie sul tavolo del soggiorno», l'avvisò Mel, salendo le scale. «Vorrai darci un'occhiata, immagino. A dire il vero, avresti dovuto farlo settimane fa.»

Era ferma sulla soglia.

«OK», affermò Ruby.

«Trovato qualcosa di interessante?»

«Oh... Solo una scatola da scarpe piena di roba.»

«Roba che non c'entra con le scarpe?» Mel si sedette sul letto e Ruby le mostrò le sue scoperte.

«Che cosa ne pensi?» domandò.

Mel sollevò la foto della ragazza con il bambino. «Sembrerebbe tutta roba sua.»

«Già.»

«Tu non sai chi è?»

«No, non conosco nessuna di queste persone. E non ricordo che mamma e papà me ne abbiano mai parlato.»

«Forse tua madre conservava queste cose per qualcun altro.»

«Forse.» Ma chi?

«Non è niente di che. Vedessi cosa c'è in fondo al mio, di armadio.» Mel gettò uno sguardo all'orologio. «Devo andare, tesoro. Stasera viene a cena la madre di Stuart e devo ancora fare la spesa.»

Ruby rise. Sarebbe stato bello ritrovarsi di nuovo intorno Mel e Stuart e qualcuno dei suoi vecchi amici. Era proprio ciò che le serviva.

Forse davvero non era niente di che, ma ripose nuovamente tutti gli oggetti nella scatola e la infilò nel sacco delle «cose da tenere». Nel caso un giorno si rivelassero importanti. Nel caso un giorno scoprisse che, per qualche ragione, i suoi genitori volevano farglieli trovare.

La sera, Ruby entrò in quella che era rimasta sempre camera sua, anche dopo che se n'era andata. Appoggiata alla cassettiera trovò una delle sue vecchie chitarre, lasciata lì sia perché a Londra ne aveva portata una nuova, sia perché così poteva continuare a suonare, quando tornava a casa. Non si sa mai in quale istante puoi essere colta dall'ispirazione e aver bisogno di strimpellare un paio di accordi.

Prese lo strumento, si sedette sul letto come faceva da ragazzina, inclinò la testa per sentire meglio e cominciò automaticamente a riaccordarlo. Sì, così era molto meglio. Posò la chitarra e tolse il sassofono dalla custodia. Era stata un'impresa portarselo sul treno, ma non poteva rinunciarci. Era la prima cosa che avrebbe salvato in caso di incendio, un elemento vitale, come un terzo braccio. Almeno un tempo. Poteva tornare a esserlo? Aveva quasi smesso di esercitarsi da quando aveva conosciuto James, da quando viveva a Londra e non aveva più un gruppo con cui suonare abitualmente. Chissà, forse poteva riunirsi alla sua vecchia band di Pridehaven, ricominciare a esibirsi al *Jazz Café*. Perché no?

Ruby toccò i tasti lucenti e il sax ebbe una pigra reazione. Quando aveva iniziato a suonare, riusciva a malapena a tenerlo in mano. Soffiava e soffiava, ma dalla campana usciva solo una sorta di disperato squittio. «C'è un topolino in casa?» domandava scherzosamente papà. Era il faro che le indicava la rotta da seguire. Ora invece...

Le venne in mente un verso e lo scarabocchiò sul bloc notes sopra il comodino. Sua madre era stata una donna felice. Eppure anche lei amava la musica malinconica, il jazz e il blues. Ascoltava vecchi album e CD mentre cucinava, puliva, dipingeva... E le sue canzoni preferite erano sempre le più tristi. Ruby sospirò, le mancavano. Cosa avrebbe dato per poterli riabbracciare, per sentire di nuovo la risata di suo padre, la voce di sua madre.

Ripose delicatamente lo strumento nella custodia. «Come vorrei che mi toccassi così», le aveva detto James una volta. Già, ma il sax non pretendeva troppo in cambio. Ed era reattivo. Ripeteva ogni respiro, ogni sensazione, ogni umore che accoglieva. Fedelmente.

«Sei geloso?» l'aveva punzecchiato lei. Erano all'inizio della loro storia. Prima che smettessero entrambi di stuzzicarsi e lei di suonare.

«Certo! Te lo tieni così stretto e, quando suoni, è come se ti portasse via, non so dove, senza di me.»

Era vero. Il sassofono riusciva a toccarla nel profondo. Le faceva immaginare un buio night club alle prime ore del mattino. Voleva davvero fuggire altrove? Sì, anche se era doloroso. Chiuse gli occhi e sentì nascere dentro sé una nuova canzone, un susseguirsi di crescendo e diminuendo, ne sentiva il battito, il ritmo. Stava prendendo vita. Fuggire in un altro mondo... A volte era tutto ciò che voleva.

Un'ora dopo, Ruby scese a farsi una cioccolata calda, ma non era abbastanza stanca per andare a dormire, così cominciò a esaminare il sacco di scartoffie che Mel aveva trovato nello studio dei suoi. Lettere della banca e bollette. Comunicazioni riguardanti ipoteche, tassi di interesse e imposte comunali. Era roba vecchia, probabilmente da buttare. Aprì una cartellina spiegazzata. Certificati medici. E il suo libretto delle vaccinazioni. Adocchiò una lettera del suo vecchio medico di famiglia e cominciò subito a scorrerla. Tutta quella corrispondenza poteva contenere informazioni importanti. I suoi genitori non erano certo le persone più organizzate di questo mondo.

Ma... Un momento. Si concentrò sul testo della lettera. Che roba era? La rilesse attentamente. *A seguito dei consulti e degli esami effettuati, confermo con la presente la diagnosi di infertilità per cause ignote...* Infertilità? *Qualora sia vostra intenzione ricorrere al trattamento per la fertilità di cui abbiamo discusso, vi prego di contattare telefonicamente l'ambulatorio per fissare un primo appuntamento.* Che diavolo?... Ruby controllò la data. Sette mesi prima della sua nascita.

Lesse e rilesse la lettera decine di volte. Ma diceva sempre la stessa cosa. Sette mesi prima della sua nascita, uno dei suoi genitori aveva scoperto di non poter avere bambini. *Infertilità per cause ignote.* Non aveva alcun senso. Sette mesi dopo sua madre l'aveva data alla luce.

Ruby guardò il mazzo di piselli odorosi al centro del tavolo. O forse no?

2

20 marzo 2012

DOVEVA dirglielo? Vivien se l'era chiesto sempre più spesso nell'ultimo periodo, più di quanto avrebbe desiderato. E questo la destabilizzava. Era passato tanto tempo. Doveva dirle la verità?

Cercò di concentrarsi sui fiori che aveva raccolto in giardino. Rami di forsizia gialla e puntuta, gambi di salvia ancora in fiore, una rosa bianca. Li sistemò in modo che la salvia pendesse dal beccuccio della brocca. Giallo, verde, bianco e di nuovo giallo: una fusione di colori, proprio come piaceva a lei. Dipingi ciò che vedi, non ciò che pensi di vedere.

L'aveva detto un pittore famoso: Monet o forse Van Gogh. Forse era quella l'essenza dell'Impressionismo. Opporsi *al modo* in cui il cervello ti suggerisce di dipingere, per esempio, raffigurando il mare calmo con le onde bianche. E farlo, invece, come se a guidarti fossero i sensi: linee mosse, curve, ondulate, enfatizzate da punti luce e zone d'ombra; i colori delle onde d'inverno che si fondono, muovendosi con la brezza e la corrente, tramutandosi in riccioli che si infrangono su spiagge sabbiose e rocce grigie. Nei quadri floreali a Vivien piaceva andare un passo oltre. Amava mischiare i toni fino a farli confondere e sbiadire. Bagnato su bagnato. Colori fluidi che diventavano un tutt'uno.

Doveva dirglielo? Pur non avendo nulla a che vedere con l'arte, era una questione altrettanto confusa e nebulosa. Alcune verità erano così. Tanto per cominciare, avrebbe dovuto armarsi di molto coraggio.

E ne aveva? Be', non proprio. Ma era riconoscente; riconoscente, eccome.

Il punto non era se fosse stato giusto o ingiusto farlo al principio. *Quella* decisione era stata chiara da subito. Non aveva scelta, non *avevano* scelta. Qualcun altro avrebbe potuto prendere una strada diversa. Ma non Vivien. Lei era fatta così. Era sempre stata più sentimento che ragione.

No. Il punto era se doveva raccontare il suo segreto all'unica persona che meritava di conoscerlo. Era quello il nodo. Perché se dire la verità era difficile, ascoltarla lo era ancora di più.

Optò per una velatura verde pallido, leggerissima, inconsistente; solo una lieve sensazione, come una carezza. Cominciò a miscelare i colori, canticchiando un motivo di Joni Mitchell. La canzone che le ricordava e le avrebbe sempre ricordato quel giorno.

Era un dilemma morale: conoscere la verità è un diritto?

Vivien non era abituata a mentire. Si considerava una persona onesta, aperta, schietta. E non aveva mai pensato di tenere quel segreto per sé, non all'inizio almeno. Ma bisognava riflettere pure sulle conseguenze. In fin dei conti, esistevano anche le bugie bianche: menzogne raccontate per proteggere i sentimenti degli altri, per non ferirli.

Era questo che stava facendo? Forse. Che cosa sarebbe successo, se avesse detto la verità? Si sentì mancare il respiro. Eccolo, il problema dei segreti: a un certo punto cominciano a vivere di vita propria. Scelse il pennello largo e lisciò il foglio con il palmo della mano, pronta a mettersi all'opera. Qual era la cosa peggiore che poteva accadere?

La porta di casa si aprì e subito sopraggiunse il familiare fischiettio di Tom.

«Amore... Dove sei?»

Vivien sorrise. Era una donna fortunata. «Sto lavorando», rispose. Era in soggiorno, una stanza grande e disordinata, la sua casa. Aveva spalancato le portefinestre sul retro, permettendo al sole di illuminare il malconcio tappeto arancione e il vecchio e comodo divano rosso sbiadito, e di svelare i granelli di polvere depositati sui mobili di legno, per lo più fatti a mano da Tom, come l'elegante libreria di mogano che aveva costruito poco dopo il loro matrimonio. I tubetti di colore, la tavolozza, il barattolo per sciacquare i pennelli, i fogli di carta e il vaso di fiori seppellivano il tavolo a tal punto che era difficile scorgere il bel piano in legno di noce venato. Ma Vivien lo conosceva bene e le piaceva. Adorava i mobili del marito: settimane e settimane di lavoro scrupoloso, amore e dedizione che si trasformavano in un oggetto unico.

«Come, lavorando? Con una giornata del genere?» Tom entrò nella stanza e, per dimostrare che faceva caldo, si tolse il maglione e lo gettò sullo schienale della poltrona. Faceva caldo davvero, per essere marzo...

Nonostante i capelli grigi e un po' di stanchezza di vivere, non sembrava poi molto più vecchio di quando si erano conosciuti. «Alla gente non interessano più i mobili fatti a mano. Adesso vogliono tutti roba industriale, che costi poco. Chi può biasimarli?» diceva ogni tanto, malinconico. Allora Vivien lo abbracciava forte e li criticava, invece, quei clienti, e con ardore. Non avrebbe mai smesso di amare il lavoro di Tom, anche se negli ultimi tempi lo vedeva passare più tempo ad aggiustare credenze e battiscopa che a costruire tavoli e cassettiere. Malgrado tutto, però, aveva ancora quegli scintillanti occhi marroni e quella capacità di divertirsi di cui si era innamorata.

Vivien non aveva mai voluto nient'altro che Tom.

Pensò al loro primo incontro, alla musichetta metallica del luna park e al sibilo delle giostre, alle risate dei ragazzi e alle grida delle ragazze. Al profumo dolce e appiccicoso dello zucchero filato e delle mele caramellate che impregnava l'aria, alla luce abbagliante delle lampadine al neon nel tramonto estivo. La fiera di Charmouth.

Vivien aveva sedici anni. Era in vacanza da sola per la prima volta, con la sua amica Lucy, e si erano accampate nell'area dietro il pub cittadino. Avevano promesso ai genitori di viaggiare a piedi e dormire in ostello; in realtà, facevano l'autostop e piantavano le tende ovunque ne avessero voglia.

E così erano finite a Charmouth. Avevano sentito parlare della fiera e, sedute sui sacchi a pelo con specchietto e mascara alla mano, si erano preparate per una serata senza coprifuoco. Già, perché erano finalmente sole e libere…

Vivien era carica di adrenalina. Erano le otto passate, ma c'era ancora luce; molte famiglie erano già andate via e la fiera aveva appena cominciato ad animarsi. C'erano gruppi di ragazze e di ragazzi, coppiette che si tenevano per mano e giostrai che gironzolavano impettiti, facendo gli occhi dolci a tutte.

Vivien e Lucy si diressero subito alle tazze rotanti, saltarono dentro una vettura argentata e, man mano che la giostra prendeva velocità, girando sempre più vorticosamente, agguantarono la ringhiera di metallo e si misero a gridare forte, di gioia e paura allo stesso tempo. La corsa finì sin troppo in fretta.

«Un altro giro?» domandò Vivien.

«Puoi scommetterci», rispose Lucy.

Mentre ridacchiavano, Vivien vide due ragazzi puntare dritto verso di loro. Diede un colpetto all'amica. «Non guardare, ma…» Sì, certo...

«C'è posto anche per noi?» fece il ragazzo più alto, dalle sopracciglia scure.

«Perché no?» rispose Vivien, temeraria, e si spostò per fargli spazio.

«Mi chiamo Tom», disse lui, sorridendo, mentre le si sedeva accanto. «Tom Rae.»

Vivien ebbe appena il tempo di notare gli occhi marrone chiaro con una sfumatura d'ambra che subito la giostra riprese a girare e le ragazze a strillare.

«E tu, come ti chiami?» urlò Tom, cercando di coprire le grida e la musica.

«Vivien!»

* * *

Una volta scesi formarono istintivamente due coppie. L'altro ragazzo, Brian, cingeva già le spalle di Lucy con il braccio. E Vivien? Come avrebbe reagito se anche Tom?... E se avesse tentato di baciarla?

Salirono sugli autoscontro e i ragazzi si misero subito al volante. Le macchinine si urtavano, si sfioravano e, a volte, riuscivano a schivarsi. Vivien era eccitata dalla vicinanza di Tom. Chiuse gli occhi, annusando il profumo della sua pelle.

Poi fu il turno delle montagne russe, pochi attimi, sospesi nel cielo all'imbrunire, che sembrarono minuti, mentre Tom la fissava come volesse catturare ogni tratto del suo viso. Vivien lo ricambiò senza batter ciglio, chiedendosi che cosa stesse guardando. Al momento del tirassegno si sentiva già in trance. Gli altri chiacchieravano e ridevano. Tom prese il fucile, mirò con precisione e sparò: tre minuti dopo le si presentò davanti, offrendole orgoglioso un orsacchiotto giallo. E poi mangiarono mele caramellate, che le si attaccarono ai denti, e bevvero una lattina di Fanta.

Mentre la riaccompagnava alla tenda, Tom le mise un braccio intorno alle spalle. Cominciarono a raccontarsi la loro vita: lui viveva a Sherbourne nel Dorset, amava la falegnameria e, da grande, voleva fare il carpentiere. Il costruttore di mobili. Il mastro artigiano, o che dir si voglia. A Vivien piaceva quel suo modo di parlare lento e calmo, con un sottile accento locale. E capì subito che nella vita Tom Rae avrebbe fatto ciò che desiderava. Era figlio unico, come lei, aveva perso i genitori da bambino e ora viveva con gli zii; e stava risparmiando per comprarsi una moto.

Quando giunsero alla tenda, Tom tacque di colpo. Nemmeno Vivien sapeva che cosa dire. Aveva avuto qualche storiella in passato, ma nulla di veramente importante. Era l'aria di vacanza che le aveva fatto perdere la testa per quel ragazzo bruno e allampanato con gli occhi marroni e il sorriso caloroso? Era per il suo accento e per quel profumo maschile sinora sconosciuto? O era stata l'ebbrezza dei giri in giostra a scombussolarla così?

«Sarà meglio che vada, ora», disse Tom, avvicinandosi.

E un attimo dopo la prese tra le braccia, il posto migliore in cui le fosse mai capitato di trovarsi. Baciava bene e sapeva di mela. Vivien pregò di non avere più residui di caramello tra i denti.

Rimaste sole, Vivien e Lucy analizzarono la serata in tutti i particolari.

«Mi piace davvero tanto, Luce. Che cosa ne diresti di fermarci qui per il resto della vacanza?»

«D'accordo», rispose l'altra, distesa, la testa appoggiata sulle braccia incrociate. «Anch'io vorrei conoscere un po' meglio Brian.» E scoppiarono a ridere.

Quando Vivien tornò a casa, nel Sussex occidentale, tutti le dissero che non era altro che un'avventura estiva, che aveva solo sedici anni e che aveva tutta la vita davanti. Era la verità. Solo che ora voleva che Tom ne facesse parte.

«Viv, è una splendida giornata. Troppo bella per starsene rinchiusi qua dentro.»

Ma Vivien continuò a pennellare la parte superiore del foglio.

Tom fece un'espressione delusa.

«Se hai finito di lavorare, va' a fare due passi», suggerì, guardandolo dolcemente.

«Per quanto ne hai ancora?»

Vivien sospirò e sorrise. Aveva già pianificato tutto. Applicare la velatura. Preparare la cena. Sistemare le cornici. Dipingere un altro po', stendere i primi veri colori, la parte più eccitante. Telefonare a Ruby. E trascorrere una serata tranquilla con Tom davanti alla TV.

Sollevò il foglio per permettere all'acqua di spandersi meglio. Poi si fermò a valutare l'effetto. «Che cosa avevi in mente?»

«Un giro in moto fino a Pride Bay. Devo fare un piccolo test di prova. Ho armeggiato un po' con il carburatore.»

«Uh, che prospettiva allettante...» Sapeva proprio come tentare una donna...

«E magari un gelatino? Una passeggiata al porto? Una birra?»

«In quest'ordine?» Vivien scosse delicatamente il foglio.

«Potremmo invertire gelato e passeggiata. Dài, amore mio. Che ne dici?»

«E va bene. Penso di potermi permettere una pausa. Dammi solo dieci minuti, OK?» Vivien riprogrammò mentalmente la serata. In fondo, la spontaneità era uno dei tanti pregi di suo marito.

«Brava, la mia bimba. Bel colore», approvò Tom. «Nel frattempo preparo una tazza di tè.»

Vivien inclinò il capo ed esaminò il foglio. Era quasi la sfumatura giusta.

La cosa peggiore che potesse accadere, rifletté immergendo il pennello nell'acqua limpida, era che non la perdonasse. Ecco perché non gliene aveva mai parlato. All'inizio, c'erano stati tanti validi motivi per tacere. E c'erano ancora. Ma... L'ipotesi di non essere perdonata era troppo spaventosa. Quel segreto aveva eretto un muro tra loro, il genere di muro su cui è difficile arrampicarsi.

Qual era, invece, la cosa migliore che potesse succedere? Vivien non era sicura che ce ne fosse una. Scelse alcuni tubetti dal mucchio e gettò i restanti nella grossa teglia per dolci che li conteneva. L'onestà era già di per sé una ricompensa? Schizzò due o tre colori sulla tavolozza e cominciò a fare esperimenti, mischiandoli con il pennello. No. Il meglio per lei era non doversi più preoccupare di quella faccenda. Doveva parlare a cuore aperto. Chiarire il perché e il percome di tutta la storia. Sospirando, riavvitò il tappo dei tubetti. Più tardi.

Ecco che cosa doveva fare: spiegare come si erano svolte le cose.

3

Fuerteventura, giugno 2012

Suor Julia si alzò in piedi lentamente, a fatica. Si spolverò la tonaca bianca, simbolo del suo distacco dal mondo terreno e del suo ingresso in quella famiglia spirituale che è la comunità monastica. *Polvere alla polvere. Cenere alla cenere...* Un promemoria, a ricordo delle tante morti cui aveva assistito. E della decisione che doveva prendere. Come se potesse dimenticarsene!

Carezzò il rosario che portava al collo. Polvere. Quel posto ne era sempre pieno zeppo, persino la cappella in muratura decorata con volute rosa e blu e, sopra l'altare, affreschi sbiaditi raffiguranti la Crocifissione. Aveva pregato per due ore, ma in quei giorni il tempo scorreva senza che se ne accorgesse. Aveva ancora tante cose da chiedere al Signore. Che cosa doveva fare? Non poteva inviarle un segno?

Era ora di andare, comunque. Nel convento di Nuestra Señora del Carmen, la santa protettrice dei pescatori, erano solo una dozzina e quella settimana toccava a lei raccogliere la verdura e le piante aromatiche dell'orto, coltivato ad assenzio, aloe ed echinacea, ma anche a semplice menta, camomilla e rosmarino. Ogni pianta aveva le sue funzioni. Secondo la volontà di Dio. E allo stesso modo Egli aveva donato agli uomini la forza per fare uso dei Suoi doni. Ma gli uomini sono deboli. Non l'aveva constatato lei stessa? Gli uomini possono cadere in tentazione. Possiedono il libero arbitrio, ma spesso prendono decisioni sbagliate, dalle quali possono derivare conseguenze enormi, inimmaginabili. E lei non voleva compiere la mossa sbagliata, non dopo ciò che era accaduto. Quanta sofferenza c'era stata, una sofferenza che sembrava annidarsi ancora in ogni anima.

Suor Julia si fece strada tra gli archi di pietra chiara e fatiscente e uscì dalla porta posteriore. Quel luogo non era molto diverso dal convento di Santa Ana a Barcellona, in cui aveva vissuto quand'era poco più che una ragazzina. Non essendo suore di clausura, erano libere di andare e venire e potevano vendere nell'atrio i dolcetti di loro produzione. Sorrise al pensiero dei *suspiros de monja*, gustose frittelle con i canditi, dorate e croccanti all'esterno, ricche e cremose all'interno. Ma poi le cose a Santa Ana erano cambiate. Le era stato chiesto di fare ben altro... Suor Julia alzò lo sguardo sul piccolo campanile attaccato alla cappella, su un contrafforte di pietra.

Fuori, la luce dorata aveva assunto una sfumatura rosa. A sud, le montagne corrugate, solcate da cicatrici profonde, parevano sonnecchiare; in alto, il cielo era striato di rosso, arancio e bianco. Un altro giorno se n'era andato. Un giorno in meno da vivere...

Suor Julia aveva alle spalle una vita lunga, densa di sfide, molto diverse da quelle che si aspettava da ragazza; diverse da ciò che aveva previsto quando era stata costretta a prendere i voti. Non era stato facile (forse l'opera divina non lo è mai) e si era interrogata varie volte su quanto era successo. Lo faceva ancora. Aveva attraversato periodi difficili e turbolenti, ma ora, a Dio piacendo... Tutto ciò che desiderava era alleggerirsi del peso che portava sulle spalle. Che la delicata coperta della pace donasse alla sua mente e al suo cuore un po' di riposo.

Andò a prendere il cestino e un coltello affilato nel deposito esterno e cominciò a raccogliere l'insalata dell'orto, circondato da un basso muretto a secco. C'erano fichi e mandorli; galline per le uova; tre capre per il latte e il formaggio. Cibo semplice ma buono. Come a Santa Ana, anche qui coltivavano personalmente la maggior parte della frutta e della verdura che consumavano, comprese le patate, le cipolle e le banane delle Canarie, anche se la terra sull'isola di Fuerteventura era secca e arida. Mangiavano anche il *gofio*, una farina di cereali tostati che in passato, mischiata ad acqua e zucchero, rappresentava il tipico pasto dei lavoratori nei campi. Ora, invece, lo aggiungevano al latte per colazione o lo usavano per addensare zuppe e stufati. Come tante altre cose era sopravvissuto adattandosi ai tempi moderni. Eppure per suor Julia era il simbolo della vita semplice che conducevano in quel luogo.

Suor Julia non temeva la morte. Non l'aveva mai temuta. Nel corso degli anni aveva visto andarsene tante persone: le sue consorelle, i pazienti dell'ospedale in cui aveva lavorato da novizia, i suoi famigliari. Non aveva più nessuno ormai. E aveva vissuto la Guerra Civile. Nessuno poteva passare attraverso un'esperienza simile senza vedere la morte in faccia, senza sentire l'odore rancido del sangue in ogni angolo di strada. Politica. Guerra. Suor Julia rabbrividì. Quanta distruzione.

E anche lei aveva le sue colpe. Erano stati tempi duri, faticosi per molti. Com'era possibile capirlo senza esserci passati? Aveva supplicato il perdono divino per quanto aveva fatto. Cose che a nessuno dovrebbe essere chiesto di fare. Cose sbagliate, forse.

Non poteva essere stato il volere di Dio. Non se era davvero il Dio buono e misericordioso in cui aveva sempre creduto. Ma Lui l'ascoltava? Comprendeva che le era parso di non avere scelta?

Si fermò un istante a guardare oltre il campo la terra bruna e deserta, una pace per gli occhi. Le ricordava un paesaggio biblico, in cui, da un istante all'altro, ti aspetti di vedere comparire cammelli e asini e tre re magi guidati dalla luce di una stella… Ma era vecchia e vaneggiava. Doveva portare le verdure in cucina. Probabilmente la stavano aspettando.

Nel convento regnava un profondo silenzio. Ormai erano in pochi a cercare tra quelle mura una guida spirituale o a pregare nella cappella. Fuori, la strada era poco più di un sentiero sabbioso che conduceva solo alle montagne e all'Oceano Atlantico.

Anche le consorelle erano di poche parole, benché il riserbo non fosse una pratica imposta dall'ordine, ma solo un naturale requisito delle religiose; i discorsi avventati erano da evitare, a Santa Ana come a Nuestra Señora. Gli unici suoni che si sentivano erano l'eco tenue del vento tra gli edifici di pietra bianca e corrosa, lo sferzare della sabbia, lo sciabordio delle onde in lontananza e gli strilli acuti di qualche gabbiano, il canto del gallo al mattino presto e il raspare delle galline sulla terra polverosa. I semplici suoni della natura. E a suor Julia piaceva così; dopo tutto ciò che aveva passato, non desiderava altro che calma e tranquillità.

Suor Julia posò il raccolto sul bancone accanto ai fornelli e lavò l'insalata con cura nel lavello bianco smaltato sotto l'acqua salata del rubinetto.

Fuori dal cancello c'erano ancora un pozzo e una fornace, utilizzata un tempo per bruciare i rami di barilla e ottenere così il carbonato di sodio necessario per produrre vetro e sapone; da qualche anno, grazie al contributo degli abitanti del paese, il convento disponeva di acqua ed elettricità, un cambiamento radicale nella vita delle suore.

In cucina stavano preparando un *caldo caliente*, un brodo leggero con patate, uova e peperoncino rosso. Suor Josefina mescolava senza sosta la zuppa con un cucchiaio di legno.

Suor Julia si ritirò nella sua stanza, al primo piano, per riposarsi e riflettere un po' prima di cena. Aveva bisogno di pensare. Non voleva mettere nessuno nei guai, non se chi aveva agito lo aveva fatto con le migliori intenzioni.

Ma era proprio così? Quando c'è di mezzo il denaro, tentazione e corruzione sono sempre dietro l'angolo. Ed era per questo che ora dubitava della storia a cui aveva sempre creduto. Era trascorso tanto tempo. Eppure ne aveva ancora le prove. Al ricordo, gli occhi le si riempirono di lacrime. Sì, era trascorso tanto tempo, ma c'erano ancora molte persone che potevano avere un disperato bisogno di conoscere la verità. Non era forse un loro diritto?

E lei, l'umile suor Julia, avrebbe potuto aiutarle.

La sua stanza era piccola, con le pareti imbiancate, una credenza di legno per i pochi indumenti e un semplice letto; le bastava una sola coperta, leggera, perché sull'isola non faceva freddo. Non c'erano specchi, non ce n'era motivo. Dio riusciva a leggere i suoi pensieri più intimi, l'importante era quello. C'erano anche una finestra ad arco con vista sul giardino e una scrivania, che ospitava la Bibbia e il libro dei salmi, con un cassetto sempre chiuso a chiave, contenente alcuni preziosi oggetti personali di quando non aveva ancora preso i voti, ma anche del periodo trascorso sull'isola: la fede nuziale della madre, fotografie della famiglia, suoi ricami di quand'era ragazzina e ricordi di persone che aveva aiutato nel corso degli anni.

A volte le suore davano consigli ai fedeli che si recavano al convento in cerca di una guida spirituale, ruolo a cui suor Julia non aveva mai ambito, pur trovandosi spesso a rivestirlo. Ascoltava storie di liti famigliari, di amori finiti, di figli scomparsi. C'erano uomini che giocavano d'azzardo e che bevevano (ce n'erano sempre, ovunque) e donne che avevano perso di vista la propria virtù. E altre storie. Ancora più torbide.

Sfiorò la delicata tovaglia di pizzo ricevuta in dono da una donna del paese. Ricordava ancora l'espressione dei suoi occhi scuri mentre le parlava, riusciva ancora a sentire la sua disperazione. Aveva pregato spesso per lei. Era un'altra anima ferita che non sapeva a chi rivolgersi. Una storia di disinganno e delusione. Ma suor Julia intuiva che c'era dell'altro, qualcosa che la donna stava tacendo. Trapelava dai suoi occhi tristi. E si era chiesta se ci fosse qualche altro motivo dietro al pessimo comportamento del marito.

«Calmati, figliola», l'aveva rassicurata, posandole delicatamente la mano sul capo. «Abbi fede. Il Signore ti indicherà la via.»

Dio l'aiutava a essere di conforto agli altri. Lei pregava e dal Cielo giungevano le risposte, così quando i fedeli le domandavano consiglio, le parole giuste uscivano dalla sua bocca spontaneamente. Non era altro che uno strumento divino. Esisteva forse un dono più grande? Sì, la pace dell'anima.

In un angolo del cassetto era nascosto il taccuino. Il suo libro dei nomi. Suor Julia ne sfiorò la copertina liscia, che non tradiva nulla del contenuto. E si lasciò sfuggire un sospiro profondo che racchiudeva tutta la sofferenza, tutte le emozioni di cui era stata testimone in quei lunghi anni. Per capire di che cosa si trattava, non sarebbe bastato leggerne le pagine. Nomi e date. Era tutto lì dentro. Aveva le prove. Scritte di suo pugno.

Ogni giorno chiedeva a Dio di guidarla. Ogni giorno desiderava raccontare la sua storia. Ogni giorno anelava alla redenzione, a fare qualcosa che, pur non potendo davvero porre rimedio, fosse in grado di aiutare in qualche misura una di quelle persone. Perché avevano bisogno di aiuto. Suor Julia lo sapeva. Certe cose non possono restare nascoste per sempre. Segreti… Come un brufolo sotto pelle crescono e si infettano, finché si è costretti a inciderli. È così che va il mondo.

Aprì il libro e lesse le prime righe.

«Che Dio ci perdoni», mormorò. Quanti nomi. Quante lacrime. Quanti segreti. Lentamente lo richiuse e lo infilò nel cassetto. *Un giorno…*

Ripensò alla fine della Guerra Civile. Fu allora che tutto cominciò. Quando la gente credeva in un nuovo inizio, in una nuova era di speranza, senza più povertà né violenza. Non fu così. Per Suor Julia fu solo il principio.

4

Il giorno dopo, Ruby trascorse l'intera mattina a riordinare il contenuto della casa. Sembrava indemoniata, ma almeno non aveva tempo per pensare.

Nel pomeriggio Mel passò a trovarla. «Mi fermo solo un attimo, tesoro. Ti andrebbe di fare due passi?»

Voleva assicurarsi che stesse bene. Fingeva spontaneità, ma in realtà la esaminava di nascosto; Ruby l'aveva notato. «È tutto a posto, Mel. A quest'ora non dovresti essere al lavoro?»

«Be', il capo sono io. Posso prendermi mezza giornata libera, se mi va.»

D'accordo. Una passeggiata, in fondo, non era una cattiva idea.

Ruby afferrò la giacca, si specchiò un secondo e si sistemò velocemente i capelli. OK, così poteva andare. Si presero a braccetto e si avviarono. Era arrivata l'estate, finalmente. Soffiava una brezza leggera e il sole, quando faceva capolino da dietro le nuvole, era caldo. Si diressero verso il mare, a Pride Bay.

«Come va?» domandò Mel. «Hai l'aria esausta.»

«Grazie mille», rispose Ruby, ironica. Ma era la verità. Aveva dormito poco e niente e all'alba si era svegliata di soprassalto, in un bagno di sudore. Un incubo: l'incidente, di nuovo. Aveva provato invano a riprendere sonno, poi si era alzata, si era fatta un tè e, guardando nascere il giorno, aveva cominciato a riflettere.

Era davvero successo qualcosa di cui era all'oscuro? O si stava trasformando in una paranoica senza speranze?

Aveva cercato di ricordare le storie famigliari dei suoi genitori. Niente di straordinario. Erano entrambi figli unici, perciò in casa loro non giravano né zie, né zii, né cugini. La mamma aveva qualche parente nel Galles, una zia, morta quando Ruby era piccola, e tre cugini, che lei non aveva mai visto. Della famiglia di papà non era rimasto quasi nessuno. C'erano ancora i nonni materni, che vivevano in non so quale isola davanti alla costa occidentale della Scozia, ma li conosceva appena. Erano venuti al funerale, ovviamente. Per un attimo aveva sperato potessero essere di conforto ma, vedendoli, le erano sembrati solo molto vecchi e confusi.

«È nostra figlia», ripeteva la nonna senza posa. «Com'è possibile che se ne sia andata prima di noi?»

Ruby non sapeva che cosa dire. Sapeva solo che la mamma li aveva visti di rado negli ultimi trentacinque anni. Nelle famiglie capita, a volte. Ci si perde di vista, ci si sparpaglia e si diventa degli estranei. «Mi dispiace, mi dispiace», continuava a sussurrare, come se facesse qualche differenza.

«È stato un fulmine a ciel sereno», aveva replicato la nonna, fissandola dritto in faccia. «Un fulmine a ciel sereno.»

Le aveva fatto un po' impressione, a dire il vero. Era come se non la riconoscesse più. Ruby l'aveva abbracciata e le aveva dato un bacio sulla guancia rugosa. Guardandola con occhi vitrei, la nonna aveva mormorato: «Vivien, Vivien», finché il nonno canuto e gentile l'aveva portata via, carezzandole la mano. «Vieni, amore mio. Vieni.»

Era difficile immaginare che i suoi genitori avessero oscuri segreti. Ma forse tutti li hanno. E qualcuno decide di non rivelarli mai.

«Hai sentito James?» domandò Mel.

Ruby contemplò le scogliere. Le rondini erano tornate. Le guardò scendere in picchiata, planare, battere le ali, in tutte le direzioni: la loro danza speciale. «Sì, mi ha chiamata un paio di volte.» E non sapeva proprio che cosa dirgli. «È difficile. Non abbiamo parlato nel vero senso del termine.» Non di cose importanti, almeno. Avevano parlato del tempo (a Londra faceva più caldo), dell'appartamento (era venuti a fare le pulizie) e di lavoro (due nuovi clienti e una valutazione in arrivo). Tutto qui. Entrambe le volte James aveva chiuso la telefonata chiedendole quando sarebbe rientrata ed entrambe le volte Ruby aveva risposto che non lo sapeva. Era sollevato? Sentiva la sua mancanza? Chissà...

Oltrepassarono il porto e la vecchia cappella. «Pensi di tornare a Londra?»

Bella domanda! Sotto i loro piedi le pietre scricchiolavano. Le scogliere dal lato opposto della baia erano alte e ripide, la schiuma dell'oceano si stendeva come un nastro lungo tutta Chesil Beach verso la laguna di Fleet e il faro di Portland Bill, le onde lasciavano una temporanea traccia sui minuscoli sassolini prima di essere risucchiate. «Non ancora», rispose.

Si stavano avvicinando alle casette dei pescatori sulla spiaggia. L'ultima della fila era quella della guardia costiera. Davanti c'era un cartello: IN VENDITA TRAMITE ASTA GIUDIZIARIA.

A Ruby era sempre piaciuta quella casa. Era piccola e semplice, fatta di pietra gialla, con timide finestre quadrate che davano sul mare e muri corrosi da anni di aria salmastra. Ma era abbastanza solida da riuscire a sopportare l'impatto del vento. Resisteva alle avversità. «È proprio carina, non trovi?»

«Perché non dai un colpo di telefono all'agente?» suggerì Mel.

Ruby esitò. Lo sciabordio delle onde sulla riva era così intenso che sembrava travolgere anche lei. Davanti alla villetta e su un lato si apriva Chesil Beach, con i piccoli ciottoli rossicci. Alle sue spalle, il sentiero per Clearwater Beach si snodava tra ciuffi d'erba verde, inerpicandosi sulla scogliera frastagliata che, come nelle fiabe, pareva rivestita d'oro. La sua fiaba, la sua infanzia. Era quella, che stava cercando di ritrovare?

«Ho scoperto una lettera, Mel.»

«Una lettera? Che tipo di lettera?»

«Guarda qui.» Ruby infilò la mano nella borsa, ne tirò fuori il foglio con la diagnosi d'infertilità e glielo porse.

Mel lo lesse con attenzione e, alla fine, domandò: «Che cosa ne pensi»?

«Non lo so.»

«Francamente, non capisco di che cosa ti preoccupi.»

Per Ruby era abbastanza ovvio. «Ti ricordi tutti quegli oggetti nella scatola da scarpe? Le foto? La cuffietta da neonato?»

«Certo che me li ricordo.»

«Be'...» Doveva proprio essere più esplicita? Poteva esserci un collegamento tra la lettera e il contenuto della scatola nascosta nell'armadio? Non voleva neanche pensarci. Sembrava impossibile. Ma... Non riusciva a togliersi dalla testa l'immagine della ragazza con i lunghi capelli biondi e il bambino tra le braccia.

«Oh, Ruby, sei solo stanca e vulnerabile in questo momento», le disse Mel, cingendole le spalle con un braccio. «Dài. Quella lettera non significa niente. Come potrebbe?»

«Non lo so.» *Infertilità per cause ignote*. Un po' vaga come diagnosi. Ma a quei tempi le tecniche di procreazione assistita erano solo agli albori. I suoi genitori avevano avuto difficoltà a concepire, grosse difficoltà. E allora lei che cos'era? Una sorta di miracolo? E come mai non gliene avevano mai parlato?

«Ascolta», proseguì Mel con tono deciso. «È possibile che tra la visita medica e gli esami, o qualunque cosa fossero...» spiegò, liquidando sprezzante la lettera con un gesto della mano dalle unghie lunghe e ben curate, «... e l'invio dei risultati da parte dell'ambulatorio, tua madre sia rimasta incinta. Semplice.»

«Sì, certo. Hai ragione.» Ruby sentì allentare la tensione. Sorrise. Era possibile, anzi, probabile. «Grazie, Mel.»

«Tua madre non ha fatto terapie per la fertilità, perché non ne aveva più bisogno.»

«E le foto?»

«Non c'entrano niente con te. Fidati. Sono di qualcun altro.»

«OK.»

«Pensi di chiamarlo, l'agente? È un bel posto, almeno finché non verrà sommerso dalle onde.»

Ruby si avvicinò al muretto di recinzione. Sinora aveva resistito, contro ogni pronostico. La collina di ciottoli aveva arginato la furia del mare, ma per quanto tempo sarebbe durato ancora? Posò le mani sul cancello di legno. Era un bella casa, sì, ma non era quello che l'attraeva. Era il panorama. Il panorama della sua infanzia che desiderava disperatamente ritrovare. Ruby ne era inebriata.

«Perché no?» Doveva pur vivere da qualche parte. Prese il cellulare dalla tasca, digitò il numero. «Vorrei dare un'occhiata alla villetta in vendita a Pride Bay», spiegò alla ragazza che rispose alla sua chiamata. «Anche subito, se è possibile. Sono proprio qua davanti.»

La casa si rivelò tutt'altro che un affare. Il salotto era al primo piano.

«Per via della vista sul mare», motivò l'agente, in modo del tutto inutile. Era giovane, portava i tacchi alti, una giacca nera attillata e una gonna a tubo. Sfoggiava l'aria annoiata di chi ripete da settimane la stessa solfa.

Ruby si avvicinò alla finestra. Da lì, oltre la distesa di sassolini, riusciva a vedere la Manica placida e scintillante, la linea pallida e confusa dell'orizzonte color malva. L'erba sulla cima della scogliera era punteggiata da ranuncoli gialli e armeria viola. Pride Bay e i suoi genitori... Stava cercando in qualche modo di riportarli indietro? Aveva sempre amato quella baia, con tutte le sue contraddizioni, quell'essere a un tempo trascurata ma esclusiva, sciatta ma elegante, vanitosa e anticonformista. Era il suo passato, ma poteva essere anche il suo futuro?

La cucina era un vero disastro. Il forno, pieno di macchie d'unto e sporcizia, pareva roba degli anni Quaranta; il linoleum era lacerato, lo smalto del lavello scheggiato. Mel fece una smorfia eloquente. Ruby la ignorò.

«C'è da fare qualche lavoretto, ovvio», commentò l'agente.

«Ovvio», ripeté Mel.

Certo, non era esattamente la casa delle favole, ma ristrutturarla non sarebbe stato un grosso problema; non era difficile trovare un buon muratore. E dal punto di vista economico... Poteva vendere la casa dei suoi e, se necessario, prendere un appartamento in affitto fino alla conclusione dei lavori. Avrebbe funzionato.

«Quando è fissata l'asta?» domandò Ruby.

L'agente controllò la pratica. «Mercoledì prossimo, alle tre del pomeriggio.»

«Bene.» Il Dorset senza i suoi genitori era impraticabile per lei. Impossibile. Eppure lei era lì. Senza di loro non c'era alcuna strada da seguire. Ruby procedeva vacillando, senza stabilizzatori. Per non cadere, doveva concentrarsi su qualcosa.

«Sicura che non sia meglio cercare una soluzione più moderna, già ristrutturata?» suggerì Mel. «Vuoi davvero accollarti questa seccatura?»

Ruby rifletté. Forse aveva bisogno proprio di questo, di un progetto, di qualcosa su cui focalizzarsi. Non poteva rimanere nella sua vecchia casa. E quelle scogliere riassumevano tutta la sua infanzia. Erano ciò che voleva.

Visitarono il giardino terrazzato, ripido e prevedibilmente incolto, ma altrettanto prevedibilmente dotato di una vista spettacolare. Si sentivano solo il vento, le onde, gli strilli dei gabbiani.

«C'è un sacco di lavoro da fare, tesoro», disse Mel, quando l'agente immobiliare se ne fu andata. «Ma mi piace.»

Ruby era d'accordo. «Dovrò contattare la banca.»

Quello era il posto giusto per lei.

«Vuol dire che resterai nel Dorset?»

Ruby sospirò. Avrebbe dovuto parlare con James. Comunicargli che cosa aveva deciso di fare. «Credo di sì.»

Una volta a casa, decisero di farsi un tè, poi Mel si sdraiò sul divano, mentre Ruby si raggomitolò sulla poltrona.

«Sarà bello averti nei paraggi», osservò Mel. «Ma non riesco a immaginarti fissa qui per sempre.»

«Per via di James?»

«Non proprio. È che ho l'impressione che tu sia in una sorta di... limbo.»

«O di evoluzione», precisò Ruby.

«Esatto.» Si scambiarono un sorriso complice.

«Dovrò comprare un'auto, immagino.» A Londra non le serviva. James aveva una spider, che usavano solo nei weekend, perché per il resto della settimana era molto più comodo muoversi con la metropolitana o con l'autobus. Ora però...

«Una bella auto sportiva?» propose Mel.

«Certo.» Magari una MX-5. «E una bicicletta per girare nelle strade di campagna.»

Mel rise. «Come no, una bicicletta.»

Ruby andò in cucina a preparare altro tè e, di ritorno, vide Mel intenta a sfogliare il vecchio album di famiglia poggiato sul tavolo di noce.

«Tua madre era così carina», commentò.

«Lo so.» Ruby sbirciò da dietro le sue spalle. Era una foto della Cornovaglia, scattata l'estate prima della sua nascita, in cui mamma e papà si abbracciavano stretti come una coppia di sposini. Mentre Mel voltava le pagine, Ruby vedeva snodarsi la vita dei suoi genitori. Sua madre che correva tra le onde, ridendo; suo padre sorpreso a chiacchierare con un pescatore brizzolato accanto a una barca dai colori sgargianti; tutti e due insieme, in posa, davanti una ringhiera con vista sul porto di Saint Ives.

Durante l'elogio funebre non aveva versato una lacrima, ma aveva sofferto molto. Quel ritratto dei suoi genitori non aveva nulla a che vedere con la vita reale, con i momenti di allegra confusione che avevano riempito la sua infanzia. Le balenarono nella mente altre immagini. Sua madre che con una mano si lavava i denti e con l'altra si pinzava i lunghi capelli castani o che, in ritardo, correva a perdifiato per accompagnarla a scuola. L'espressione concentrata di suo padre mentre piallava e levigava la superficie di un tavolo, il suo sorriso quando la prendeva per i piedi e la metteva a testa in giù per farle vedere il mondo alla rovescia.

«Non le somiglio per niente.» I suoi genitori avevano i capelli scuri, lei invece... «Oh, mio Dio.»

«Che cosa c'è?»

«Guardami bene. Che cosa vedi?»

«Be', hai l'aria un po' stanca», ammise Mel. «Mi sa che non mangi abbastanza. E, onestamente, i capelli fanno un po' schifo. Ma siamo appena tornate dalla spiaggia. E...»

«Di che colore sono?» Ruby non aveva mai fatto tinte né colpi di sole.

Mel era confusa. «I tuoi capelli? Biondi.»

«Già.» Indicò le foto nell'album. «E ora guarda loro. Hanno i capelli scuri. E gli occhi marroni.» Perché non capiva?

«Oh, Ruby.» Mel l'abbracciò. «Il mondo è pieno di bambini che non somigliano ai genitori.»

«Per favore, Mel!» Ruby ricordava perfettamente la tonalità di capelli di sua madre, come se fosse lì seduta davanti a lei. Nocciola. «Di che colore sono i miei occhi?»

«Azzurri.»

«Esatto.»

«D'accordo, ma non è una novità. Avrai preso da qualche vecchio zio o parente lontano. Non ne hai mai parlato con i tuoi?»

«Sì, certo.» La mamma le aveva detto che guardarla era come fare un tuffo nel passato. Crescendo, Ruby aveva fatto altre domande e Vivien le aveva risposto che somigliava a sua nonna. I capelli biondi e gli occhi azzurri li aveva ereditati da lei. Non aveva mai voluto approfondire l'argomento. E, in fondo, che importanza aveva? Ma ora...

«Ruby», la chiamò Mel, prendendole la mano. «Non lasciare che queste sciocchezze rovinino il loro ricordo.»

Non era certo questo che voleva. La mancata somiglianza con i suoi genitori non era di per sé un fatto significativo, ma sommata agli oggetti che aveva trovato nella scatola da scarpe e alla lettera con la diagnosi d'infertilità...

Come poteva tutto questo non rovinare il loro ricordo? Come potevano non sorgerle dei dubbi?

«Credo che tu stia esagerando. Pensi davvero che i tuoi genitori...»

«No.» Non lo pensava. Non voleva pensarlo. Cominciò a sentirsi vagamente irreale, come se le avessero strappato via l'identità, come se in dubbio ci fosse la sua stessa esistenza. «Ma...» Le venne un'idea. «Le mie foto da bambina», esclamò e tirò verso di sé l'album fotografico. L'infanzia di Ruby era stata filmata alla vecchia maniera e ne era felice. Era stupendo avere una documentazione completa di quegli anni, della sua famiglia.

Sfogliò le pagine dell'album. C'era Ruby che giocava nel lettino, che gattonava sul pavimento del soggiorno, i suoi primi passi traballanti in giardino, tra i fili d'erba e le margherite.

«Che età ho qui, secondo te?» Nella prima foto fissava l'obiettivo con gli occhi sgranati e un gran sorriso. Occhi azzurri. Una peluria chiara sulla testa. Teneva stretto Ginger, il suo orsacchiotto. Quando aveva sette anni, Ginger era andato in vacanza e non era più tornato.

«Sei mesi?» azzardò Mel.

«E come te lo spieghi?» Le scoppiava la testa. «Perché non ci sono foto di quand'ero appena nata?» Sfogliò l'album all'indietro. Foto a due mesi? Tre? Quattro? Niente. In fin dei conti, non era una documentazione così completa.

«Forse erano troppo occupati a prendersi cura di te per mettersi lì a fotografarti.» Mel le diede un'affettuosa pacca sulla spalla. «I bambini possono essere impegnativi, tesoro. Eppure Stuart continua a ripetermi che il tempo passa e che dovremmo metter su famiglia, prima che sia troppo tardi.» Per un istante sembrò perdersi tra i meandri dei suoi pensieri. Ruby sapeva bene quali erano. Una volta diventata mamma, non sarebbe stato così semplice continuare a gestire il negozio. E, per ora, la sua unica creatura era quella.

Ma chi può essere così occupato da non scattare foto al proprio figlio? Non è una sorta di riflesso automatico? Una specie di priorità, appena diventi genitore? Un momento... Tornò alle foto delle vacanze in Cornovaglia. In seguito c'erano solo paesaggi, fino ad arrivare all'immagine di Ruby a sei mesi. «Non ci sono foto di mia madre incinta.»

«Andiamo, Ruby», sospirò Mel. «Che cosa ti prende? A chi vuoi che piaccia farsi fotografare quando si è grasse come balene?»

«Sarà.» Ma essere incinta non equivale a essere grasse, no? La gravidanza è un periodo pieno di speranza, attesa ed eccitazione. Fece i calcoli. «Non ci sono foto per circa un anno.» Un anno. Un sacco di tempo persino per quell'epoca, nell'era predigitale.

«Forse non erano abbastanza belle per inserirle nell'album o si è rotta la macchina fotografica e i tuoi non potevano permettersene un'altra.»

«Sì. O forse non sono figlia loro.» Ecco. L'aveva tirato fuori, finalmente. Quante volte aveva sfogliato quell'album? La verità l'aveva sempre fissata dritta negli occhi e lei non era stata capace di coglierla. Nessuna gravidanza. Nessun neonato.

«Non hai mai chiesto un certificato di nascita?» domandò Mel.

Certificato di nascita?

«Devi pur averne avuto bisogno almeno una volta.»

Sì, certo, l'aveva usato per farsi fare il primo passaporto. Avvertì un improvviso senso di sollievo.

«E che cosa c'era scritto?»

«Oh, Mel...» Vivien e Tom Rae erano i suoi genitori, dovevano esserlo; sul certificato c'era il loro nome. «Se non vuoi credere a me, credi almeno a quello. Ti stai agitando per niente. Fidati. Ruby Rae è Ruby Rae in tutto e per tutto. OK?»

«OK. Grazie, Mel.» Decise di telefonare a James. Sarebbe tornata a Londra a prendere le sue cose. Avrebbe richiesto un nuovo certificato di nascita e così avrebbe smesso di preoccuparsi. Mel aveva ragione. Probabilmente, si stava agitando senza motivo.

Eppure, rimasta sola, Ruby estrasse la fotografia che aveva infilato nella borsa. La ragazza bionda sulla spiaggia con il bambino tra le braccia. Lo guardò. Un viso piccino, una peluria chiara sulla testa. Ma i neonati si somigliano tutti, giusto?

Esaminò la ragazza. Il mezzo sorriso sulle sue labbra, la collana di perline che aveva al collo.

«Chi sei?» sussurrò. Segreti… Ah, se le fotografie potessero parlare.

5

Dorset, 1977

«NON capisco», disse Tom, «perché è così importante per te?»

Vivien teneva i pugni stretti. Temeva che rilassare le dita, anche solo per un secondo, le facesse perdere la forza che serviva per convincerlo.

«Non lo so neanch'io, ma è così.» Lo guardò impotente. Non litigavano mai, ma in quell'istante c'erano molto vicini. Scostò il piatto, le era passata la fame. Pensava che quello fosse un buon momento per affrontare la questione, che, dopo una bella cena a base di salsicce e purè, Tom fosse abbastanza rilassato. Si sbagliava.

Aveva l'aria triste, invece. «Io non ti basto più?»

«Ma certo, è solo che...»

Non l'aveva forse capito subito, sin dalle prime lettere e dai disegni che gli aveva inviato dopo essersi conosciuti alla fiera, che non voleva altri che lui?

E pareva essere stato così anche per Tom, perché ormai non risparmiava più per comprarsi la moto ma per acquistare i biglietti del treno e andarla a trovare a Worthing il più spesso possibile. Che non era mai abbastanza spesso.

* * *

Il giorno del suo diciottesimo compleanno, Tom le telefonò. «Se tu fossi qui, amore mio, ti porterei a festeggiare nel miglior ristorante della città.» Vivien schiacciò l'orecchio contro la cornetta. «E mi regaleresti dei fiori?» Le sue compagne di scuola le invidiavano quel fidanzato del Dorset, che le scriveva lettere d'amore e la veniva a trovare nei weekend. Lo trovavano romantico da morire. Ma lei voleva di più.

«Ma certo!» rispose Tom.

«Il semestre è quasi finito. Potrei venire da te per le vacanze», propose Vivien. A settembre l'aspettava il Kingston College, a Londra. Era già tutto programmato. Voleva diventare insegnante. O almeno era ciò che voleva fare prima di incontrare lui.

«Stavo pensando...» Si schiarì la voce. «Hai mai valutato l'ipotesi di frequentare un college nel Dorset?»

Vivien si sentì mancare il respiro. «Perché dovrei?»

«Per avvicinarti a me. Potremmo andare a vivere insieme, se vuoi.»

Se vuoi... Non desiderava altro. Stava solo aspettando che lui glielo chiedesse. «D'accordo», replicò, rivoluzionando con un'unica parola due anni di progetti.

E così fu.

«Che cosa vuoi fare?» urlò sua madre sconvolta. «Non essere ridicola. Come puoi buttare tutto all'aria per un ragazzo? Sei troppo giovane per sapere quel che vuoi.»

Ma non si trattava di un ragazzo qualsiasi e Vivien sapeva benissimo quel che voleva. Tom era solo e aveva bisogno di lei. E l'idea di vivere nel peccato non era poi tanto male, era rischiosa ed eccitante.

Non frequentò il college, ma un corso serale d'arte. Tom aveva solo il diploma e i soldi scarseggiavano, così Vivien trovò un posto da commessa. Sei mesi dopo accettò la sua proposta di matrimonio e si sposarono con rito civile a Bridport.

Ora lo guardava con tenerezza, ma esasperata. Tom era suo marito, il suo amante, il suo migliore amico, la sua anima gemella.

Amava tutto di lui. Amava specialmente le sue mani, osservarle mentre lavorava il legno, vederle intagliare, scolpire, levigare e lucidare. Tom aveva cominciato a collaborare con una ditta locale, ma diceva sempre che, un giorno o l'altro, avrebbe aperto un'attività per conto suo. Era ambizioso. Sapeva qual era il suo obiettivo. A Vivien piaceva come la prendeva in giro e la faceva ridere. Le piaceva quando, con un semplice massaggio alle spalle o un bacio sulle labbra, riusciva a fargli passare il malumore. Le piaceva quel suo modo di abbandonarsi mentre facevano l'amore, per poi stringerla forte a sé in una sorta di vacuo stupore. Le piacevano la sua voglia di vivere, la sua capacità d'amare, le sue forze e le sue debolezze. Sì, Tom le era sempre bastato. Ma ora voleva ancora qualcosa.

«Perché proprio adesso?» domandò lui, spostando a sua volta il piatto. «Che fretta c'è?»

È il mio orologio biologico che parla, pensava Vivien. «È da cinque anni che ci proviamo, Tom», gli rammentò con dolcezza.

Immaginava che prima o poi sarebbe successo, invece... Fissò il tremolio della candela sul tavolo, le salsicce intrappolate nel sugo rappreso.

«Non è poi così tanto», ribatté lui. «Siamo ancora giovani. Abbiamo un sacco di tempo.»

Allora perché le sembrava di essere al capolinea? Tom non voleva un bambino quanto lo voleva lei, era evidente. Ma come faceva a persuaderlo? Un bambino non era una minaccia. Anzi, sarebbe stato un loro prolungamento, una parte del loro amore. Non sarebbero più stati semplicemente una coppia, ma una famiglia. «Tom, sto solo dicendo di fare qualche esame...»

«Non voglio fare nessun maledetto esame. Lo capisci o no?» E se andò sbattendo la porta.

No. Non lo capiva. Di che cosa aveva paura?

Cominciò a sparecchiare. In fin dei conti, non si può avere tutto, rifletteva, impilando i piatti. Aveva Tom. E doveva bastarle, aveva ragione lui. Eppure, nel corso degli anni, le si era creato dentro un piccolo vuoto, che solo una cosa avrebbe potuto riempire.

Accatastò le stoviglie su un vassoio, le portò in cucina e le posò accanto al lavello. Non le sembrava di chiedere molto, in fondo. Perché ormai quel piccolo vuoto si era trasformato in un'enorme voragine. Certi giorni il dolore era così profondo che non sapeva davvero che cosa fare.

Il pomeriggio seguente, Vivien passò a trovare la sua vicina, Pearl Woods.

«Hai l'aria strana», commentò Pearl appena si sedettero al tavolo della cucina davanti a una tazza di tè e a un piatto di biscotti digestive. «Va tutto bene?»

«Sì, certo.» Ma lei e Tom non avevano ancora fatto pace. Non avevano mai litigato in quel modo.

«Non sarai forse?...»

«No, purtroppo.» Le aveva confidato che stavano cercando un bambino.

«Dài, prendi un altro biscotto.»

Vivien sorrise, ma si accorse che Pearl non aveva ancora toccato il piatto. A pensarci bene, non aveva un bell'aspetto neanche lei. «Sono stata dal medico», esordì Vivien. «Vuole farci fare degli esami per scoprire qual è il problema.»

«È solo questione di tempo, vedrai.»

«È quello che sostiene Tom.» Quello e molto altro...

«È lui che non vuole sottoporsi agli esami, vero?»

«Già.»

Che cosa ne avrebbe fatto di tutto quel dolore?

Pearl le offrì ancora biscotti e lei, distratta, ne prese un altro. «Quanto è importante per te avere un bambino, cara?»

Vivien la guardò in silenzio, un silenzio eloquente.

«Oh, capisco. Era così anche per me. È un vero peccato. Se vuoi il mio consiglio, fate quegli esami e cercate di scoprire la verità, o lo strappo che si è creato tra voi non si ricucirà più.»

Di colpo il suo viso sbiancò e si irrigidì in una smorfia di dolore.

Vivien balzò in piedi. «Pearl, è tutto OK? Che cos'hai? Che cosa c'è che non va?»

«È tutto a posto, cara.» Quasi piegata in due sulla sedia, allungò la mano e Vivien gliela prese. «Ora passa. Fa sempre così.» Fece due respiri profondi, per calmarsi.

Fa sempre così? «Ti do un po' d'acqua.» Vivien si avvicinò al lavello e aprì il rubinetto. Pearl non stava affatto bene, era evidente. E lei che stava lì a blaterare dei suoi problemi...

«Che cosa c'è che non va?» insistette. «Ti sei fatta vedere?»

E fu allora che le raccontò del cancro, di quanto le restava da vivere. Un anno, se era fortunata. Forse meno. Vivien era scioccata. Di colpo si rese conto che negli ultimi tempi non l'aveva più vista fare giardinaggio, né pulire i vetri delle finestre o andare a fare compere. Era sempre stata una donna energica. Dopo il divorzio aveva scelto di vivere da sola. «E Laura?» La figlia adolescente di Pearl era partita per un viaggio oltre un anno prima e Vivien sapeva per certo che non si erano quasi più sentite. Aveva smesso di chiederle di lei. «Gliel'hai detto?»

«No, non voglio che lo sappia.» Aveva ripreso colore e sembrava quasi tornata alla normalità. «Tanto non può fare nulla.»

Ma era suo diritto saperlo, no? Non era giusto tacerle che la madre stava morendo. Vivien pensò ai suoi genitori in Scozia. Li vedeva di rado e non erano mai stati molto uniti. Erano talmente diversi da lei, così ordinari e conservatori, puritani e prevedibili.

Quando avevano fatto le valigie e si erano trasferiti con armi e bagagli in una remota isoletta delle Ebridi, Vivien non riusciva a crederci, era convinta che scherzassero. Forse non li conosceva bene come pensava, aveva confessato a Tom.

«Se glielo dico, si sentirà in dovere di tornare a casa in fretta e furia.» Pearl sospirò. «E io non voglio. Non voglio che torni, finché non sarà pronta a farlo. Riesci a capirmi, Vivien?»

Mah... Per lei era difficile immedesimarsi. Se avesse avuto una figlia, avrebbe permesso alla situazione di degenerare fino a quel punto? Ne dubitava. Non era molto legata a sua madre e, proprio per questo, voleva a tutti i costi che per lei le cose fossero diverse. Sua figlia avrebbe dovuto fidarsi e chiedere il suo aiuto nei momenti di difficoltà. Non se ne sarebbe andata in giro per il mondo salutandola appena, senza avere neanche la cortesia di comunicarle dov'era e come stava.

«Capisco, ma temo che tu stia sbagliando. Laura dovrebbe essere avvertita.»

Pearl bevve un sorso d'acqua. Era pallida e aveva perso peso. Aveva braccia sottili dalla pelle cascante e raggrinzita. «Era arrabbiata, quando è partita», mormorò.

«Lo so.» I suoi genitori si erano separati, era naturale che lo fosse. Ma non era stata colpa di Pearl. Aveva sopportato per una vita intera le scappatelle del marito, Derek, e alla fine non ce l'aveva fatta più. I matrimoni finiscono. Per chi è coinvolto, è sempre dura. Ma è giusto restare insieme per il bene dei figli, se non ci si ama più? No, è disonesto. Perché, prima o poi, la verità viene a galla. Certo, Vivien capiva che non era sempre così facile. Era faticoso e complicato.

«Ero io a desiderare disperatamente un bambino.» Pearl fece un sorriso triste, persa nei ricordi. «Per te è diverso, cara. Tom è un brav'uomo. Ma io sapevo com'era fatto Derek. Avrei potuto sopportare la situazione così com'era. Forse avrei dovuto.»

Vivien le prese la mano. «Devi vivere la tua vita e fare ciò che è giusto per te.»

«Ma se non fosse giusto per Laura?» Lo sguardo di Pearl scivolò oltre Vivien, erano occhi vuoti, in cerca di un'immagine di sua figlia, ovunque lei fosse.

«Con il tempo Laura lo capirà.» I figli superano tutto, alla fine. Devono farlo.

Pearl la guardò. Avrebbe potuto dire: che cosa vuoi saperne, tu? In fondo, Vivien non aveva figli, non poteva averne, forse. Ma non lo fece. Chissà se c'era abbastanza tempo perché madre e figlia si riavvicinassero.

Pearl non sembrava convinta. «Non raccontarlo a nessuno, cara. Non voglio che abbiano pietà di me. Posso farcela da sola.»

Vivien sprofondò sulla sedia. Capiva e le era vicina.
«Non ti preoccupare.» Ma doveva fare qualcosa.

La sera, mentre era a letto abbracciata a Tom, Vivien gli raccontò tutto. Sembrava che tra loro fosse tornato il sereno, ma quel lato sconosciuto del marito le aveva fatto capire quanta fragilità può esserci anche in ciò che ritieni fatto di pietra, inamovibile, indistruttibile.

«Povera donna», commentò Tom, carezzandole i capelli. «Magari domani faccio un salto da lei per tagliare l'erba del giardino. O per vedere se ha bisogno di qualche lavoretto in casa.»

«Grazie, amore mio. Ma non dirle...»

«No, tranquilla.» Le sollevò il mento per guardarla negli occhi. «Sarò molto discreto. So essere sensibile, sai?»

«Lo so.»

«E a proposito di quegli esami...»

«Non ha importanza», fece Vivien, voltandosi di scatto. Non ne voleva parlare, non voleva discutere di nuovo. Se il destino non voleva che avessero figli, allora era giusto così. Non valeva la pena distruggere un matrimonio per questo.

«Sì che ne ha, amore.» Le prese il viso tra le mani. «Per te è importante avere un bambino, vero?»

«Sì», mormorò Vivien.

«Allora faremo quegli esami. Lo desidero anch'io, sai?»

«Davvero?»

«Sì, davvero.»

«Ho paura.»

Aveva paura di quel che potevano scoprire. Ma Pearl aveva ragione, dovevano sapere.

Tom la strinse ancora più forte. «Non dobbiamo avere paura, amore mio. Dobbiamo conoscere la verità. E se ce ne sarà bisogno, faremo tutto il possibile.»

Tutto il possibile. Vivien tirò un profondo sospiro di sollievo. Era quello che desiderava sentire. «Grazie, Tom.» Avrebbe potuto affrontare qualsiasi cosa con lui accanto. E una volta saputa la verità… Avrebbero deciso insieme che cosa fare.

«Nel frattempo… Potremmo continuare a fare pratica.»

«Fare pratica?» Vivien chiuse gli occhi.

Un bambino. Sentì le labbra di Tom sulle sue, la sua mano forte sulla carne morbida dell'interno coscia. E pensò a Pearl, alla povera Pearl che aveva solo cercato di combattere per ciò che le spettava, che aveva il cancro ed era sola e non aveva la minima idea di dove fosse sua figlia Laura.

6

Andrés era seduto a un tavolino del bar sulla spiaggia, posto che ormai frequentava sempre più spesso. Presto sarebbe arrivata l'orda di turisti estivi, ma al momento regnava ancora la quiete prima della tempesta, in particolare a quell'ora del giorno, quando la maggior parte dei clienti si apprestava a tornare a casa. Era proprio ciò di cui aveva bisogno, soprattutto fuori stagione. Spazio per pensare, senso di pace e vista sull'oceano. *Sì. Bueno.* Anche il caffè non era niente male.

Se non si raffreddava troppo come, invece, quel giorno. Andrés si era perso di nuovo a fissare il mare. Sognava a occhi aperti. Era un mare molto diverso da quello a cui era abituato sull'isola. Immenso e di un tenue grigio-blu, era tutt'altra creatura. Eppure, stranamente, i due panorami erano affini e forse era proprio per questo che era fuggito da Londra, sua prima meta appena giunto in Inghilterra, ed era venuto fin lì. Senza contare che i paesaggi marini erano uno dei suoi soggetti preferiti.

Era stato un signore inglese conosciuto sull'isola a parlargli del Dorset occidentale; si era fermato ad ammirare il suo lavoro, mentre dipingeva al porto antico, e aveva cominciato a chiacchierare. «Dovresti andarci un giorno», gli aveva detto. «La costa giurassica risale a milioni di anni fa. Vedessi che scogliere meravigliose, un po' come qua.» E così, cercando se stesso in Inghilterra, Paese delle opportunità, Andrés gli aveva dato retta. Malgrado tutto, aveva voluto ritrovare un piccolo pezzo di casa.

Per farsi un po' di pubblicità, aveva affisso un biglietto all'ufficio postale. A Ricoroque gli era già capitato di lavorare come imbianchino, in attesa di decidere che cosa voleva fare nella vita, di diventare un artista affermato, magari. Aveva lavorato anche nei cantieri che stavano spuntando come funghi in tutta l'isola. Con sua grande sorpresa, appena due giorni dopo aver esposto l'avviso in bacheca, la direttrice lo chiamò per tinteggiare la facciata di casa sua. Quello fu l'inizio della sua nuova vita. Quando dipingi all'aperto, i passanti si fermano a chiacchierare. Quando lavori per una persona conosciuta, la gente del paese scopre in fretta chi sei. E poi sparge la voce. Andrés Marín era un tipo vecchio stampo, affidabile e onesto; potevi lasciarlo da solo in casa senza il minimo timore e faceva un buon lavoro a prezzi equi. Via via le commissioni erano aumentate, al punto che con quell'attività riusciva a guadagnarsi da vivere. E così aveva deciso di stabilirsi lì definitivamente.

Gli affari andavano bene e presto cominciò a risparmiare. Comprò un furgone, trovò un alloggio migliore. Negli anni costruì una piccola impresa individuale. Aveva fatto bene a trasferirsi da quelle parti. Faceva abbastanza soldi per vivere come voleva e poteva dipingere senza sentire il fiato di suo padre sul collo. Viveva nel Dorset da diciassette anni ormai. Aveva studiato inglese a scuola e ora, dopo tanto tempo, lo parlava correntemente. Andrés guardò le onde infrangersi sulla riva e ricoprire di schiuma i sassolini di Chesil Beach. Chilometri e chilometri di spiaggia. L'Inghilterra non gli riservava più sorprese. Era diventata casa sua.

Aveva passato tutta l'infanzia a dipingere. Di quel periodo non serbava quasi altri ricordi. Le tele riempivano non solo lo studio di suo padre, ma ogni angolo della casa di pietra bianca e blu. Non c'era altro.

Quel pomeriggio Andrés aveva finito presto di lavorare e si era ripromesso di cominciare ad abbozzare un paesaggio marino che aveva in mente da un po'. Il gruppo di artisti di cui faceva parte, tutti legati ai Barn Studios di Pride Bay, dove lui aveva un piccolo atelier, stava programmando una mostra per la tarda estate, perciò voleva completare il maggior numero possibile di opere.

A differenza di suo padre, doveva infilare l'arte negli spazi lasciati liberi dal lavoro: alla sera, se non era troppo stanco, e nei weekend. Suo padre... Tirò fuori un blocco da disegno e una matita. Detestava pensare a quell'uomo, eppure non riusciva a toglierselo dalla testa.

Quando Andrés era un bambino, suo padre andava sempre a giocare a domino al *Bar Acorralado*, era il suo modo per distrarsi, per staccare. E quando lo faceva... lui saliva furtivo i gradini per entrare nel suo santuario, annusava l'odore secco e deciso della trementina e della carta inutilizzata, sfiorava le tele e i cartoncini rigidi e intonsi all'interno della credenza, sbirciava sotto i lenzuoli polverosi e gli stracci che coprivano i cavalletti di legno. Un sogno.

Andrés osservò i colori che lo circondavano. Non erano poi così diversi. Nei paesaggi inglesi dominavano il grigio e i toni delicati. Ma a Hide Beach c'erano anche colori vivaci, come il giallo miele delle scogliere; la stessa Chesil Beach si stendeva lungo la costa come la criniera di un leone dorato. E i campi erano d'un bel verde acceso, come i piselli, grazie all'abbondante pioggia britannica. Anche nella sua isola i colori erano vividi, soprattutto quelli del mare, che potevano variare da un turchese tenue a uno spietato blu scuro, dall'azzurro zaffiro a un nero inchiostro, mai visto da nessun'altra parte.

Nello studio di suo padre c'erano macchie di pittura ovunque, sulla carta, sul cartoncino e sulle tele; grossi grumi sulle mattonelle del pavimento, un tempo bianco; lentiggini iridate sulle pareti chiare. Lacrime di colore che colavano e si scioglievano e si mischiavano, libere ma sempre sotto il *suo* controllo, come tutti del resto. Perché nessuno poteva contraddire Enrique Marín.

Quasi inconsciamente, Andrés cominciò a concentrarsi sulle forme che voleva inserire nel quadro. In questa prima fase, in realtà, scarabocchiava e basta, incerto su come procedere. Iniziò dalla scogliera. Amava il sentiero sinuoso che s'inerpicava fin sulla cima, coperta d'erba e fiori selvatici, così come la sagoma della falesia, che nel corso degli anni si era erosa e sgretolata, sbriciolandosi nel mare e sulla spiaggia.

La famiglia di Andrés era tra le più abbienti dell'isola. Suo padre, e ancor prima i suoi nonni, allevavano pecore e capre nella piccola proprietà terriera intorno alla casa e coltivavano fichi d'India per ottenere la cocciniglia; ma per Enrique Marín l'agricoltura e l'allevamento non erano mai stati una vera passione.

Appena cominciarono ad acquistare le sue opere, vendette la terra al vicino, tenendo per sé solo due capre e una piccola area da coltivare a orto, le loro uniche fonti di sostentamento nei periodi di magra.

Ai tempi dei romani, le Canarie erano note come le Isole Fortunate, Andrés l'aveva studiato a scuola. Ma non tutti gli abitanti lo erano. Di certo non coloro che amavano parlare chiaro, che odiavano i segreti e si rifiutavano di fingere.

Andrés abbozzò sul foglio la linea dell'orizzonte. E si rivide a quattro o cinque anni sulla soglia dello studio di suo padre.

«Andrés! Via di qui! *Hacia fuera!*» strillava, con la camicia larga di cotone celeste e i pantaloncini macchiati di pittura, brandendo il pennello con una mano e stringendo il solito sigaro sottile nell'altra. Senza, non riusciva a dipingere. Né a camminare, né a pensare. Aspirava, tossiva, scrollava il sigaro sul posacenere senza guardare e, come sempre, lo mancava.

Si chinava leggermente in avanti, le spalle curve, i capelli scuri e ribelli domati in fronte da un nastro di stoffa magenta che lo faceva somigliare a un pellerossa. Era sempre furioso. «Come faccio a lavorare, se mi disturbano di continuo! Reyna!»

Andrés riusciva ancora a sentire le urla.

E allora la mamma arrivava di corsa e lui scappava via a gambe levate e testa bassa, come uno scarafaggio.

«Non te la prendere, tesoro», lo consolava lei, ravviandosi i capelli corvini e riannodandosi il grembiule. «Puoi lavorare in cucina con me.»

Un giorno, quando aveva ancora il permesso di entrare nello studio, la mamma andò da papà asciugandosi le mani su uno strofinaccio.

Andrés li sentì alzare la voce due o tre volte e poi tacere di colpo. Infine, lei uscì scuotendo il capo, ma con in mano una vecchia tavolozza, avanzi di cartoncino colorato e un pennello logoro. Andrés s'illuminò e d'un tratto capì. Lavorare. Gli piaceva quella parola. Sembrava innalzarlo al livello di suo padre, dargli uno scopo. Dipingere.

Così, mentre la mamma sistemava casa e la sua sorellina dormiva nella cesta accanto alla porta aperta, Andrés si mise al lavoro.

Dipinse la fruttiera di ceramica grezza, piena di arance e banane delle Canarie, piccole, dolci e gialle. Ritrasse sua madre, seria e operosa, con le maniche arrotolate e il grembiule allacciato in vita, veloce ed efficiente mentre preparava la *ropa vieja*, uno stufato di carne e patate, pesce pappagallo o calamari. «Non prendertela. Tuo padre è fatto così. Tu va' avanti per la tua strada.»

Su un altro foglio, Andrés abbozzò il peschereccio rosso che stava approdando a Hide Beach. Disegnò anche i pescatori e le loro tende. Per dare un tocco di colore in più al quadro, avrebbe potuto dipingerli di rosso, come la barca, in contrasto con i toni blu del mare e il giallo dorato dei ciottoli. Sì, il rosso bilanciava bene.

Suo padre dipingeva ancora, ovviamente, e continuava a vivere nel paesino in cui Andrés aveva trascorso la sua infanzia e dove non tornava da anni. A Fuerteventura, tutti amavano Enrique Marín per la sua creatività e il suo talento. Aveva trasformato quel luogo, dicevano, con le sue sculture, le sue opere d'arte, la sua visione. Grazie a lui erano arrivati altri artisti e, con loro, altra bellezza. Grazie a lui accorrevano più turisti, che spendevano e arricchivano l'isola. Grazie a lui c'erano gallerie, mostre e donazioni. Era adorato, quasi divinizzato.

Ed era pieno di soldi, ora. I suoi primi, significativi successi risalivano all'inizio del nuovo millennio. Andrés ne aveva letto sui giornali e aveva pensato: Sarai soddisfatto, adesso. Da quel momento, Enrique Marín era diventato un artista e uno scultore famoso in tutto il mondo, capace di radunare piccole folle alle mostre e nelle gallerie, ricercatissimo e ormai padrone di poter accettare o rifiutare incarichi a suo piacimento. I genitori di Andrés ora possedevano altre case, una a sud dell'isola e una nella città principale, Puerto del Rosario, ma avevano tenuto la proprietà di Ricoroque, dove probabilmente trascorrevano ancora la maggior parte del tempo. Quella era la loro comunità, lì c'era il panorama che Enrique amava e da cui aveva ricevuto in dono il tanto agognato successo.

Tuo padre è fatto così. Andrés non aveva mai contestato le parole di sua madre. Non da ragazzo. Ma lei sapeva com'era fatto suo marito? Lo sapeva davvero?

Esaurite le immagini della cucina, il piccolo Andrés cominciò a dipingere il mare: le onde burrascose che s'infrangevano sulle rocce grigie vicino al porto antico, lunghe ed enormi che spargevano la loro schiuma su Playa del Castillo, l'acqua turchese e luccicante della baia. Ogni marea era una contraddizione. Ogni marea portava qualcosa di nuovo. Dipingeva il mare verde, blu, bianco e con tutte le sfumature intermedie. Lo dipingeva calmo e agitato. Animato da persone e barche oppure spoglio. E pian piano, nel corso delle settimane, dei mesi, degli anni, imparò a catturarne i colori e gli umori e le energie. Riusciva a rendere il movimento della schiuma e delle onde, a coglierne il ritmo e la portata, le creste e la brillantezza.

E così anche suo padre finì per accorgersene.

Cominciò a osservare e a giudicare il suo lavoro. Indicava i quadri del figlio con il sigaro infilato tra le dita macchiate di nicotina e commentava secco: «Serve più bianco lì». O: «Sei fuori prospettiva. Usa gli occhi. È per questo che Dio te ne ha dati due». A volte annuiva soltanto. Altre volte andava alla finestra e guardava fuori; allora la madre di Andrés gli si avvicinava e gli metteva una mano sulla spalla, mormorando: «Enrique...»

Un sabato, Andrés era alle prese con un soggetto particolarmente complesso. I suoi amici erano fuori a giocare a calcio, ma lui era troppo impegnato per raggiungerli. *Mañana.* Poteva rimandare, ne aveva di tempo. O almeno così pensava. Al porto nuovo c'era un peschereccio rosso, verde e blu decorato con un emblema nero e la scritta HALCÓN. Era il ritratto di un falco che si avventava sulla preda, con gli artigli pronti alla presa, il becco ricurvo e gli occhi duri come pietre. Ai piedi della barca, Andrés disegnò una rete piena di pesci argentei e luccicanti e, accanto, un vecchio pescatore dalla pelle coriacea, forse Guillermo, con la tuta da pesca blu e le scarpe di tela. In lontananza il mare era in tempesta. Le onde si frantumavano contro El Tostón, spruzzando migliaia di gocce nel vento.

Suo padre si trascinò in cucina e prese la tazza di caffè che la mamma gli aveva preparato. Accese un altro sigaro, borbottò qualcosa di incomprensibile.

Andrés esitava, con il pennello sospeso nell'aria. Aspettava le sue critiche. *Ci sono troppi pesci, il mare è troppo calmo, la tonalità della pelle è sbagliata.*

Invece, nulla. Enrique Marín si carezzava la barbetta sul mento, negli occhi scuri e vitrei un'espressione accigliata. «Che cosa c'è?» sospirò Andrés.

E lui sentenziò: «Il ragazzo sa dipingere». Poi si alzò e tornò nel suo studio. Nient'altro. *Il ragazzo sa dipingere.* Andrés era esterrefatto. Quelle parole si insinuarono nella sua anima ed esplosero come un fuoco d'artificio in miriadi di scintille di piacere.

Si sentiva finalmente accettato. Riconosciuto. Per la prima volta, sapeva che cos'era, chi era. Il figlio di suo padre. Un artista. Dipingere sarebbe stata la sua vita.

Ma si era sbagliato. Era stato uno sciocco. Un idiota.

Andrés raccattò irritato le sue cose e le infilò nella borsa di tela ai suoi piedi. Era abbastanza per ora. Non era concentrato. Aveva permesso a Enrique Marín di condizionarlo, come sempre. E quando non riusciva a togliersi dalla testa la sua famiglia, non riusciva a lavorare. Doveva scrollarsela di dosso per poter proseguire.

Già, perché suo padre non l'aveva mai accolto nel suo studio, né l'aveva incoraggiato a dipingere. Dal grande maestro non erano giunti suggerimenti, né perle di saggezza. Oh, no. Al contrario. Era diventato sempre più furioso con quel figlio che voleva seguire i suoi passi, che aveva osato pensare di poter competere con lui, di poter vivere nella sua stessa casa.

«Non hai niente di meglio da fare, ragazzo?» gridava, quando lo vedeva lavorare sodo a un disegno. «Chi ti credi di essere? Pensi che il mondo avrà mai bisogno di quella robaccia? Guarda lì!» E puntava il dito o il sigaro contro l'opera di Andrés, criticandola, deridendola, facendola a pezzi, a volte persino fisicamente. Finché lui fuggiva via con le lacrime agli occhi, come tutti incapace di ribattere, di ribellarsi. Perché suo padre lo odiava così? Che cosa gli aveva fatto? Perché quell'uomo, che lui ammirava tanto, non era mai contento?

Che aveva ammirato, pensava ora che conosceva meglio le cose della vita. Non c'era nulla da ammirare in un uomo del genere, lo sapeva da diciassette anni.

Ma a quei tempi... Non importava che sua madre e sua sorella lo spronassero a dipingere. Che cosa ne sapevano loro? Non importava che il suo insegnante d'arte dicesse: «Sei il degno figlio di tuo padre, Andrés». Nulla di tutto ciò aveva la benché minima importanza. Perché l'unica voce che contava era quella che lo annientava di continuo.

Andrés si accorse della donna solo quando la vide camminare sul sentiero in direzione di Hide Beach. Procedeva decisa, con i capelli biondi e corti spinti indietro dal vento, le spalle curve, le mani infilate nelle tasche della giacca. La notò perché era sola, il che era strano: la maggior parte delle persone portava con sé almeno il cane. E perché aveva la sensazione di averla già vista da qualche parte.

Da quando se n'era andato da Fuerteventura, da quel giorno fatidico in cui aveva fatto ciò che mai si sarebbe immaginato, Andrés era rimasto in contatto con la madre e la sorella, all'insaputa del padre.

«Vattene da questa casa», aveva sbraitato Enrique Marín, con gli occhi neri accesi dalla rabbia. «E non farti mai più vedere.» Non c'era stato molto spazio per negoziare. E comunque, Andrés era troppo orgoglioso. Ogni volta che pensava all'isola e alla sua famiglia, si ricordava quelle parole. Non sarebbe mai tornato in un posto in cui lo odiavano tanto.

Andrés sentiva la madre regolarmente. Quando suo padre era fuori, lei gli telefonava, due squilli e poi altri quattro, e lui la richiamava. Non volevano rischiare che, controllando le bollette del telefono, si potesse intuire quel contatto.

Andrés le raccontava dettagli della sua vita e aneddoti sui clienti. La signora Emily Jones (soffitto della camera da letto e del soggiorno color albicocca) arricciava il pelo del suo barboncino nero, lo agghindava tutto per bene e la sera lo portava a spasso sul lungomare. Il vecchio Ian Hangleton (muri esterni color magnolia e qualche tegola d'ardesia rotta) spiava tutto e tutti da dietro le tende, nascondeva i soldi sotto le assi del pavimento della camera e teneva una pistola carica sul comodino. *Casomai servisse...*

Le raccontava qualsiasi cosa potesse strapparle un sorriso. Se le immaginava, la mamma e Izabella, sedute a chiacchierare davanti alla caffettiera, mentre il vecchio non c'era.

La mamma riportava a sua sorella tutte le novità, anche se, di tanto in tanto, lui le telefonava direttamente e riceveva in cambio lunghe lettere di risposta. Ma Andrés avvertiva in lei una certa cautela, una sorta di ritegno, come se non volesse rischiare di scatenare l'ira del padre, come se non potesse permettersi di comunicare con lui in modo più completo. Almeno finché non fosse stato riammesso nella cerchia famigliare.

Andrés aveva parlato alla madre dell'ultima casa che aveva ristrutturato e di come l'aveva trasformata di sana pianta prima di rivenderla. *È stata una bella soddisfazione...*

Aveva tratto vantaggio dall'aumento dei prezzi delle case alla fine degli anni Novanta. Su consiglio di un cliente, aveva acquistato per una cifra irrisoria una villetta a due piani in pessime condizioni. La compravendita di immobili non era certo roba per lui, ma si era rivelato un buon affare.

Le aveva raccontato anche di quella casetta sul mare che aveva adocchiato sulla spiaggia di Pride Bay. Andrés toccò la tasca della giacca per controllare che il volantino dell'asta fosse ancora lì. Aveva deciso di fare un'offerta. Perché no? La vista era magnifica.

«È fantastico, figliolo», aveva commentato la mamma, con una sfumatura d'orgoglio nella voce.

Andrés aveva sorriso. Quella villetta fatiscente era tutt'altro che fantastica, ma forse un giorno, lavorandoci un po' su... Era in cerca di un nuovo progetto. E quel posto, non si sa come, gli ricordava casa sua.

«*Qué tal, mamá?* Come va?» le aveva chiesto nell'ultima telefonata.

Era seguito un silenzio che valeva più di mille parole. «Ah, capisco.»

«Sto abbastanza bene, figliolo. Ma non è cambiato niente.»

Andrés sapeva che non si sarebbe mai ribellata. Era una donna all'antica. Per lui era diverso. Era di un'altra generazione e, forse, ribelle lo era di natura; aveva contestato, aveva dovuto farlo, come funzionavano le cose in quella famiglia.

«E Izabella?» aveva domandato Andrés, pensando al viso dolce della sorella. Nemmeno lei si sarebbe ribellata. Chissà se per amore o per paura.

«Be', sta ancora cercando di avere un bambino.»

Povera Izabella. Era sposata da dieci anni ormai. Doveva essere dura per lei. La famiglia, i figli erano il cardine dello stile di vita *majorero*, ovvero di Fuerteventura. A lui, invece, non importava. Si era sempre sentito diverso dagli altri membri della sua famiglia, come se non fosse davvero uno di loro. Forse perché suo padre non gliel'aveva mai permesso.

Mentre il sole calava, Andrés si schermò gli occhi con la mano, contemplando lo stucchevole color zenzero delle scogliere trasformarsi in un pallido color oro.

Bevve l'ultimo sorso di caffè, ormai freddo. Lo prendeva forte e senza zucchero, un espresso doppio. La ragazza dietro il bancone lo sapeva e non gli chiedeva neanche più cosa volesse.

Andrés guardò il mare. La donna sulla scogliera adesso era nella baia e camminava in direzione del bar. Portava sulla testa un paio di occhiali da sole, grandi, con la montatura bianca, e aveva gli occhi rossi, quasi avesse appena pianto. Non era bella, ma aveva un non so che di attraente. Era piccola, snella e sicura di sé. C'era una sorta di dignità nel suo modo di incedere e di muoversi e qualcosa di peculiare nella scelta dei vestiti (la giacca rossa, i jeans neri, gli occhiali bianchi e gli stivaletti rosa erano proprio un abbinamento bizzarro) che avevano acceso il suo interesse.

La donna si fece strada tra i tavolini e gli lanciò uno sguardo fuggevole. Perché era triste? Andrés sentì una fitta al cuore, come se il dolore di quegli occhi avesse risvegliato anche la sua sofferenza. L'aveva già vista da qualche parte? Se era così, era stato tanto tempo prima. Di sicuro non di recente. Se ne sarebbe ricordato.

La donna entrò nel bar. Pazienza. Probabilmente non l'avrebbe incontrata mai più. Scostò la tazzina di caffè e si alzò. Doveva cominciare a lavorare, a fare ciò che davvero contava per lui. Alcuni membri del gruppo volevano incontrarsi in studio e dipingere fin verso le otto o le nove, per poi andare a bere una birra e mangiare qualcosa insieme.

Pensò all'ultima conversazione con sua madre. Al momento di chiudere la telefonata, Andrés stava per aggiungere qualcosa. Ora che era lontano, poteva esprimere apertamente ciò che si dice in una famiglia normale? Chissà. Alla fine, comunque, era rimasto zitto. Era proprio quello il problema. Non è più semplice tacere? Non è più semplice fingere?

7

Ruby guidò da Londra al Dorset con tutte le sue cose stipate nel baule del piccolo furgone a noleggio; dal sedile del passeggero accanto a lei traboccavano cappotti, sciarpe e altri lembi di vestiti. Aveva faticato a trovare un camioncino disponibile per quel giorno, tanto che aveva pensato di essere all'oscuro di qualche evento importante.

«Ce n'è rimasto solo uno», le aveva riferito l'addetto dell'agenzia, la terza che aveva contattato. «Se per lei il colore non è un problema.»

«Certo che no», aveva risposto Ruby.

Era rosa. Rosa shocking, per la precisione. Quel genere di rosa fosforescente che non passa certo inosservato: dalle otto di quella mattina era stato un continuo susseguirsi di cenni di saluto, fischi e occhiatine. Ma era una bella giornata di sole e Ruby si stava divertendo. Che importanza poteva avere il colore? Aveva guardato il furgone, si era legata i capelli con un foulard vintage a fiori ed era salita a bordo.

Come sempre, c'era un sacco di traffico, ma non le interessava. Anzi, le permetteva di radunare meglio i pensieri. E aveva molto a cui pensare. Mel le aveva suggerito di essere pratica, così Ruby era andata dal direttore della banca di Pridehaven per fare il punto sulla sua situazione finanziaria. Alan Shaw era un vecchio amico di famiglia; era stato comprensivo e disponibile. Poiché la casa era libera da mutui e ipoteche, aveva approvato l'idea di metterla in vendita. Non era altrettanto convinto che la villetta sulla spiaggia messa all'asta fosse un buon affare, ma l'aveva rassicurata sulle sue disponibilità economiche: se si fosse attenuta al budget stabilito, avrebbe avuto tutti i soldi necessari per realizzare il suo nuovo progetto.

«Che cos'altro intendi fare, Ruby?» le aveva domandato, con un sorriso da zio.

Chissà com'era conoscere tante cose sulle finanze altrui. Alan non sembrava affatto a disagio.

«Continuerai a lavorare, suppongo.»

«Oh, sì, certo.» Non aveva così tanti risparmi.

I suoi non erano mai stati ricchi, ma avevano ricevuto una piccola eredità da parte della famiglia di papà e non erano certo degli spendaccioni. Ora Ruby ne avrebbe avuto più che a sufficienza. Il giorno prima, era passata di nuovo davanti alla casetta di Chesil Beach, era salita sulla scogliera e poi era scesa allo *Hide Café*. C'era stata tante di quelle volte con i suoi genitori, che le sembrava quasi di aver compiuto un viaggio emozionale. Ma voleva farlo. Era un'altra tappa del processo di elaborazione.

Aveva ricominciato a fare indagini e aveva in cantiere già diverse idee per i suoi futuri articoli. Un mensile patinato le aveva suggerito un servizio sulla parità dei salari. Una volta si trattava di una questione di genere; più tardi gli importi salariali erano stati legati alle qualifiche, ora invece alle capacità di negoziazione individuali. Il collega della scrivania accanto a te poteva fare il tuo stesso identico lavoro, eppure ricevere uno stipendio del tutto diverso. Non era affatto giusto. E poi c'erano i classici temi sempre di moda: viaggi, salute, arredamento di interni. Ma avrebbe voluto fare altro, per questo aveva preso appuntamento con una delle redattrici con cui collaborava di solito, per restare nel giro. Sapeva che cosa stava cercando. Una notizia bomba. Un articolo che significasse davvero qualcosa, che avesse ripercussioni a livello globale, non solo piccoli casi umani. Ma storie simili non capitano certo tutti i giorni e, quando accade, ci sono frotte di giornalisti che mordono il freno in attesa di scriverne.

«E della musica che cosa mi dici? Suoni ancora?»

«Sì.» Aveva ricominciato a esercitarsi e aveva avuto una bella sorpresa: non era arrugginita come pensava.

Negli ultimi giorni aveva riallacciato i contatti con un paio di membri della sua vecchia band e la sera prima si erano incontrati per provare.

«Stiamo progettando un concerto.» Era un grande passo avanti, e Ruby si sentiva pronta. Le prove erano andate bene e i ragazzi le avevano assicurato che al *Jazz Café* erano i benvenuti. I suoi genitori avevano sempre assecondato la sua passione per la musica, soprattutto la madre, grande amante del jazz, e, quando si esibiva, erano molto orgogliosi. Sarebbe stato come riaverli tra il pubblico.

«Ottimo», aveva commentato Alan. «Mi fa molto piacere.»

La vita è troppo breve per rinunciare ai propri sogni; gli ultimi mesi, se non altro, erano stati d'insegnamento. Non si può mai essere sicuri di quel che ci capiterà domani.

E, naturalmente, aveva parlato con James. Era andata anche meglio del previsto.

«Ho riflettuto a lungo», gli aveva detto.

«E non hai intenzione di tornare.» Era un'affermazione, non una domanda.

«Come fai a saperlo?» Non poteva (o non doveva) essere così semplice, no?

«Credo di averlo sempre saputo. Dovevo solo ammetterlo.»

Ruby aveva capito che era stato così anche per lei. E che era davvero finita.

Non era certo stato il più grande amore di tutti i tempi, ma si erano voluti abbastanza bene da andare a vivere insieme e pensare che funzionasse. Ma... Tutti cambiano. E farlo restando in sintonia è solo questione di fortuna. E poi c'era un'altra verità. Non lo aveva mai amato abbastanza.

«Vorrei passare a prendere la mia roba, per te va bene?»

«Quando?» E qualcosa nel suo tono, oltre un tenue rumore di sottofondo che poteva essere la radio (era mattino presto, prima che James uscisse per andare al lavoro), le avevano fatto sospettare che nella stanza ci fosse qualcun altro. Che James le avesse semplificato le cose, perché lui stesso era già andato oltre. Be', non poteva biasimarlo. Non era il tipo da star lì ad aspettare e, in fondo, l'appartamento era suo.

«Sabato mattina? Verso le undici?» All'inizio l'idea che un'altra donna girasse per casa loro, usasse il loro bagno, dormisse nel loro letto (così presto!) era stata scioccante. Ma in un certo senso rendeva tutto molto più facile, più definitivo. E, in fin dei conti, non erano più il suo bagno e il suo letto, non lo erano mai stati. Erano di James.

«Sabato va benissimo. Ci sarò.»

«Un'ultima cosa James. Potresti richiedere per me un certificato di nascita?»

«Naturalmente», aveva risposto lui senza chiedere spiegazioni.

Suonare il campanello, invece di usare la chiave, le fece uno strano effetto.

James la invitò a entrare, la baciò sulla guancia esclamando: «Hai un bell'aspetto, Rubes». Nella voce neanche un velo di amarezza. Sì, non c'era alcun dubbio, era già andato oltre.

«Anche tu», rispose Ruby. Era vero. Aveva i capelli un po' più lunghi del solito e gli stavano bene. Sembrava... più rilassato. Più felice. Doveva esserne contenta.

Non perse molto tempo a guardarsi attorno, ma avvertì che l'atmosfera in casa era diversa. Asettica, come se James (o chi per lui?) avesse lavato via ogni traccia di vita vissuta. Qualcuno con un lieve disturbo ossessivo-compulsivo? O forse qualcuno che voleva disperatamente eliminare l'essenza di Ruby?

Non aveva importanza. James aveva ammucchiato la sua roba dentro gli scatoloni, nell'atrio, e lei era lieta di non dover aspettare più di tanto. In quel posto risuonava ancora l'eco del campanello, di quella visita mattutina della polizia che aveva mandato il suo mondo in mille pezzi.

James le offrì una tazza di caffè, ma lei rifiutò. «Ti ringrazio, ma ho appuntamento con Leah.»

Leah era la redattrice con cui collaborava più spesso e, nel corso degli anni, aveva stretto con lei un bel rapporto di fiducia. Ruby confidava che Leah le avrebbe fornito indizi interessanti e lei sapeva che Ruby avrebbe consegnato materiale di buona qualità nei tempi previsti.

E comunque, non aveva voglia di chiacchierare di sciocchezze con James, né di raccontargli che cosa stava succedendo nella sua vita, né tantomeno di dover usare il bagno e notare la roba di un'altra sopra la mensola.

Trasportarono gli scatoloni giù dalle scale e li accatastarono nel baule del furgone.

«Vistoso, non ti pare?» commentò James, riprendendosi dal muto stupore iniziale alla vista del camioncino color fenicottero. Spiccava un po' in mezzo alla folla, ma durante il viaggio Ruby ci si era abituata.

«Finché va», rispose lei, scrollando le spalle.

Quand'ebbero finito, James rimase ad aspettare sul marciapiedi, mentre Ruby si sedeva al posto del guidatore. Abbassò il finestrino. «Mi dispiace che tra noi non abbia funzionato, Rubes.»

«Anche a me.» James le prese la mano, quasi a ricordare ciò che avevano vissuto insieme. Bello, pensò lei, ma niente di fenomenale. Sarebbero rimasti amici? Probabilmente no. Il che era un po' triste. Ma... «Ti auguro di trovare presto una nuova coinquilina.»

Un lampo negli occhi di James le confermò che aveva fatto centro. Sorrise e gli strinse la mano per mostrare che non provava rancore. «Abbi cura di te, James.»

«Anche tu, Ruby. Addio.»

Il pranzo veloce con Leah andò benone. Ruby le propose alcune idee. Non erano amiche intime, ma Leah sapeva della morte dei suoi genitori e sembrava sollevata nel vederla reagire.

«Cerca di non strafare», si raccomandò al momento di salutarla. «Prenditi il tempo che ti serve.»

«Non preoccuparti», ribatté Ruby. «Ma se intanto...»

«Lo so. Se dovesse capitarmi qualche notizia succosa, ti farò sapere», rise.

«Grazie.»

Dopo pranzo, Ruby incontrò Jude e l'aggiornò sulle ultime novità.

«Mi mancherai», esclamò Jude. «Mancherai a tutte.»

«Anche voi mi mancherete», rispose Ruby. Ma la verità era che i tempi della sua vita londinese le parevano già distanti anni luce. Avrebbe provato nostalgia per Jude e le altre, così come per James. Ma le sentiva già parte del passato.

E così, ora, Ruby e le sue cose erano in viaggio verso ovest. Era stanca, ma aveva preso la decisione giusta, ne era convinta.

James aveva inserito tra le sue cose un nuovo certificato di nascita. La prova che una scatola da scarpe piena di fotografie e oggetti vari non avrebbe potuto privarla della sua identità e delle sue radici. Non importava che non somigliasse affatto ai suoi genitori né che avessero avuto difficoltà a concepirla. Era figlia loro e quel documento l'avrebbe dimostrato. Lei era Ruby Rae.

Imboccò la A31, attraversò le colline accompagnata dal meraviglioso panorama delle valli del Dorset occidentale e del mare sottostante, poi scese verso Pridehaven. Il furgone stava facendo un ottimo lavoro. Aveva l'aria malconcia, ma un cuore funzionante. E malgrado tutto, Ruby avvertiva un senso di liberazione, persino di speranza. Stava facendo il meglio che poteva e si stava dimostrando forte. Stava... gestendo la situazione.

Una volta a casa, scaricò la sua roba e, alla fine, si sedette sul divano con una tazza di tè. Accanto a lei c'era la scatola contenente le scartoffie che conservava nel primo cassetto della scrivania. Sperava che James l'avesse messo lì dentro. Nella fretta di andarsene da un posto che non le apparteneva più, aveva scordato di chiedere dove fosse. Non riusciva quasi a tenere gli occhi aperti, ma doveva assolutamente controllare. Voleva mettere a tacere ogni dubbio. Gettarsi alle spalle quel lieve senso di inappartenenza il prima possibile.

Eccolo. Meno male. Nascosto dietro il passaporto e il documento di rilascio della patente. Lo aprì, sforzandosi di continuare a respirare. In fondo, non era la prima volta che lo vedeva. Sapeva che cosa c'era scritto.

Era un normalissimo certificato di nascita. Ovviamente. Indicava il distretto di registrazione: Pridehaven, Contea del Dorset. Il nome e la professione dei suoi genitori: Vivien Rae, Tom Rae. Nessun problema fin qui. Il suo nome completo: Ruby Ella. La firma dell'ufficiale di stato civile, l'indirizzo esatto del luogo di nascita, cioè quello. Era nata in casa, dunque. Non l'aveva mai notato prima d'ora. Ma non c'era nulla di strano. Un sacco di gente partoriva in casa, anche nel caso del primo figlio. E a volte non si trattava neanche di una scelta. Forse il travaglio era iniziato all'improvviso e non avevano avuto il tempo di raggiungere l'ospedale. Ruby sorrise. Sua madre non le aveva mai raccontato davvero del parto. Le aveva detto solo che era andato tutto bene e che era nata sana.

Poi notò qualcos'altro. Qualcosa che le fece stringere lo stomaco. Era una postilla stampata con inchiostro rosso, in alto a destra. *Dichiarazione tardiva di nascita.* Che cosa voleva dire?

Ruby scacciò la stanchezza, tirò fuori il portatile e cominciò a fare ricerche su Google. Trovò subito un articolo piuttosto esaustivo: a quanto pareva, la registrazione doveva avvenire entro quarantadue giorni dalla nascita del bambino. Era la legge. Ma, di fatto, le autorità incoraggiavano a presentare la dichiarazione in qualsiasi momento, per evitare che sorgessero problemi di varia natura, come l'impossibilità di ottenere il passaporto, l'esclusione dai dati di sistema e dal diritto di voto e via dicendo. Perciò era possibile effettuare la registrazione anche una volta superato il termine. Anche a distanza di anni, in realtà. Ma a quel punto il certificato doveva essere contrassegnato come «dichiarazione tardiva di nascita». Come nel suo caso. Continuò a leggere. Era necessario fornire prove documentali. Cioè? Una comunicazione scritta dell'ostetrica? Perché ce ne sarà stata una, no? E testimonianze. Sempre della levatrice? O forse del marito? L'ufficio di stato civile era tenuto a esaminare tutte le prove... Scorse la pagina verso il basso. E a verificare data e luogo di nascita. Alla fine, l'avviso di registrazione tardiva doveva essere esposto in luogo pubblico, un po' come per le pubblicazioni di matrimonio. In assenza di opposizione da parte di terzi, si era liberi di tornare a casa. E si cominciava a esistere.

Chiuse il sito e spense il computer. Perché i suoi genitori non avevano registrato subito la sua nascita? Non era certo uno di quei dettagli che sfuggono di mente. Pensò alle foto nell'album di famiglia. Nessuna immagine dei suoi primi sei mesi di vita, nessuna registrazione. Due più due fa quattro, di solito. Voleva dire che?...

Era stata una giornata lunga e densa di emozioni.

Poteva non voler dire nulla, le pareva quasi di sentire la voce di Mel. Ma sommato a tutte le altre cose che aveva trovato... Doveva pur significare qualcosa, no? E se c'era un motivo valido per cui la sua nascita non era stata registrata subito, perché i suoi genitori non gliene avevano mai parlato? La verità era così sgradevole da non potergliela confidare?

Si avvicinò alla libreria e sfiorò con le dita i libri di ricette, i volumi di poesie, gli album di foto. Era il momento di andare in fondo della questione. Chi poteva realmente sapere se era figlia di Vivien e Tom Rae? Chi poteva raccontarle che cos'era successo quand'era nata, conoscere la sua vera storia? Chi poteva riferirle perché la sua nascita era stata registrata in ritardo e perché i suoi genitori avevano nascosto nell'armadio una scatola piena di fotografie, senza parlare delle perline, della cuffietta da neonato e del plettro? Chi poteva essere a conoscenza dei loro problemi di fertilità? Da dove veniva e perché i suoi genitori non le avevano parlato di tutto ciò?

L'unica persona che le venne in mente era Frances.

8

Barcellona, maggio 1939

Julia aveva solo diciassette anni. La Guerra Civile era finita e la sua famiglia era radunata intorno alla radio per ascoltare la trasmissione della grande parata della vittoria di Franco, che si svolgeva a Madrid lungo la Castellana, da quel giorno rinominata Avenida del Generalísimo.

«Non perdono tempo, cambiano già i nomi», commentò suo padre, cupo.

«E sprecano già montagne di soldi, a giudicare dalla cerimonia sontuosa che stanno descrivendo», aggiunse sua madre.

Julia li vide scambiarsi un'occhiata complice. Era vero, sembrava proprio una sfilata in pompa magna. Ma mamma e papà erano molto cauti con le parole, persino con i membri della famiglia. Dovevano esserlo, perché c'erano spie ovunque, capaci di tradire anche i propri cari pur di ingraziarsi i nuovi detentori del potere.

Le tre ragazze si avvicinarono per sentire meglio. Julia colse l'eccitazione nel sorriso contagioso e negli occhi scuri di Paloma, che parevano dire: «Ora le cose cambieranno». Era un nuovo inizio per loro, per il sangue giovane della Spagna.

Julia non ne era così sicura. Che cosa ne sapeva sua sorella di politica e di economia? Non se n'era mai interessata, mai. Lei era giovane, ma era molto più informata. Ascoltava, osservava. Rimaneva nell'ombra, ma sentiva tutto.

Il commentatore descrisse il generale Franco e il suo abbigliamento.

«E chi se ne importa», borbottò la mamma, nauseata.

«Sssh», l'ammonì papà. «Devi essere prudente, cara.»

Ma le ragazze attendevano con ansia ogni dettaglio. Sotto l'uniforme da generale, Franco indossava la camicia blu scuro dei falangisti. Sul capo, un basco rosso.

«Tutto fumo...» fece papà.

C'erano centoventimila soldati alla parata. «Centoventimila», ripeté Matilde, estasiata. «Riuscite a immaginarveli?» Julia, no. Paloma, invece, sì. Sembrava che desiderasse essere lì tra loro, essere ammirata come loro.

Nel cielo la scia degli aeroplani formò la frase VIVA FRANCO, disse la radio.

«Magnifico», esclamò Paloma, rossa in volto. Julia sapeva a che cosa stava pensando, la conosceva troppo bene. Si era dovuta sorbire le sue stupide chiacchiere per tutta la vita! *Ora le cose cambieranno. Avrò la mia opportunità. Troverò un uomo che mi ami.*

«Ti piacerebbe che uno di quei soldati venisse a prenderti, eh?» la punzecchiò. Gli ultimi anni erano stati difficili per loro. Paloma voleva un uomo che si prendesse cura di lei; perché in famiglia era lei, più di chiunque altro, a soffrire nel non avere i soldi per comprare vestiti e altre cianfrusaglie. «E se anche fosse?» ribatté.

«Ci sono altre cose nella vita.» Si accorse che suo padre la stava osservando, pensieroso.

«Per te è diverso, Julia», commentò Paloma con una smorfia di sdegno.

«E perché?»

«Perché tu sei così seria.»

«Forse.» Julia si allontanò dalla radio e guardò il mondo fuori dalla finestra. Un mondo in cui nulla era più come prima. Sì, lei era più seria. Che male c'era? Non era in cerca di un uomo, non ancora. Pensò ai vicini, i fratelli Vamos, a Mario che spesso la fissava con aria assorta. Era un ribelle, un tipo inaffidabile, e poi lei aveva cose più importanti per la testa. Voleva viaggiare, sapere che cosa stava succedendo, ed era per quello che origliava le conversazioni di mamma e papà e si nascondeva negli angoli bui dei bar dove si discuteva d'attualità.

Si voltò verso suo padre. «Che cosa ne pensi del nuovo regime, papà? Le cose cambieranno, ora che il generale ha vinto la guerra? Avremo più cibo, più lavoro? Tutto si sistemerà?»

«Sei così giovane, Julia», rispose la mamma. «Troppo giovane per crucciarti di queste cose.»

«Spero con tutto il cuore che non debba più preoccuparsene», intervenne papà. «Che non debba più patire la fame.»

Julia colse lo sconforto nella sua voce. Ma Paloma e Matilde erano troppo prese dai racconti della radio. «Oh, se potessimo essere lì anche noi», sospirò Paloma. «Essere testimoni di questo incredibile spettacolo.»

«Dio ne è testimone», mormorò papà. Imprecò sottovoce, scuotendo il capo. «Non pensavo che ce l'avrebbero fatta.»

Già, credeva che alla fine avrebbero vinto i repubblicani, come tutti, del resto.

E, infatti, sembrava proprio così. Nel 1937 le guerriglie di strada erano finite e i repubblicani controllavano la città. Julia aveva quindici anni e si era abituata in fretta ai cambiamenti, anche se, all'inizio, alcuni le erano parsi strani.

«Non dobbiamo più usare i termini 'Señor' e 'Don'», aveva spiegato papà. «Sono considerati servili.»

Julia era confusa, pensava fossero solo forme di cortesia. «E che cosa dovremmo dire, papà?»

«Compagno. Questo è il saluto corretto.»

Lei e le sue sorelle cominciarono a usare quella parola a ogni piè sospinto, quasi fosse un gioco. «Buongiorno, compagna», si dicevano per prima cosa la mattina, e «Buonanotte, compagna», si auguravano la sera al momento di coricarsi.

Ai loro genitori sembrava non importare più di tanto. Ma cosa pensavano realmente? La notte, invece di dormire, spesso Julia si sedeva in cima alle scale ad ascoltarli e fu così che scoprì la verità. Mamma e papà ammiravano quel senso di giustizia. Pensavano fosse necessario per sfuggire al controllo della dittatura. Nutrivano grandi speranze nella nascita di una nuova e fiorente Spagna repubblicana. Sarebbe mai accaduto? Forse. In fondo stavano cambiando molte cose. Si trasformavano le imprese in attività collettive, si sequestravano le autovetture private, si dava più potere ai lavoratori. A Julia e alla maggior parte dei giovani di sua conoscenza sembrava un fatto positivo. Che male c'era nell'uguaglianza? Perché i vecchi costumi non potevano cambiare? Sembravano azioni ribelli, audaci ed eccitanti. Julia osservava meravigliata la città in mutamento. Sugli edifici campeggiavano bandiere rosse e nere e il simbolo della falce e martello; persino i tram e i taxi erano dipinti di rosso e nero. A ogni angolo di strada erano affissi manifesti rivoluzionari e dagli altoparlanti sulle Ramblas risuonavano giorno e notte le canzoni della rivoluzione. Anche Paloma aveva applaudito a tanto entusiasmo. «Mi fanno venire voglia di ballare.» Julia rideva con lei. Ma i repubblicani approvavano le loro danze? Probabilmente no. Non sorridevano molto spesso.

«La cosa importante», aveva detto papà, «è che ci sia abbastanza cibo per tutti. Nessuno soffrirà più la fame.» Ed era la verità. Entrambi i genitori di Julia lavoravano, suo padre nell'edilizia e sua madre come insegnante alle scuole elementari. E bastava guardare in faccia la gente per strada per vedere persino di meglio. Fiducia nel futuro. Speranza.

Ma non era durata. Nell'inverno del 1938 la città di Barcellona fu pesantemente bombardata.

«Perché ci hanno attaccato?» piagnucolava Paloma abbracciata alle sorelle, nel cuore della notte. «Che cosa abbiamo fatto?»

«Niente», la tranquillizzava Matilde. «Non abbiamo fatto niente.»

Ma sapevano tutti che le case in fondo alla via erano state

colpite. Le famiglie di due delle migliori amiche di Julia erano morte; molti altri erano stati uccisi e feriti. Gli edifici distrutti. La città era in subbuglio. E Julia sapeva perché, l'aveva sentito dalla bocca di suo padre. «Bombardano Barcellona per i cosiddetti peccati repubblicani». I nazionalisti avevano reagito.

La famiglia intera era sotto choc. Ma quello era solo il principio.

All'inizio dell'anno seguente, le truppe di Franco avanzarono e gli abitanti terrorizzati dovettero nascondersi in casa alla vista dei fascisti che sfilavano lungo le strade della città.

«Salvateci, salvateci», gridava Paloma sconvolta, ma troppo spaventata per uscire a guardarli. Julia vide sua madre piangere, mentre papà la consolava, tenendole la mano. «Non avere paura, cara. Almeno siamo stati risparmiati.»

«Ma a che scopo? Che cosa ne sarà di noi? Saremo mai al sicuro?»

Il padre di Julia non poteva rispondere, perché non lo sapeva.

Ma, come chiunque altro dopo la conquista della città, aveva tagliato subito i contatti con le persone ormai ritenute inopportune e pericolose. Julia lo capiva, facevano tutti così. Camminavano in fretta, a testa bassa, senza guardare. E chi aveva legami politici sbagliati doveva lasciare Barcellona alla svelta.

In marzo cadde Madrid, poi Valencia.

«È finita», annunciò il padre di Julia. «*Cielos!*» esclamò, più per rassegnazione che per rabbia.

Aveva ragione. Il 1° aprile l'ultima delle forze repubblicane si arrese e fu proclamata la vittoria dei nazionalisti.

Una notte, poche settimane dopo la trasmissione della cerimonia della vittoria alla radio, mentre le campane della cattedrale suonavano dodici rintocchi, Julia sentì i suoi genitori discutere. Si alzò dal letto, si avvolse nella vestaglia e si accucciò sulle scale per ascoltarli. Era spaventoso. Le parole sgorgavano dalla bocca di suo padre come lava da un vulcano; era come se non potesse farne a meno e rischiasse, altrimenti, d'impazzire. Parlava di attivisti politici e di «infezione bolscevica». Di matti, vagabondi e mendicanti che tenevano tutti i loro beni terreni impacchettati sotto gli archi di Calle Fernando. E di campi di prigionia, come il castello di Montjuïc, teatro di continue esecuzioni; dei sopravvissuti alle torture, pieni di cicatrici. Il panico gli fece alzare la voce, poi via via si smorzò fino a sparire. La mamma cercava di tranquillizzarlo; Julia riusciva a immaginarla mentre gli carezzava i capelli e lo stringeva a sé per consolarlo.

Tornò a letto, sospirando. Dai tempi della guerra era cambiato tutto. Come poteva essere diversamente? L'economia spagnola era allo sfascio. Ponti, strade, ferrovie, tutto era nel caos. Ma c'era di più. Dopo quel che aveva sentito, Julia era preoccupata per la sanità mentale di suo padre.

La sera prima avevano mangiato a sufficienza, ma non era stata un'allegra cena in famiglia.

«Dove hai preso questo cibo?» aveva chiesto la mamma.

«Me lo sono guadagnato», aveva risposto lui con aria allucinata.

Non c'era stato bisogno di aggiungere altro. Corruzione e mercato nero erano all'ordine del giorno. Fagioli, carne, olio d'oliva, farina... Erano tutti alimenti costosi e difficili da trovare.

Papà li aveva guadagnati? E come esattamente? Julia l'aveva visto cercare invano lavoro, nonostante la distruzione imperante e il disperato bisogno di ricostruire. Le sue spalle parevano ogni giorno più curve. Dai discorsi dei genitori, Julia aveva appreso che si doveva stare attenti a chi offriva lavoro e che, a sua volta, chi offriva lavoro, doveva essere cauto nella scelta di chi assumere. Fortunatamente, papà non era considerato un ex simpatizzante della sinistra.

«Sappiamo tutti che fine fanno», l'aveva sentito dire.

La sera seguente non c'era quasi nulla da mangiare. La mamma aveva preparato un po' di riso e fagioli, ma non poteva esagerare, perché non sapeva quando e da dove sarebbe arrivato il pasto successivo. C'erano giorni in cui andavano a dormire ancora affamati. Troppi giorni.

E papà tornava a casa sempre di pessimo umore.

«Che cosa c'è che non va, Tomás?» domandò un giorno la mamma. Lui si guardò attorno, voltandosi a destra e a sinistra. Di nuovo quello sguardo torvo, da folle, che faceva venire i brividi. «La società dei tram ha licenziato quasi metà del personale. Così, in un lampo», raccontò, schioccando le dita.

La mamma gli posò la mano sul braccio.

Lui si calmò subito e si mise a fissare cupo nel vuoto, come per trovare un senso a quanto stava accadendo.

«Non riesco a crederci», commentò la donna. Eppure, qualche tempo prima, aveva perso il lavoro anche lei. Non aveva avuto scelta. Come tutte le donne, ora doveva rimanere a casa e obbedire in tutto e per tutto al consorte, la cui parola era legge. E se il marito era spaventato a morte o aveva quasi perso la ragione? Se non riusciva a trovare lavoro e in famiglia non c'erano soldi? Che cosa succedeva, allora?

«Ma chi insegnerà ai bambini?» aveva domandato Julia. Un tempo, in un'altra vita, anche lei avrebbe voluto fare l'insegnante. Era chiaro che ora non sarebbe più stato possibile.

«Qualcuno che pensi e agisca nel modo corretto e consentito», aveva risposto la mamma, senza la minima ironia.

«È la Chiesa, ora, che esercita potere sull'istruzione», aveva mormorato papà. «Ma a che prezzo?»

Julia non capiva che cosa intendesse. Sapeva che, durante la Guerra Civile, le chiese erano state chiuse, persino distrutte. E che molti non erano stati affatto d'accordo. Ma che cosa pensava ora la gente? Chissà. Ormai non le era più consentito ragionare. Le idee sembravano dettate dall'esterno.

«Quasi metà del personale!» Papà ricominciò a urlare. «È pura follia!»

«Zitto, Tomás.» La madre di Julia riuscì a calmarlo, come sempre.

«Non possiamo andare avanti così.» Papà la fissò intensamente, finché lei distolse lo sguardo. Poi sbirciò fuori nel vago baluginio dei lampioni che illuminavano i ciottoli di Puerta del Ángel. La rabbia, la furia cieca dei suoi occhi erano svanite. Ma ciò che Julia vide al loro posto forse era peggio.

«Te lo dico io», insistette. «Qualcosa deve cambiare.»

Ma che cosa? Quella notte, ascoltandoli di nascosto dal suo letto, Julia fu colta da un terribile presentimento. Stavano litigando... Perché? Non si alzò. Era combattuta tra la curiosità e la paura. Sembrava si trattasse di qualcosa di brutto. Ma poteva andare peggio di così?

La sera seguente i suoi genitori la presero da parte.

«Julia», disse suo padre. «Hai capito la gravità della situazione?»

«Sì, papà.»

Come avrebbe voluto sgusciare via e sparire per sempre in una nuvola di fumo! Oppure volare fuori dalla finestra per raggiungere un luogo calmo e sicuro, in cui ognuno potesse essere ciò che desiderava. Non voleva sentire quel che avevano da dirle.

«Dobbiamo pensare al tuo bene», aggiunse lui.

E il resto della famiglia? Sapeva di non essere la sua figlia preferita (era Paloma quella che lo prendeva sottobraccio e lo faceva sorridere), ma si era sempre sentite amata.

«Tua madre e io ne abbiamo parlato.»

Julia guardò la mamma. Aveva gli occhi rossi. Allora era di quello che avevano discusso nel cuore della notte. Forse avrebbe dovuto origliare. Forse avrebbe potuto fargli cambiare idea.

«Abbiamo riflettuto.»

«Su che cosa, papà?»

«Sul tuo futuro.»

Proprio ciò che temeva. «Mamma?»

«Silenzio», la zittì sua madre. Non era da lei. Ma era stremata, sconfitta da una vita che si era trasformata in un incubo.

«Entrerai in convento», sentenziò suo padre.

In convento? Per prendere i voti? Gli occhi di Julia guizzarono sconvolti dall'uno all'altra. «In convento?» ripeté.

La mamma le strinse la mano. «Lì sarai al sicuro, Julia. Non soffrirai la fame...»

«Ma...» Era l'ultima cosa che si aspettava. La sua non era una famiglia religiosa. In convento? Non ne avevano mai accennato, mai.

«Così è deciso», decretò suo padre. «Sarà la Chiesa a occuparsi di te.»

«Papà...» Julia cercò pietà, ma nei suoi occhi trovò solo disperazione. Aveva sempre provato a comprenderlo e l'aveva sempre rispettato, senza mai disobbedirgli. Ma questo...

«È il posto giusto per te.»

«E Matilde?» Julia sentiva la rabbia divampare dentro di sé, come fuoco. «E Paloma?»

La mamma le cinse le spalle. «Anche loro dovranno fare dei sacrifici», sussurrò. «Abbiamo fatto del nostro meglio, bambina mia.»

Sacrifici? Julia si liberò dall'abbraccio e corse via. Fuggì in strada senza una meta, solo per scappare il più lontano possibile. Il viso rigato dalle lacrime, i capelli scompigliati, che si libravano nell'aria come foglie nel vento d'autunno. Quali sacrifici sarebbero toccati alle sue sorelle? Erano così graziose. Che fatica avrebbero mai fatto a trovare marito? Lei era diversa. Lei era quella bruttina, calma, passiva, quella a cui si poteva dire sempre che cosa fare e dove andare. Pensò per un istante a Mario Vamos, ai suoi occhi neri. Certo, era stata una decisione semplice per i suoi genitori. Julia e le sue sorelle avevano ricevuto tutte una buona istruzione, ma era lei quella che aveva studiato con più impegno. Parlava molto bene l'inglese, adorava la storia. Paloma e Matilde si sarebbero sposate, ne era sicura. Sarebbe stato meglio o peggio che essere sposata con Dio?

Alla fine si ritrovò davanti alla biblioteca dell'Ateneo. Non si sentiva più né calma né passiva, ma disperata, afflitta, senz'aria. Si tranquillizzò e alzò gli occhi verso il sontuoso edificio. Al suo interno si diramava una ragnatela di corridoi e sale di lettura miracolosamente sopravvissuta ai bombardamenti, in cui Julia amava girovagare e leggere. Presto non avrebbe più potuto farlo. Sarebbe stata prigioniera. Lontano dalla famiglia che amava. Dal mondo.

Vagò per le strade un'altra ora prima di tornare a casa. Passò davanti ai mendicanti e ai vagabondi e pianse al pensiero di quanto avevano perso. La libertà individuale, ma anche l'identità. Il retaggio culturale che era parte della loro anima. Le opere in lingua catalana erano state distrutte, persino dentro l'Ateneo. Ne avevano vietato la stampa, ma di sicuro controllavano e censuravano anche gli altri quotidiani. I catalani erano annientati a tutti gli effetti. Non c'era più musica esaltante ad animare le Ramblas. Ovunque i manifesti proclamavano: «Parlate la lingua dell'impero». Ora erano spagnoli, soltanto spagnoli. Gli avevano portato via persino la voce.

Il convento di Barcellona era il posto giusto? Julia chinò il capo e sentì un'ultima lacrima solitaria scenderle sul viso. Papà aveva detto che la Chiesa si sarebbe occupata di lei. Che scelta aveva? La sua famiglia non aveva denaro. Se si fosse rifiutata, sarebbero morti tutti di fame.

Rientrò in casa a testa alta. Sarebbe stata forte. Non avrebbe mostrato a nessuno il suo dolore. Era una figlia obbediente e avrebbe obbedito.

9

Il venerdì sera Andrés si recò al *Jazz Café*. I tempi in cui i clienti stavano seduti al bancone con una birra e una sigaretta in mano erano ormai finiti, eppure quel posto conservava magicamente un'atmosfera fumosa. Luci soffuse. Un uomo al pianoforte. La sala era allestita stile cabaret, con i tavoli di legno decorati da tovaglie rosse e portacandele di vetro colorato. Le pareti erano blu scuro, in tono con la musica.

Il *Jazz Café* faceva parte dell'Arts Centre di Pridehaven, una costruzione Art déco sede di mostre e di un piccolo teatro; il locale sul retro manteneva le stesse forme sinuose dell'edificio: la sala era ovale e il bancone di mogano seguiva la linea curva della parete principale.

«Andrés.» Tina, la barista, era felice di vederlo. Si sporse in avanti per baciarlo sulla guancia, una, due volte, ma troppo in fretta per permettergli di catturare il suo profumo.

«Vuoi una birra?»

«Sì, grazie.»

Tina era una brunetta dalle curve generose e dal viso armonico, che Andrés aveva ritratto varie volte. In uno dei suoi quadri l'aveva dipinta dietro al bancone, intenta a spillare una birra, con la schiena riflessa nello specchio alle sue spalle: una sorta di reminiscenza dei caffè tanto amati da Manet, uno dei suoi impressionisti preferiti.

Non che aspirasse a raggiungere le stesse vette artistiche, ovvio, ma gli piaceva l'immagine del pittore perdigiorno che passeggia placido per le vie della città osservando la vita. Aveva inserito quell'opera tra quelle della mostra estiva. Andrés amava lo sguardo di Tina mentre esaminava i clienti, l'angolo degli zigomi, la sua leggera aura di superiorità. Lavorava al *Jazz Café* da molto tempo, il venerdì sera ormai era d'obbligo.

Tina si piegò per prendergli una San Miguel dal frigo, facendo ondeggiare il bel caschetto scuro.

«Tutto OK?» domandò, stappandogli la bottiglia. Gli chiedeva sempre come stava, si preoccupava per lui.

«Tutto bene, grazie.» Mancava una settimana all'asta giudiziaria e Andrés non vedeva l'ora. Gli serviva qualcosa di più nella vita, non era proprio lei a ripetergliela sempre? Sperava che ristrutturare la villetta della guardia costiera potesse rappresentare quel qualcosa.

«D'accordo», disse Tina, non troppo convinta. Indossava una maglietta nera aderente e un paio di jeans troppo stretti per essere comodi, ma che le donavano parecchio.

Andrés era assorto. Gli sembrava di vivere dentro una ragnatela. Il che era bello, da un lato. Poteva sostenerlo ma al contempo essere flessibile. Poteva avvolgerlo nei suoi fili appiccicosi, impedirgli di cadere. D'altro canto, poteva intrappolarlo e soffocarlo. Una volta che era dentro, era dentro. Non c'era possibilità di fuga.

«Avrai il tuo bel daffare stasera.» Andrés accennò alla sala, già mezza piena, nonostante fossero poco più che le otto. Alle nove sarebbe scoppiato il caos. Ma era un bene, a volte, ritrovarcisi in mezzo, smettere di rimuginare. Lui era abituato a stare per conto suo, a trascorrere le serate da solo. Ma c'erano notti in cui le immagini dell'isola e della sua famiglia erano così vive e martellanti che aveva bisogno di un rumore più forte per sovrastarle. E nel chiasso di un locale poteva finalmente abbandonarsi, perdersi e fondersi per un istante con ciò che lo circondava.

«C'è un gruppo che suona, stasera. Un concerto dell'ultimo minuto, ma abbiamo appeso la locandina. Per questo c'è tanta gente.» Tina prese i soldi e si voltò verso la cassa. Stavolta Andrés avvertì il soffio leggero del suo profumo. Geranio. A Ricoroque, tutti piantavano gerani nei mastelli davanti casa; usavano il *picón*, un carbone vegetale che, assorbendo la rugiada, li faceva crescere rigogliosi anche senz'acqua. «Sono bravi?»

«Sì, sono in gamba», rispose lei, dandogli il resto. «Un tempo suonavano qui tutte le settimane, poi si sono sciolti perché...»

Ma Andrés non fece in tempo a scoprirlo, perché dal lato opposto del bar arrivò un'ordinazione e Tina corse ancheggiando dal nuovo cliente.

La salutò con la mano e afferrò uno sgabello.

Gli piaceva starsene seduto lì, all'estremità del bancone. Poteva dare le spalle alla parete, così da non avere sorprese, chiacchierare con l'amica, quando era libera, e vedere abbastanza bene il palco e il resto della sala. A volte la musica lo assorbiva, a volte gli piaceva osservare la gente, a volte dimenticava dov'era ed era uno choc quando, al momento della chiusura, si accorgeva di essere stato per tutta la sera con la mente a Ricoroque.

Sono un contemplativo, pensò, sistemandosi meglio sullo sgabello e bevendo un sorso di birra. Un perdigiorno. Sempre ai margini della vita. Seduto in disparte a guardare gli altri divertirsi.

Andrés conosceva Tina da diversi anni. Lei e Gez erano stati i suoi primi amici nel Dorset, amici veri. Era entrato al *Jazz Café* in una serata tranquilla e aveva cominciato a chiacchierare con lei. Era una persona alla mano, estroversa, sorridente, diretta. Niente giochetti inutili. E questo gli piaceva. Aveva anche accarezzato l'idea di chiederle di uscire. Non era proprio il suo tipo ma, in fondo, qual era il suo tipo? Non lo sapeva neanche lui.

Tina, però, aveva messo subito in chiaro che non era libera. «Dovresti passare di qui domenica, a conoscere Gez. Andreste d'accordo. Ne sono sicura.»

«Tuo marito?» domandò Andrés, pur non avendo visto alcun anello.

«Il mio ragazzo, il mio amante», rispose lei. E lo fissò con i suoi occhi nocciola, o almeno così pareva, perché era difficile dirlo nella semioscurità del locale. «E tu?»

«Io?» Per un terribile istante Andrés temette che gli stesse proponendo un triangolo.

Tina lo capì e si mise a ridere. «Stai con qualcuna? Hai una ragazza? Un'amante? Una moglie?» Già allora, per lei, era un libro aperto.

Anche Andrés rise, sollevato. «No, nessuna.» Idiota. C'erano state delle donne, è ovvio. Santo cielo, non era certo un monaco. Ma non appena le cose cominciavano a farsi serie, non appena una ragazza provava a infiltrarsi troppo nella sua vita o accennava all'ipotesi di una convivenza, lui troncava subito. Forse era destinato a restare solo. Magari l'esempio dei suoi genitori gli aveva fatto passare la voglia. Probabilmente non era il tipo da impegnarsi. Tina aveva una sua teoria. Chiaro, in fondo, era una donna, no? La sua teoria era che non aveva ancora incontrato Quella Giusta. E da quel momento in poi fargliela trovare era diventata la sua missione.

Come previsto, lui e Gez fecero subito amicizia e, all'improvviso, Andrés si accorse di avere una vita sociale. Era stato facile, a dire il vero, come se avesse trovato di colpo la chiave giusta. Poteva andare al *Jazz Café* e chiacchierare con Tina ogni volta che voleva, cenava a casa loro almeno un paio di volte al mese e giocava a tennis con Gez quasi ogni domenica mattina, per poi fermarsi con lui a bere una pinta postpartita al *Black Lamb*, vicino ai campi d'allenamento. E, grazie a Tina, aveva una serie infinita di appuntamenti al buio.

Ecco, quelli erano un tasto dolente.

Andrés si portò la bottiglia alle labbra. Non ce l'aveva con lei per quei continui tentativi. Tina era felice con Gez e pensava che, con qualcuno accanto, anche Andrés lo sarebbe stato. Gli uomini hanno bisogno di una donna; e le donne hanno bisogno di un uomo. Non siamo fatti per stare soli. Ma Andrés sapeva che la sua vita non era così semplice. Non era solo un caso se non aveva ancora incontrato la donna giusta.

La prima ragazza che gli fece conoscere era timida e visibilmente a disagio, e lui, nervosissimo, finì per rovesciarle addosso la sua birra; la seconda passò tutto il tempo a inviare sms di nascosto al suo ex; la terza, dopo essersi scolata due gin tonic, cercò subito di portarselo a letto, spaventandolo a morte.

«Che cos'hanno le mie amiche che non va?» si lamentò Tina una sera a cena. «Sei così maledettamente esigente, Andrés.»

«Sono tutte signore adorabili, vanno benissimo.» Per qualcun altro, però, non per lui.

«Donne», lo corresse lei, distribuendo generose porzioni di lasagne. Andrés e Gez si scambiarono un'occhiata complice, ma Tina l'intercettò e li mandò cordialmente a quel paese.

Per quanto Andrés fosse sicuro di parlare bene inglese, alcune sfumature ancora gli sfuggivano. «Donne, scusa.»

«Quale ti è piaciuta di più?» Tina era in modalità analitica. Mise l'insalata in una ciotola di vetro al centro della tavola e distribuì dei fogli di carta da cucina come tovaglioli. «Per aiutarmi a scegliere, la prossima volta.» Le sue cene erano sempre semplici, ma deliziose. Tina emanava un calore e una cordialità che lo facevano sentire a suo agio e gradito.

Qual era la risposta giusta? Andrés si voltò verso Gez, che lo guardava con occhi innocenti come a dire: Stavolta te la devi cavare da solo. «Ehm, la numero tre?»

«Vuoi dire Jane», ribatté secca Tina. Versò un po' di aceto balsamico sulle foglie d'insalata e aggiunse con uno svolazzo un filo d'olio d'oliva.

«Sì, Jane.»

«Ah, allora, ti piacciono le donne piccole e magre. E bionde.» Tina rifletté, a occhi socchiusi. «Hai un istinto di protezione, Andrés?»

«Istinto di protezione? Non che io sappia.»

«Piccola, bionda, tenera, bisognosa di cure», insistette lei.

«Tenera? Mai detto niente di simile.» Tina si sbagliava di grosso. A lui piacevano le donne indipendenti, capaci di opinioni personali. Non gli interessava avere uno zerbino da calpestare, quello poteva comprarselo anche al supermercato.

«Devi rilassarti un po', Andrés. Sei troppo rigido, troppo formale.»

Lui alzò le spalle. Era fatto così. Era stato educato in quel modo.

Tina gli mise una mano sul braccio. «Me lo diresti, vero?»

«Che cosa?»

«Se tu fossi gay.»

Andrés scoppiò a ridere. Sarebbe stato più facile, forse. Soprattutto sapendo che nel fine settimana gli avrebbe sventolato davanti un'altra biondina come un osso di fronte a un cane.

Tina gli fece un cenno dall'estremità opposta del bancone. *Ne vuoi un'altra?* Andrés si accorse che aveva già finito la prima birra e annuì.

Dopo mesi di tentativi falliti, molte donne avrebbero gettato la spugna, ma non lei. Tina continuava imperterrita a proporgli appuntamenti e, a lungo andare, Andrés doveva ammettere di aver conosciuto un sacco di persone interessanti, di essere uscito e di aver stretto nuove amicizie. Ma da dove saltavano fuori tutte quelle donne? Aveva messo un annuncio? Be', forse non aveva una ragazza, ma almeno aveva una vita sociale. Tina gli portò un'altra birra. «Che cosa c'è?»

«Niente», rispose lui, infilando le dita nella tasca in cerca di spiccioli. Negli ultimi tempi non riusciva a pensare ad altro. La sua famiglia. L'isola. Una parte di lui desiderava tanto tornare. Ma come poteva, se in quel posto non era desiderato? Sua madre gli aveva detto che non era cambiato nulla. E aveva ragione.

Il ritmo era variato, invece. E ora le note sembravano vibrargli lungo tutto il corpo. Andrés chiuse gli occhi. Avrebbe sentito quella musica anche fosse stato sordo. L'avrebbe sentita in ogni fibra del suo essere. Ne era certo.

E la sua mente volò di nuovo sull'isola. Nelle giornate di festa gli abitanti del paese suonavano sempre le percussioni, perciò non smettevano mai di esercitarsi. Si incontravano dopo il tramonto, nella piazza davanti al centro culturale, per cantare, suonare e ballare. Fuerteventura era ricca di tradizioni, di canzoni popolari come la *Malagueña*, le *folias* e le *seguidillas*, che venivano ballate con i costumi tipici nelle sagre e nelle *fiestas*. E durante le vacanze, la domenica e nei giorni festivi, si organizzavano grandi grigliate. Dai barbecue provenivano odori pungenti e nuvole di fumo: salsicce arrosto, costolette di maiale e carne di capra. E poi c'erano le piccole e rugose patate delle Canarie, immerse nelle tinozze piene d'acqua bollente. Decine di tavoli sparsi sulla piazza, fiumi di vino locale e tanta musica.

Finita la festa e rientrati a casa, la madre di Andrés si metteva a ricamare o cucire vestiti per Izabella, usando spesso stoffa scarlatta. Un tempo, Ricoroque era famosa per la produzione di cocciniglia, un fiorente commercio che aveva permesso ai paesani di costruire nella baia un molo di pietra. La vivace tinta rossa, ricavata dagli omonimi insetti delle piante, aveva colorato le *bayetas* dei conquistatori spagnoli, coperte sgargianti che le donne navajo scucivano pazientemente, per poi ritessere i fili e creare i loro abiti.

Di colpo Andrés si ricordò di una sera, quand'era ancora ragazzino. La mamma aveva appuntato un pezzo di stoffa intorno al corpo di sua sorella e le aveva infilato un fiore rosso tra i capelli. Avevano aperto le porte e le finestre per far entrare il ritmo primordiale delle percussioni e in quell'istante la timida, silenziosa Izabella aveva cominciato a ballare, come in preda a un incantesimo. Ondeggiava, piroettava e volteggiava nella stanza, aprendo dietro di sé un ventaglio di capelli corvini. E più il ritmo incalzava, più lei ballava veloce. Alla fine anche Andrés si era unito alla danza e, ridendo, aveva invitato la mamma a raggiungerli.

Enrique Marín, invece, non ballava mai. Si limitava a guardare gli altri, con gli occhi neri e indecifrabili come la roccia vulcanica dell'isola.

* * *

Andrés si asciugò una lacrima. Non si voltò verso Tina, per paura che lo stesse guardando. *Una ragnatela...*

La musica si fermò e sul palco del *Jazz Café* salirono altre persone. Dal pubblico giunsero applausi e grida d'incitamento. Doveva essere il gruppo di cui gli aveva parlato la barista. Un uomo alla batteria, uno alle tastiere, uno al contrabbasso e... toh... una ragazza. No, una donna. Indossava un abito rosso e anche lei portava tra i capelli, corti e biondi, un fiore dello stesso colore. La conosceva. Era la donna della scogliera, quella che gli sembrava di aver già visto. Ed era così, infatti. Ora gli era venuto in mente. Era lì che l'aveva vista, al *Jazz Café*, sul palco con la sua band. Prima che scomparisse nel nulla.

Il gruppo provò per un po'. Il tastierista disse poi qualcosa al microfono e la donna in rosso tolse dalla custodia un luccicante sassofono. Lo toccava con amore, quasi lo stesse accarezzando. Iniziò a suonare. *Summertime*. Insopportabilmente lenta, dolorosamente triste.

Alla fine del concerto, i clienti cominciarono a dileguarsi e Tina poté prendersela un po' più comoda. Stava raccogliendo i bicchieri dai tavoli e impilandoli sul bancone.

«Chi è quella?» Andrés era affascinato. Quella donna, con le sue note malinconiche, l'aveva avvolto in un manto di tristezza. Anche se non capiva bene se fosse colpa della musica o del suo stato mentale. Forse di entrambi.

«Chi?... Ruby?» Tina lo fissava, ritta con le mani sui fianchi.

«Ruby.» Il nome era perfetto.

«Be', non farti troppe illusioni. È stato un evento speciale. Ruby non vive più qui, è stata a Londra per un po' di tempo.»

Andrés scese dallo sgabello. Non era interessato a una relazione a distanza, quello era poco ma sicuro. E, a dire il vero, non era interessato neanche a una relazione. Ma... «Suona bene. Tutto qui», ribatté, ignorando il sorrisetto malizioso di Tina. «L'ho vista in giro di recente. E ho solo notato...»

«Ah, era ora», mormorò lei.

La ignorò di nuovo.

Ma forse Tina aveva ragione. Forse la villetta sulla spiaggia non sarebbe bastata. Forse avrebbe dovuto cercare qualcosa di più per riempire il vuoto nella sua vita. E, tornando verso casa, Andrés si ritrovò a fischiettare.

10

RUBY si recò all'asta giudiziaria in sella alla sua nuova bici, comprata appena il giorno prima, di ritorno dal pranzo con Mel. Non aveva saputo resistere. Era nera, splendente, con un bel cestino davanti e la faceva sentire quasi serena, mentre pedalava veloce, accarezzata dal vento. Aveva deciso che non si sarebbe lasciata abbattere dalle circostanze. E quel giorno era fermamente intenzionata a comprare la villetta dei suoi sogni.

Persino Mel aveva dovuto ammettere che la scritta «dichiarazione tardiva di nascita» sul suo certificato faceva supporre che la realtà fosse diversa da ciò che sembrava. «Smettila di proteggermi», le aveva detto Ruby, uscendo dal caffè. «Dimmi che cosa pensi veramente.» E così Mel aveva espresso il suo parere. «Credo che dovresti parlare con qualcuno che era nei dintorni quando sei nata. I tuoi nonni, per esempio.»

I suoi nonni... Di colpo si ricordò di una frase.

«Un fulmine a ciel sereno», aveva detto la nonna al funerale. Ruby immaginava si riferisse all'incidente stradale che le aveva portato via la figlia, sicuramente uno choc terribile, una tragedia. Ma, nel pronunciare quelle parole, la nonna l'aveva fissata dritta in faccia. Era talmente confusa.

Ruby guardò Mel con un lampo di terrore negli occhi.

«Che cosa c'è?»

«Niente», aveva risposto lei, scuotendo il capo. E se il fulmine a ciel sereno fosse stata la sua nascita?

«Oppure potresti chiedere a una delle amiche di tua madre...»

Già, pensò Ruby. Come Frances.

La bicicletta andava più veloce del previsto e Ruby adorava sentire il vento nei capelli. Chissà se anche la mamma si era sentita così, pochi istanti prima di morire. Cercò di cacciare via quel pensiero.

Al funerale Frances era stata di grande sostegno, per quanto sconvolta: Vivien era la sua migliore amica, anche se non si vedevano più molto spesso, da quando si era trasferita nella Cornovaglia settentrionale per stare vicina alla figlia e ai nipotini. «Se c'è qualcosa che posso fare per te, mia cara», aveva detto a Ruby, scarabocchiando i suoi contatti su un pezzo di carta e infilandoglielo in mano, «non devi fare altro che chiedere.»

Ed era proprio questo che stava per fare. Per fortuna aveva conservato il biglietto, che era ancora dentro la sua borsa. Stava solo racimolando un po' di coraggio e aspettando il momento giusto. Era davvero figlia di Vivien e Tom? Era o non era Ruby Rae? Aveva un disperato bisogno di sapere la verità. Ma poi non avrebbe più potuto fare marcia indietro.

Scese a ruota libera giù per la collina, oltrepassando il museo e la biblioteca, dove il mercato del mercoledì era in piena attività. La sede dell'asta era in una sala municipale a pochi chilometri di distanza. Aveva tutto il tempo, benché dovesse ancora abituarsi appieno alla nuova bici; il freno posteriore funzionava solo pedalando all'indietro, la sella era un po' troppo alta e non toccava bene per terra. Ma l'adorava lo stesso. Era fantastico ammirare i campi curati e le colline verdi del Dorset dritta sul sellino. Era un tuffo nel passato.

Aveva dedicato il concerto del sabato sera al *Jazz Café* ai suoi genitori e le era sembrato un addio molto più potente e personale di qualsiasi altro. E anche se la tristezza l'aveva quasi sopraffatta...

era stato un toccasana per lei. Oltre che una bella serata. Vedere il pubblico, sentire gli applausi e avvertire la scarica di adrenalina pura mentre suonava… l'avevano riempita di gioia. Si era quasi dimenticata dei suoi problemi.

Che ora, invece, avevano ricominciato ad assillarla più forte che mai.

Spinse sui pedali e prese velocità. Forse non erano stati loro a concepirla, ma Tom e Vivien erano ancora i suoi genitori, nel vero senso della parola. Si erano presi cura di lei. L'avevano amata. Nessuno poteva portarle via questo. *Anche se…* E quel pensiero sembrò fluttuare nell'aria, come le ali dei gabbiani nella corrente.

Le aste giudiziarie erano uno spettacolo bizzarro. Il banditore si destreggiava con maestria tra le procedure, le braccia alzate e gli sguardi attenti del pubblico, rilanciando il prezzo ogni volta che si arrivava a un punto morto e pronunciando le frasi di rito: «La base d'asta è…»; «Chi offre di più?»; «L'offerta è ora di… sterline»; «Ho sentito… sterline?» Sembrava quasi un canto, una poesia dal potere ipnotico. Ruby era un po' nervosa, non aveva mai partecipato a eventi simili e si trattava di un grosso affare. Ma conosceva bene il suo budget. Duecentomila sterline. Era il suo limite massimo. Non poteva superarlo neanche di un soffio, per quanto forte fosse la tentazione.

Sul volantino dell'asta c'era una fotografia della desolata casetta sulla spiaggia, che sembrava dire: «Adottami». Ruby si concesse un piccolo sogno a occhi aperti. Si vedeva già in cima alla scala, con la tuta macchiata di vernice, tutta presa a tinteggiare il soggiorno. Pareti bianche, travi di legno, pavimenti lucidati, bei mobili antichi. Un divano di pelle? Una chaise longue?

Pensò al panorama di Chesil Beach, alla cresta delle onde che si infrangevano sulla riva, al mare che si perdeva all'orizzonte, al sentiero che s'inerpicava sulla scogliera verde e dorata. Una fiaba. Si sarebbe mai realizzata?

Venne il turno della villetta della guardia costiera. Un silenzio rassicurante. A parte lei, sembrava che nessuno fosse interessato. Ruby raccolse tutto il suo coraggio per alzare il braccio e fare la sua prima offerta, centoquindicimila sterline. Il banditore la vide subito. OK, era in corsa adesso.

Arrivati a centoventimila sterline molti si defilarono; a centotrentacinquemila, Ruby capì che erano solo in due a giocarsela. Maledizione. Aveva un rivale. Non riusciva a vederlo bene dalla sua posizione, dal lato opposto della sala, ma lo sentiva parlare. Aveva una voce morbida e profonda, con un lieve accento straniero.

Ruby accettò centotrentanovemila sterline con un vigoroso cenno del capo. La sua solita fortuna. Un investitore straniero. Uno che non conosceva i rischi di quell'affare, che non sapeva che cosa stava facendo, che era finito lì in mezzo per caso. Un idiota che...

Centoquarantamila sterline. Le offerte continuarono. A centocinquantacinquemila sterline Ruby allungò il collo oltre la colonna per vedere meglio. L'uomo si sistemò sulla sedia. Eccolo lì, il suo avversario. Era alto, moro e aveva un'aria vagamente familiare. Forse viveva da quelle parti. Ruby offrì centosessantamila sterline.

Nessuno aveva intenzione di cedere. Nella sala la tensione era palpabile; tutti tacevano, lanciando sguardi ai due contendenti, una in fondo alla stanza vicino alla porta e l'altro nelle prime file, all'estremo opposto. Un pericoloso ping-pong. Un brivido di adrenalina. Ruby era carica e determinata. Centonovantamila sterline. La sua voce non doveva rivelare che era quasi giunta al limite.

«Centonovantacinquemila», disse lui.

Ruby non riusciva a rassegnarsi. «Duecentomila», replicò senza batter ciglio.

L'altro rilanciò di mille sterline.

Era troppo, Ruby lo sapeva, ma rilanciò di altre cinquemila. Come in una partita di poker, doveva bluffare e spaventare il suo avversario. Era un rischio, ma anche comprare quella villetta lo era.

Lui offrì altre diecimila sterline.

Era finita, purtroppo.

«Duecentosedicimila e uno», fece il banditore.

Un sospiro collettivo. Tutti capirono che Ruby era stata sconfitta. Le persone sedute intorno a lei la guardarono con aria solidale. Lei si infilò gli occhiali da sole, per proteggersi.

«Duecentosedicimila e due», continuò il banditore.

«Duecentotrentamila», disse una voce dal fondo della stanza.

Tutti si voltarono a guardare. Era un uomo sulla cinquantina con un bel completo a righe. Un fremito d'eccitazione attraversò il pubblico, che ora puntava gli occhi sull'altro offerente per vedere che cosa avrebbe fatto. Lui guardò Ruby.

Nessun'altra offerta.

«Venduta», dichiarò il banditore, battendo forte il martelletto, con un senso di irrevocabilità.

Ruby si precipitò fuori dalla sala. Dannazione. Era soltanto una casa, in fondo. Ma non era quella che aveva perso, era la sua fiaba. Il sogno che non avrebbe mai più riavuto indietro.

«Ehi!» gridò qualcuno alle sue spalle.

Ruby non voleva parlare con nessuno. Affrettò il passo, ma si accorse che l'inseguitore non mollava.

«Ehi, Ruby!»

Si voltò. Era l'uomo dai capelli scuri e l'aspetto familiare che le aveva conteso la villetta. Chi diavolo era? E, soprattutto, come faceva a sapere il suo nome?

11

Barcellona, 1940

QUEL giorno fu la madre ad accompagnare Julia a Santa Ana. Era autunno inoltrato e lungo le Ramblas infuriava un vento gelido, che pareva volesse spingerle ancora più in fretta alla meta. La mamma le stringeva forte la mano, quasi a impedire dubbi o ripensamenti. Si fermò solo alla vista del convento.

Julia guardò la portineria, oltre la quale si ergevano edifici tetri e disadorni. Potevano tornare indietro? Erano ancora in tempo? La mamma spense subito ogni speranza. «È la cosa migliore, bambina mia. Non c'è altro da fare.»

E così entrarono nell'atrio e suonarono la campanella. Julia guardò la madre, che teneva gli occhi fissi per terra. Piangeva? Impossibile dirlo.

Arrivò una suora, vestita con una semplice tonaca bianca. Non disse una parola.

«Siamo qui per vedere la superiora», spiegò la mamma con voce chiara da insegnante. Una voce che non tollerava insensatezze.

La suora rispose con un cenno silenzioso e si allontanò.

Restarono di nuovo in attesa. Per Julia era quella, la parte peggiore. Aveva quasi sperato di potersi recare al convento da sola, di poterle dire addio a casa, con il resto della famiglia. Invece di dover vivere questa agonia.

Ed ecco la madre superiora, riconoscibile dall'abito blu e

dall'espressione autoritaria. Era una donna anziana, grinzosa come una prugna secca, ma aveva un portamento fiero ed eretto.

«Reverenda madre, questa è mia figlia Julia», annunciò la mamma, chinando il capo.

E quando la superiora si mise a esaminarla con il suo sguardo penetrante, anche Julia abbassò gli occhi. Ma una serie di domande la tormentava. Che accordi avevano fatto perché l'accogliessero in convento? Che promesse? C'era stato uno scambio di denaro o i suoi genitori avevano preteso la restituzione di un vecchio favore? Julia non aveva alcun modo di scoprirlo.

Quella mattina, prima che lei e la mamma uscissero, suo padre l'aveva presa per le spalle. «Mi dispiace, piccola mia. Dio sa quanto avrei voluto risparmiarci un simile dolore.»

Julia non riusciva quasi a guardarlo in faccia. Ma capiva. Con tre figlie femmine cui non era permesso lavorare e con una tale scarsità di cibo, l'unica possibilità di sopravvivenza era farle accasare o sarebbero tutti morti di fame. Economia spicciola. E con due figlie graziose e una, invece, così bruttina... La Chiesa, almeno, offriva un'alternativa. *No muerdas la mano de quien te da de comer*. Non mordere la mano che ti nutre. Sì, lo capiva. Tuttavia...

La reverenda madre le accompagnò a visitare il convento: gli edifici sorgevano intorno a un chiostro di pietra quadrangolare e semidiroccato, che emanava un grande senso di tranquillità. La superiora indicò alle sue ospiti gli alloggi delle consorelle e mostrò loro la cucina, il magazzino, l'infermeria e il refettorio.

«Sembra tutto così organizzato», commentò la madre di Julia, guardandola, forse in cerca di conferme.

E così pieno di pace, pensò Julia affascinata, malgrado tutto; che differenza rispetto al mondo là fuori! Era un piccola consolazione.

Infine, visitarono la cappella. Julia si avvicinò all'altare, riccamente decorato, e si mise a contemplare gli affreschi sbiaditi. Poteva vivere in quel posto? Poteva farlo diventare casa sua?

Vide la superiora fare un cenno alla mamma e sussultò. Era giunto il momento dell'addio.

La madre l'abbracciò e la baciò sulla guancia. «Sii felice, Julia», le sussurrò. «Sii felice, ti prego.»

«Mamma...» Ma vedendo la sua espressione avvilita, s'interruppe. Come poteva renderle le cose ancora più difficili, dopo tutto quello che lei e papà avevano passato? E così tacque.

«Addio, bambina mia.»

Julia la guardò allontanarsi. Non c'era più nulla da fare. La sua adolescenza era perduta per sempre. Era stata abbandonata dalla sua famiglia perché potesse avere una vita migliore. Perché non dovesse soffrire la fame. Perché potesse vivere senza paura. Voleva chiamarla, fece un passo avanti come per inseguirla, come se potesse gettarsi di nuovo tra le sua braccia amorevoli.

Ma la superiora la trattenne, posandole una mano sul braccio. «Fermati, figliola. È finita, ormai.»

«Siamo quasi autosufficienti al convento, vedrai», le raccontò la suora, portandola via. «Qui coltiviamo gli odori.» Julia provò a distinguere la lavanda, la consolida maggiore e la saponaria, ma le lacrime le offuscavano la vista.

«E qui c'è l'orto.» La superiora indicò le cipolle, i tuberi e i pomodori.

Julia si asciugò il viso e scorse poco più in là un piccolo frutteto e una fontana. «Grazie, reverenda madre.» Le era sembrato opportuno dire qualcosa. Ma che cos'altro poteva dire? Che cos'altro poteva fare? Ormai non si poteva più tornare indietro.

Un'altra consorella le mostrò la sua stanza. Non pronunciò neanche una parola; sorrise e annuì, nient'altro, ma aveva occhi gentili.

Julia si fermò sulla soglia. Era una stanzetta semplice, del tutto diversa dalla sua vecchia camera. Dov'era il copriletto celeste? E la fotografia della sua famiglia riunita davanti alla porta di casa? Dov'erano i suoi vestiti e i suoi libri? E i pettini delle sue sorelle? I loro abiti, le loro scarpe? Julia ricacciò indietro le lacrime. Doveva essere forte.

Perché il convento, in fondo, non era un brutto posto in cui vivere. Quella sensazione di pace, che aveva avvertito subito, come un amico perduto da tempo e ormai dimenticato, le avrebbe fatto bene dopo la difficile vita cittadina degli ultimi anni. Non c'era nessuno nel suo cuore, non aveva avuto modo di innamorarsi e, comunque, moltissimi giovani erano morti. Dopo tanta paura e tante avversità, era quasi felice di ritirarsi dal mondo. Era a questo che doveva aggrapparsi.

E così Julia pronunciò i voti semplici. Scacciò dalla sua mente tutti coloro che le avevano riempito la vita per tanti anni. Scacciò il ricordo dei caldi abbracci della mamma, dei gesti affettuosi delle sorelle, della voce profonda e famigliare di suo padre. Al loro posto doveva accogliere Dio. Che era giustizia e verità. E che l'avrebbe aiutata a superare quel doloroso distacco.

La vita quotidiana delle suore non era affatto come se l'era aspettata.

Cominciavano a pregare alle cinque e un quarto di mattina, quando la cappella era fredda, buia e battuta dal vento. All'ora della colazione avevano già officiato tre funzioni. I primi giorni, quando ancora non era abituata, suor Julia ogni tanto si sentiva svenire a furia di inginocchiarsi sulla pietra fredda e di combattere i crampi della fame. Doveva ricorrere a tutta l'energia che aveva in corpo per riuscire ad alzarsi e a raggiungere il refettorio. E a tutta la sua forza di volontà per non ingozzarsi come se si trattasse della sua ultima cena.

Le funzioni mattutine iniziavano con i salmi e, anche se aveva ricevuto in dono il libro, suor Julia scoprì presto di saperne a memoria già diversi passaggi. *Gloria al Padre, al Figlio e allo Spirito Santo...* Trovò consolazione nella preghiera. La monotonia, il rituale placavano i sensi; in breve si ritrovò a salmodiare dolcemente, come se non avesse mai fatto altro in tutta la sua vita.

Il resto della mattinata era dedicato al lavoro. Secondo la reverenda madre, questo distoglieva le consorelle dai pensieri vani, dall'ozio e dai pettegolezzi. Come se ce ne fossero! Per la maggior parte del tempo regnava il silenzio assoluto e all'inizio era stato difficile per suor Julia, abituata com'era alle chiacchiere di Matilde, di Paloma e delle loro amiche.

La sera si riunivano ancora nella cappella per recitare i vespri. Nella quiete, suor Julia trovò uno spazio immenso per ospitare i suoi pensieri e le sue preghiere. Eppure sentiva forte la mancanza della sua famiglia, un dolore fisico che l'affliggeva da mattina a sera. La riflessione avrebbe mai potuto sostituirlo? Impossibile, per quanto si sforzasse.

Cercò ostinatamente di trovare la pace pregando. Cercò la serenità nei semplici rituali della vita monastica. Nessuno pretendeva nulla da lei, a parte che svolgesse i piccoli compiti che le venivano assegnati. Nessuno si aspettava che ridesse o chiacchierasse o pettinasse i capelli alle altre. Nessuno le rammentava che lei era quella bruttina e seria. Lì erano tutte bruttine e serie e a nessuno importava un fico secco. Non doveva preoccuparsi di se stessa né della sua famiglia. Dio avrebbe provveduto a tutto. Se solo fosse riuscita a crederci.

Le suore consumavano i pasti nel refettorio, una grande sala con il soffitto a volta, e, mentre una leggeva a voce alta un brano sulla storia dell'ordine in Catalogna, le altre mantenevano il più rigoroso silenzio. Suor Julia pensava alla cucina di sua madre, quando riusciva a procurarsi gli ingredienti. Le risate e le lamentele delle sue sorelle quando l'aiutavano e al contempo l'intralciavano. Oh, era tutto così diverso a casa. Al convento mangiavano cose semplici, essenziali, ma buone. A colazione c'erano caffè, pane, marmellata e prosciutto; per cena zuppa (magari un brodo fatto con gli avanzi) e insalata. Non pativano mai la fame ed era da tanto tempo che suor Julia non si sentiva così sazia. Eppure... Avrebbe preferito essere affamata, ma essere ancora con i suoi cari. Come stavano? Quando sarebbero venuti a trovarla?

Il convento di Santa Ana sopravviveva alla stessa stregua degli altri istituti religiosi grazie alle donazioni dei membri più benestanti della società e alla realizzazione di lavori di ricamo, torte e dolci, come le *rosquillas de almendra*, dolcetti alle mandorle e *yema*, caramelle mou, che venivano vendute nell'atrio. Un giorno anche a suor Julia toccò un turno di vendita. Funzionava così. Il cliente si avvicinava alla porta, premeva un campanello e ordinava, dopo aver pronunciato le parole necessarie. *Ave Maria Purísima, sin pecado concebida*. Dopodiché metteva il denaro sul vassoio girevole installato nell'ingresso principale, suor Julia lo faceva girare e, in cambio, vi posava sopra i dolci richiesti; girava di nuovo il vassoio, il cliente prendeva il suo pacchetto e la transazione era completata. Tutto qui. Dio vede e provvede, ripeteva sempre la reverenda madre. E a suor Julia sembrava provvedesse piuttosto bene.

Nonostante tutto, però, si sentiva sola. E non erano solo i suoi cari a mancarle, ma anche le sue cose. Non aveva molto, ma erano oggetti che per lei avevano un grande valore, come i libri, i pochi vestiti e le scarpe, la fotografia della sua famiglia, i fazzoletti di lino ricamati a mano dalla nonna. Articoli di lusso che a Santa Ana non erano permessi.

Nella sua seconda settimana al convento, una delle consorelle la prese da parte. «È un difetto del mondo moderno pensare prima a ciò che ci è precluso e vietato, piuttosto che a tutto quello che una vita semplice può offrirci», le disse. Poi chinò il capo e se ne andò.

Suor Julia rifletté a lungo su quelle parole. Da quando viveva lì, non aveva fatto altro che piangere e provare rabbia. Perché era toccata a lei? Perché l'avevano abbandonata così? Perché l'avevano condannata a una vita che la privava della possibilità di avere una famiglia, un marito, dei bambini? Non avrebbe mai saputo come ci si sente tra le braccia di un uomo, né avrebbe mai dato alla luce un figlio o una figlia.

Che senso aveva, però, continuare ad accanirsi così? Si rese conto che era solo una questione di prospettiva. E, se la sua missione era servire Dio, doveva imparare a vedere il lato positivo delle cose. Doveva imparare a vivere senza la sua famiglia e senza gli oggetti che le avrebbero ricordato casa. Doveva abbracciare la disciplina dell'ordine per trarne soddisfazione. In un modo o nell'altro. Forse era per questo che nessuno dei suoi cari era andato a trovarla.

Dopo solo tre settimane, suor Julia fu convocata nelle stanze della superiora, che non perse tempo in chiacchiere. «Desideri compiere la volontà di Dio, figliola?»

Forse non contava il motivo per cui suor Julia era entrata in convento, né che i suoi genitori fossero tutt'altro che devoti. Aveva preso un impegno e la superiora dava per scontato che lo portasse avanti con passione.

Castità, povertà, obbedienza... Avrebbe fatto qualsiasi cosa pur di tornare in contatto con il mondo, di rendersi utile, di smettere di rimuginare e di sentirsi sola. Qualsiasi cosa sarebbe stata meglio di quello. «Sì, reverenda madre», rispose.

La superiora annuì. Malgrado la clausura fosse ritenuta la condizione più appropriata per pregare e contemplare, c'erano pur sempre altre opere di bene da compiere, le spiegò. E per ora suor Julia aveva pronunciato solo i voti semplici. «C'è molto da fare per ricostruire il nostro Paese e aiutare la popolazione. Presterai servizio in ospedale, figliola. È il volere di Dio.»

In ospedale suor Julia faceva lunghi turni volontari; c'era poco personale e molto di cui occuparsi. La reverenda madre le aveva raccomandato di mantenere sempre il massimo riserbo. Ma la gente parla e una delle infermiere, una ragazza particolarmente loquace, le aveva raccontato alcuni dettagli riguardanti la Guerra Civile. Suor Julia sapeva già che, solo a Barcellona, erano state distrutte ben cinquanta chiese, solo la cattedrale era stata risparmiata, ma scoprì che il generale Franco aveva ripristinato tutte le ricchezze, il potere e i privilegi che la Chiesa aveva perduto. Forse non avrebbe dovuto ascoltare. Forse la curiosità era peccato. Ma le vecchie abitudini sono dure a morire.

«Un bel gesto da parte del generale, non crede, sorella?» le domandò la giovane infermiera. «Molto nobile.»

«Certo.» Suor Julia avrebbe voluto dire di più, chiedere di più. Ma il tempo delle domande era finito. Il suo ruolo nel mondo era diverso, ora.

La ragazza rise, senza allegria. «Chissà che cosa vuole in cambio», insinuò.

Suor Julia capì l'illazione, il sospetto che la generosità di Franco non fosse fine a se stessa. E forse era vero.

«L'obbedienza da parte della Chiesa, magari?»

Che il clero servisse lo Stato in tutto e per tutto? Suor Julia mantenne la calma, almeno esternamente, tuttavia, dentro di sé, avvertì un brivido di paura.

«Ma lei lo sa meglio di me, no?» aggiunse l'altra. «È una suora.»

Suor Julia non disse nulla e tornò a occuparsi dei suoi doveri. Forse qualcuno le aveva notate chiacchierare. Chissà. Ma da quel giorno in poi non vide mai più quella ragazza. Sembrava essersi volatilizzata.

Quando tornò al convento, la reverenda madre la sorprese raccontandole alcune delle atrocità commesse dai repubblicani durante la guerra. Suore che erano state violentate e costrette a ingoiare i grani del rosario, sacerdoti che erano stati castrati e obbligati a scavarsi la fossa con le loro stesse mani. «Crudeltà inenarrabili, figliola», commentò la superiora, benché ritenesse evidentemente necessario parlargliene. Ma perché?

La settimana seguente, suor Julia fu spostata al reparto maternità. Le brande erano strette, ammassate su entrambi i lati della lunga sala, ed erano avvolte con lenzuola bianche e ruvide coperte marroni. C'era un paravento mobile che concedeva alle pazienti un minimo di intimità. Come nel resto dell'ospedale, si sentiva forte l'odore di disinfettante. Suor Julia arricciava il naso, ma era sopportabile; certo più dell'odore del sangue o della malattia. A un'estremità del reparto, c'erano la cucina e la sala infermiere; dall'altra, il locale disinfezione.

Un'infermiera di mezz'età con una divisa bianca e impeccabile le fece da guida.

«Quello è il dottor López, il nostro specialista ostetrico», le spiegò, mentre si avvicinavano a un ometto basso ma dall'aria importante, con una massa di capelli scuri e folti. Indossava un camice bianco e aveva al collo uno stetoscopio. «Dottore, le presento suor Julia.»

Il medico fece un lieve cenno con il capo. Ma quando alzò il viso, suor Julia sussultò. Avrà avuto solo cinque o sei anni più di lei. Eppure sembrava molto più vecchio. Aveva uno sguardo gelido ma altrettanto ipnotico. Se ne sentì subito attratta. In trappola, come un uccello o un animaletto dei boschi.

«La stavamo aspettando, sorella», esordì. «Abbiamo un incarico importante per lei.»

Oh, cielo... Suor Julia cercò di nascondere quanto fosse terrorizzata. Era pronta per un incarico importante? Ne dubitava.

«Dovrebbe aiutarci prendendosi cura delle peccatrici», proseguì il medico. «In quanto figlia di Dio, è un suo preciso dovere.»

«Sì, dottore», mormorò suor Julia. Peccatrici. Come poteva lei, una semplice novizia senza la minima esperienza di queste cose, prendersene cura?

«Sono donne che hanno smarrito la strada», chiarì il dottor López mestamente. «Sta a noi aiutarle a redimersi.»

E mentre lui la istruiva sui suoi compiti, suor Julia comprese quale sarebbe stato il suo ruolo. Doveva fornire alle pazienti supporto morale e consolazione e, soprattutto, doveva indicare loro la retta via, quella di Dio, quella che il dottor López voleva che seguissero.

Quindi se ne andò, seguito dall'infermiera, e suor Julia rimase da sola con una di quelle donne.

Aveva i capelli scuri e una corporatura esile ed era all'inizio del travaglio, con contrazioni regolari che la facevano ansimare e stringere forte la sua mano. Suor Julia le posò istintivamente una pezza bagnata sulla fronte imperlata di sudore, togliendole i capelli dal viso.

«Madre mia. Grazie al cielo, sorella, è qui con me», mormorò. «Altrimenti sarei sola.»

Suor Julia provò una gran pena. Nessuno dovrebbe essere abbandonato in quella situazione. Il dottor López l'aveva esortata a scoraggiare le pazienti a parlarle. «Deve essere ferma con loro», aveva ordinato. «La lezione che devono imparare è una lezione divina.» Ma quella donna era un essere umano, che soffriva e aveva bisogno di lei. E lei doveva accompagnarla durante l'esperienza traumatica del parto, non solo parlarle di Dio.

«Stai calma, sorella mia. Il dolore passerà. E poi, finalmente, potrai stringere il tuo bambino.» Le teneva la mano e le massaggiava la schiena all'arrivo di ogni contrazione.

«Se mio marito fosse qui...» sussurrò la donna con fatica.

A quelle parole suor Julia smise di intingere la pezza nella bacinella d'acqua accanto a sé. «Tuo marito?» Non avevano detto che si trattava di una peccatrice? Com'era possibile, se era sposata? A meno che...

«È in prigione», borbottò la donna. E in quel momento le afferrò il polso così forte che suor Julia ebbe paura che glielo staccasse. «È perso, ormai, forse l'hanno torturato, forse è morto. Chi lo sa?»

Suor Julia pensò a quel che era capitato con la giovane infermiera e alla raccomandazione dei suoi genitori di essere sempre prudente. Lanciò un'occhiata al reparto per assicurarsi che non le stessero ascoltando. Nessuno sembrava far caso a loro due e in giro non si vedevano né medici né infermiere. Che assurdità, lasciare una novizia inesperta ad assistere da sola una paziente in travaglio!

Si allontanò svelta dalla donna e sistemò il paravento intorno al letto.

«Che cosa intendi dire?» bisbigliò. Le tornò in mente quella volta in cui aveva sentito suo padre parlare di Fort Montjuïc e dei suoi prigionieri. Quelle parole, quella voce esitante erano un ricordo indelebile.

La donna la guardò negli occhi. «Era un repubblicano, sorella. Troppo orgoglioso per scappare. Sono venuti a prenderlo nel cuore della notte.» Un gemito, un'altra contrazione.

«Ora fa' un bel respiro profondo, mia cara», l'incoraggiò suor Julia. Non aveva una grossa competenza, ma sapeva quanto bastava. Durante la Guerra Civile, quando la loro vicina di casa era in travaglio, aveva messo a bollire l'acqua, mentre sua madre faceva più o meno quello che stava facendo lei adesso. «Quando il dolore diminuisce, fai dei bei respiri profondi, d'accordo?» Quello almeno avrebbe garantito al feto una buona dose d'ossigeno, o almeno così sperava. La donna era denutrita, praticamente pelle e ossa.

Più tardi l'accompagnarono in sala parto.

Suor Julia andò in cerca del dottor López. Lo trovò nella sala infermiere in fondo al reparto, intento a scherzare con una ragazza.

«Potrei parlarle un secondo, dottore?» domandò gentilmente.

«Certo. C'è qualcosa che non va?» replicò lui, scuro in volto.

Suor Julia gli raccontò ciò che le aveva detto la donna. «Non possiamo fare nulla per aiutarla a scoprire che fine ha fatto suo marito? Potrebbe essere ancora vivo, in fondo.»

Il dottor López scosse il capo, sconsolato, e la prese da parte. «Lei ha molto da imparare, suor Julia.»

Be', lo sapeva. Tuttavia...

«Quell'uomo è stato punito per i suoi peccati», aggiunse il medico in tono solenne. «Non sta a noi discuterne il perché.»

«Ma potremmo almeno aiutarla a...»

«C'è un solo modo per aiutare queste donne. Far sì che si pentano.» La fissò dritto negli occhi. «E lei deve capire per quale ragione si trova in questo ospedale. È qui per favorire il progetto di Dio.»

Suor Julia capì da quello sguardo severo che la discussione era finita. Ma... Il progetto di Dio? Dio non voleva che quella povera donna sapesse se suo marito era vivo o morto?

Un'ora dopo partorì un'altra paziente, non sposata. Suor Julia le sedeva accanto in sala parto, mentre il medico e l'ostetrica estraevano il bambino e la placenta. La donna aveva ancora le gambe appoggiate alle staffe e si dimenava.

«È una primipara», sentenziò il dottor López, mentre completava la sutura. «E con il primo bambino non è facile, a volte.» Suor Julia vide che le aveva fatto una lunga incisione per evitare che si lacerasse.

Ma la donna sembrava ancora soffrire moltissimo. «Mio Dio, mio Dio», gemeva.

Suor Julia cercò di consolarla. «È tutto finito, mia cara. Il tuo bambino sta bene.»

Il dottore le lanciò un'occhiataccia. «Questa donna si è pentita e ha giustamente deciso di non tenere il bambino. Bisogna portarglielo via.»

Ma la madre stringeva il figlio al petto.

Malgrado non fosse certo un uomo alto, di colpo il dottor López parve sovrastarla, afferrò il neonato e glielo strappò con forza dalle braccia. «Dev'essere visitato. Non c'è tempo da perdere.» E si precipitò fuori dalla stanza, ignorando le urla disperate della donna. Suor Julia provò a confortarla come meglio poteva. Ma era una scena straziante.

Mentre si apprestava a tornare a Santa Ana, il dottor López le si avvicinò. «Credo che lei non abbia capito esattamente in cosa consiste il nostro lavoro, sorella.»

Suor Julia chinò il capo. Si stava impegnando, davvero.

«A volte rinunciare al bambino...» continuò lui, «è una parte necessaria del processo di pentimento. Se no, che futuro avrebbero queste donne? E i loro figli?» Gli brillavano gli occhi, mentre parlava con ardore. Le ragazze madri erano stigmatizzate, era vero. Avevano smarrito la retta via, la strada virtuosa, e la società lo sapeva. E anche per i loro figli la vita non sarebbe certo stata una passeggiata. Suor Julia ne era consapevole.

«Come può una donna del genere prendersi cura di un bambino? Come?» domandò il dottore.

Suor Julia non sapeva rispondere. Non ci aveva mai pensato.

«Senza soldi, senza la possibilità di guadagnarsi da vivere... in modo virtuoso.»

Le lanciò uno sguardo eloquente e lei rabbrividì. In poche parole, se una di quelle madri teneva il bambino, era costretta a prostituirsi per trovare i mezzi per sfamarlo. Ed era sbagliato.

«Come vivrà quel bambino, suor Julia? Come sopravvivrà? Possiamo essere noi i responsabili della sua vita?»

In qualche modo il dottore la stava facendo sentire in colpa. Sembrava possedere un potere, ma suor Julia non sapeva con esattezza di che potere si trattasse.

La verità era che non aveva una risposta a quelle domande; erano argomenti troppo complessi per una ragazza di diciott'anni. Il dottore, invece, sapeva bene di che cosa stava parlando; la reverenda madre le aveva detto che era un uomo buono e saggio e che avrebbe dovuto obbedirgli senza riserve. E quando suor Julia lo guardava negli occhi (non riusciva a evitarlo, benché si sforzasse di tenere sempre il capo chino), ne sentiva la forza, la potenza. Sarebbe stato arduo non dargli ascolto.

E così fece ciò che lui le chiedeva. Accudiva le donne nel corso della degenza in ospedale, le consolava e offriva loro supporto morale durante il parto. Il dolore associato a quest'evento, che suor Julia aveva sempre ritenuto così naturale, la scioccava, ma pian piano si abituò. Scoprì che, nel momento del bisogno, avere accanto una presenza tranquilla e silenziosa era per quelle donne un grande aiuto. Dopo la nascita suor Julia si prendeva cura anche dei bambini, poi... Il suo compito finiva lì.

Dopo alcuni mesi, il dottor López la prese da parte. «Ora posso fidarmi di lei, suor Julia, per compiere la volontà di Dio?» le domandò, serio.

«Sì, dottore.» O almeno era disposta a fare tutto il possibile. Non riusciva a non farsi coinvolgere da quelle donne e dalla loro precaria situazione. Voleva aiutarle come meglio poteva.

«Allora vorrei che venisse a lavorare per me, nella mia clinica privata.»

* * *

Quando suor Julia tornò a Santa Ana, ebbe la sensazione che la reverenda madre fosse già al corrente della proposta del dottore.

«Non sentirti lusingata, figliola. Anche se hai fatto il tuo dovere e sei stata brava. La tua vita è qui con noi al convento, ma assisterai il dottore, per ora. Ci rappresenterai. Confidiamo che tu non ci deluda.»

«Farò del mio meglio, reverenda madre.» Era evidente che la superiora aveva un'altissima opinione del dottor López, quasi fosse il priore di un monastero, come se il suo potere venisse direttamente da Dio. Di sicuro era un uomo molto religioso; citava spesso brani della Bibbia. Ma che il suo potere avesse origine divina oppure no, a suor Julia importava solo di essere utile.

Si stava lentamente adeguando alla sua nuova vita, al convento e al lavoro in ospedale. Ma non riusciva ad assuefarsi alla sofferenza delle donne che decidevano di rinunciare al loro bambino. Ne sentiva le grida laceranti, disperate, ne vedeva le lacrime vane e non poteva fare a meno di pensare a sua madre. Come poteva dimenticarla?

12

Ruby scelse un angolo tranquillo del ristorante. Era arrivata presto, cercando di dimenticare che era venerdì tredici, dettaglio che le era sfuggito, quando aveva fissato il suo incontro con Frances.

«Ho bisogno di parlare con te», le aveva comunicato al telefono. «Hai in programma di venire da queste parti? Ti andrebbe di vederci?»

«Di che cosa vuoi parlarmi, cara?» aveva domandato gentilmente Frances, dopo un attimo di esitazione.

Ruby non aveva voluto rivelare troppo; preferiva discuterne di persona... «Dei miei genitori. Be', di me, a dire il vero. Delle circostanze inerenti la mia nascita.» Un pizzico formale come espressione. Ma che cos'altro poteva dire? Se c'era di mezzo qualche mistero, Frances ne era al corrente, non aveva dubbi.

«Capisco.» Altra pausa. «A essere sincera, me l'aspettavo, Ruby.»

«Oh.» Brutto segno. Segno che c'era davvero qualcosa sotto. Che non si stava sbagliando. Che esisteva un segreto.

«Verrò nel Dorset», aveva tagliato corto Frances. «Prima è, meglio è, immagino, non è così? Il prossimo weekend può andare bene?»

«Perfetto.» *Prima è, meglio è*... «Grazie.» Ruby doveva sapere la verità. E ora che i suoi genitori erano morti, l'unica persona che poteva raccontargliela era Frances.

* * *

Ruby osservò l'arredamento rosso e crema, un po' datato, le tovaglie bianche, i tovaglioli ripiegati. Chissà che cosa l'aspettava. Meglio ordinare un drink, probabilmente ne avrebbe avuto bisogno...

«Ruby, cara.»

Si alzò per salutare e si ritrovò subito avviluppata in un abbraccio. «È bello vederti», disse Frances, e lo pensava davvero. Quando la baciò sulla guancia, Ruby si sforzò di trattenere le lacrime. Quello sguardo calmo, il sorriso caloroso e i riccioli morbidi sale e pepe le riaprirono di colpo i cassetti della memoria. Frances e la mamma che sorseggiavano caffè sedute al tavolo della cucina; Frances con i piedi appoggiati sul divano, mentre Vivien smaltiva una pila di panni da stirare. Discorsi seri, qualche pettegolezzo, un sacco di risate.

«Come va?» fece Frances, sedendosi. «Come stai affrontando le cose? Ti ho pensata spesso.»

Da dove poteva cominciare? «Ho messo in vendita la casa. Sto cercando un altro posto in cui vivere, ma finora non sono stata molto fortunata.» Pensò all'asta giudiziaria. E alla faccia tosta di quel tizio... Che non solo aveva rilanciato a ogni sua offerta, ma che alla fine aveva anche cercato di abbordarla! Sembrava quasi fosse il suo unico intento. Ruby era così arrabbiata che l'avrebbe preso volentieri a borsettate. Se solo in sella alla bici non avesse avuto un equilibrio così precario...

«Chi sei?» gli aveva domandato. «Come fai a sapere il mio nome?» Che cos'era? Una specie di stalker?

«Ti ho vista suonare al *Jazz Café*. Non sapevo di giocarmi la casetta con qualcuno che conosco.»

Ma che diavolo stava dicendo? Lei non aveva la più pallida idea di chi fosse. Lo guardò storto.

«Be', che conosco di vista, intendo», aveva aggiunto lui, in evidente difficoltà. «Ci siamo visti in giro, no?»

«No», aveva ribattuto secca Ruby, per nulla divertita. «Io non ti conosco e tu non conosci me.» E si era allontanata, spingendo forte sui pedali e sperando di non cadere. Il che stava a dire: «Fine della storia».

«Allora, hai deciso di restare nel Dorset?» le domandò Frances.

«Sì. Almeno per un po'.» Terreno di discussione neutro. Per quanto tempo ancora avrebbero tergiversato prima di arrivare al dunque?

Frances sembrò leggerle nel pensiero. «Ordiniamo prima di cominciare a parlare?»

Ruby annuì. In un certo senso, quella donna era ciò che le era rimasto di più simile a una famiglia. I nonni, mezzi estranei che al funerale l'avevano a malapena riconosciuta, non li considerava neanche. Lei almeno era stata una presenza costante durante tutta la sua infanzia. Ma ora Ruby doveva abituarsi al nuovo e vero significato dell'espressione «figlia unica». Non aveva più nessuno. E, dopo quella sera, anche i suoi ricordi rischiavano di restare danneggiati per sempre.

Ruby ordinò filetto di platessa con insalata e patate novelle; Frances optò per un branzino con verdure e patatine fritte. Decisero di bere una bottiglia di Soave.

«Faresti meglio a dirmi che cos'è successo, cara. E io farò il possibile per riempire i buchi.»

Ruby prese fiato e cominciò a raccontare. Delle fotografie nella scatola da scarpe, della cuffietta da neonato, delle perline e del plettro. Della lettera con la diagnosi di infertilità, dell'assenza di foto dei suoi primi mesi di vita, del fatto che non somigliava per niente ai suoi genitori. E di quella frase, «un fulmine a ciel sereno», pronunciata dalla nonna al funerale.

«Capisco», commentò Frances.

Nel frattempo le ordinazioni erano arrivate, ma nessuna delle due aveva voglia di mangiare. Ruby continuava a giocherellare con il pesce, cercando di tenersi occupata. Frances aveva lo sguardo serio, perso nel vuoto, come stesse rivedendo Vivien ridere o esaminare uno dei suoi acquerelli.

«E, alla fine, ho letto un po' meglio il mio certificato di nascita», concluse Ruby.

«Ah», fece Frances. Era la sua immaginazione o era leggermente arrossita?

«A quanto pare, la mia nascita è stata registrata in ritardo. Non so per quale motivo.»

«Sì, è così.»

Tacquero per un po'.

Ruby tolse le lische e mangiò una forchettata di pesce. Lei aveva fatto la sua parte, ora toccava a Frances. Perché esitava? Aveva forse promesso di mantenere il segreto?

«La mamma vorrebbe che mi raccontassi tutta la storia.» D'accordo i segreti di famiglia, ma una persona ha diritto di sapere la verità riguardo alla sua nascita, no?

«Sì, lo so. Non vorrebbe che tu brancolassi nel buio. Ne avevamo parlato una volta.»

«E allora... Vivien è mia madre, sì o no? La mia madre naturale, intendo.»

Frances bevve un sorso di vino. «Tua madre e anche tuo padre, se è per questo possono aver sbagliato. Ma hanno sempre e solo avuto a cuore il tuo bene.»

Be', questo era tutto da dimostrare. Ma che cosa avevano fatto esattamente? «Dimmelo e basta, Frances.»

«Vivien era una brava donna. Ti amava più di ogni altra cosa al mondo. Ricordatelo sempre, Ruby, non importa ciò che ti dirò. Nessuno avrebbe potuto amarti più di così.»

Ruby si sentì annebbiare gli occhi. Maledette lacrime, sempre in agguato. «Ma non è la mia vera madre, giusto? Forza, Frances. Dimmi la verità.»

«No, Tom e Vivien non sono i tuoi veri genitori. Non quelli biologici, almeno.»

13

Dorset, aprile 1978

Un colpo alla porta, lieve, impercettibile. Ma Vivien lo sentì.

Sospirando, posò il pennello e si alzò. Non aveva mai abbastanza tempo per dedicarsi ai suoi quadri e, quando Tom usciva, coglieva al volo l'opportunità e tirava fuori l'occorrente in un batter d'occhio. Per quanto adorasse stare con lui, le sembrava che la solitudine... fosse diventata quasi un lusso proibito. Aprì la porta.

Le ci volle un istante per riconoscere la ragazza che aveva davanti. Stava cominciando a piovere: gocce grosse e dense schizzavano sul vialetto di pietra. Tom aveva appena piantato la calendula (per tenere lontano le lumache, diceva) e i fiori arancio ora costeggiavano il bordo del sentiero, ordinati come soldatini decisi a non rompere le righe. D'un tratto Vivien capì. «Laura?»

Era da tanto che non la vedeva. *Oh, santo cielo.* «Laura», sussurrò. Sapeva che sarebbe accaduto prima o poi. Eppure, l'aveva colta di sorpresa. Vivien allungò la mano e la invitò gentilmente a entrare.

«Ciao, Vivien», disse Laura Woods.

Indossava una gonna di stamigna, lunga, a rose rosse, e una blusa ricamata. Era dimagrita molto dall'ultima volta che l'aveva vista e i bei capelli biondi ora erano lunghi e arruffati. Dondolava con le mani una cesta di vimini malconcia e portava a tracolla una borsa di tela dai colori sgargianti.

«Accomodati», fece Vivien, benché fosse già entrata. L'aveva fatto così, tanto per dire qualcosa, mentre ciò che doveva dirle, in realtà, era ben altro. «Mi spiace, Laura.»

La ragazza annuì, senza alzare lo sguardo. Sembrava distratta, assente. Il che era comprensibile. Chissà com'era perdere la madre a... Quanti anni aveva? Venti?

«Sono tornata appena l'ho saputo», spiegò, quasi a giustificarsi.

«Certo», replicò Vivien. Anche se un tempo era stata arrabbiata con Laura per aver tagliato i ponti con la madre, da un lato capiva ciò che doveva aver passato, quando i suoi genitori si erano lasciati. Partire a così breve distanza dal divorzio, sottrarsi completamente al loro controllo era sembrato un grande atto di ribellione. Forse non riusciva a perdonarli per essersi separati, forse voleva affermare la sua indipendenza, forse aveva soltanto bisogno di allontanarsi da quel casino. Qualunque fosse la ragione, se n'era andata senza guardarsi indietro, o quasi.

«Perché non me l'ha detto?» Laura sgranò gli occhi azzurri e accusatori.

«Detto cosa?»

«Che era malata. Che stava morendo.»

«Voleva essere coraggiosa, Laura», rispose Vivien. Anche se, intimamente, era d'accordo con lei. Avrebbe dovuto dirglielo. Poverina. Che pena le faceva.

«Coraggiosa!» Laura scosse il capo, incredula davanti a quell'assurdità.

Vivien riusciva solo a immaginare il suo dolore. Pearl poteva avere avuto le migliori intenzioni di questo mondo, ma non rivelare a sua figlia che le restava poco da vivere era stata un'ingiustizia bella e buona. Convinta com'era di non volerla costringere a tornare a causa sua, di fatto aveva negato a Laura la possibilità di dirle addio.

«Dov'eri?» domandò Vivien, accompagnandola in soggiorno. Mentre passava accanto al tavolo, infilò automaticamente il pennello nel barattolo pieno d'acqua. Dov'eri, quando hai avuto la notizia, intendeva dire.

«In Spagna.»

«Oh.» Non che facesse differenza, in realtà. Vivien indicò il divano e Laura si sedette sul bordo, come se volesse svignarsela il più in fretta possibile. Aveva polsi piccoli e ossuti e continuava a giocherellare con un filo della coperta dentro la cesta, appoggiata sul divano accanto a lei. Era abbronzata. Ed era così diversa. A soli vent'anni, sembrava già segnata dal tempo.

«Ho dovuto trovare i soldi per tornare. Non è stato facile.»

«Tuo padre non ti ha...»

«No», scattò Laura, un'espressione dura in viso. «Non voglio neanche un centesimo da lui.»

Già. Comprensibile. «Dài, ti preparo una tazza di tè», offrì. Anche se, a occhio e croce, le sarebbe servito qualcosa di ben più forte.

«Grazie.»

In cucina, Vivien fece il punto della situazione. Pearl aveva perso la sua lotta contro il cancro pochi mesi prima. Aveva trascorso le ultime settimane in un ricovero. Lei era andata a trovarla ogni giorno e l'aveva vista spegnersi pian piano. Una lenta agonia. E ora Laura era tornata a casa...

«Ci vuoi un po' di zucchero?» le gridò da una stanza all'altra. Che cosa poteva dirle? Come poteva aiutarla ad affrontare la perdita della madre?

«Un cucchiaino, grazie.»

La sentì singhiozzare. Oh, mio Dio. Era tornata in un Paese per lei ormai straniero, in una casa vuota, che da tempo non era più la sua. E ora...

Vivien corse in soggiorno con il vassoio e la tazza di tè. Poteva proporre a Laura di fermarsi da loro per un po'. Non doveva rimanere da sola. Aveva bisogno di tempo per riorganizzare la sua vita in Inghilterra, per accettare non so come la morte di sua madre e farsene una ragione. Era al verde? Il padre sapeva che era tornata? Doveva cercarsi un lavoro.

«Laura?» Vivien si bloccò di colpo.

«Sì?»

Non stava piangendo. Teneva tra le braccia un neonato ed era lui (o lei?) che piangeva, o stava per farlo, mezzo avvolto nella coperta e nella fascia legata alla cesta di vimini sul divano. Il bambino si strofinava sul suo collo, piagnucolando.

«Hai avuto un bambino», commentò Vivien inutilmente, posando il vassoio sul tavolo.

«Già.» Sembrava che nemmeno Laura si fosse ancora abituata all'idea.

«Quando?»

«Un paio di mesi fa. Non lo so esattamente.»

«Non lo sai?» Avvicinandosi al divano, Vivien cercò di metabolizzare quella bizzarra risposta. Il piccolo si stava svegliando. Era uno dei bambini più belli che avesse mai visto.

Laura alzò le spalle, come se si trattasse di un ricordo confuso.

«È una bambina?» Indossava una tutina rosa e un golfino bianco.

«Sì.»

«E tua madre lo sapeva?» Vivien aveva il fiato corto. Se ne accorse e cercò di incamerare aria. Pearl era diventata nonna...

Laura scosse il capo.

Pearl non ne sapeva niente. Ovvio. La bambina doveva essere nata poco dopo la sua morte. «Oh, tesoro mio», fece Vivien amorevole.

«Ha fame», disse Laura. «Devo prepararle il biberon.»

«Ah, sì. Certo. Non la allat...»

«No, ho provato, ma non c'è stato niente da fare.»

Non c'era da meravigliarsi. Era pelle e ossa. Probabilmente, non era in condizione di poterla allattare.

Laura frugò nella borsa a tracolla e tirò fuori un biberon, una tettarella e una confezione di latte in polvere.

«Hai delle compresse disinfettanti?» azzardò Vivien.

«No, mi spiace.»

Be', in effetti. Non sembrava certo il tipo da preoccuparsi di queste cose.

«Vuoi che ci pensi io?» domandò Vivien, visto che Laura non accennava ad alzarsi. E comunque doveva badare alla bambina, che ora piangeva più forte. Com'era possibile che non avesse con sé un biberon già pronto? Lei, al posto suo, l'avrebbe avuto di sicuro.

Ma lei non aveva figli, giusto? E lei non era Laura, una ventenne che aveva vagabondato per la Spagna e Dio solo sa dove. Che probabilmente viveva quel genere di vita in cui non ti preoccupi più di tanto dei bambini che piangono, né di preparare il biberon in anticipo. Una ragazza, si sforzò di ricordarlo, che era appena diventata orfana di madre.

«Non c'è problema. Leggerò le istruzioni sulla confezione.»

Ne aveva bisogno.

Mentre preparava il latte, la piccola cominciò a strillare come un'aquila. Laura era esausta, glielo si leggeva negli occhi, sbarrati e vuoti.

«Vuoi che la prenda io?» Vivien non aveva mai dato il biberon a un neonato. Ma era così attratta da quell'esserino, nonostante le grida forsennate. Aveva la pelle del viso e delle mani tutta rossa e grinzosa. Vivien non riuscì a trattenere un sorriso. Che caratterino, la ragazza!

«Oh, sì, grazie.» Laura sembrava sollevata. Le porse il fagotto urlante e si lasciò affondare sui cuscini. «Sono così stanca.»

«Non dorme?» Vivien prese la piccola tra le braccia, verificò la temperatura del latte sul polso e, sostenendole la testolina, le offrì il biberon. Lei si attaccò subito alla tettarella. Silenzio. Vivien sorrise di nuovo. Bisogni primari, così semplici.

La bambina chiuse gli occhi per qualche istante, poi li riaprì e si mise a fissarla. Quello sguardo fermo e azzurro era sconvolgente. Era ancora accaldata per il pianto e Vivien le scostò con il dito un leggerissimo ciuffetto biondo dagli occhi. «Ecco qua, piccolina. Ti piace?»

Vivien si sentiva stranamente calma e si mise comoda, appoggiandosi allo schienale della sedia. La bimba succhiava con avidità, facendo un gran rumore. Aveva aperto i pugni ora e teneva le mani spiegate come stelle marine. Vivien poggiò il mignolo su uno dei minuscoli palmi e all'improvviso la piccola glielo strinse. Che sensazione meravigliosa…

«Dorme poco», saltò su Laura, facendola quasi sobbalzare. «Due risvegli a notte, di solito. Ma a volte non riesco a farla smettere di piangere. Non hai idea di che cosa voglia dire...»

Era vero. Vivien non ne aveva idea. Pensò agli esami cui si erano sottoposti. *Infertilità per cause ignote*, era stata la diagnosi. Lei e Tom si erano guardati, impotenti. Che cosa significava e, soprattutto, che cosa potevano fare? Alla fine non avevano fatto niente, non ancora almeno. C'era l'opzione dei trattamenti per la fertilità: farmaci e iniezioni di ormoni, di gonadotropina, roba che ti si aggrovigliava la lingua anche solo a parlarne. E poi c'erano le cliniche per la fecondazione assistita. Il passo successivo era procurarsi altre informazioni, scoprire quali erano le alternative disponibili. O forse, semplicemente, non era destino e doveva farsene una ragione...

Spostò delicatamente il biberon di lato per far riempire di nuovo la tettarella. La bimba batté le palpebre e Vivien ricominciò ad allattarla. Stava cercando di accettare l'idea di non poter avere figli. Aveva una bella vita, un lavoro, la passione per la pittura e un marito che amava.

«C'è un sacco di gente che sceglie di non avere figli», le aveva detto Tom una volta, cercando forse di rincuorarla. Ma era proprio quello il problema: Vivien non aveva avuto la possibilità di scegliere. Dopo tutto, non era la fine del mondo e si era rassegnata. Ora, però, guardando la bambina tra le sue braccia...

«E dove hai partorito?» domandò Vivien. «In Spagna?»

«Sì.» Laura era sempre più sprofondata tra i cuscini, come se il divano l'avesse inghiottita. Aveva bevuto il tè e mangiato almeno sei biscotti. In Spagna la vita dev'essere dura per lei, pensò Vivien.

«Com'era l'ospedale? È andato tutto bene?»

«Non è nata in ospedale», rispose Laura, sbadigliando.

«No? E dove, allora?»

«Nel furgone.»

«Che cosa?» Vivien cercò di non apparire troppo scioccata. Ma... Come si fa a partorire dentro un furgone? Non era certo la cosa più igienica del mondo, o no?

«Avevamo steso un po' di lenzuola e roba del genere. E avevamo l'acqua calda.»

«Dev'essere stato difficile», commentò Vivien. Ma si ritrovò a chiedersi altre cose. Tipo: chi aveva tagliato il cordone ombelicale? Aveva preso qualcosa per alleviare il dolore o era semplicemente strafatta?

«È lì che dormiamo», ribatté Laura sulla difensiva.

Vivien le fece un sorriso rassicurante. «Mi sembra un posto abbastanza adatto.» Lo pensava davvero. La bimba era piccina, ma perfetta. Aveva le guance leggermente arrossate, ma ora che aveva mangiato, era il ritratto della salute. «E c'era qualcuno con te durante il travaglio?»

«Sì», tagliò corto Laura.

Vivien avrebbe voluto farle altre domande, ma qualcosa nella sua espressione la frenò. Per l'amor del cielo, si disse. Non esagerare.

«Allora, quando hai detto che è nata, questa piccolina?» domandò, allegra.

«Ti ho detto che non mi ricordo.» Sembrava arrabbiata ora. «Qualche mese fa. Non è importante.»

«Be', per lei sì», rispose Vivien, sforzandosi di usare un tono leggero. «Altrimenti come farà a sapere quand'è il suo compleanno?» *La festa, i giochi, la torta, le candeline...* Nella sua mente si affastellarono le immagini.

«Sceglieremo un giorno qualsiasi», rispose Laura, guardando fuori dalla finestra.

Sceglieremo un giorno? Forse aveva una depressione postpartum. Era comprensibile, più che comprensibile, dopo tutto ciò che era successo. «Allora non è ancora stata registrata?» buttò lì Vivien, cauta. Laura dava l'idea di non sapere neanche di cosa stesse parlando.

«Noi non crediamo in queste cose.»

«Scusa?»

«Essere etichettati, controllati, manovrati come burattini dalla società», spiegò Laura. «Perché mai dovrebbe essere 'registrata'? È solo una bambina. Uno spirito libero, capisci?»

«Ehm.» Per Vivien c'erano milioni di validi motivi per registrare la nascita di un bambino, ma decise che non era quello il momento giusto per discuterne. E poi Tom avrebbe commentato, e a ragione, che non erano affari suoi.

«Resterai nel Dorset, Laura? O ricomincerai a viaggiare?» Spirito libero oppure no, era quello il modo giusto di crescere una bambina? Senza limiti? Senza un minimo di struttura? Senza neanche sapere la sua data di nascita? Sicuramente si sarebbe dovuta fermare in paese per qualche tempo. Come erede diretta di Pearl, doveva occuparsi della vendita della casa e degli altri effetti personali. Sarebbe stata dura per lei. Un incubo. Avrebbe avuto bisogno di tutto l'aiuto possibile.

«Resterò nei paraggi per un po'», rispose Laura senza distogliere lo sguardo dalla finestra e Vivien ebbe la sensazione che avesse fretta di andarsene.

«Farò tutto ciò che posso per darti una mano», promise Vivien. «Anche con la bambina.» Non era solo perché le dispiaceva per lei. Non era solo per Pearl. I motivi andavano oltre, lo sapeva.

«Grazie», Laura la guardò dritta in faccia e in quell'istante, misteriosamente, le ricordò la creatura che aveva in braccio, sua figlia. Un tempo i suoi lunghi capelli arruffati erano stati semplici ciuffetti come quelli: un tempo anche lei era innocente e indifesa. Mentre ora...

«Chi è il padre?» domandò Vivien. «È qui con te?»

«No», rispose Laura, gli occhi lucidi.

Vivien rimosse con delicatezza la tettarella dalla minuscola bocca della bimba e le asciugò un rivolo di latte colato sul mento. Se l'appoggiò alla spalla e cominciò a darle dei leggeri colpetti sulla schiena, sulla carne morbida sotto il golfino bianco. Che sensazione incredibilmente appagante. Ecco che cosa si provava, allora.

«Ma Julio è un bravo ragazzo», proseguì Laura, drizzandosi e dando l'idea di aver ripreso vigore, per la prima volta da quand'era arrivata. «Ora sto con lui. Siamo venuti qui dalla Spagna con il furgone.»

«Bene.» Vivien era contenta che ci fosse qualcuno con lei. Si chiese dove avessero parcheggiato il veicolo. Sembrava che Laura preferisse vivere lì piuttosto che in casa di sua madre. Da un certo punto di vista, non poteva biasimarla.

«Ci hanno fermato un mucchio di volte», si lamentò. «Ci hanno preso di mira solo per via del furgone e del nostro aspetto.»

«Davvero?» Droga, immaginò Vivien.

«È una vita fantastica, invece», rispose Laura, sognante. «Essere liberi di viaggiare, capisci. Senza leggi, senza regole. Fermarti dove vuoi. Svegliarti e sentire la pioggia che cade sul tetto.» Rise, un po' imbarazzata. «Queste cose qui.»

«Sì, immagino.» Ma era una bugia, Vivien non riusciva a immaginarlo.

Droga, feste, assenza di regole. La sua vita era stata molto diversa. Andare a vivere con Tom prima di sposarsi era stato il suo massimo atto di ribellione.

«Meglio che vada ora», fece Laura. «Mi starà aspettando.»

«OK.» Ma Vivien non voleva che se ne andasse. Be', per essere più precisi, non voleva che la bambina se ne andasse. «Come si chiama?» sussurrò per non svegliare la piccola, che le si era addormentata sulla spalla. Di già. Non era incredibile?

Laura fissò la bimba con uno sguardo indecifrabile, che svelava, però, un pizzico di esasperazione.

«Ruby. Si chiama Ruby.»

14

Barcellona, 1942

ALLA Clinica Canales, ogni giorno si apriva con le preghiere mattutine di suor Julia. Era stato il dottor López ad affidarle quell'incarico, che lei svolgeva con gioia. Al termine, aiutava a rifare i letti, a lavare la biancheria e a preparare la colazione. Poi, non appena le infermiere avevano controllato la temperatura e la pressione delle pazienti, il dottor López iniziava il giro di visite. Si trattava di una piccola clinica. Al primo piano c'erano una sala medica con otto posti letto e due sale parto. All'estremità del reparto, proprio come in ospedale, si trovava un locale disinfezione con i bagni e l'apparecchiatura per la sterilizzazione; più in là c'era il cucinino.

Quella mattina il dottore si fermò accanto al letto di Ramira Baez, una giovane che si era rivolta al dottor López dopo aver letto un annuncio sul quotidiano locale, in cui si offriva aiuto alle donne sole in difficoltà. Quando l'aveva saputo, suor Julia era rimasta sorpresa e impressionata dalla gentilezza del medico. Sembrava volesse rendere accessibili i mezzi della clinica a chiunque ne avesse bisogno. Non era necessario che le pazienti fossero ricche o regolarmente sposate. Anzi, meglio ancora se non lo erano. Preferiva aiutare i membri più vulnerabili della società, diceva, e non era interessato a una ricompensa materiale.

«Il mio unico obiettivo è dare una mano a queste sventurate, suor Julia. Desidero solo fare ciò per cui Dio mi ha scelto.»

Eppure trattava quelle poverette come se fossero fortunate a trovarsi lì (il che era vero, in fondo, pensava suor Julia). Ciò che si aspettava era che quelle donne si pentissero.

«Bene, Ramira», disse il medico dopo la visita, chiamandola confidenzialmente per nome, come faceva con molte pazienti. «Tutto procede per il meglio», la rassicurò, scorrendo la relazione stilata dall'infermiera del turno di notte.

In effetti, la prima fase del travaglio era filata liscia come l'olio. Ramira era pallida, ma abbastanza in salute. Un caso raro per quei tempi. Il dottore aveva auscultato il battito fetale con lo stetoscopio Pinard, riposto poi sul carrello degli strumenti. Ora la fissava con quel suo sguardo inspiegabilmente intenso ma freddo. «Hai pregato e chiesto perdono per i tuoi peccati?»

Suor Julia si avvicinò e le posò una mano sulla fronte. Il dottor López aveva già affrontato la questione con Ramira durante la visita iniziale e all'atto del ricovero, il giorno prima. E non era affatto contento, perché la ragazza continuava a rifiutarsi di rinunciare al bambino. Suor Julia capiva la frustrazione e i timori del medico. Ma non era certo quello il momento per mettersi a farle la paternale, no?

«Sì, dottore», sussurrò Ramira, il viso cinereo.

«E hai riflettuto su quale sia la cosa migliore per tuo figlio?»

«Sì.»

«E allora?» insistette il dottore, avvicinandosi alla testiera del letto e fermandosi a pochi centimetri da lei. «Che cosa hai deciso di fare?»

Ramira si scansò, rannicchiandosi, il corpo tremante di dolore. «Forse la cosa migliore è che resti con me.»

Suor Julia trasalì. Non era certo quella la risposta che il dottore si aspettava. Lui voleva che le donne come Ramira prendessero coscienza del quadro d'insieme. Il Paese era ancora afflitto da povertà e privazioni d'ogni sorta. Eppure c'erano persone che avevano i mezzi per offrire una casa a un bimbo indesiderato. Il dottor López pensava solo al bene dei bambini, come ripeteva spesso.

Si schiarì la voce in modo sinistro. Alzò la mano e, per un

istante, suor Julia ebbe paura che volesse colpire Ramira. Ma no. Ovviamente non voleva fare una cosa simile. «Che genere di futuro credi di potergli offrire?» ringhiò invece.

Passata la contrazione, Ramira riuscì a prendere fiato. «Sono sua madre», ribatté.

«E allora? A lui non ci pensi? Bella madre che sei!» l'accusò il dottor López, alzando la voce.

Suor Julia sciacquò l'asciugamani nella bacinella d'acqua accanto a lei. Forse Ramira si stava comportando da egoista. Ma poteva davvero biasimarla per voler tenere il bambino che le era cresciuto in grembo, un bambino che forse era il ricordo di un amore perduto? Perché suor Julia non aveva dimenticato certe pazienti dell'ospedale, mogli che non avevano commesso alcun peccato. Molti repubblicani erano fuggiti, erano stati imprigionati o giustiziati per la loro fede politica. Forse anche Ramira Baez era una di quelle disgraziate. E il figlio in arrivo poteva essere tutto ciò che le era rimasto.

«È un mio diritto tenere il bambino.»

Raramente suor Julia aveva visto donne così forti da opporsi al dottor López. Voleva quasi applaudirla, ma sarebbe stato un errore. Il più delle volte avevano a che fare con anime fragili, la cui sicurezza e volontà si sgretolava presto di fronte all'indiscutibile autorità del medico, alla sua ferma convinzione di fare la Cosa Giusta. Che alternativa avevano quelle poverette? Suor Julia sapeva bene che anche la sua presenza aggiungeva credibilità alle argomentazioni del dottor López. Molte erano grate a lui e alla clinica. Molte, convinte dalle sue parole, si credevano quasi oggetto di un salvataggio eroico.

«Aiutarti è impossibile», decretò il dottore con disprezzo. «Tu non vuoi essere aiutata.» Si voltò e prese a citare un passo della Bibbia, come faceva spesso. «'Infatti la parola di Dio è viva, efficace e più tagliente di ogni spada a doppio taglio; essa penetra fino al punto di divisione dell'anima e dello spirito, fino alle giunture e alle midolla e discerne i sentimenti e i pensieri del cuore'.»

Ramira aveva gli occhi lucidi di lacrime. Ma serrò i denti all'arrivo dell'ennesima contrazione. Suor Julia le sostenne la schiena e cercò di risistemare i cuscini, perché stesse più comoda. Nelle sue condizioni era difficile imporsi. Eppure l'aveva fatto.

«Mi fai pena», concluse il dottor López. «Mi fai pena perché non riesci a capire.»

La giovane rantolava dal dolore. Suor Julia le tolse i capelli scuri dalla fronte sudata e vi posò sopra l'asciugamano bagnato.

«Tornerò», disse il medico e uscì deciso dalla stanza.

L'ostetrica, che stava accudendo un'altra paziente, si affrettò a sostituirlo.

Suor Julia strinse la mano di Ramira e lei la guardò. Per un istante sembrarono comprendersi alla perfezione. Ma poi il dolore tornò a farsi sentire e quell'attimo svanì.

Suor Julia lanciò un'occhiata alla sala medica, dalle pareti spoglie, marroni, con le piastrelle scheggiate, i letti duri e scomodi, i carrelli con gli strumenti metallici, l'odore intenso di candeggina e alcol denaturato. Anche a lei quelle donne facevano pena. Tutte quante.

Lo studio del dottor López si trovava al piano terra, all'estremità opposta della porta principale, varcata ogni giorno da gestanti in varie fasi della gravidanza. Una volta entrate, si accomodavano a sinistra, nella sala d'aspetto, una stanza buia, tetra, arredata con semplici sedie di legno duro, dove si respirava un'aria intrisa di sofferenza. Eppure la nascita era un simbolo di speranza, di gioia, di un nuovo inizio, no? Forse, in un mondo ideale.

Dopo pranzo, il dottor López si occupava di altri appuntamenti, prima di tornare dalle pazienti in travaglio o in sala parto per l'ultimo giro di visite della giornata. Altre volte assisteva ai parti e visitava i neonati. Anche se nella clinica lavoravano infermiere esperte e due ostetriche a turni alterni, il grosso delle responsabilità era sulle spalle del dottore, ancor più che in ospedale. Quello era il suo regno.

Uno dei compiti di suor Julia era accogliere le pazienti e accompagnarle lungo il corridoio che conduceva al santuario del dottor López. Poteva essere un tragitto desolante e, con la sua presenza, sperava di mettere quelle donne un po' più a loro agio.

Quel pomeriggio l'ultima paziente era Agnese Jurado, una ragazza sui vent'anni, ai primi mesi di gravidanza. Aveva un bel viso a forma di cuore in cui spiccavano occhi grandi e scuri e aveva capelli neri, spessi e lucidi che ricadevano morbidi sulla schiena sottile. Era molto graziosa. Ma aveva un'aria incredibilmente triste. Somigliava a Paloma. Oh, cara Paloma... Come le mancavano le sue sciocche chiacchiere. Com'era diversa, ora, la vita di suor Julia.

Il dottor López era seduto dietro la grande scrivania di legno, vicino alla libreria a vetri piena zeppa di riviste mediche e tomi religiosi.

«Accomodati pure», le disse, indicando la seggiola di fronte alla sua sedia girevole di pelle, leggermente più alta.

Agnese si sedette, le spalle curve, lo sguardo fisso a terra.

Il dottor López era visibilmente compiaciuto. Era contento quando le peccatrici mostravano segni di rimorso e vergogna. Suor Julia restò in attesa di istruzioni. A volte il dottore le chiedeva di rimanere, altre di andarsene. In quel caso le fece cenno di restare.

Il medico compilò con zelo la scheda di Agnese Jurado, inserendo tutte le informazioni personali e borbottando tra sé di tanto in tanto.

«E chi è il padre del bambino?» domandò all'improvviso.

La ragazza sussultò. Malgrado la stanza fosse piuttosto buia, la lampada sulla scrivania sembrava puntata dritta su di lei, mentre balbettava una risposta.

«N-non lo so, d-dottore», disse, arrossendo violentemente.

«Non lo sai?» La voce tonante del dottor López parve vibrare tutt'intorno.

Suor Julia lo vide prendere in mano il crocifisso di legno. Sapeva bene che cosa le attendeva ora. E infatti... «'Tutti hanno peccato e sono privi della gloria di Dio'», recitò il dottore mestamente. «Dalla Lettera ai Romani. Se ti penti, figliola, riceverai il dono dello Spirito Santo.»

Agnese lo guardò con gli occhi sbarrati, terrorizzata.

Il dottore, rosso in volto, continuò. «'Perché il salario del peccato è la morte'.» E spinse il crocifisso verso di lei.

Suor Julia cominciò a pregare, in silenzio.

«S-sono stata v-violentata, d-dottore», bisbigliò Agnese, così piano che suor Julia dovette chinarsi verso di lei per sentirla.

Violentata. Oh, povera ragazza. Suor Julia si aspettava che il dottor López le facesse altre domande. *Quand'è successo? Chi è stato? L'hai raccontato a qualcuno?* Quante cose orrende accadevano in città, cose di cui persino lei era all'oscuro.

Ma il medico non le chiese nulla. Prese solo a fissarla con il suo sguardo severo. «Vuoi dare in adozione il bambino», sentenziò con un tono che non lasciava spazio a punti interrogativi né a ulteriori discussioni.

Suor Julia dovette mordersi la lingua per restare zitta.

«Non ho scelta, dottore.»

«Esatto», confermò lui secco.

Suor Julia sapeva che era vero; che quella era la strada giusta da prendere, sia per Agnese, sia per il bambino. Ma sembrava una decisione così sbrigativa, così poco ragionata. Quella ragazza aveva vissuto un calvario.

«La porti dietro il paravento, suor Julia», ordinò il medico. «La visito subito.»

«Sì, dottore.» Suor Julia condusse gentilmente Agnese al lettino dall'altra parte della stanza, dove si trovavano anche un carrello con i guanti chirurgici e tutta la strumentazione, un bidone per le bende sporche di sangue e un lavandino. «Spogliati, cara», le disse tirando la tenda, cercando di trasmetterle comprensione con lo sguardo. Non ce la faceva più. Quello non era il posto adatto a lei. Ma quella disgraziata le faceva pena.

Durante la visita il dottor López divenne quasi gioviale. Stava cercando di mettere Agnese a suo agio? Speriamo, pensava suor Julia. Il dottore le sistemò i piedi sulle staffe e per un istante sembrò incombere su di lei, che se ne stava distesa con le gambe divaricate e gli occhi sgranati e pieni di paura.

Come se stessero per violentarla di nuovo... Che sciocchezza. La paziente doveva essere visitata e il dottor López non era certo un bruto. Ciò nonostante, suor Julia rimase lì vicino, nel caso ci fosse bisogno di lei. E ancora una volta si mise a pregare.

«Sei più o meno di cinque mesi», stabilì il dottor López. «Il che conferma la data che hai indicato.»

La data dello stupro, dedusse suor Julia. Come poteva una ragazza come quella, così graziosa e innocente, riprendersi dal trauma di avere in grembo il figlio del suo stupratore? Il pensiero corse di nuovo a Paloma. Anche lei era graziosa e innocente.

Quando Agnese si fu rivestita, suor Julia l'accompagnò fuori e fissò l'appuntamento successivo. Di solito parlava il meno possibile, come le era stato ordinato, ma stavolta le posò la mano sulla spalla sottile e la rassicurò: «Non ti preoccupare. Qui si prenderanno cura di te».

«Grazie, sorella.»

Suor Julia chiuse la porta e tornò nello studio.

«Stanno per arrivare altre due persone, suor Julia», l'avvisò il dottor López, mentre sistemava le carte sulla scrivania, guardandola da sopra gli occhiali a mezzaluna. Aveva cominciato a usarli da poco, ma non intaccavano affatto il potere del suo sguardo. Anzi. «Le accompagni da me. Poi vada pure.»

La coppia arrivò cinque minuti dopo. Erano entrambi ben vestiti, lui con un completo elegante e la cravatta, lei con un tailleur blu scuro, una camicetta bianca e un mucchio di gioielli d'oro, i capelli scuri e ben pettinati che le arrivavano alle spalle. Avranno avuto una quarantina d'anni.

Si vedevano spesso coppie come quella in clinica; coppie che avevano possibilità economiche e una certa posizione sociale. E che desideravano adottare un bambino.

Il dottor López si profuse in cerimoniosi saluti e fece cenno a suor Julia di andarsene. «Il suo lavoro, per oggi, è concluso», la congedò, chiudendo veloce la porta dello studio alle spalle dei suoi ospiti.

Suor Julia indugiò. Non avrebbe dovuto, ma era curiosa. Era

capitato di rado che il dottor López le facesse intendere così chiaramente che non la voleva nei paraggi.

«Ho una notizia buona e una cattiva, amici miei», lo sentì affermare. «Quale volete per prima?»

«Quella buona, dottore», rispose la donna. Ora sembrava meno fredda e sicura di sé. Anzi, aveva un tono disperato. «Per favore, ci dica la buona notizia.»

«Ho visitato una ragazza», esordì il medico. «Una brava ragazza. E il padre del bambino...» Abbassò la voce. «Non c'è niente di meglio dei sani valori nazionalisti. Non resterete delusi. Ve lo garantisco.»

Suor Julia corse via. Non voleva sentire una parola di più. Aveva sperato di riuscire a passare da Ramira, per controllarne i progressi, ma ora doveva proprio andarsene. Prese le sue cose e uscì dalla clinica, seguita dal tonfo del batacchio d'ottone sulla porta. Si voltò a guardarlo: raffigurava il palmo di una mano con una palla e una fede nuziale al dito. Che ironia, considerato ciò che avveniva lì dentro. Anche la targa della clinica era piccola e insignificante, quasi volesse restare segreta.

Suor Julia seguì le strade familiari che si snodavano attraverso il Barrio Raval, il quartiere in cui si trovava la clinica, vicino a Calle Arco del Teatro. Nell'aria fluttuava una nebbiolina atipica per quella stagione. Era così confusa. Che cosa voleva dire ciò che aveva sentito? Quella coppia si era recata alla clinica per discutere di un'adozione, il che non era certo un fatto insolito. Ma che cos'era successo? Era già stato pianificato tutto, ma poi qualcosa era andato storto e il dottore era stato costretto a deludere la coppia? Stava parlando del bambino di Agnese Jurado? E i sani valori nazionalisti erano quelli del suo stupratore? Sembrava troppo disumano per una persona della statura morale del dottor López. Lui si preoccupava del benessere dei bambini, certo. Ma non avrebbe dovuto mostrare un po' di compassione anche per le madri? Soprattutto per ragazze come Agnese, vittime indifese del dopoguerra.

Suor Julia si guardò intorno. Si respirava ancora la sofferenza, attaccata come muschio ai muri della città. Anche le persone per strada erano tristi, lo si capiva dal loro modo di camminare, da come fumavano sulla soglia dei negozi guardando il mondo passare, chiedendosi forse quale fosse il senso di quella vita. Vide le sagome indistinte dei mendicanti e avvertì il puzzo delle vie cittadine, un misto di verdure marce, urina stantia, spazzatura, gas di scarico e tabacco. E morte. Il dolore giaceva nelle ombre della città. Era inverno e presto sarebbe diventato buio. Ma il velo scuro della notte non riusciva a coprire ciò che Barcellona aveva vissuto; ciò che suor Julia aveva visto.

Avevano imprigionato e torturato centinaia di uomini per i loro ideali. Le donne erano costrette a crescere i figli da sole o a darli via nella speranza di offrire loro una vita migliore. E le ragazze come Agnese venivano violentate e rovinate per la vita e obbligate a pagare per il crimine di avere un viso dolce e un corpo desiderabile.

Era ingiusto.

Suor Julia si diresse verso le Ramblas, oltrepassando la latteria e i banchi del mercato ormai vuoti. Pensò alla sua famiglia: mamma, papà e le sue sorelle. Li vedeva così di rado; l'andavano a trovare solo quando dovevano comunicarle qualche novità famigliare. Una volta l'anno sì e no. Vivevano nella stessa città, ma era come se fossero dall'altra parte della Terra. E suo padre non la visitava mai...

L'ultima volta, ad attenderla imbarazzate nell'atrio di Santa Ana, c'erano la madre e le sorelle.

«Dov'è papà?» aveva domandato suor Julia, come sempre.

«È occupato, bambina mia, lo sai», le aveva risposto la mamma, evasiva.

«Ha trovato un lavoro? Avete da mangiare?» Non poteva fare a meno di preoccuparsi. Entrando in convento, aveva sgravato i suoi genitori dal peso di dover provvedere a lei, ma in famiglia erano rimasti pur sempre in quattro. Le osservò con attenzione. Erano magre, ma non denutrite.

«Abbastanza», la rassicurò la mamma. «Non devi stare in ansia per noi.»

«No, infatti», confermò Paloma, sorridendole con gli occhi, come sempre.

«E ora, Matilde...»

«Sto per sposarmi.» Matilde aveva avuto l'aria accigliata sin dal primo momento e ora suor Julia capiva il perché.

«Con chi?» domandò.

«Con un uomo così vecchio che potrebbe essere mio padre», rispose lei cupamente.

«Matilde...»

Suor Julia colse una serie di sguardi incrociati e capì. Per la sua famiglia era giunta l'ora di compiere un altro sacrificio.

«È un brav'uomo. Ed è benestante», chiarì la mamma.

«Non provi niente per lui?» sussurrò suor Julia alla sorella, che la guardò dritta in faccia.

Ciò che lesse in quegli occhi la spinse quasi a mettersi in ginocchio per supplicare sua madre di impedire il matrimonio.

«Non ci riesco», rispose Matilde.

«Ma allora perché...»

«È già tutto programmato», intervenne la mamma, decisa.

Suor Julia chinò il capo. «Papà mi manda a dire qualcosa?»

Silenzio.

«Ti pensa spesso.»

Ma non viene mai.

Forse non riusciva a sopportare di vederla in abito da suora e constatare con i suoi occhi ciò che era diventata.

Passando davanti alle edicole e ai negozi, suor Julia affrettò il passo. Non si concedeva di guardare le vetrine; quei vestiti, quelle borsette non erano per lei, appartenevano ad altre donne, ad altri mondi.

Pensò di nuovo ad Agnese Jurado. Com'era il suo mondo? Che cosa ne sarebbe stato di lei e del suo bambino? Suor Julia era felice di tornare al convento, in quel luogo sicuro e sereno. Suonò e una suora andò ad aprire il pesante cancello, facendola entrare nell'atrio, che sapeva di cera e di umido. Si recò subito dalla superiora. Doveva confidare a qualcuno ciò che aveva sentito. Le raccontò delle adozioni e di Agnese. Avrebbe voluto dirle di più, spiegarle perché le sembrava così sbagliato. Ma...

«Sei confusa, figliola», ribatté gentilmente la reverenda madre. «Il dottor López sta solo proteggendo gli innocenti, secondo il volere di Dio.»

«Ma Agnese è stata...»

La superiora l'interruppe con un gesto della mano. «Ha sofferto, è vero. Ma purtroppo non possiamo più cancellare quella sofferenza. Nessuno può farlo. Il dottore, invece, può aiutare il bambino che nascerà.»

Messa così, aveva un senso.

Ma le parole del dottor López...

«Hai frainteso, figliola. Hai una fervida immaginazione e devi cercare di tenerla a freno. Ti stai preoccupando di cose che non ti competono. Devi avere fede e credere nel dottore. Lui sa che cosa fare per compiere il bene supremo. È un pilastro della nostra società, un uomo di grande cultura, rispettato da tutti. La sua è la Retta Via, la Via del Signore. Bisogna obbedirgli senza discutere. Hai capito, figliola?»

«Sì, reverenda madre.» Doveva aver travisato, senza alcun dubbio. Sicuramente il dottore si riferiva a un'altra ragazza, a un altro uomo. E anche in caso contrario... Faceva quel che faceva per il più nobile dei motivi: aiutare i vulnerabili, gli innocenti, i nascituri.

«Devi rinunciare alla tua volontà, in nome di Dio.»

«Sì, reverenda madre.»

«Continua a essere un lume di fede, di speranza e di carità», aggiunse. «Resta ancorata al cuore di Cristo.»

Suor Julia andò a pregare nella cappella. La superiora aveva ragione. Aveva messo in dubbio la buona fede del dottore e il suo operato. Era stata debole, ma ora avrebbe chiesto la forza per fare meglio. Chiuse gli occhi e lasciò che la pace di quel luogo penetrasse nella sua anima. Immaginò un coro di voci angeliche intonare salmi della Bibbia e placare il suo spirito inquieto. Suor Julia sentì in quelle voci la fievole musica della speranza. E così pregò.

Padre santo, aiutami a fare la tua volontà. Indicami la via...

15

Chi sono io?... Quella domanda l'aveva tormentata per settimane. E finalmente Ruby cominciava ad avere qualche risposta. Almeno ora conosceva l'identità della madre biologica. Laura, la ragazza delle foto. Già allora, quando aveva visto per la prima volta il suo viso, aveva provato qualcosa di strano, anche se aveva cercato di negarlo.

E che dire delle persone che l'avevano cresciuta e amata e fatto credere di essere figlia loro? Be', quelli non erano i suoi veri genitori. Ruby cercò di metabolizzare la cosa. Le sembrava di averli persi di nuovo. Di aver perso qualcosa di indefinito. Le sue radici? I suoi punti di riferimento? Non ne era sicura. Sapeva solo che ora, all'improvviso, si sentiva mancare la terra sotto i piedi, come se tutto ciò in cui aveva sempre creduto fosse svanito nel nulla.

E adesso?

«Mi dispiace, Ruby», le disse Frances, guardandola con occhi pieni di comprensione.

Ruby cercò di fare il punto della situazione. Bevve un sorso di vino e rifletté su ciò che Frances le aveva raccontato fino a quel momento. «E così ora non so più neanche quando sono nata.» Quelli che aveva sempre creduto fossero i suoi genitori non conoscevano la sua vera data di nascita e la sua madre biologica addirittura non la ricordava...

«Non la data precisa, no.» Frances le diede un colpetto sulla mano. «Hanno fatto quel che potevano, cara.»

«Sì.» Ruby ripensò alle sue feste di compleanno, da bambina: i regali, i giochi, il party per i suoi diciott'anni, quando si era sentita all'improvviso così diversa, come se si fosse magicamente trasformata in un'adulta. Che fosse appena più giovane o appena più vecchia faceva tutta questa differenza? Be', sì. Tutti sanno quand'è il loro compleanno. È un giorno speciale. Perché avrebbe dovuto essere diversa dagli altri? Ma non era colpa dei suoi genitori. Forse Frances aveva ragione. Avevano fatto il possibile.

Solo che... era tutto una grande bugia.

«Perché non me l'hanno mai detto?» domandò con un tono consapevolmente rabbioso. Non voleva odiarli. Ma perché non le avevano confidato la verità?

«Tua madre voleva.» Frances fece scorrere le dita sullo stelo del suo calice, ma non lo portò alle labbra. «Ne parlavamo spesso. Credeva che avessi il diritto di sapere. Ma tuo padre non era convinto. E, in fondo, non aveva tutti i torti. Dopo quel che era successo... Insomma, non era così semplice, cara.»

Ruby non era affatto d'accordo. Non era così semplice? E ora, invece? Ora sì, che era difficile, lottare per non provare rancore nei confronti di chi le aveva taciuto la verità, di chi aveva voluto controllare la sua memoria, di chi si era arrogato il diritto di scegliere per lei che cosa poteva e non poteva sapere. Di chi aveva finto per una vita intera. Tutti quegli anni. Tutto quell'amore.

«Ruby...» Stavolta Frances posò la mano sulla sua, senza più toglierla. «Hai mai pensato che Vivien potrebbe aver lasciato quella scatola apposta, perché tu la trovassi?»

«Vuoi dire che era il suo modo per farmi scoprire la verità?»

Frances annuì.

«E Laura...»

«Laura era troppo giovane per prendersi cura di te. Era solo una ragazzina.»

Ruby provò a immaginarsi come fosse dover accudire un neonato a soli vent'anni. Come si faceva? E come aveva fatto Laura?

Senza soldi, senza lavoro; tutto ciò che aveva erano un furgone Volkswagen e un ideale romantico di libertà.

«E poi...» continuò Frances, «doveva essere rimasta traumatizzata dalla morte di sua madre, non sapeva neanche che fosse malata.»

«Già.» Per Ruby era facile identificarsi. La notte aveva ancora gli incubi.

«All'inizio, Vivien voleva solo aiutarla. Le dispiaceva per lei.»

Ruby tirò fuori dalla borsa la busta con le foto. Ne prese una di Laura con la bambina. La bambina... Il racconto fotografico della sua infanzia era completo ora, no? Quella era lei da neonata. Allungò lo scatto a Frances.

Lei sorrise. «Questa è Laura. E questa devi essere tu.»

«Già.» Ruby si ricordò del plettro. «Suonava la chitarra?»

«Credo di sì.»

Quindi aveva ereditato l'amore per la musica dalla sua vera madre? Era per quello che aveva cominciato a suonare il sassofono? E a scrivere canzoni? Era una sensazione strana, scoprire di avere un patrimonio genetico del tutto diverso da quello che pensava.

«Che tipo era?» sussurrò. Sapeva che aspetto aveva, ma non le bastava.

«La conoscevo appena, cara», rispose Frances. «Posso solo dirti quello che mi raccontava Vivien.»

«E che cosa diceva di lei?» domandò Ruby. Anche se poteva immaginarselo.

«Le piaceva. Ma la considerava un po', come dire...»

«Irresponsabile?»

«Forse.» Frances le restituì la foto.

Ruby la sfiorò con il dito. Madre e figlia... Quando le avevano scattato quella foto, Laura ancora non sapeva che sua madre era morta. Che sarebbe tornata in Inghilterra e che, una volta lì, avrebbe perso anche sua figlia. Che cosa l'aveva spinta ad abbandonarla? Era solo per l'età? Eppure tante ragazzine tengono i propri figli, no? In fin dei conti, Pearl era morta e a Laura, ormai, non restava che lei...

Sospirò. Le perline erano di Laura. E la cuffietta da neonato doveva essere sua.

«Secondo te, dove sono state scattate queste foto?» domandò a Frances, passandole un'altra istantanea. Dove era nata esattamente?

«Non lo so, temo. Se non sbaglio, Vivien mi aveva raccontato che Laura era stata da qualche parte in Spagna.»

Ruby guardò di nuovo la spiaggia dorata, il mare turchese, il faro che si stagliava nel cielo azzurro e senza nuvole. Un paradiso. Sì, poteva essere la Spagna. Questo la rendeva mezza spagnola? Chi era suo padre? Sarebbe mai riuscita a scoprirlo? Ora apparteneva ad altri nuclei famigliari di cui fino a un attimo prima ignorava l'esistenza. La famiglia di suo padre (chiunque fosse), la famiglia di Laura...

«Che cos'è capitato a Laura? Dov'è adesso? Lo sai?» Per un istante pensò che Frances fosse ancora in contatto con lei, che potesse dirle dov'era. Si immaginò di ritrovarla, di incontrarla, di ricongiungersi a quella madre che non sapeva di avere.

«Non so dove sia, cara. A un certo punto Vivien e Tom hanno cercato di rintracciarla. Ma sembrava sparita nel nulla.»

«Capisco.» Ruby si sforzò di rilassare le spalle. *Sparita nel nulla.* «Allora, che cos'è successo esattamente, quando Laura si è presentata a casa di Vivien? Mi ha mollato lì e basta?» Come un sacco di patate, pensò. «Sono stata adottata? Data in affido o che altro?»

«Non proprio adottata, no», rispose Frances, giocherellando con il tovagliolo.

Già, non era stata adottata, perché sul certificato di nascita i suoi genitori risultavano essere Vivien e Tom Rae. Lanciò un'occhiata a Frances. «Faresti meglio a raccontarmi il resto della storia.»

16

Dorset, aprile 1978

VIVIEN parcheggiò la sua auto vicino al porto, scese e raccolse il secchio pieno di fiori primaverili appoggiato ai piedi del sedile anteriore. Il sole stava facendo capolino tra le nuvole, accompagnato dal tintinnio degli alberi delle barche e dagli strilli dei gabbiani, che si libravano nell'aria attratti dall'odore dolciastro del pescato di primo mattino.

Chiuse la macchina e si fece strada tra le nasse traboccanti di granchi e le reti da pesca stese ad asciugare sul cemento. Il mare era calmo, solo lievemente increspato, e il porticciolo brulicava di cabinati e piccole imbarcazioni a vela, barche a remi dai colori vivaci e grandi pescherecci che oscillavano dolcemente sull'acqua. Qualche vecchia gloria, come la *Dusky Rose*, agganciata all'anello arrugginito del molo, mostrava un po' i segni del tempo; sbiadita e scrostata com'era, del rosa scuro del suo nome conservava ben poco.

La stagione preferita da Vivien era l'inverno, quando i turisti se ne andavano e quel posto si riappropriava finalmente della sua anima. Ma ormai era primavera inoltrata e c'era in giro un sacco di gente: famiglie che mangiavano gelati o fish and chips, mele caramellate o zucchero filato comprati nei chioschetti sulla spiaggia. C'era chi si divertiva in sala giochi e con le slot machine, chi passeggiava sul lungomare e chi si avventurava sul sentiero dal lato ventoso della scogliera verso Warren Down e il faro. Intorno al molo, i bambini riempivano i secchi di granchietti, mentre i gabbiani si fiondavano a rubare le esche.

Vivien s'incamminò verso la vecchia cappella metodista, in cui il sabato si sarebbero celebrate le nozze dei vicini di Frances, due giovani squattrinati che non potevano permettersi un fioraio; e così lei, su richiesta dell'amica, aveva colto un po' di narcisi dal suo giardino. A dire la verità, ne aveva tagliati a bizzeffe, rischiando di creare dei buchi sui bordi anteriori e intorno al vialetto. Ma era felice di poter essere di aiuto: era una bella coppia e in paese facevano sempre tutto il possibile per darsi una mano a vicenda.

Il secchio era piuttosto pesante e a ogni suo passo oscillava a destra e sinistra, facendo traboccare l'acqua e dondolare la corolla giallina dei narcisi, il cui profumo dolce e intenso si fondeva con gli odori del porto e del mare.

Matrimoni e famiglie... Vivien si perse nei suoi pensieri. Si fermò un istante all'altezza del sentiero che proseguiva incerto dietro i ciottoli di Chesil Beach. Oltre la barriera protettiva naturale formata dai sassi, l'oceano si stendeva verde e sinuoso, ricoperto dalla schiuma bianca delle onde sollevate dal vento. Vivien respirò l'aria salmastra. Amava quel posto, la faceva sentire viva.

Ripensò alle sue nozze con Tom. A suo padre insolitamente elegante, con il completo blu scuro, la camicia bianca inamidata e la cravatta in tinta; alla sua presa salda e rispettosa, quando l'aveva accompagnata sottobraccio lungo il corridoio centrale, tra le sedie dell'ufficio municipale di Bridport. Al sorriso nervoso di sua madre, vestita di blu e crema, seduta in prima fila. Perché non ti sposi in chiesa, come tutti? Le avevano detto. Ma chissà che cosa avevano pensato davvero quel giorno.

Era strano che ora vedesse i suoi genitori così di rado. Da quando si erano trasferiti sulla loro isoletta scozzese, erano diventati ancora più solitari; Vivien sospettava che fosse sempre stata questa la loro tendenza, che non avessero mai realmente voluto far parte di un mondo in cui si socializza e si interagisce. Forse era per quello che da bambina si sentiva spesso sola. Sin da allora il suo sogno era vivere in una di quelle case sempre piene di chiacchiere e risate; desiderava avere dei vicini o degli amici che suonassero alla sua porta anche solo per bere un tè in compagnia. Invece, casa sua era sempre, immutabilmente silenziosa. E così anche lei lo era diventata; i libri, gli amici immaginari erano divenuti il suo mondo.

Sull'isola i suoi genitori avevano il telefono, ma non la chiamavano quasi mai. Lei sì, di tanto in tanto, ma quelle chiacchiere affettate le davano l'impressione che mancasse qualcosa, le facevano passare la voglia di sentirli. Era come se la distanza geografica significasse in realtà molto di più, quasi fosse una distanza personale, spirituale. Era come se li avessi persi.

Vivien pensò a Tom. Era una donna fortunata. Quel che c'era tra loro... Be', non riusciva neanche immaginare di poterlo perdere. Con i suoi genitori così lontano, non aveva altri che lui.

Una bambina sui dieci anni la superò, correndo; indossava un vestito rosa a fiori e dei sandali da spiaggia di plastica. Scendendo dalla montagnola di sassi gridava di gioia, con le braccia al vento. Vivien sorrise. Vide i genitori della bimba vicino al bar. Ridevano e la mamma teneva per mano un altro piccolino, che la strattonava. Una famiglia perfetta.

Santo cielo, che diavolo aveva? Perché quei pensieri? Distolse lo sguardo dal mare e dalla bambina e continuò a camminare sul sentiero sabbioso in direzione della vecchia cappella. Ma il perché lo conosceva benissimo.

«Vivien!»

Si girò, schermandosi gli occhi con la mano per proteggersi dal sole. E fu allora che lo vide. Eccolo lì, parcheggiato ai margini di Chesil Beach, un furgoncino sgargiante, verniciato con colori psichedelici e decorato con spirali rosa fosforescente, verde lime, viola scuro e con lune e stelle argentate. E accanto alla portiera aperta c'era Laura, che la salutava con la mano. «Ehi, Vivien!»

«Ciao Laura!» Vivien rispose al saluto, lasciò il secchio di fiori sui gradini consunti della cappella e si diresse verso di lei. E così quello era il famoso furgone Volkswagen in cui Laura e Julio vivevano con la piccola Ruby. In cui lei aveva partorito e con cui avevano viaggiato dalla Spagna all'Inghilterra. Guardando l'intrepido e appariscente macinino, si stupiva che ce l'avessero fatta.

Laura sembrava più allegra dell'ultima volta che l'aveva vista. «Ti presento Julio», esclamò, indicando un individuo dall'aria burbera con i capelli ricci e scuri sdraiato sul lungo sedile posteriore.

«Ciao», fece Vivien. Notò gli adesivi sui finestrini: *Pace e amore*, *Basta con le bombe*. Un arcobaleno. E avvertì il profumo di incenso al patchouli che usciva dal furgone e si perdeva nel vento. Ecco perché, durante il viaggio, la polizia li aveva fermati tante volte. Ma l'interno era davvero delizioso. C'erano un tettuccio apribile, che permetteva di stare in piedi, e un portellone basculante sul retro. Dalla parte opposta c'erano alcuni armadietti, un lavello e un fornelletto con un bollitore a gas. Sul piano di lavoro, una pagnotta e un coltello. Ai finestrini erano appese tendine allegre e colorate; il sedile su cui era sdraiato Julio era pieno di cuscini e accanto alla portiera c'era una chitarra. Ma dov'era Ruby? Vivien la scorse dormire nella sua cesta sul sedile davanti.

«Abbiamo riflettuto un po' sulla tua offerta, Vivien». Stavolta Laura indossava un abito lungo, blu e una collana di perline colorate. Portava tra i capelli biondi una coroncina di margherite. Sembrava appena tornata da Woodstock, una vera figlia dei fiori anni Sessanta. A Vivien sfuggì un sorriso.

«Davvero?» Lanciò un'altra occhiata ai sedili anteriori. Era difficile non fissare Ruby. Aveva un'aria così tranquilla, così soddisfatta.

«Sì, sulla tua proposta di aiutarci con la bambina.»

«Oh.» Vivien non ne aveva neanche accennato a Tom, perché, onestamente, non pensava che Laura gliel'avrebbe chiesto. Gli aveva raccontato della sua visita, ma non appena aveva accennato alla bambina, lui non ne aveva voluto sapere più nulla. E l'aveva guardata con aria di ammonimento. Da allora Vivien non aveva più visto Laura, ma si era ripromessa che, se fosse capitato, li avrebbe invitati a cena. Pearl era una donna adorabile ed era stata una buona vicina. Era il minimo che potesse fare. Ma chissà che cosa ne sarebbe stato di loro, quanto si sarebbero fermati, ora che la casa era stata messa in vendita. Laura non era il tipo da restare fissa in un posto troppo a lungo. Era uno spirito libero. Una nomade.

«Potresti tenere Ruby questo pomeriggio?»

«Questo pomeriggio?» Così presto?

«Be', sì.» Laura guardò Julio, che rispose con un'alzata di spalle. Del resto Ruby non era sua figlia. Forse non era facile per loro, vivere tutti insieme nel furgone.

«Mi farebbe molto piacere», mormorò Vivien. Come poteva rifiutare?

«Fantastico.» Laura aprì la portiera, prese la cesta e, senza perdere tempo, gliela porse.

«Oh, intendi dire ora?» Vivien immaginava che, prima di lasciare la propria bambina a qualcun altro, ci si dovesse organizzare. Per esempio tirare fuori dei vestiti di ricambio, preparare creme, pannolini, un biberon di latte e cose del genere. A quanto pareva, invece, non era così.

Julio disse qualcosa in spagnolo.

Laura non gli diede retta. «La sua roba è tutta dentro la cesta.»

«Ah, bene. Ehm, a che ora la vieni a prendere? O te la riporto io?» Vivien guardò la piccola Ruby che si agitava nel sonno.

Laura scosse le spalle, quasi fosse un dettaglio irrilevante. «Veniamo a prenderla noi tra un po', OK?»

«OK», fece Vivien, anche se le sembrava un'indicazione piuttosto vaga.

E ora eccola lì, diretta alla vecchia cappella con una bambina dentro una cesta. Mentre appena cinque minuti prima era sola. La guardò di nuovo. Ruby continuava a dormire, senza sapere di essere appena stata affidata alle cure di un'estranea. Quando doveva darle da mangiare? Si era dimenticata di chiederlo. Ma, anche se l'avesse fatto, probabilmente Laura non ne avrebbe avuto la minima idea. La nutriva quando aveva fame, senza farsi troppi problemi. Be', allora anche lei avrebbe fatto altrettanto.

Prima di riportarla a casa, però, doveva sistemare i fiori.

All'interno della cappella, fredda e tranquilla, l'odore di cera delle candele si mischiava a quello del legno, dell'incenso e della pietra umida. Vivien s'incamminò verso l'altare con la croce. Silenzio. Fece un respiro profondo.

Chissà se anche la bimba avvertiva quella quiete. Vivien sorrise e posò la cesta sulla prima panca della fila. «Resta qui un minuto, piccolina. Non ci impiegherò molto», le sussurrò.

Andò a prendere il secchio di fiori che aveva lasciato sui gradini, rientrò e cercò i vasi che Frances le aveva detto di aver portato. La cappella era spoglia, a parte l'arazzo sbiadito appeso alla parete, i cuscini ricamati sulle panche di legno e le candele color crema nei candelabri di ottone. Per un istante Vivien immaginò l'atmosfera del sabato a venire, con la gente, i sorrisi e gli addobbi floreali tutt'intorno. Passò di fianco alla cesta e gettò un'occhiata alla bambina, che si muoveva e apriva la bocca come in cerca del biberon. Che amore.

Proprio mentre Vivien entrava nel cucinino dietro la tenda, Ruby cominciò a piangere. *Certo non hai dato un gran preavviso.*

Vivien posò il secchio a terra e si precipitò dalla bimba, che ora aveva gli occhi spalancati. «Ciao, Ruby.»

La piccola la guardò e si mise a strillare. Accidenti, che voce! Aveva bisogno di attenzioni e subito.

«Allora, che cos'è tutto questo baccano?» Vivien si chinò e la prese tra le braccia. Stava bene, anche se si dimenava come se non mangiasse da giorni. «Ora basta fare confusione. Siamo in una cappella, sai?»

Un altro respiro e via di nuovo a urlare.

Vivien si mise a cullarla. «Sssh, sssh», le bisbigliava. Le carezzò delicatamente la fronte con il dito. Ma Ruby non smetteva di strillare. Era rossa di rabbia e accaldata.

«D'accordo, ora sistemiamo tutto.» Vivien frugò dentro la cesta con la mano libera. C'era un biberon di latte già pronto. Grazie a Dio. Ma ovviamente era freddo.

Tornò nel cucinino (in realtà un semplice lavello, ma con il boiler per l'acqua calda) con il biberon e la bambina, sempre cullandola e cercando di tranquillizzarla.

Se l'appoggiò alla spalla per riuscire a muoversi con più agilità e, mentre con una mano teneva la piccola, con l'altra aprì il rubinetto. Nello scolatoio c'erano i vasi di Frances. Vivien ne trovò uno adatto, lo riempì d'acqua e c'infilò dentro il biberon a bagnomaria, scuotendolo ogni tanto per far scaldare il latte in modo uniforme. Agiva con sicurezza, guidata dall'istinto. Laura avrà pur saputo che era quasi l'ora della poppata, no? Avrebbe almeno potuto avvertirla. Non era un atteggiamento molto responsabile.

Dopo qualche minuto, Vivien controllò la temperatura del latte sulla mano. Poteva andare. Mise Ruby in posizione e cominciò ad allattarla. La bimba si attaccò disperatamente al biberon, cominciò a succhiare, tossire e schizzare dappertutto ma, alla fine, trovò il suo ritmo e si quietò. E Vivien riprese finalmente a respirare. Ecco com'era, fare la mamma.

Senza interrompere il pasto, tornò nella cappella e si sedette piano sulla prima panca. Il rossore stava svanendo, tra le sue braccia Ruby si sentiva rilassata e tranquilla.

«Brava, così ci siamo», le sussurrò.

All'improvviso, la porta si aprì con uno scatto.

Oh, santo cielo, pensò Vivien. Era permesso allattare lì dentro?

«Vivien?» Che fortuna, era soltanto Frances. «Oh, mio Dio. Chi è questa piccolina?»

«Si chiama Ruby», rispose Vivien e le raccontò di Laura. «Credo che abbia bisogno di staccare un po' la spina. E così le do una mano.»

«Oh, tesoro», Frances si sedette accanto a loro. «È proprio un amore.»

«Già.» Vivien la teneva ancora più stretta di prima. Si era goduta quei preziosi momenti a tu per tu con la bambina, ma in fondo erano tutte sciocchezze e nient'altro. La sollevò per farle fare il ruttino. Avrebbe dovuto invitarli a stare da lei, Laura, Julio e la piccola Ruby. Probabilmente avrebbero rifiutato. Ma... La verità era che quando aveva visto la piccola, aveva quasi avuto paura.

«Potresti occuparti tu degli addobbi? È successo tutto all'ultimo minuto. Laura...»

«Certo, cara», rispose Frances. Ma i suoi occhi gentili avevano già capito tutto: la bambina, Vivien, le sue sensazioni.

«I fiori sono nel cucinino.»

«Faccio io», la rassicurò, alzandosi in piedi. Erano lacrime, quelle? «Tu pensa alla bambina.»

17

Barcellona, 1945

E così passarono gli anni. Suor Julia continuò a lavorare alla clinica. Era uno strano tipo di vita, metà fuori e metà dentro. Forse era fortunata. Aveva la sicurezza offerta da Santa Ana, quella pace e quella tranquillità così benefiche per la sua anima, e una posizione nel mondo esterno. Ma che razza di mondo! Dicevano che la Spagna era avviata verso il peggior disastro economico di tutti i tempi. Si parlava addirittura di bancarotta. Ma com'era possibile? Il Paese non aveva neanche partecipato alla Seconda Guerra Mondiale. Allora perché la popolazione continuava a soffrire?

Un giorno di primavera suor Julia si recò alla clinica, come di consueto. Aveva molte cose a cui pensare. La sera precedente, la sua famiglia le aveva fatto visita, per la prima volta da oltre un anno. C'erano solo la mamma e Paloma. Be', a dire il vero, non aveva più visto sua sorella maggiore da dopo il matrimonio e papà continuava a non andare mai a trovarla. Doveva esserci qualche novità.

«Come sta Matilde?» chiese, mentre le altre sedevano rigide e a disagio nell'atrio del convento.

«Bene», rispose la mamma.

«C'è un bimbo in arrivo?» Suor Julia pensò alle pazienti della clinica. Pregò il Signore che l'esperienza di sua sorella potesse essere più appagante.

«No, non ancora.»

«Che cosa c'è?» fece suor Julia, vedendo Paloma soffocare una risatina.

La sorella si guardò intorno con esagerata circospezione, come per controllare che nessuno le ascoltasse. «Pare che lui non possa. Che sia troppo vecchio», sussurrò, alzando gli occhi al cielo.

«Davvero?» Suor Julia cercò di nascondere lo choc. In fin dei conti, vedeva tante di quelle cose alla clinica. Ma si era dimenticata di quanto Paloma avesse la lingua lunga.

«Smettila, Paloma», la rimproverò la mamma.

«E papà? Come sta papà?» domandò suor Julia, anche se ormai aveva rinunciato a chiedere se ci fossero messaggi da parte sua. Tanto la risposta era sempre no.

«Be', potrebbe stare meglio.»

Suor Julia si allarmò. «Che cosa...»

«Niente di preoccupante. Abbiamo tutti e due i nostri acciacchi, i nostri dolori. È normale, l'età avanza», sorrise la mamma. «Ma tu come stai, bambina mia? Come procede la vita qui a Santa Ana? Sei contenta ora?»

Suor Julia non sapeva che cosa dirle. Come poteva descriverle ciò che faceva? Non poteva, aveva promesso di mantenere il segreto sin dall'inizio. Era contenta? No. Non era appagamento quello che sentiva ogni giorno quando andava in clinica, quando posava sulla fronte delle pazienti gli asciugamani bagnati, quando si sforzava di alleviare il loro dolore. Non era neanche accettazione, perché era pienamente consapevole di quanto aveva perso. Quel che provava, che aveva sempre provato, era comprensione. Tutto qui. E così non disse nulla. Si limitò a guardare per terra.

«Oh, non ci pensare», cambiò discorso Paloma, sempre molto diretta. «Abbiamo una splendida notizia da darti!» esclamò, battendo le mani.

Era ancora così infantile. Suor Julia aspettò, paziente. I giorni in cui anche lei poteva urlare e saltare e correre e sentire il sangue scorrerle nelle vene erano mai passati. E forse non era mai stata davvero così. Non aveva mai posseduto la vitalità di Paloma.

«Mi sposo!» strillò lei.

«Sta' calma, bambina mia», fece la mamma, sorridendo.

Anche suor Julia sorrise. Come sempre, la felicità di Paloma era contagiosa. Per quanto la vita della sua famiglia potesse essere dura, c'era sempre la gioia di sua sorella a illuminare il mondo. «È meraviglioso. Sono felice per te.»

Paloma le mostrò la mano sinistra e suor Julia vide l'anello. Piccolo, ma grazioso. «Non vuoi sapere chi è il fortunato?»

«Certo.»

«Mario Vamos.»

«Il nostro vicino?» Suor Julia lo disse senza pensarci. Era passato tanto tempo dall'ultima volta in cui aveva visto Mario Vamos ridere con gli amici, da quando aveva notato la sua espressione pensierosa. Presuntuoso e arrogante fin da ragazzino, era proprio il tipo d'uomo per cui Paloma poteva perdere la testa. E infatti. Nei suoi occhi scuri brillava la luce della passione.

«Paloma è fortunata», commentò la mamma rapidamente. «Si sposa per amore.»

«Oh, sì, Julia. Lo amo, lo amo davvero. E da un sacco di tempo.»

Suor Julia era felice per lei. Perché quell'occhiata che Mario Vamos le aveva lanciato apparteneva ormai a un passato lontano. E forse la Barcellona del dopoguerra l'aveva reso un uomo migliore.

Ora per le strade della città giravano molte più auto e motociclette e c'era un gran rumore, anche la mattina presto; prima ancora che le persone si alzassero e uscissero di casa l'aria era impregnata di gas di scarico. Lungo le Ramblas i lustrascarpe e i venditori di biglietti della lotteria stavano già allestendo i loro banchetti e gli spazzini ripulivano le vie dai rifiuti del giorno precedente. Anche le latterie e i bar stavano aprendo, mentre i banchi di frutta e verdura erano già in piena attività. Suor Julia lanciò un'occhiata a un cartellone che pubblicizzava la meravigliosa macchina del futuro:

la televisione. La gente l'avrebbe voluta davvero? La sua famiglia aveva sempre amato ascoltare la radio. Doveva essere qualcosa di simile, ma con le immagini. Avrebbe tolto spazio alla fantasia?

Suor Julia comprese, ora più che mai, quanto fosse diverso il mondo in cui viveva la sua famiglia. Il suo mondo erano Santa Ana e la clinica, punto. Ma amava ancora la sua città, nonostante i cambiamenti. Quando svoltò l'angolo, sentì la campanella del tram blu e lo vide allontanarsi; non tutto era cambiato. La brezza di Barcellona profumava ancora di mare, ma guardando da vicino i muri delle chiese si notavano i fori dei proiettili delle mitragliatrici. Il cuore della città era stato danneggiato. Ed era per sopravvivere, forse, che doveva cambiare?

Suor Julia passò davanti a un venditore di giornali e rallentò, cercando di leggere i titoli. Vide il nome di Hitler. Ah, sì. Sembrava che l'altra guerra, quella mondiale, fosse finalmente finita. E non era tutto.

Il giorno prima, tornando al convento, si era fermata ad ascoltare la conversazione tra due uomini seduti all'aperto, al tavolino di un bar. Aveva ancora voglia di sapere che cosa diceva la gente, come quando da ragazzina origliava i discorsi dei genitori dalle scale. Perché la Spagna era ancora il suo Paese, anche se aveva consacrato la vita a Dio.

«Tempi duri», aveva detto uno dei due. «Hai sentito l'ultima?»

Suor Julia aveva cercato di mimetizzarsi con il muro di pietra a cui si era appoggiata. Ma non aveva nulla di cui preoccuparsi: l'abito da suora la rendeva a tutti gli effetti invisibile e quegli uomini, che si erano guardati attorno furtivi, sembravano contenti che nessuno li stesse ascoltando.

«Ogni giorno che passa, il governo si riempie sempre più di politici cattolici», aveva mormorato l'altro. «E sappiamo bene che cosa vuol dire.»

Che cosa? Si era chiesta suor Julia, pensosa. Be', in quel modo la Chiesa aumentava il suo potere. O il governo diventava sempre più cattolico. Era uguale? Non ne era del tutto sicura. Il nuovo motto della Spagna era «*Una, grande y libre*». C'era un nesso tra tutto ciò?

«Già, lo sappiamo», aveva confermato il primo uomo. Poi avvicinandosi al compagno, tanto che suor Julia aveva dovuto sforzarsi per capire le sue parole, aveva aggiunto: «Viviamo in un'epoca di cattolicesimo nazionale».

Ah. Questo suor Julia lo capiva. In clinica aveva letto un giornale, dimenticato da una delle pazienti, in cui il generale Franco era descritto come «l'uomo inviato da Dio, che appare sempre nei momenti critici per combattere il nemico.» Quelle parole così forti le erano rimaste impresse. Il quotidiano era *Arriba*, stampa di regime, quindi. Tuttavia l'aveva spinta a riflettere. Era una sorta di fusione, vero? I nazionalisti e la Chiesa Cattolica. Chi era davvero a governare?

«Una, grande e libera» non era l'unico motto che si sentiva per le strade in quei giorni. «Dall'impero verso Dio.» La sua Chiesa era forse diventata un animale politico? E se sì, quali sarebbero state le conseguenze?

Alla clinica due *madres solteras*, due ragazze madri, avevano quasi terminato la prima fase del travaglio e dovevano essere trasportate in sala parto.

Suor Julia recitò le preghiere mattutine più in fretta del solito e il dottor López arrivò subito dopo per fare il giro delle visite e prendere il comando, coadiuvato dall'infermiera e dall'ostetrica. Suor Julia si mise accanto al letto di una delle due donne, Lenora Sánchez, e le prese la mano, cercando di offrirle conforto.

«Oh, madre mia, aiutami, ti prego», si lamentava Lenora.

«Tua madre non ti aiuterà», ribatté il dottor López cupamente. «Devi chiedere perdono a Dio. Devi pentirti dei tuoi peccati e affidare tuo figlio alla grazia divina.»

Le contrazioni erano sempre più ravvicinate e, alla successiva, suor Julia le massaggiò la schiena. Lenora non aveva ancora accettato di dare il bambino in adozione. Era una gravidanza voluta? Probabilmente no. Chi voleva essere una ragazza madre? Eppure capitava e allora...

«È una cosa terribile», le aveva raccontato un giorno il dottore. «Ma in alcuni Paesi è legale togliere la vita ai bambini, prima ancora che vengano al mondo.» In Spagna non era così. L'aborto era una pratica fortemente disapprovata. Che alternative avevano, quindi, le donne come Lenora?

Il dottor López scosse il capo, contrariato. «Devo controllare di quanto sei dilatata. Infermiera!» Lenora aveva le gambe divaricate sulle staffe. Il medico si chinò su di lei per visitarla.

«Sta' buona», mormorò suor Julia. «Sta' buona.» Quella posizione innaturale sembrava acuire il dolore. Quand'è che avevano cominciato a obbligare le donne a partorire sdraiate, senza neanche l'aiuto della forza di gravità? Quand'è che erano stati introdotti attrezzi come le staffe che permettevano ai dottori di vedere meglio, ma impedivano alle madri di muoversi liberamente?

Il dottor López si voltò verso l'ostetrica. «È ora di portarla in sala parto. Il bambino sta per nascere.»

A conferma Lenora lanciò un urlo, afferrando forte la mano di suor Julia, che oltre alla sofferenza riuscì a cogliere l'eccitazione, la passione del parto.

«Tranquilla», la rassicurò suor Julia. «Dio è con te.»

«Vedremo», intervenne brusco il dottore.

L'ostetrica era occupata con l'altra partoriente, una primipara, una ragazzina che non voleva altro che liberarsi del dolore e del bambino il più in fretta possibile.

«Resta con lei», disse il dottore, valutando la situazione. «Ci penserà suor Julia ad assistere questa donna.» E liquidò Lenora con un cenno della mano.

La poveretta urlò di nuovo.

Non aveva un bell'aspetto. Aveva gli occhi iniettati di sangue e il viso pallido. «Possiamo darle qualcosa per alleviare del dolore?» domandò suor Julia, slacciandole le gambe e preparandosi a spostare il letto, mentre l'infermiera più giovane correva ad aiutarla.

«È troppo tardi.»

Un altro grido, lungo e penetrante.

«'Con dolore partorirai figli'», ringhiò il dottor López. «Genesi, 3,16.» Si avvicinò al letto e fissò la povera Lenora. «Poiché 'hai mangiato dell'albero, di cui ti avevo comandato: Non ne devi mangiare'.» Le voltò le spalle di colpo.

Santo cielo. Suor Julia sapeva che per il medico le donne dovevano partorire con dolore a causa del presunto peccato di Eva, ma Dio voleva davvero che soffrissero in quel modo? Il dottore, e tutti gli altri, avrebbero dovuto chiedersi perché donne come Lenora avevano rinunciato alla propria virtù con tanta leggerezza. Non si erano preoccupate di ciò che poteva accadere? Della situazione in cui si sarebbero potute ritrovare? Suor Julia pensò a Paloma. Era al sicuro, ora che stava per sposarsi. Ma era facile capire come gli uomini potevano approfittarsi di una ragazza ingenua che non aspettava altro che essere corteggiata. Uomini senza scrupoli e senza alcun rispetto per le donne; uomini che usavano il loro fascino e, forse, persino la forza per ottenere ciò che volevano.

Lenora si teneva aggrappata ai bordi del letto, con gli occhi sbarrati. «Sono una donna. E sono viva.»

«Sì, lo sappiamo», replicò il dottor López.

La poveretta gridò di nuovo. Non l'avevano ancora portata fuori dalla sala medica. Le altre pazienti cominciavano ad agitarsi. Ma il dottor López, freddo come il ghiaccio, si allontanò per andare a controllare l'altra ragazza.

Mio Dio, le stava lasciando il comando? Suor Julia cercò di non farsi prendere dal panico. «Le diamo un analgesico, dottore?» Spesso, nello stadio finale del travaglio, il medico somministrava una miscela gassosa a base di ossigeno; ma sempre a sua discrezione, ovviamente.

«Non ce n'è bisogno, suor Julia. So quel che faccio», aggiunse in tono quasi leggero, come fosse impassibile alle urla di Lenora. «Diventerà madre. Se la caverà.»

Già, una ragazza madre. Che voleva tenere il suo bambino. Spostarono il letto in sala parto. Suor Julia sistemò i cuscini e le lenzuola e cercò di sistemare Lenora perché fosse il più comoda possibile. Era davvero una peccatrice, come sosteneva il dottor López? O era semplicemente una donna con il sangue nelle vene?

Suor Julia immerse un asciugamani nella bacinella d'acqua. Certo, una donna nubile e incinta di un bambino indesiderato era un problema sociale. E se i metodi del dottor López erano discutibili... Era pur vero che la clinica e le adozioni offrivano almeno una soluzione, sia per la madre sia per il bambino. Nessuno poteva negarlo.

Era un parto difficile. Suor Julia non aveva mai sentito nessuna donna urlare tanto. Quella di Lenora era una sofferenza sconfinata. Ma alla fine il dottor López fece nascere il bambino. Senza complicazioni, apparentemente.

Mentre verificava le condizioni della madre e le faceva espellere la placenta, il dottore lasciò il bambino a suor Julia.

«È un bel maschietto sano», constatò, cominciando a lavarlo. Aveva già le guance rosate e un ciuffo di capelli scuri sulla testolina. Un vero amore.

«Già», commentò il medico, alzando lo sguardo. «Ma credo che spetti a me stabilirlo, grazie, sorella.»

«Certo, dottore», assentì suor Julia, chinando il capo.

Finita la visita, il dottor López le fece un cenno. «Quando vuole, sorella», le disse e poi lasciò la sala parto.

C'era una procedura fissa. Dopo la nascita, suor Julia doveva portare il bambino al dottore il più in fretta possibile, perché potesse effettuare una visita completa e approfondita.

«Me lo lasci tenere un po'», supplicò Lenora. Si era calmata ora. Aveva quello sguardo pacifico che hanno le donne appena partorito. Guardandola, suor Julia dovette ricordare a se stessa che non era quello il suo destino. Non avrebbe mai sperimentato ciò che aveva vissuto lei, la passione e il dolore, la perdita di controllo, la meravigliosa, esaltante sensazione di aver messo al mondo una creatura.

Suor Julia esitò. La maggior parte delle puerpere voleva stringere al petto il figlio, tenerlo accanto al letto e vegliarlo. Ma non era ammesso. «Solo un attimo», le disse. «Poi devo portarlo dal dottore per la visita.»

«Bah», ribatté Lenora. «È sano come un pesce, si vede. Perché visitarlo? Amore mio...» mormorò, stringendolo forte. E lo baciò dolcemente sulla fronte.

Suor Julia era commossa da quel semplice gesto di affetto, ma insistette: «È la procedura». E riprese il piccolo. «Che cosa succederebbe se uno dei bambini avesse problemi di salute? O se addirittura morisse prima della visita? Che genere di reputazione si farebbe la mia clinica?» le aveva detto una volta il dottor López.

E se lui avesse perso la reputazione (non c'era neanche bisogno di doverselo ricordare), allora non avrebbe più potuto aiutare quei bambini. Non avrebbe più potuto compiere la «volontà di Dio», come la chiamava sempre.

«Te lo riporterò presto», promise suor Julia.

Ma non lo fece. Portò il bambino al piano di sotto, nello studio del dottore, e poi fu spedita di nuovo in sala medica. Tornò in sala parto solo qualche ora dopo e trovò il dottor López sulla soglia.

«Ahimè, sorella», fece lui, tenendo il crocifisso in mano.

Ahimè? Un terribile presentimento l'assalì. Lo seguì dentro la stanza.

Lenora aprì le palpebre e suor Julia lesse in quello sguardo la sua stessa paura. Si appoggiò alla ringhiera del letto per sostenersi. Non era possibile, vero?

«Dov'è il mio bambino?» domandò la donna, gli occhi che guizzavano sempre più terrorizzati dall'una all'altro «Che cosa gli avete fatto?»

«Sono davvero desolato.» La voce del dottore era carica di tristezza. «Ma il Signore ha deciso di prenderlo con sé.»

Di prenderlo con sé? Ma sembrava in perfetta salute! Suor Julia fece il segno della croce.

«No!» Lenora lanciò un grido straziante. Un urlo di puro dolore.

Suor Julia corse al suo fianco.

Il dottor López annuì. «Non c'è stato niente da fare. Ma ti assicuro che ora tuo figlio è in cielo.»

«Non può essere! Non è vero!» strillò lei, cercando di afferrargli il braccio. «Ridatemelo! Ridatemi il mio bambino!»

«Sta' calma, Lenora.» Suor Julia non sapeva che cosa dire.

«Ha raggiunto il Signore, te l'ho già detto.» Il dottore teneva il crocifisso di fronte a sé. «Sii felice per lui. È stato salvato.»

Lenora scoppiò in un pianto incontrollato. Suor Julia la cinse con un braccio e cercò di confortarla. Ma le parole le si strozzarono in gola. Era inconsolabile.

Il dottor López stava per lasciare la stanza, quando Lenora gridò: «Me lo lasci vedere. Mi lasci vedere il mio bambino!»

Suor Julia si stava avviando verso la porta, come per andare a prenderlo, perché doveva essere ancora nello studio al piano terra, quando sentì la risposta del dottore.

«Non posso permetterti di vedere il bambino», decretò. «Non sei nelle condizioni adatte. Non è salutare per te.»

Suor Julia indugiò. Era vero. Non ci aveva pensato, ma doveva ammettere che un attacco isterico non avrebbe fatto bene a nessuno. C'erano altre pazienti a cui badare e quella poveretta avrebbe potuto perdere la ragione davanti a un trauma simile.

«Devo vederlo!» insistette Lenora, ma con meno forza. Il dolore l'aveva sopraffatta. Era affranta, distrutta.

«Che cos'aveva?» sussurrò Lenora. «Come è morto?»

«Un'infezione al cuore», rispose subito il dottor López. «È stato un decesso improvviso. Una disfunzione cardiaca. Nessuno poteva saperlo.»

Nessuno poteva saperlo. Vita e morte. Erano cose che capitavano. Suor Julia ne aveva viste sin troppe. Le madri erano spesso povere e denutrite; erano malate e a volte, forse, trasmettevano germi pericolosi ai figli durante la gravidanza.

La povera Lenora andò fuori di sé. «No, no...» gridò. Cercò di trascinarsi fuori dal letto.

L'espressione del dottore passò di colpo dall'empatia all'irritazione. «Suor Julia», ordinò, «un sedativo, se non le spiace.»

Suor Julia si affrettò a prenderlo. Non riusciva a crederci. Sembrava fosse andato tutto bene. E invece... Non poteva togliersi di dosso quella sensazione di paura.

* * *

«I bambini non nascono con le stesse difese immunitarie che abbiamo noi, suor Julia», le spiegò il dottor López, mentre l'accompagnava fuori dalla sala parto. «A volte non riusciamo a proteggerli e a salvarli. È Dio che decide se prenderli con sé. E noi dobbiamo accettarlo.»

Suor Julia sapeva che il dottore avrebbe fatto qualsiasi cosa pur di salvare quella creatura. Anche lui era turbato, malgrado nascondesse bene le sue emozioni. «Potrà vedere il bambino più tardi, quando si sarà calmata?»

«Non credo», rispose lui, brusco. «Che senso ha rimuginare sul passato? Deve guardare al futuro ora.»

Suor Julia si torceva le mani. Lenora aveva bisogno di vedere suo figlio, lei lo sapeva. Aveva bisogno di mettere la parola fine o sarebbe rimasta traumatizzata per chissà quanto tempo. Ricordava quello sguardo pacifico sul suo viso dopo la nascita del bambino. Tutti quei mesi di attesa, tutto il dolore sofferto per metterlo al mondo. E ora questo.

«Sono sicura che se potessi parlarle con calma un momento, riuscirebbe ad affrontare la vista del bambino», intervenne suor Julia. «Potrei aiutarla a riflettere sul suo futuro senza di lui.»

«È un bambino morto, sorella», le ricordò il medico.

«Ma certo, dottore...» Si stava lasciando coinvolgere troppo, ma come poteva evitarlo? Sì, il bambino di Lenora era morto e sarebbe stato sconvolgente per lei vederlo. Ma non farlo... «Sento che ha bisogno...»

«Ah, sì, sorella? Davvero?» Il dottor López aprì la porta del suo studio e la spinse dentro. «Crede di conoscere le emozioni di quella donna, eh? Crede di sapere esattamente che cosa le serve?»

Suor Julia raccolse tutta la sua forza di volontà, il che era difficile, perché per tanti anni non aveva fatto altro che coltivare la fede e l'accettazione attraverso la preghiera. «Credo di sì, dottore.»

«E quindi lei sa meglio di me cos'è bene per questa donna, sorella?» domandò lui, la voce pericolosamente calma. «Lei, una suora, che vive per lo più segregata, che non sa nulla del mondo reale fuori da questa clinica e dal convento... Lei crede di sapere più di me?»

«Oh, no, dottore, mi perdoni.» Suor Julia chinò il capo. Non voleva affatto affermare una cosa simile. Come faceva a saperne più di lui? Aveva soltanto voluto trasmettergli i suoi pensieri, le sue sensazioni...

«Stia tranquilla», la rassicurò lui, posandole una mano sulla spalla. «E ascolti chi sa come vanno queste faccende.»

Aveva la mano pesante come piombo, tanto che suor Julia non riusciva quasi a sostenerla.

«Sarebbe troppo doloroso per lei. È in uno stato di grande vulnerabilità, per via del parto. Si fidi di me, suor Julia, è meglio così.»

Più tardi, suor Julia ebbe l'occasione di entrare nello studio del dottore per recuperare una relazione che lui aveva dimenticato sul tavolo. Vide il certificato di morte del bambino di Lenora e dovette soffocare le lacrime. La poveretta era ancora sedata, ma presto sarebbe stata dimessa e rigettata nel mondo esterno. Aveva qualcuno che la potesse aiutare e confortare? Probabilmente no. Era una situazione terribile.

Sulla scrivania c'era anche il certificato di nascita di un bambino nato durante la notte, mentre suor Julia non era in clinica. Stava per essere adottato. Scorse il documento con interesse. Frederico Carlo Batista; il cognome era quello dei futuri genitori, era stata lei stessa ad accompagnarli all'interno della clinica quel giorno, quando, pieni di gioia, erano venuti a prendere il loro fagottino e se n'erano andati senza indugio.

Nessun accenno, ovviamente, alla madre biologica. Neanche suor Julia la conosceva, perché era stata dimessa quella mattina presto, prima del suo arrivo in clinica. E il suo nome non compariva sul certificato, poiché il generale Franco aveva stabilito che gli unici a dover essere registrati erano i genitori adottivi.

«È una nuova legge. Una buona legge», aveva commentato il dottor López, quando ne avevano discusso. «Garantisce che i nostri giovani ricevano l'educazione ideologica corretta. Gli sarà insegnato ad amare Dio; saranno allevati nel modo giusto, nell'unico modo in cui uno spagnolo dovrebbe essere allevato, nel Suo nome.»

Suor Julia ne comprendeva le motivazioni. Ma quella nuova legge condannava i figli adottivi a non sapere nulla delle proprie radici. A ignorare persino che erano stati adottati, perché non c'era alcuna traccia dell'esistenza dei genitori biologici. La linea del dottore era inoppugnabile. Ma tutto questo non rischiava di ledere un diritto fondamentale, quello di conoscere le proprie origini? E quest'inganno non poneva le basi per perpetrarne altri?

Suor Julia memorizzò il nome del bambino e dei genitori adottivi. Controllò il registro delle dimissioni e trovò il nome della paziente che aveva lasciato la clinica quella mattina. Memorizzò tutto.

Tornando a Santa Ana quel tardo pomeriggio, in una cartoleria lungo le Ramblas suor Julia comprò un taccuino dalla copertina rigida e liscia. Lo portò con sé al convento, entrò nella sua stanzetta dalle pareti imbiancate e scrisse sulla prima pagina la data e tutti i nomi. Poi ne aggiunse un altro, quello della donna il cui bambino era morto: Lenora Sánchez. Non sapeva neanche bene perché. Chiuse il taccuino in un cassetto. Ma avrebbe continuato a farlo. Sarebbe rimasta alla clinica per cercare di aiutare quelle donne. E avrebbe registrato tutti i loro nomi.

18

Dorset, aprile 1978

VIVIEN guidò con prudenza fino a casa, controllando regolarmente nello specchietto che la bimba, avvolta nella coperta e infilata nella cesta, fosse ancora al sicuro sul sedile posteriore. Che cos'altro poteva fare? D'altronde, anche Laura la trasportava così, la povera piccina non aveva neanche una culla in cui dormire. Vivien sospirò e afferrò un po' più forte il volante dell'auto. E solo per un secondo pensò: Non si rende conto di quanto è fortunata? No, probabilmente no.

Tom era già tornato: Vivien vide la sua bici appoggiata al muro laterale, così parcheggiò nel vialetto d'accesso. Cielo, chissà cos'avrebbe detto. Ma, in fondo, stava solo facendo la baby sitter, no? Era un modo per dare una mano, lo facevano tutti. E Laura non sapeva nulla dei loro problemi, di quanto Vivien desiderasse ardentemente un bambino.

Mentre percorrevano il vialetto, Ruby non si mosse di un millimetro. Vivien le carezzò la guancia morbida con il mignolo e si sentì invasa da un'ondata di calore.

No, Vivien.

La casa accanto aveva il solito aspetto funereo. Non toccavano porte e finestre da anni e la vernice color crema era tutta scrostata. Che cosa avrebbe fatto Pearl con sua nipote? L'avrebbe amata?

A giudicare dai residui sul tavolo della cucina, Tom doveva

aver mangiato un tramezzino con formaggio e pomodoro. Vivien sollevò Ruby dalla cesta con delicatezza.

«Ciao, amore», disse lui. Alzò lo sguardo dal giornale, lo riabbassò e, infine, appena metabolizzata l'immagine, lo puntò dritto su di lei. «Che cos'è?»

«Una bambina.»

«Sì, lo vedo. Ma di chi è? Da dove viene?»

Che cosa pensava? Che l'avesse rapita? Vivien si sedette, tenendo in braccio Ruby. Non dovevano lasciarla sempre nella cesta, aveva bisogno di affetto e di contatto umano.

«È la figlia di Laura. Mi ha chiesto di tenergliela per un po'.»

Da come Tom ripiegò il giornale, Vivien capì che cosa l'aspettava. «E tu hai pensato che fosse una buona idea, vero?» domandò lui, aspro.

«Come facevo a dirle di no? Con quello che è successo a Pearl e tutto il resto...»

Tom si alzò in piedi. «Fa' attenzione, amore, tutto qui.»

«Certo», replicò Vivien con un sorriso.

«Metto su il bollitore, allora.» Passandole accanto, Tom si chinò per dare un'occhiata alla piccola.

Il suo viso si addolcì. Per un istante Vivien intuì che padre sarebbe stato, che genitori avrebbero potuto essere. Sentì una stretta al cuore. «Appena l'acqua bolle, la metto giù e preparo il tè», proseguì. Ma lo sguardo di Tom era già perso altrove. Per lui era un capitolo chiuso.

«Credi che faccia fatica a gestire la bambina?» le domandò.

«È probabile.» Vivien ricordò ciò che le aveva detto Laura sui pianti inconsolabili di Ruby. Eppure sembrava così buona. Aveva solo bisogno di essere allattata e cambiata regolarmente, ecco tutto. E non voleva vivere dentro un furgone per sempre.

L'acqua cominciò a bollire, Tom la guardò e Vivien posò la bambina, non più nella cesta, ma sulla vecchia e soffice poltrona nell'angolo della stanza. Le rimboccò la coperta, sistemò il guanciale per assicurarsi che non cadesse e restò a guardarla un momento. Le dispiaceva un po' doverla lasciare. Senza di lei, braccia e grembo le sembravano di colpo vuoti e freddi. Si strofinò il corpo con le mani, come per togliersi di dosso la vaga presenza della bimba, che sorrideva nel sonno. Sognava arcobaleni.

Quando Laura tornò a prenderla, era quasi mezzanotte. Persino Vivien era ormai in preda al panico. Aveva usato fino all'ultimo granello di latte in polvere. Che cosa avrebbe fatto al prossimo risveglio? Non era equipaggiata per prendersi cura di un neonato. Laura non le aveva lasciato un pigiama, né altri pannolini di scorta e cose del genere. Lasciargliela per tutte quelle ore... A che cosa diavolo stava pensando quella ragazza?

Tom era già andato a letto, sospirando: «Sapevo che era una cattiva idea». Vivien, invece, era rimasta alzata ad aspettare, a vigilare su Ruby e a preoccuparsi per Laura. E se le fosse successo qualcosa?

Quando bussarono alla porta, Vivien si destò dal dormiveglia. Era sulla sedia a dondolo in cucina, mentre Ruby era ancora sulla poltrona.

Si alzò, aprì e fece entrare Laura. «Non pensavo ci mettessi tanto», esordì.

Laura la guardò con un'espressione vaga, assente. «È stata noiosa?» domandò.

«No, è stata buonissima», rispose Vivien. Si avvicinò alla poltrona, sollevò Ruby delicatamente e la rimise nella cesta. Sentiva dentro di sé un pizzico di rammarico. «Ciao, Ruby», sussurrò.

Laura la fissava. «Ti piace.»

«Ma certo!» Vivien le porse la cesta. «A chi non piacerebbe?»

«A un mucchio di gente.» Laura lanciò un'occhiata alla figlia, sul suo viso un misto di amore e risentimento.

Vivien cercò di non perdere di vista i fatti. Che Pearl era morta, che Laura conduceva uno stile di vita particolare, che il padre di Ruby l'aveva lasciata. E che era molto giovane.

«È adorabile», disse Vivien. Dovresti esserne grata, pensò. Molto grata. Perché tu non hai idea...

«Non quando piange tutta la notte.» Laura sembrava così fredda. E così noncurante nel modo di voltarsi, aprire la porta e dondolare la cesta di Ruby, come se si trattasse della borsa della spesa. Vivien avrebbe voluto riprendersela indietro subito.

«Te la tengo volentieri», fece Vivien, cercando di sembrare il più disinvolta possibile. «Ogni volta che vuoi.»

«Davvero?» Laura si illuminò. «Fantastico. Domani pomeriggio, magari?»

«Oh.» Vivien restò di nuovo sorpresa dalla fretta con cui Laura sembrava volersi sbarazzare della bimba. Sapeva davvero che cosa significasse essere madre? Capiva le responsabilità di quel ruolo? «Va bene. Basta che sia dopo le tre.» Quando finiva di lavorare. Era ancora impiegata part time presso l'ufficio postale, ma staccava presto, così aveva tempo per dedicarsi ai suoi quadri, alcuni dei quali erano già stati esposti in qualche galleria locale.

«Perfetto.» Laura la salutò allegramente con la mano. «Grazie, Vivien.»

Il giorno dopo, quando Vivien tornò dal lavoro, il furgone era già parcheggiato davanti a casa. Non aveva detto a Tom di quel pomeriggio, non gli avrebbe fatto piacere e lei sapeva bene il perché.

«Non faremo così tardi stanotte», anticipò Laura, porgendole la cesta e facendo dondolare la collana di perline che aveva al collo.

«D'accordo», replicò Vivien. Aveva fatto un salto in farmacia e comprato del latte in polvere, un biberon di scorta, dei pannolini, un materassino per il cambio e anche un pigiamino rosa (ma non avrebbe detto nulla a Tom). Stava solo dando una mano, giusto? Non c'era niente di male.

Senza passeggino né carrozzina Vivien non poteva portarla al parco. Così si accontentò di appoggiarla sopra una sedia da giardino, all'aperto, circondandola di cuscini per evitare che rotolasse o cadesse. Ai bambini faceva bene l'aria fresca. E mentre Ruby dormiva, lei fece un po' di giardinaggio, dandole un'occhiata di tanto in tanto o facendo una pausa per sorriderle, mentre seminava o scavava. Valutò se mettersi a dipingere, ma decise di no. Non voleva togliere troppe attenzioni alla bambina. Quando Ruby si svegliò per la poppata, Vivien aveva già un biberon pronto da scaldare, ma la piccola non cominciò subito a piangere come le altre volte. Si mise a fare dei versetti, a ridere e a muovere le manine nell'aria. Vivien capì che le piaceva stare in giardino. Vedeva le chiome degli alberi muoversi nel vento, sentiva il fruscio delle foglie e il cinguettio degli uccelli. Era contenta di vederla felice.

«Che cosa? Ancora?» commentò Tom quando, rientrando, trovò Vivien intenta a stirare e chiacchierare con Ruby.

«Non importa», ribatté lei. «Non è niente.» Ma non era vero. Era ovvio che quello era tutto fuorché niente.

«Non abituartici, amore. Non ti affezionare troppo.»

«Smettila di preoccuparti. Vieni, ti faccio vedere una cosa.» Vivien lo invitò a fare il solletico sul palmo di Ruby, finché la piccola gli afferrò il mignolo e glielo strinse. Tom si mise a ridere. Non immaginava avesse tanta forza.

Si accorse che Vivien stava fantasticando. «Qualcuno deve pur preoccuparsi, però. Ascoltami. So che ti fa piacere. Ma non offrirti di tenerla troppo spesso.»

«D'accordo.» Era una bambina dolcissima, con quel sorriso ancora sdentato e quei meravigliosi occhi azzurri, ma aveva anche un bel caratterino. Ed era così bello tenerla in braccio e fingere anche solo per un momento…

Vivien avrebbe portato Ruby all'ufficio postale, se ce ne fosse stato bisogno. Avrebbe aiutato Laura, ogni volta che l'avesse chiesto. Per un sacco di buoni motivi…

Per Tom il problema non era la bambina. Gli piaceva averla in giro per casa. Ma era preoccupato e lei lo capiva. Vivien aveva accettato di non poter avere figli, o almeno così credeva. Ma Ruby stava facendo riemergere tutti i sogni e le aspettative. Come si sarebbe sentita quando un giorno, neanche troppo lontano, Laura se ne sarebbe andata? Come si sarebbe sentita senza più Ruby intorno? Tom aveva ragione a preoccuparsi. Già solo l'idea era insopportabile.

Qualche settimana dopo, nel cuore della notte, un rumore improvviso la svegliò. «Oh, mio Dio.» Si alzò a sedere sul letto. Proveniva dalla porta sul retro ed era una sorta di martellio, così forte che avrebbe destato un morto. Ma non Tom. Gli diede dei colpetti sulla spalla, cercando di svegliarlo. Inutile, dormiva come un sasso. Stava lavorando tanto in quel periodo.

Vivien controllò la sveglia. Non era poi così tardi, mezzanotte e poco più. Ma pioveva a dirotto e soffiava un forte vento. Un temporale estivo. Quel rumore era solo frutto della sua fantasia?

No. Eccolo di nuovo. Ma chi diavolo?... Tom continuava a russare come un orso. Allora Vivien si alzò e afferrò la vestaglia. Guardò fuori dalla finestra per capire chi potesse essere. Ma con il buio e la pioggia non riusciva a vedere nulla. Non sentiva altro che le gocce di pioggia sulla tettoia e l'ululato del vento. Sembrava di essere in un film horror.

Poi un lampo illuminò la strada e fu allora che lo notò, parcheggiato là fuori. Il furgone Volkswagen.

Ruby. *Oh, santo cielo*. Vivien corse giù per le scale in camicia da notte.

Le balenarono nella mente scenari terrificanti. Lì cacciò via, si precipitò in cucina, accese la luce, tolse il catenaccio e, finalmente, aprì la porta. Il cuore stava per scoppiarle.

Laura stava lì davanti, come un fantasma. Portava un abito lungo color indaco, completamente bagnato e appiccicato al corpo sottile. Si era gettata addosso alla bell'e meglio uno scialle nero fatto a uncinetto, che la proteggeva sì e no quanto un foulard. I capelli erano fradici e le gocce di pioggia le rigavano il viso come lacrime. Aveva gli occhi sbarrati. «Vivien», disse. Ma rimase lì ferma sotto l'acqua. Sembrava spaventata.

«Che cosa c'è, Laura? Che cos'è successo?» Un tuono. «È successo qualcosa a Ruby?» Ma Vivien aveva già notato la cesta, stavolta stretta tra le braccia di Laura, non penzoloni come al solito. E, infilato sotto il gomito, c'era qualcos'altro: sembrava una scatola da scarpe.

Vivien la aiutò a sostenere la cesta. Ebbe un brivido di paura e guardò al suo interno. «Sta bene?» domandò, accorgendosi di avere usato un tono aspro.

Laura fece un passo dentro casa. Allungò la cesta a Vivien e disse: «Prendila. È qua, prendila e basta».

Automaticamente, Vivien afferrò la cesta. La bimba dormiva beata. Chissà come faceva con tutto quel baccano... «Che cos'è successo?» insistette. «C'entra con Julio? Ha fatto qualcosa...»

Ma Laura indietreggiò, con le lacrime agli occhi. «Abbi cura di lei al posto mio», disse, piangendo.

«Per quanto tempo?»

Ma Laura stava già correndo via sotto la pioggia battente, lungo il vialetto laterale, tra gli schizzi delle pozzanghere. Aprì la portiera e saltò sul furgone.

«Laura? Laura!»

Non appena fu a bordo, il motore si accese. Un altro lampo illuminò la notte, il furgone psichedelico si allontanò e sparì.

Vivien lanciò un'occhiata a Ruby. Sembrava stesse bene, dormiva ancora profondamente, del tutto ignara del dramma che si era appena consumato. Vivien mise il catenaccio alla porta e salì le scale in punta di piedi, tenendo con attenzione la cesta davanti a sé. Una volta in camera, tolse un cassetto dal comò, lo svuotò e ci infilò dentro un lenzuolo, trasformandolo in un lettino. E intanto rifletteva. Che cos'era successo? Che cosa intendeva dire Laura con la frase «abbi cura di lei al posto di mio»? Quando pensava di tornare esattamente?

Restò ad ascoltare il respiro della bambina per quelle che le sembrarono ore. Ma appena si addormentò, o almeno così le parve, il pianto di Ruby la svegliò. Vivien si alzò, la prese in braccio e andò al piano di sotto per prepararle il biberon. Non voleva svegliare Tom, non ancora. C'era tempo per quello.

Troppo tardi. Dieci minuti dopo, mentre l'allattava sulla sedia a dondolo, Tom scese le scale e si fermò sulla soglia della cucina, stropicciandosi gli occhi. «Che cosa succede?»

Vivien gli raccontò che cos'era accaduto. «Non potevo fare altro, Tom. È sparita nella notte.»

«E questa cos'è?» domandò lui, prendendo la scatola da scarpe dal tavolo della cucina; doveva avercela lasciata Laura. Con tutto quello che era capitato, Vivien non se n'era neanche accorta.

«Non lo so», rispose.

Tom aprì lentamente il coperchio. «Ci sono delle foto.» Le tirò fuori per mostrargliele. «E un cappellino.»

La cuffietta di Ruby. «È solo un po' della sua roba.»

«E questo.» Tom aveva in mano un piccolo pezzo di plastica. Vivien aveva già visto quegli affari, ma non ne conosceva il nome. Sapeva solo che si usavano per suonare la chitarra. Pensò allo strumento scorto nel furgone. Laura suonava? Probabilmente sì.

«E...» Tom sollevò un filo di minuscole perline. Vivien aveva notato varie volte catenine del genere al collo di Laura. «Perché diavolo ci ha lasciato queste cose?» Aveva l'aria arrabbiata ora.

«Sssh.» Ruby era così tranquilla; Vivien non voleva disturbarla.

«Sembra che non abbia intenzione di tornare stavolta», sentenziò Tom. E lanciando a Vivien uno sguardo torvo, come se fosse colpa sua, uscì dalla stanza e tornò di sopra.

Sembra che non abbia intenzione di tornare stavolta. Vivien cominciò ad analizzare quelle parole. Che cosa significava per lei? E per Ruby?

19

«È STATA una vera fortuna che, tornata a Pride Bay, Laura abbia incontrato tua madre, intendo Vivien, ovviamente. Se non fosse stato per lei...» Frances lasciò la frase in sospeso.

Già, sembrava proprio così. «Credi che sia stato Julio a farle pressioni?» domandò Ruby. «Magari le ha dato un ultimatum. Tipo: voglio stare con te, ma non sono pronto a occuparmi della figlia di un altro.» Forse stava cercando di addossargli tutta la colpa; detestava l'idea che Laura l'avesse abbandonata solo perché non si sentiva in grado di accudirla. Che razza di madre fa una cosa simile? Pur considerando ciò che aveva passato.

Che razza di madre... Che cosa sarebbe successo, se Laura non fosse tornata in Inghilterra? Se Ruby fosse cresciuta in Spagna insieme con lei? Non riusciva proprio a immaginarselo. Quanto sarebbe stata diversa ora?

«È molto probabile», rispose Frances. «Sai come sono gli uomini, da giovani. Per loro i bambini sono solo d'intralcio.»

Ruby pensò a James. Non era certo un ragazzino, aveva quasi quarant'anni. Eppure non aveva mai avuto la minima intenzione di sistemarsi, metter su famiglia o roba del genere. Per lui un figlio sarebbe stato un intralcio, senza alcun dubbio. Era troppo preso dalla sua vita londinese e dai suoi clienti. E Julio... Ai tempi avrà avuto sui venticinque anni. Era giovane e libero e seguiva uno stile di vita che non includeva certo il concetto di responsabilità. Probabilmente non vedeva l'ora di tornare a lidi più soleggiati. Di rollarsi un'altra canna e di farsi una bella nuotata. Chi poteva biasimarlo?

«Almeno Vivien mi voleva», ribatté Ruby. Suonava un po' patetico, ma era la cosa più importante, giusto? Essere voluti, essere amati.

«Oh, sì», sorrise Frances. «Ti voleva più di quanto tu possa immaginare. Per lei sei stata un dono del cielo. Avresti dovuto vederla. Faceva la ruota come un pavone, quando stava con te.»

«Ma perché non mi hanno detto chi ero e da dove venivo?» insistette. Non riusciva ancora a capirlo. «Perché tenere tutto così segreto?»

«Per proteggerti», rispose Frances. «O almeno questo è ciò che pensavano loro.»

Proteggerla, perché la sua vera madre non lo aveva fatto? Il sottotesto sembrava quello. Ma le cose non sono mai del tutto bianche o nere. Era una verità che aveva imparato indagando per i suoi articoli. Esistevano sempre sfumature di grigio. Bisognava chiedere, ampliare il punto di vista. Non limitarsi a una sola parte della storia.

«Non abbiamo tutti diritto alla verità?»

«Forse.» Finito di mangiare, Frances posò coltello e forchetta sul piatto. «Ma dipende anche da quante persone rischiamo di ferire, non credi, cara?»

Ruby non ne era molto convinta. Gli inganni di solito portano alla sfiducia. L'onestà può far male, ma almeno ti permette di andare avanti e di prendere le tue decisioni avendo piena consapevolezza dei fatti.

Dopo un po', Frances ordinò due caffè.

«Ti ringrazio per essere venuta e avermi raccontato tutta la storia.»

«Qualche mese prima dell'incidente, Vivien me ne aveva parlato», spiegò Frances. «Ci stava pensando. Ero venuta in paese per il weekend e ci siamo viste per fare due chiacchiere.»

«Che cosa ti ha detto?»

«Abbiamo parlato di te. Ha detto che, se mai le fosse capitato qualcosa e tu mi avessi fatto delle domande, avrei dovuto rivelarti tutto ciò che volevi sapere. E allora le ho chiesto: 'Che cosa ti fa pensare che io viva più di te'? E lei: 'Potrebbe essere, Frances. Non si sa mai che cosa ci aspetta dietro l'angolo'.»

Ruby annuì. Già, era vero.

«Ma a essere sincera», continuò, «ero sicura che prima o poi te l'avrebbe svelato. Con o senza il consenso di Tom.»

Forse non ne aveva avuto l'occasione. Forse aveva rimandato, finché era stato semplicemente troppo tardi.

Gli occhi di Ruby si riempirono di lacrime. «Ho ancora qualche domanda», sussurrò.

«Dimmi. Ti aiuterò, se posso.»

«Che cosa è successo dopo?» Vivien si era presa cura della nipotina della sua amica e all'improvviso si era ritrovata a essere l'unica responsabile del suo benessere. Come si era sentita? Come aveva giustificato il fatto di crescere quella bimba come se fosse sua? C'erano ancora tante cose che Ruby aveva bisogno di sapere.

20

Dorset, maggio 1978

Un paio di settimane dopo, Vivien e Ruby erano già perfettamente affiatate. A dire la verità, con un'occhiata complice, lo erano state sin dall'inizio. Ma ora avevano una routine più definita e reale.

Tanto per cominciare, Vivien non prese alcun periodo di aspettativa. Portava Ruby con sé all'ufficio postale e approfittava delle pause per allattarla e cambiarla. Fortunatamente, negli ultimi anni, Penny aveva desiderato intensamente un nipotino, perciò era felice di ritrovarsi la piccola intorno. Vivien le spiegò che Ruby era la figlia di una sua cara amica, che la madre non stava affatto bene e che lei e Tom se ne sarebbero occupati per un po' di tempo. «Sei nata per fare la mamma, tesoro», le aveva detto Penny, comprensiva. «E Ruby è un vero angioletto, che Dio la benedica.»

Frances era l'unica a conoscere la verità; Vivien gliel'aveva raccontata un pomeriggio, quando piombando a casa sua inaspettatamente, Frances l'aveva sorpresa a fare il bagnetto alla bambina, la stessa bambina della cappella. «Oh, Viv», aveva esclamato. «Fa' attenzione, mi raccomando.» Come se leggesse nel futuro.

Quando Tom non aveva lavoro, le dava una mano, mentre nei weekend facevano tutto insieme. Come una vera famiglia, sussurrava una vocina dentro di lei.

All'inizio, viveva in uno stato di paura semipermanente, come se Laura dovesse tornare da un momento all'altro. A volte, mentre l'allattava, Vivien teneva Ruby fin troppo stretta, quasi ad anticipare quel fatidico istante. Come l'avrebbe affrontato? Restituendola alla sua vera madre avrebbe dovuto sorridere e fingere che non le si spezzava il cuore.

Ma dopo un po', cominciò a rilassarsi. Era certa di ciò che aveva visto. Laura era giovane, irresponsabile, innamorata di un ragazzo non interessato a crescere la figlia di un altro. Vivien doveva esserle sembrata la risposta alle sue preghiere. Una donna senza figli che voleva follemente averne. Nel cui sguardo l'intimo desiderio di maternità brillava come la luce in un faro.

Eppure, ogni tanto, tirava fuori la scatola da scarpe dall'armadio in cui l'aveva nascosta. Contemplava il plettro e la cuffietta da neonato. Era così piccola... Già troppo stretta per la testina bionda di Ruby. Osservava le fotografie: Laura che teneva Ruby tra le braccia, felice, quando ancora non sapeva della morte di sua madre; Laura con Julio, Laura nel furgone. E guardava le perline. Dicevano tutto da sole. Laura amava la piccola Ruby, a modo suo. L'aveva abbandonata, dandole e dandosi l'opportunità di una vita diversa. Ma di sicuro l'aveva amata.

Perciò un giorno sarebbe anche potuta tornare, no?

Vivien chiuse gli occhi e si mise a cullare Ruby. Aveva appena fatto il bagnetto e profumava di talco. L'annusò. Ah, la pelle dei bambini... Era così sbagliato desiderare che Laura restasse con Julio in qualche spiaggia straniera chissà dove? Forse sì, perché i bambini hanno bisogno della mamma. L'istinto materno che le scorreva nelle vene quando la teneva in braccio non era una giustificazione. E non lo erano neanche gli anni di frustrazione e tenace desiderio, né l'amore travolgente che sentiva per lei. No. Non c'erano giustificazioni. Eppure, voleva Ruby a ogni costo. Era davvero crudele come temeva.

Tom non era felice, si capiva. Non era per la bambina, che era dolce e buonissima. Era una questione morale. «Dovremmo cercare di rintracciare Laura», ripeteva. «Non è giusto. Ruby non è figlia nostra.»

Vivien se lo ricordava fin troppo bene. Ma voleva che le cose restassero così com'erano. «Laura non la vuole», ribatteva, pregando che le ricerche di Tom fallissero. «Non si prenderebbe cura di lei come si deve, non vuole farlo.» Non le importava di ricorrere ai ricatti emotivi.

«Fa lo stesso», replicava Tom. Ma quando Ruby si svegliava, gorgheggiava e lo guardava con quei suoi occhi color nontiscordardimé... Be', il pover'uomo non aveva speranze. Era pazzo di lei.

I giorni passarono. Alcuni, perlopiù vicini di casa, chiesero a Vivien da dove fosse spuntata fuori quella bimba e lei rispose che l'avevano presa in affido. Sembrava che nessuno avesse visto Laura dal suo ritorno nel Dorset, perciò nessuno era a conoscenza che avesse una figlia. Be', nessuno a parte Frances.

Ruby, intanto, cresceva. Vivien mise da parte un po' di soldi e le comprò dei vestiti nuovi. Ora la piccola mangiava la pappa, stava molto più sveglia durante il giorno e aveva cominciato a fissarla in un modo che molti avrebbero considerato snervante, ma non lei, anzi, lei l'adorava. Alla comparsa dei primi dentini, Vivien prese a massaggiarle le gengive infiammate con estratto di olio di garofano. Si sforzava di non abituarsi troppo a quella nuova vita, per paura che gliela strappassero via di colpo. Ma la verità era che Ruby aveva trasformato completamente il suo mondo.

Una sera, dopo averle cantato la ninnananna e averla messa nel lettino, Vivien si accorse che Tom era lì in piedi, fermo sulla soglia di quella che, almeno nella sua mente, era la camera di Ruby. Conosceva bene quell'espressione.

«Che cosa c'è, Tom?»

«Ufficialmente non abbiamo alcun diritto, amore», spiegò lui. «E il problema non è solo Laura. Se saltasse fuori la verità, i servizi sociali potrebbero darla in adozione.»

Vivien sussultò. Non avrebbe potuto sopportarlo. Nel prendere in custodia Ruby le era stata data una responsabilità. La nipotina di Pearl non poteva finire nelle mani di un estraneo. Non riusciva neanche a pensarci.

«Dobbiamo andarcene», propose Vivien, impaurita quanto disperata. «Dobbiamo andarcene dal Dorset e da questo posto. Non possiamo rischiare di perderla, non ora.»

Tom puntò i piedi come solo lui sapeva fare. Aveva la sua attività di cui preoccuparsi, obiettò. Aveva impiegato anni per farsi una clientela; non poteva buttare tutto al vento. Voleva davvero che finisse ad aggiustare finestre e battiscopa per la ditta di qualcun altro? E poi quella era la casa della sua infanzia, il luogo che amava. Non avrebbe rinunciato a tutto ciò che aveva, nemmeno per Ruby. «Non è nostra, amore», aggiunse. «È questa la verità.»

Poteva anche esserlo, ma Vivien convinse Tom ad accettare un compromesso. Si trasferirono nel Devon orientale, a una trentina di chilometri di distanza, ma in un'altra contea, e lui poté mantenere tutti i suoi clienti e la sede di lavoro. L'unica persona di Pride Bay con cui Vivien restò in contatto fu Frances.

«C'è qualcos'altro che possiamo fare?» domandò Vivien. Per essere al sicuro, intendeva dire.

Tom strinse i pugni. «Potremmo farla diventare nostra.»

«Ma come?» Si stavano preparando per la notte, Ruby dormiva tranquilla nel suo lettino, nella stanza accanto.

«Potremmo adottarla, Viv», rispose.

Adottarla? Sembrava la soluzione perfetta. Ma non serviva il consenso di Laura? Sarebbero riusciti a trovarla? Vivien non era sicura di voler correre il rischio.

«E se non sarà possibile... Allora dovremo consegnare Ruby alle autorità. Non possiamo continuare a fingere che sia nostra.»

Lei lo guardò dritto negli occhi con aria truce.

«Viv?» fece Tom, una strana espressione sul viso.

Vivien non riuscì ad aprire bocca. In quell'istante stava quasi odiando il suo grande amore. E un altro orribile pensiero le balenò per la mente. *Dovrai passare sul mio cadavere.*

Vivien non seppe mai con quanto impegno Tom avesse cercato di rintracciare Laura. Quella notte tra loro qualcosa era cambiato.

Per la prima volta Vivien era stata disposta a mettere Tom al secondo posto e lui se n'era accorto. Non parlarono mai più di consegnare Ruby alle autorità. Era fuori discussione. Fine della storia.

Quando la piccola cominciò a muovere i primi passi, Vivien si ritrovò a pensare spesso a Laura. Dov'era? Che cosa stava facendo? Avevano fatto la cosa giusta? Be', avevano Ruby. Ma ci sarebbe stato un prezzo da pagare un giorno?

Tom, pragmatico come sempre, era stato il primo a rendersi conto che, senza un certificato di nascita, potevano sorgere dei problemi. Ruby non avrebbe avuto alcun nome ufficiale né un'identità o una nazionalità. Ma come facevano a procurarsene una copia, se non sapevano neanche dove e quando era nata?

«Dovremo fargliene fare uno», decise Tom, come se stesse parlando di una delle sue commesse, tipo un tavolo di quercia o una cassettiera di mogano. «Altrimenti come farà a ottenere il passaporto o la patente? Non esisterà, almeno non dal punto di vista legale.»

Si guardarono terrorizzati. Non ci avevano mai riflettuto.

«Ma come è possibile?» domandò Vivien in preda al panico. Come potevano due come loro procurarsi un certificato falso? E poi era illegale. Vivien rabbrividì. Ma che cos'altro potevano fare? Nel Devon l'avevano fatta passare per figlia loro. E in effetti lo sembrava. C'erano giorni in cui lei stessa faticava a credere il contrario.

«Ci dev'essere un modo. La contraffazione è un'arte antica come il mondo, no?» *Contraffazione?*

Tom le cinse le spalle con un braccio. «Non preoccuparti, amore. Troveremo una soluzione, vedrai.»

Ma Vivien non ci dormiva la notte. Come potevano procurarsi un certificato? Laura le aveva detto di non aver mai registrato la nascita della bambina. Quindi... Nessuno poteva provare che lei fosse sua madre. Vivien non voleva pensarci, ma quell'idea ormai le si era infilata in testa. Era un modo per mettersi al sicuro.

Fu allora che ne parlò con Frances.

«Che cosa succede se non si registra subito la nascita di un bambino?» le domandò, mentre bevevano un tè insieme in un bar sulla spiaggia, a Pride Bay. Frances era un'infermiera, avrebbe dovuto intendersene di quel genere di procedure. Probabilmente molte madri le tralasciavano, soprattutto quelle che vivevano ai margini della società, come Laura.

«Si può fare una dichiarazione tardiva.» Frances le spiegò come funzionava. «Ma se il parto avviene in ospedale, la registrazione è effettuata in automatico.» La guardò e capì all'istante.

«Stai parlando di Ruby, vero?»

«Sì, Frances. Dobbiamo farle avere un certificato di nascita. E se denunciamo alle autorità ciò che è successo veramente...»

Frances annuì. Non c'era bisogno di aggiungere altro. «Perché non cercate di rintracciare Laura? Di sicuro non avrà niente in contrario.»

«Ci abbiamo provato.» Be', Vivien avrebbe potuto impegnarsi di più, a dire il vero. Ma a che rischio?

«Vuoi fare una dichiarazione tardiva e spacciarti per la madre biologica», dedusse l'amica.

Vivien guardò le onde infrangersi su Chesil Beach. Verdi e immutabili. Certe cose non cambiano mai. «È la scelta migliore.»

«Per te o per Ruby?» domandò Frances.

Vivien sospirò e la fissò dritta negli occhi. «Per entrambe.»

Temeva che fosse impossibile, invece si rivelò tutto sorprendentemente facile. Le autorità caldeggiavano la registrazione delle nascite, non amavano le questioni in sospeso e, a quanto pareva, la storia del parto in casa e della depressione postnatale, dell'assenza di tempo per fare la dichiarazione e del mancato ricorso al medico durante la gravidanza non era poi così insolita come Vivien aveva immaginato mentre l'escogitava. Aveva persino convinto Frances a prestarsi come testimone.

«Questa cosa non mi piace, Vivien», le aveva confessato. «Ma lo faccio per te e per Ruby. Perché tu sei una brava madre e lei ha bisogno di ciò che puoi darle. Tutto qui.»

Una volta presentata la richiesta, mentre aspettavano che l'atto fosse esposto pubblicamente per poi essere approvato, Tom domandò: «Glielo diremo, Vivien? Riveleremo mai a Ruby quel che abbiamo fatto?»

«Perché no?» Da grande, avrebbe capito. La sua vera madre l'aveva praticamente abbandonata. Loro non avevano fatto altro che intervenire.

Ma Tom scosse il capo. «Non credo che ci riuscirò.»

Anche Vivien stentava a credere a quanto stavano facendo, malgrado avesse sempre pensato di essere disposta a tutto pur di tenere la bambina. Non aveva mai infranto la legge in vita sua. Lei e Tom non erano quel genere di persone. Ma che alternativa avevano?

«Oh, Tom...» Posò la testa sulla sua spalla per un secondo. Stava succedendo davvero? Ruby stava per diventare loro?

Desiderava tanto crederlo, ma quella notte, prima di addormentarsi, l'ultima immagine che le passò davanti gli occhi fu quella di Laura. E sentì l'eco delle sue parole: «Abbi cura di lei al posto mio».

Quando ebbe finalmente in mano il certificato di nascita fresco di stampa e vide il suo nome e quello di Tom alla voce genitori, Vivien si sforzò di non pensarci più. Non avevano fatto nulla di così malvagio. Era illegale, sì, ma chi avrebbe mai potuto dimostrare che avevano mentito? Alla fine, faceva poca differenza. In pratica erano già i genitori di Ruby da tempo. Quel pezzo di carta lo rendeva solo un po' più ufficiale. Era solo un modo per cautelarsi, tutto qui.

Ma quando Vivien infilò il certificato nel cassetto, le sue dita indugiarono sulla maniglia di ottone. «Perdonami», sussurrò. Non sapeva se stesse parlando con Ruby, con Laura o con Pearl, ma ripeté: «Perdonami».

* * *

Tom convinse Vivien a tornare nel Dorset, appena fuori Pride Bay. Gli mancavano le scogliere dorate, le disse. Erano stati lontano a sufficienza. Voleva che sua figlia crescesse nei luoghi della sua infanzia; era importante per lui. E ora erano fuori pericolo. Laura non sarebbe mai tornata (perché avrebbe dovuto?). Penny aveva ceduto l'ufficio postale e la drogheria e si era trasferita a Norfolk. Perciò nessuno, eccetto Frances, avrebbe mai saputo che cosa avevano fatto o che Ruby non era davvero figlia loro. E Frances aveva giurato di mantenere il segreto. Erano al sicuro.

21

Barcellona, 1951

NEL momento in cui il Paese cambiava, mentre la Spagna si riprendeva pian piano dai danni e dalle profanazioni della Guerra Civile e delle sue sanguinose conseguenze, la comunità monastica di Santa Ana restava tale e quale a cinquecento anni prima. Continuava a vivere in un edificio medievale, a mangiare cose semplici, a trascorrere la maggior parte del tempo in preghiera. Orazioni, salmi, catechismo, Eucaristia: la vita quotidiana delle suore era fatta di questo. Tutte le attività giornaliere seguivano un ordine preciso, scandite dal suono di una campana a segnarne l'inizio e la fine, che si trattasse di momenti di preghiera, di lavoro o dei pasti. E la giornata si concludeva sempre con le orazioni della sera. Per suor Julia era un rituale confortante.

Le sue consorelle non indulgevano in chiacchiere, non discutevano neppure di come erano finite a vivere lì. Ma lei talvolta si interrogava. Avevano deciso di dedicarsi a Dio perché desideravano una vita di contemplazione e preghiera? O erano entrate in convento per questioni di sicurezza, per far sì che in famiglia ci fosse una bocca in meno da sfamare? Il fatto che, intimamente, si ponesse ancora queste domande era forse indice di una lacuna? Le mancava quel quid indispensabile per raggiungere la vera fede e abbandonarsi a Dio? Sarebbe mai stata in grado di donarsi con la stessa buona volontà che vedeva nelle sue consorelle? Era troppo curiosa? O forse era stato il suo lavoro alla clinica a insinuarle dubbi su questioni di cui non avrebbe dovuto dubitare?

Nell'atrio di Santa Ana era esposto il ritratto di una suora con gli occhi rivolti al cielo, in estasi. Tra le mani un crocifisso, sullo sfondo una libreria di letture edificanti. L'opera era stata commissionata dalla ricca famiglia della religiosa, qualche anno prima che suor Julia varcasse le porte del convento. Era un'evidente dimostrazione di orgoglio per quella figlia consacrata al Signore. E la famiglia di suor Julia, invece? Che cosa pensava di lei? Se lo chiedeva spesso.

La mamma e le sue sorelle le avevano fatto visita solo pochi giorni prima. Era stato uno choc per lei, perché non si vedevano da due anni e ne erano passati ben sei dalla notizia del matrimonio tra Paloma e Mario Vamos. L'ultima volta era venuta solo sua madre, trattenendosi pochissimo. Ma suor Julia lo capiva. In convento tendevano a scoraggiare le visite famigliari e, oltretutto, lei era spesso in clinica. In un certo senso era quasi più facile così.

«Julia.» Nonostante gli occhi pieni di lacrime, la madre non l'abbracciò.

«Mamma. Sorelle mie.» Suor Julia chinò il capo per impedire alle sue emozioni di traboccare. Erano così cambiate. La mamma, un tempo forte e dal portamento eretto, ora era curva e stanca, Matilde era vestita in modo piuttosto elegante, ma aveva uno sguardo freddo che non le riconosceva. E Paloma... L'aspetto di Paloma fu ciò che la colpì di più. Sembrava aver perso quella luminosa vitalità che l'aveva sempre resa unica. Com'era possibile che in soli sei anni si fosse trasformata così?

Come al solito si sedettero nella stanza attigua all'atrio, un po' discoste, per raccontarsi le ultime novità. Un cugino che conosceva appena era morto. Una vecchia collega di lavoro della mamma aveva perso il marito. Suor Julia taceva. Era abituata ad ascoltare gli altri. Anche in clinica parlava poco e mai di se stessa.

Ma alla fine domandò: «Come sta papà»?

«La sua salute non è più quella di una volta», ammise la mamma. «Ma si è alleggerito di qualche preoccupazione.»

«Ora che non ha più figlie a cui pensare», commentò Paloma, sbuffando.

Matilde fissò suor Julia dritta negli occhi. «Tu sei stata fortunata», affermò.

Le sue sorelle erano infelici, era evidente. E forse era vero: fra le tre, era lei la più fortunata. All'inizio, nessuno l'avrebbe mai detto.

«A te non va così male, Matilde», ribatté Paloma. «Almeno tuo marito ti adora.»

Suor Julia era sorpresa. Era lei, dopotutto, che si era sposata per amore. «Come sta Mario?» le domandò gentilmente.

Paloma distolse lo sguardo. Stavolta nei suoi occhi non brillava più la luce dell'amore. Anzi, sembrava sul punto di piangere. La vita sotto il nuovo regime con l'affascinante Mario Vamos doveva essersi rivelata molto diversa da quella che la sua graziosa e frivola sorella si era immaginata.

«Non hanno bambini», intervenne la mamma, come se questo spiegasse ogni cosa.

Suor Julia era confusa. Paloma era sposata da meno di sei anni. Che fretta c'era di metter su famiglia? Lei e Mario erano ancora giovani. Perché l'amore coniugale svaniva in quel modo?

Paloma alzò le spalle. «E allora cerca già altre distrazioni...»

Lo disse così, come se non le importasse. Ma suor Julia la conosceva bene. La bellezza e l'abilità di Paloma nel suscitare servile devozione erano l'essenza stessa della sua identità, diversamente era persa. Suor Julia ripensò al modo in cui Mario Vamos la fissava da ragazzo. Senza dubbio guardava così anche le altre donne. A quanto pareva, non era cambiato.

Matilde si rimirava le unghie. Erano lunghe, laccate di rosso e perfettamente curate. «Dovresti essere felice che non ti voglia più», commentò.

Misericordia. Suor Julia cercò di nascondere lo choc. Era da una vita che non ascoltava più chiacchiere del genere. Il suo mondo era così distante da quello delle sorelle, che sembrava quasi parlassero un'altra lingua.

«Matilde...» la rimproverò la mamma, blanda.

«Be', perché non dovrei dire la verità? Miguel è disgustoso!» Rabbrividì. «Lo sai. Lo capirebbe anche uno stupido. La mia vita è tutta una regola. Stabilisce lui che cosa devo dire, come mi devo comportare, quando dobbiamo mangiare o andare a fare una passeggiata. Non hai idea di che strazio sia. E in camera da letto... Non ti immagini neanche che cosa mi tocca fare...»

Suor Julia arrossì. Sperava che non andasse oltre o avrebbe dovuto invitarle ad andarsene. Non si potevano fare certi discorsi nella casa di Dio.

«Smettila», esclamò la mamma. «Abbiamo fatto tutte dei sacrifici. È così che va il mondo.»

Già, pensò suor Julia. È così che va il mondo.

«E invece tu... Guardati, Julia», intervenne Paloma.

La fissarono, tutte e tre. Chissà che aspetto aveva ai loro occhi. Ma almeno non la consideravano invisibile. Non si aspettavano che chiacchierasse più di tanto ma, quando parlavano, le si rivolgevano direttamente. E ogni tanto, nel corso degli anni, erano venute a trovarla.

«Sì...» concordò Matilde. «Tu hai un ruolo sociale che va ben oltre l'accudire un uomo e lo sfornare figli.»

Davvero? Suor Julia rifletté sulle pazienti della clinica e sulla sua vita. Sì, forse il suo ruolo era più importante di quanto credesse.

«È facile per te dire che i figli non contano», rimbeccò Paloma. «Tu non sei sposata con un uomo che li ritiene la cosa più importante di tutte.»

Matilde si alzò in piedi e si avvicinò alla finestra ad arco che dava sul giardino. «E comunque, chi vorrebbe dare alla luce un bambino in questo mondo fatto solo di guerre, povertà e dolore?» La sua voce non tradiva alcuna emozione, gli occhi scuri erano imperscrutabili.

Suor Julia andò con il pensiero di nuovo alla clinica. Era strano affrontare con loro argomenti che la toccavano così da vicino. C'era una risposta alla domanda di Matilde? Sì, molte donne volevano ancora avere bambini, che il mondo fosse brutto o bello. Era un desiderio profondo annidato nel cuore.

La mamma annuì mestamente. «Temo che tu abbia ragione, figlia mia.»

Guardarono di nuovo suor Julia. Era lei quella fortunata? Entrare in convento le aveva garantito sicuramente tranquillità. In un certo senso era stato un sollievo ritirarsi in un luogo lontano dalle atrocità cui aveva assistito durante la Guerra Civile. Aveva un rifugio e una sua identità al di là del matrimonio. Quando non era impegnata nel lavoro o nella preghiera, suor Julia continuava a studiare inglese e storia, e a leggere. Aveva trovato un po' di conforto nella fede, che via via si era fatta più salda. E il suo compito alla clinica... Per quanto impegnativo e difficile, sia fisicamente sia emotivamente, le dava uno scopo.

«Sei contenta della tua vita, bambina mia?» le domandò la mamma, come aveva già fatto qualche anno prima.

Suor Julia avvertì la sua tristezza. La mamma l'aveva ceduta a un altro mondo come facevano molte *madres solteras* con i loro bambini, nella speranza che potessero avere una vita migliore.

Come facevano a giudicarla fortunata? Come poteva essere contenta? Aveva perso la sua famiglia e l'opportunità di vivere da donna nella società.

Ma Suor Julia non voleva ferire quella madre che si era sobbarcata così tanti sacrifici. Non poteva rimediare alla perdita, ma poteva almeno sollevarla dai sensi di colpa. E così fece. «Sono contenta, mamma», affermò.

Se non altro, concluse suor Julia avviandosi verso la Clinica Canales, il suo lavoro le dava la libertà di girare indisturbata per Barcellona, una libertà ben maggiore di quella concessa alle sue sorelle sposate. Poteva passeggiare, osservare e riflettere, probabilmente più di quanto avrebbe dovuto. Era una ribelle? Sorrise tra sé e sé. Forse, nel suo piccolo, sì.

Camminando, passò davanti a sontuosi palazzi così come a piccole pensioni gestite da affittacamere, talvolta di dubbia reputazione. Ogni tanto le vedeva chiacchierare con i vicini o pulire le finestre. E si faceva delle domande. Com'erano quelle stanze? Umide e sporche? Con una lampadina nuda a penzoloni in un corridoio spoglio? Con mattonelle sbeccate e davanzali ricoperti di polvere? Con lenzuola logore e vecchi mobili tarlati? Forse Matilde e Paloma avevano ragione. Forse era lei quella fortunata.

Il giorno prima, poiché alla clinica c'era una gran calma, suor Julia era uscita presto, spinta dal desiderio di visitare il cimitero di Montjuïc. Ricordava ancora le storie di suo padre sugli uomini imprigionati e giustiziati al castello. Prese l'autobus alla fermata di Paseo de Colón; il percorso girava intorno al monte e, infine, si inerpicava verso l'entrata orientale del camposanto. *Oh, santo cielo.* Già da lì si scorgevano file e file di tombe; un fitto intreccio stradale di lapidi e mausolei, che saliva fino in cima. Il viale centrale del cimitero era costeggiato da cipressi che vegliavano silenziosi sui morti. Migliaia e migliaia di morti. Era un luogo freddo e vuoto, in cui ancora si avvertiva l'eco degli orrori del passato.

Al ricordo suor Julia continuò a camminare con cuore pesante.

Quel giorno, la sala d'aspetto del dottor López era piena. Come al solito, suor Julia assisteva alle visite e offriva conforto alle pazienti più emotive e agitate. Il dottore era sempre professionale, ma già era difficile trovare in un uomo sensibilità ed empatia, figuriamoci poi in qualcuno impegnato come lui; ed era in queste occasioni che suor Julia si sentiva più utile.

In certi casi, tuttavia, il dottore le faceva intendere che non era gradita e la congedava con un gesto della mano o con poche, brusche parole. Suor Julia non aveva idea del perché alcune donne non avessero bisogno del suo sostegno. Ma le vedeva tornare ai controlli successivi e osservava i mutamenti del loro corpo con l'avanzare dei mesi. E continuava a farsi domande.

Quel pomeriggio, suor Julia accompagnò nello studio del medico una donna che indossava un ampio cappotto, ma che non mostrava segni visibili di gravidanza. Stavolta fu lei a chiedere di rimanere sola con il dottor López. Lui la guardò con aria stupita, poi fece cenno a suor Julia di uscire dalla stanza. Lei obbedì, ma restò per qualche istante nel corridoio, nel caso la richiamassero.

Pochi minuti dopo, invece, la donna spalancò di colpo la porta e corse fuori.

«Va tutto bene, *señora*?» domandò suor Julia. Era un comportamento piuttosto bizzarro e una donna incinta dev'essere trattata con riguardo.

«Sì, sì...» rispose quella, dirigendosi verso la porta principale.

«Aspetti un momento.» Suor Julia non poteva permetterle di uscire dalla clinica in quelle condizioni. Aveva il viso arrossato e un'espressione stizzita.

«Sto bene, sorella», la rassicurò la donna.

Era successo qualcosa con il dottor López? Suor Julia la prese per un braccio. «La prego, si riposi un attimo. Le porto un po' d'acqua?» Lanciò un'occhiata all'ambulatorio alle sue spalle. Forse il dottore stava prendendo appunti o scrivendo una relazione.

La donna scosse il capo. Era chiaramente turbata. «Sono cose orrende, sorella. Orrende...»

Suor Julia la portò in una stanzetta tranquilla, davanti alla sala d'aspetto, riservata alle pazienti più emotive che avevano bisogno di rimanere per qualche istante da sole. Si procurò un bicchiere d'acqua e si sedette con lei, in attesa che il medico chiamasse per l'appuntamento successivo.

«I figli dovrebbero restare con la mamma», spiegò la donna. «È una violazione alla libertà civile.»

Nella testa di suor Julia suonò un campanello d'allarme. Si alzò in piedi. Che cosa doveva fare? Avrebbe voluto continuare ad ascoltare, però...

«Strappano i bambini alle loro famiglie. Nessuno può fermarli.»

«Certo, ha ragione», cercò di tranquillizzarla, perché la donna sembrava in preda al delirio. «Perché dovrebbero strappare i bambini alle loro famiglie? Di chi sta parlando?» Era chiaro che non si riferiva alla clinica.

«Parlo dei figli dei comunisti, o presunti tali. Ecco come stanno le cose. È capitato anche a mia sorella.» La donna estrasse dalla borsa un fazzoletto e si asciugò le lacrime. «Quando sospettano dei genitori, fanno così. Meglio non correre rischi. Chissà che cosa potrebbero insegnare ai loro figli. Il lavaggio del cervello può essere molto efficace, sorella.»

Suor Julia si fece il segno della croce. «Ma come può accadere una cosa simile?» Sapeva che non doveva conversare con quella donna e sperava che il dottor López non le scoprisse. Ma le tornarono in mente le parole di suo padre nelle prime settimane dopo la conclusione della Guerra Civile. Su ciò che avevano perso. Sulla drammaticità della situazione, sulle sue domande che non trovavano risposte: Che cosa stava succedendo nel Paese? Che cose ne sarebbe stato di loro?

«E che fine fanno questi bambini?» sussurrò.

«Li spediscono negli orfanotrofi. O negli istituti religiosi. Che siano gestiti dai falangisti o dalla Chiesa, che differenza fa?» La donna nominò un paio di posti, entrambi in Catalogna. «Ne hanno presi a migliaia. Per indottrinarli con i dogmi nazionalisti. Alcuni vengono addirittura adottati contro la volontà delle madri.»

Adottati? Suor Julia era sconvolta. Bambini con genitori viventi e amorevoli? Bambini strappati via con la forza e dati in adozione? Ma... Era poi così diverso da ciò che facevano alla clinica? Sì. Perché alla clinica le pazienti volevano che i loro figli fossero adottati. Era una loro scelta. Molte erano povere e nubili. Non volevano tenerli. Non avevano né il desiderio né i mezzi. E le pressioni del dottor López? Erano per assicurarsi che facessero la scelta giusta. Era una situazione completamente diversa.

Allora... Perché quella donna era lì? «Ora è meglio che vada», la sollecitò suor Julia, invitandola a uscire. Sentì il dottor López parlare con qualcuno all'interno del suo studio. Grazie a Dio era occupato.

La politica non c'entrava nulla con la clinica. Il dottor López non era un uomo politico. Il suo unico interesse era aiutare le persone, compiere ciò che riteneva essere la volontà di Dio. Malgrado a volte i suoi metodi risultassero discutibili, le sue motivazioni erano buone. Tuttavia, suor Julia si mise a riflettere su ciò che le aveva raccontato la donna. Anche quei rapimenti erano fatti nel nome di Dio?

Più tardi, quello stesso giorno, in reparto si verificò una piccola emergenza e suor Julia dovette correre a chiamare il dottor López. Doveva assolutamente intervenire. Non era compito suo stabilirlo, ma la donna era in evidente difficoltà e soffriva molto. E il bambino si presentava podalico. L'ostetrica stava facendo del suo meglio, ma, con un'altra paziente in travaglio, c'era bisogno del dottore.

Suor Julia era così agitata che si precipitò nel suo studio senza neanche bussare, cosa che non aveva mai fatto in tanti anni di servizio.

Si fermò di colpo. Che cosa stava succedendo?

Una donna stava in piedi accanto al lettino. Strano, non era orario di appuntamenti. E non c'era alcuna infermiera ad aiutare il dottore.

Suor Julia riconobbe la donna, era una paziente fissa.

Una di quelle che si era recata alla clinica regolarmente negli ultimi mesi, di quelle che suor Julia non aveva mai assistito durante le visite. E ora capiva perché, anche se non riusciva a credere ai suoi occhi.

«Suor Julia!» tuonò il dottor López. «In nome di Dio, che cosa crede di fare? Conosce le regole. Si bussa prima di entrare. E si aspetta di ricevere il permesso.»

La donna si nascose svelta dietro il paravento, ma era troppo tardi per impedire a suor Julia di vedere ciò che stava facendo. Stava attaccando un'imbottitura, o qualcosa di simile, alla sua biancheria intima. Ma perché? Non aveva alcun senso.

«Mi perdoni, dottore», si scusò suor Julia, abbassando lo sguardo sulle mattonelle marroni del pavimento. «Ma in reparto hanno urgente bisogno di lei.»

Il dottore fece schioccare la lingua. «Anche fosse...» borbottò. Poi si rivolse con gentilezza alla paziente: «Non preoccuparti, torno subito». E uscì deciso dallo studio, tirandosi dietro suor Julia.

Che non sapeva che cosa pensare. Quella donna era incinta? In caso contrario, perché faceva finta di esserlo?

«Lei si fida di me, suor Julia?» le chiese il dottor López, mentre si dirigevano in sala medica. «Si fida di me su tutti i fronti?»

Suor Julia lo guardò negli occhi. Le ricordava un uccello rapace, le aveva sempre fatto quell'effetto, fin dall'inizio. «Certo, dottor López», rispose. Era una bugia? A dire il vero, non ne era sicura. Aveva cercato di non dubitare di lui. Nel corso degli anni si era sforzata più di quanto ci si potesse immaginare. Sapeva che il dottore voleva agire per il meglio per tutti. Era per quello che continuava a lavorare in clinica. Per quello e perché voleva continuare a sostenere le donne in difficoltà. Pregò in silenzio. *Che Dio mi perdoni.*

Lui le prese la mano e gliela carezzò. Ma il suo tocco non era caldo come si aspettava, era freddo e liscio come il marmo. «Lei è una brava ragazza. Sapevo che avrebbe capito.»

Suor Julia vide quella donna altre volte alla clinica. Ma il dottore non le chiese mai di assisterla né di essere presente durante le visite.

«Quella señora è una mia cara amica», le spiegò dopo un controllo. «Non posso rivelarle altro. Ma le assicuro che è una brava persona. Stia tranquilla. Ha preso spesso in affido bambini bisognosi per brevi periodi di tempo, come favore personale al parroco. E perlopiù senza ricevere in cambio alcuna ricompensa materiale.» Si ritirò dietro la sua scrivania e afferrò il crocifisso con entrambe le mani. «Sarà ricompensata in Paradiso. Se non prima.»

«Benissimo, dottore», commentò suor Julia. Era felice che fosse una brava persona. Ma non erano affari suoi. A lei interessava solo aiutare le donne e i bambini.

Quando giunse il momento del parto, la señora fu ricoverata, ma non nella sala medica, bensì in una stanza privata, a cui poteva accedere solo il dottor López.

Il giorno seguente, suor Julia arrivò in clinica e scoprì che c'era stata un'altra morte bianca. *Misericordia.* Morivano troppi bambini. Perché? Non riusciva a capire. Immaginava che nel suo amato Paese le condizioni di vita stessero peggiorando sempre più, che fossero aumentati i casi di denutrizione e malattia e che fosse questo il motivo dell'elevata mortalità infantile. Anche il dottor López era preoccupato. Ultimamente aveva ordinato di sedare alcune donne prima del parto, in particolare quelle più nervose e inclini agli attacchi isterici. «Renderà la procedura molto più semplice», aveva detto. Sì, ma per chi?

Quando suor Julia si avvicinò al letto, la puerpera stava ancora singhiozzando. Le avevano appena detto che suo figlio era nato morto.

«Abbiamo cercato di rianimarlo», mormorò il dottore a suor Julia, «ma non c'è stato nulla da fare.»

Il medico si voltò verso la donna, che si aggrappava alla sua manica come se lui avesse il potere di far resuscitare il bambino.

«La prego, la prego...» supplicava. Farfugliava e pareva capire a stento che cosa stava succedendo.

Suor Julia non riusciva a sopportarlo. Le carezzò i capelli e cercò di consolarla. Ma le sembrava che quella scena si ripetesse ormai troppo spesso. E questo le faceva paura.

«Dio l'ha scelto.» La voce del dottore tremava dall'emozione. «Lui l'ha scelto e portato con Sé in Paradiso.»

«Ma come farò adesso?» piangeva la donna. «Come farò?»

«Non angustiarti, mia cara», la rassicurò il dottore. «Penseremo noi a tutto quanto. Non dovrai preoccuparti di nulla.»

Preoccuparsi? Probabilmente il dottor López stava facendo del suo meglio. Ma non poteva cercare di avere un po' più di tatto? Quella poveretta aveva appena perso il suo bambino.

«Organizzeremo e pagheremo noi il funerale. Tu devi solo pensare a rimetterti in forze.»

Suor Julia sospirò. Sapeva che il dottore desiderava sbrigare queste cose il prima possibile e senza suscitare troppa attenzione e proteste. Consigliava persino alle madri di non partecipare alla cerimonia funebre. E, prevedibilmente, molte di loro non osavano contraddirlo. Dopotutto era un medico e, come le aveva ricordato una volta la reverenda madre, un pilastro della società.

«Grazie, dottore», fece la donna. E crollò sui cuscini. Era stata sedata, si vedeva. E naturalmente era grata al dottore. Come potevano quelle poverette sostenere il costo di un funerale, se possedevano poco o niente?

Quando si fu addormentata, suor Julia si recò nella stanza privata che era stata riservata per la señora, l'amica del dottor López. La porta era aperta, la camera vuota. Se n'era andata. Se n'era *già* andata.

Che cosa poteva fare? Non c'era nessuno che potesse aiutarla? Suor Julia ci meditò a lungo e intensamente e quella sera, una volta ritrovata la serenità del convento, pregò Dio di guidarla.

Aveva cercato di parlare con la superiora e anche con il dottore. A chi altri si poteva rivolgere? Chi l'avrebbe ascoltata? Sembrava che ci fosse un'unica cosa da fare. Suor Julia prese il taccuino e annotò ogni singolo nome. Stava cominciando a capire.

22

Ruby tagliò per un sentiero che conduceva a una fila di case di pietra con giardini lunghi e stretti, creati apposta per i cordai che un tempo popolavano Pridehaven. Stava cercando di raggranellare un po' di entusiasmo. L'aspettava una semplice cena tra amici, ma si sentiva fragile, ancora sconvolta dal racconto di Frances.

Quando raggiunse la vecchia chiesa, si fermò e tirò fuori dalla borsa le fotografie; aveva cominciato a portarsele dietro ovunque, quasi sentisse il bisogno di guardarle senza posa. *Madre e figlia...* Laura la stringeva tra le braccia. Ma lo faceva con amore? L'aveva amata? E allora perché l'aveva abbandonata?

«Ti sei pentita di aver voluto scoprire la verità?» le aveva domandato Frances giunta alla fine della sua storia (o della storia di Vivien, per essere precisi). «Vorresti spostare indietro le lancette dell'orologio e cancellare tutto?»

Era pentita? Il sole del crepuscolo ricopriva il muro della chiesa di fili d'oro scuro. Ruby toccò la pietra. Sembrava un biscotto, inzuppato dagli acquazzoni e pronto a sbriciolarsi, eppure era lì da secoli. Era un pensiero confortante.

No, non era pentita, malgrado le emozioni contrastanti che provava in quel momento. Capiva perché i suoi genitori non le avessero detto nulla. Volevano proteggerla. Era quello che avevano sempre fatto. Ma faticava a credere che due come loro, così rispettosi della legge, potessero avere fornito informazioni false, dichiarandosi i suoi genitori naturali. Sospirò. Era difficile accettare la delusione.

Ed era anche arrabbiata per essere venuta a conoscenza della verità soltanto ora. Per non avere un bersaglio su cui dirigere le proprie emozioni, qualcuno con cui chiarire l'accaduto. Era stata tradita dalle persone di cui si fidava di più al mondo.

«Avevo bisogno di sapere», aveva risposto.

«E che cosa farai ora?» Per Ruby quello era soltanto l'inizio, Frances l'aveva intuito.

«Cercherò di rintracciare Laura.» Non solo per curiosità o per sentire la sua versione dei fatti. Era qualcosa di più profondo. Ruby ne era spaventata e attratta allo stesso tempo. Era un sentimento cresciuto pian piano nel corso del racconto. Voleva conoscere la sua vera madre. E scoprire l'identità di suo padre. Doveva trovare le sue origini.

«L'immaginavo», aveva commentato Frances, preoccupata. «Ma non sarà facile.»

«Già.» Non sapeva neanche da che parte cominciare. Tutto ciò di cui disponeva erano le fotografie e le poche informazioni che le aveva fornito Frances. A meno che Laura non si fosse trasformata in un membro a pieno titolo della società convenzionale (ipotesi piuttosto improbabile), il compito si presentava arduo, se non impossibile.

«E nel caso la trovassi...»

«Non è detto che voglia conoscermi. Lo so.» Se non si faceva troppe aspettative, non rischiava eccessive delusioni. Ma doveva almeno tentare.

Finito il caffè, Frances aveva chiesto il conto.

«Tienimi aggiornata, Ruby».

«Certo.»

«Buona fortuna.»

«Grazie.» Ruby aveva allungato la mano per prendere il borsellino.

«Offro io», aveva esclamato Frances. «Speriamo di incontrarci in circostanze migliori la prossima volta.»

Ruby aveva sorriso, ma non era affatto sicura che si sarebbero riviste. Frances non viveva più lì ormai e lei... Be', lei non aveva ancora deciso che cosa fare. Prima credeva di aver bisogno di tornare nel Dorset. Ma ora, dopo la notizia bomba ricevuta, non ne era più così convinta.

«Mi dispiace tanto», aveva aggiunto Frances. «Per tutto. Per l'incidente. Per tuo padre. Per tua madre. Mi dispiace così tanto per tua madre.»

«Grazie, Frances», aveva risposto Ruby. Ma a quale madre si riferiva?

Ruby si diresse verso la villetta sul fiume in cui vivevano i suoi ospiti di quella sera. Non erano amici di vecchia data; li aveva conosciuti poco prima di trasferirsi a Londra e il loro invito era giunto piuttosto inaspettato. Era stata indecisa fino all'ultimo su cosa indossare e, alla fine, aveva optato per una gonna verde smeraldo, una camicetta rossa e attillata con minuscoli bottoncini e un paio di scarpe nere. Non proprio casual, ecco. Troppo elegante? Troppi colori? Troppo effetto bandiera? Forse, ma Mel l'aveva esortata a uscire di più e aveva ragione. Cenare con gli amici faceva parte della vita normale, qualunque cosa significasse. Che importanza avevano i vestiti, se riusciva a evitare di scoppiare in lacrime sul dessert?

Mentre attraversava il vecchio ponte, Ruby sentì la brezza accarezzarle il viso. Si fermò a guardare il fiume, appoggiandosi al parapetto di legno umido e muschioso. L'acqua scorreva rapida e abbondante, così limpida che, tra le alghe e i sassi, si riusciva a intravedere il fondo roccioso. Come d'abitudine, si chinò a raccogliere un ramo, lo gettò in acqua e si girò svelta per vederlo passare dalla parte opposta. Molte persone hanno paura di rimanere da sole. Quando sei in mezzo agli altri, non sei obbligato a stare troppo in contatto con te stesso. Ecco perché. Ma per Ruby non era così. La solitudine non la spaventava.

Dopo l'incontro con Frances, aveva telefonato a Mel per raccontarle che cos'era successo. «Quindi avevi ragione tu», aveva commentato lei.

«Suppongo di sì.» Anche se aveva sempre creduto, fino all'ultimo istante, che potesse esserci una spiegazione ragionevole. Che Frances potesse chiarire tutto. E rimettere a posto le cose.

«Come ti senti?»

«Stordita. Sollevata, perché finalmente conosco la verità. Arrabbiata. Triste. Persa. Incompleta.»

«Sono un sacco di sentimenti tutti insieme.»

Già. E Ruby non sapeva bene come affrontarli.

Salì lungo il vialetto e suonò il campanello. Fuori dalla porta c'erano dei mastelli pieni di fiori estivi (gerani rossi e bianchi e grossi papaveri avvizziti), mentre tutt'intorno alla veranda, abbandonate a se stesse in un groviglio di spine, sbocciavano delle rose selvatiche rosa pallido.

Tina spalancò la porta. «Ruby!» esclamò, invitandola a entrare. «Che bello vederti. Come stai?»

«Bene, grazie. E tu?» rispose lei, porgendole la bottiglia di vino. L'aveva conosciuta tempo prima, quando il suo gruppo suonava regolarmente al *Jazz Café*.

«Abbiamo invitato anche un altro amico. Spero che non ti dispiaccia.»

Per Ruby fu un pugno nello stomaco. Accidenti. Doveva trattarsi di un uomo.

Ancor prima di accorgersene, si ritrovò in soggiorno, con un bicchiere di vino in mano e intrappolata nel fugace abbraccio di Gez. All'inizio evitò di guardare l'altro ospite. Poi lanciò un'occhiata e, senza pensare, sbottò: «Oh, cavolo».

«Ciao», fece lui, alzandosi in piedi. Il tizio dell'asta. Il probabile stalker. «Mi fa… ehm… piacere rivederti, Ruby.»

Gez e Tina si scambiarono uno sguardo interrogativo. «Ti presento Andrés Marín», disse Tina. «O vi conoscete già?»

OK. Non avrebbe mai più accettato un invito a cena in vita sua. Doveva essere stato lui a organizzare tutto. All'inizio, quando l'aveva chiamato stalker, non intendeva sul serio. Ma ora ne aveva proprio tutta l'aria. Anche se... Sembrava sorpreso almeno quanto lei. E poi che alternative aveva? Sarebbe stato troppo, troppo maleducato andarsene.

«Ciao, Andrés...» lo salutò. *Maledizione...*

«E così voi due...» Gli occhi di Tina guizzarono dall'una all'altro, in attesa di spiegazioni. «Dove vi siete conosciuti? Al *Jazz Café*?» Si sforzò di ricordarsi quando.

Gez offrì a Ruby una ciotola di olive verdi e lei ne prese una. Aveva un sapore intenso e particolare, forse era ripiena di acciughe. Che nervi, Tina avrebbe dovuto informarla che intendeva combinarle un incontro. Ma probabilmente immaginava che in quel caso non sarebbe venuta.

«L'ho vista suonare una sera», le spiegò Andrés, guardando Ruby. «E mi è piaciuta. Moltissimo.»

Sembrava che Tina volesse aggiungere qualcosa, ma a un tratto cambiò idea.

«Grazie», fece Ruby con un piccolo cenno del capo. Le lusinghe non lo avrebbero portato da nessuna parte.

«È fantastica, vero?» confermò Gez con un gran sorriso, prima di offrire le olive agli altri. Poi si chinò per versarle altro vino, benché l'avesse appena toccato. «Londra ha perso molto, ma, sai com'è, *mors tua vita mea*.»

Ruby era imbarazzata. «A dire il vero, a Londra non suonavo granché.»

«Pensi di tornare a vivere qui?» Andrés aveva gli occhi verdi, ma capelli scurissimi, quasi neri.

Lei annuì, ancora sospettosa. Non voleva entrare nei dettagli, non a una semplice cena e di certo non con lui.

«Quindi, dove vi siete conosciuti?» insistette Tina.

Andrés lanciò un'occhiata a Ruby e lei si ritrovò a sorridergli. Si meravigliava di se stessa.

«A un'asta giudiziaria», rispose poi. «Ha cercato di rubare la mia villetta.»

* * *

Mentre gustavano l'aperitivo, accompagnato da prosciutto crudo, scaglie di Parmigiano e pomodori secchi, riferirono agli altri tutta la storia, alternandosi. Tina li aveva piazzati di fronte, così era facile accorgersi di quando l'uno si fermava e l'altro doveva continuare. Sembravano sulla stessa lunghezza d'onda, il che era ridicolo, no? Si conoscevano appena. Ma alla fine del racconto e, con l'indubbio contributo di un altro bicchiere di Sauvignon Blanc, nella stanza risuonavano già grandi risate.

«Strano modo per conoscersi», commentò Andrés. «Probabilmente all'uscita mi sono preso troppa confidenza, non avrei dovuto.» Era molto formale. Che cos'era? Spagnolo? Italiano? Ruby non riusciva a capirlo. Ma quando si alzarono per prendere posto a tavola, notò che era alto e, doveva ammetterlo, piuttosto attraente.

«Perché l'hai fatto, allora?» domandò Ruby.

Tina cominciò a togliere i piatti e commentò: «Deve averti preso per un mezzo svitato. Per lei eri un illustre sconosciuto».

«Come?» fece Andrés, perplesso.

«È solo un ossimoro», chiarì Ruby, dispiaciuta per averlo punzecchiato. «Sai, quando metti insieme per forza due...» E arrossì. «Due concetti incompatibili, ecco.»

«Esatto», confermò Tina con espressione maliziosa.

«Volevo parlarti prima che te ne andassi», spiegò Andrés. «Ti avevo già vista al *Jazz Café* e mi sembrava... Non so... Di conoscerti.»

Ruby giocherellava con il bicchiere, senza sapere che cosa rispondere. Intanto Tina e Gez si erano volatilizzati in cucina. «Che cosa farai ora?» buttò lì infine.

«In che senso?» domandò lui, portandosi il bicchiere alle labbra.

«Cercherai un'altra casa?»

«Aspetterò. Prima o poi salterà fuori qualcos'altro di interessante. E tu, invece? Pensavi di andarci a vivere?»

«Eh, già.»

«Con tutti quei lavori di ristrutturazione da fare?» Adesso era lui a stuzzicarla.

E forse aveva ragione. Era stata un'utopia. Il panorama mozzafiato dalla finestra del piano di sopra le aveva fatto perdere di vista tutte le magagne. «Era solo un sogno.» Svanito per sempre. Soprattutto ora... Ma era davvero così? Sperava di no. Fuori dal ristorante, poco prima di andarsene, Frances le aveva allungato una busta.

«È una lettera di tua madre. Vivien.»

Ruby l'aveva guardata. C'era scritto sopra il suo nome, a caratteri cubitali, la grafia tortuosa di sua madre. «Grazie», aveva ribattuto, ma senza aprirla. L'aveva messa sulla mensola del caminetto, nel soggiorno, e la fissava ogni volta che ci passava davanti. Ma non l'aveva aperta. Era ancora troppo arrabbiata.

«Ah, un sogno...» annuì Andrés.

Come se anche lui ne sapesse qualcosa, di sogni. «Troverò qualcos'altro», concluse Ruby. Era una bella casa e una sorta di nostalgica chimera. Ma evidentemente non era destino.

«Forse posso...»

Ma fu interrotto da Tina e Gez, che rientrarono nella stanza armati di un'altra bottiglia di vino e altri piatti. Con la coda dell'occhio, Ruby li vide scambiarsi sguardi compiaciuti: erano contenti che i loro ospiti avessero finalmente ingranato. Sta' attenta, Ruby, si disse.

«Forse posso darti una mano», continuò Andrés.

Ruby lo guardò, sorpresa. Indossava una camicia blu con il colletto aperto e un paio di jeans. Teneva le gambe allungate sotto al tavolo accanto a lei e così riuscì a vedergli gli stivali, di pelle marrone, con i lacci allentati. «Sul serio?» Doveva trovare un posto in cui vivere e prima era, meglio era. Doveva fuggire da tutti quei fantasmi.

Gez stava apparecchiando per la portata principale. Tina, munita di giganteschi guanti da forno, arrivò con una pirofila bollente, la mise al centro del tavolo e tolse il coperchio. Ne uscì una ventata di vapore e un aroma di vino ed erbe.

«Ecco qua.»
«Ha un profumino delizioso.» All'improvviso Ruby si accorse di essere affamata.
«Mi fa piacere.» Tina le diede una ciotola di riso al vapore. «Serviti pure.»
Andrés cominciò dalla carne, che aveva un aspetto gradevole quanto l'odore: era uno spezzatino di manzo al vino, con scalogni e funghi. «Ruby?»
«Sì, grazie», esclamò, porgendogli il piatto.
«Ruby è una scrittrice», raccontò Gez. «Una giornalista. Te l'aveva detto?»
«No», rispose lui, mentre il cucchiaio da portata passava di mano in mano. «E che cosa scrivi?»
Aveva un canino leggermente asimmetrico e zigomi alti, da slavo. E il suo modo di guardarla aveva un non so che di intimo che la spaventava a morte. Ruby abbassò subito gli occhi sul suo piatto e sulla mano abbronzata che teneva il mestolo pieno di carne succulenta. «Soprattutto articoli per riviste. E canzoni.»

Quando più tardi guardò l'orologio, Ruby si stupì nel vedere che era quasi l'una. Era partita con l'idea di scusarsi e andarsene prima di mezzanotte. Invece, le ore erano volate e aveva trascorso una bella serata. Aveva chiacchierato, riso, persino un po' flirtato. Perché no? Si stava divertendo. Era come essersi improvvisamente risvegliata.
Vide Andrés alzare il calice verso di lei. I loro occhi si incontrarono e stavolta Ruby non distolse lo sguardo. Perché avrebbe dovuto? Il suo risveglio non dipendeva certo da quell'affascinante straniero. Eppure...
«Devo andare», annunciò Ruby, alzandosi in piedi. «È stata una bellissima cena.» Ed era sincera. «Grazie mille.» Abbracciò Gez e Tina, senza sapere come comportarsi con Andrés.
«Posso accompagnarti, se vuoi. È una splendida serata. O preferisci chiamare un taxi?»

Qualcosa, forse la prospettiva di tornare a casa, l'aveva reso di nuovo rigido e compito. Ruby sorrise. «No, non preoccuparti. Vado da sola.» Prese la borsa.

«Insisto», replicò lui, lo sguardo deciso. «Un gentiluomo dovrebbe sempre riaccompagnare a casa una signora.» Le porse la giacca che nel frattempo Gez aveva recuperato dall'atrio.

«OK. Grazie, allora.»

L'aria fuori era fresca, ma gradevole. Ruby chiuse la cerniera e salutò con la mano. I padroni di casa, fermi sui gradini davanti alla porta, li osservavano allontanarsi come genitori amorevoli. Gez cingeva Tina con le braccia; avrebbero avuto di che chiacchierare quella sera, prima di andare a dormire.

«Da che parte?» Andrés si fermò sul sentiero che costeggiava il fiume.

Ruby gli indicò la direzione e disse: «Aspetta, ho una torcia». Poi si mise a rovistare nella borsa per cercarla.

«Sei organizzatissima. Non ci avevo pensato. Sono venuto in auto. Ma...»

Lei annuì e con un gesto teatrale tirò fuori la pila. Sì, avevano decisamente bevuto troppo.

Dopo un attimo di esitazione, Andrés la prese sottobraccio. Un inglese non l'avrebbe mai fatto, ma a Ruby piacque. Le dava un senso di calore e sicurezza. Che cosa ridicola! *Sta' attenta, Ruby...*

Con la mano libera accese la torcia e la puntò sul sentiero davanti a loro. La luce illuminava un breve tratto d'erba rada e fango, ma almeno non sarebbero finiti nel fiume. «Sono una ex scout», scherzò. «Preparati.»

Andrés rise. Aveva un'andatura rilassata, a passi lunghi. Ruby si adeguò subito al suo ritmo.

«Anche sull'isola ci sono delle associazioni giovanili», raccontò Andrés. «Dove i ragazzi possono fare qualsiasi tipo di sport. Soprattutto calcio. Ma anche tennis, danza... E suonare le percussioni.»

«Di che isola stai parlando?»

«Fuerteventura, nell'arcipelago delle Canarie», rispose lui con un velo di tristezza. «Siamo *majoreros*.»

«Majoreros?»
«Sì, è il nome di noi indigeni. Letteralmente significa 'coloro che indossano scarpe di pelle di capra'.»
Ruby sorrise. «Perché te ne sei andato?»
Era una domanda semplice, eppure il silenzio di Andrés sembrò durare un'eternità. E, mentre camminavano, Ruby guardò gli alberi che si chinavano sul sentiero, come a origliare la loro non-conversazione. Il buio era così fitto che, senza il gorgoglio dell'acqua, nulla avrebbe rivelato la presenza del fiume. Il baluginio della luce pareva far tremare il terreno. Quel mutismo indicava che c'era una ragione molto seria. E complicata.
«Non andavo d'accordo con mio padre», rispose infine. «Abbiamo litigato. Pesantemente. E allora sono venuto in Inghilterra.»
«A cercare fortuna?» Ruby cercò di alleggerire i toni, a partire dal suo. Era chiaro che quella era la versione condensata della storia. E che, in quel preciso istante, il padre di Andrés non era l'argomento di conversazione più adeguato.
E, difatti, lui parve subito rilassarsi. «Nei miei sogni, sì.»
Ancora sogni... «Be', te la sei cavata abbastanza bene, se puoi permetterti di comprare una casa nel Dorset.»
Andrés sorrise. Non sembrava offeso da quel commento piuttosto personale. «Già, hai ragione. L'isola non offriva molte opportunità. Ho lavorato un po' nell'edilizia, ma qui, invece, ho sempre trovato un sacco da fare. Ho ristrutturato case per me e per gli altri.»
Raggiunsero il ponte e Andrés guardò il fiume oltre il parapetto, proprio come aveva fatto lei all'andata. Ruby puntò la torcia sull'acqua. Il fascio di luce danzò fugace sulla superficie, poi svanì. «Hai una ditta tua?»
Andrés si voltò verso di lei, nel buio. Le aveva lasciato la mano e, benché fosse pura follia, Ruby si sentiva... abbandonata. «Sì, faccio quasi tutto da me. Mi rivolgo a operai esterni, tipo l'elettricista o l'idraulico, solo quando è indispensabile.»
Ruby non riusciva a vedere la sua espressione, non riusciva a interpretarlo. Come si interagisce con una persona di un'altra cultura? si chiese. Avrà un'impostazione mentale diversa? Dei

codici differenti? No, anzi. Tra lei e Andrés avvertiva una certa famigliarità. Una somiglianza. Volevano persino comprare la stessa casa. Ciò che Ruby aveva rifiutato subito dopo l'asta giudiziaria era divenuto realtà: tra loro si era creato una sorta di legame. Sarebbero diventati amici? O... «È da tanto che conosci Tina e Gez?» domandò.

Andrés la prese di nuovo a braccetto. «Da un po'», rispose. «Tina non fa che presentarmi una donna dopo l'altra», spiegò, sconsolato. «Ma, a parte questo, è una buona amica.»

Ruby si immaginò la lunga sfilza di pretendenti. Con tutta probabilità, qualcuna la conosceva anche lei. «Molti uomini ne sarebbero felici.»

«Può darsi», ribatté lui. Poi aggiunse: «Ovviamente, non mi riferivo a te, Ruby».

Lei accolse il complimento con un sorrisino sarcastico. Molti uomini, ma non lui. Lui era diverso. «Tina si è dimostrata un'amica anche con me», continuò Ruby. Era stata comprensiva, ma non troppo. Le aveva offerto una spalla su cui piangere, senza insistere.

Il sentiero si stava stringendo. Da un lato c'era una siepe, dall'altro un muro. Eppure Ruby non provava alcun senso di claustrofobia. «Suppongo che lei e Gez puntino a trascinarmi di nuovo tra i vivi. Ecco il motivo dell'invito a cena. E della tua presenza.»

«Tra i vivi?»

Un nuvola offuscò la luna.

Il lato oscuro, pensò Ruby. «I miei genitori sono morti pochi mesi fa. Non te l'hanno detto?» Avrebbero dovuto avvisarlo che si trattava di una donna emotivamente provata.

Andrés rallentò il passo, ma Ruby non voleva fermarsi e continuò a camminare.

«Chissà come ti mancano.»

«Non è tanto la mancanza fisica.» Cercò di trovare le parole per spiegarsi. «Li vedevo solo una volta ogni due mesi.» Con il trasferimento a Londra c'era già stato un primo distacco. «È qualcosa di più basilare.» Qual era un paragone efficace? Come sentirti mancare di colpo la terra sotto i piedi? Potevi anche aver smesso di guardarli con attenzione, ma avevi la certezza che fossero sempre lì; davi la loro presenza per scontata. E, invece, quando perdi l'equilibrio e cadi per terra, te ne accorgi, eccome.

«Capisco», ribatté Andrés.

Ruby aveva l'impressione che fosse vero.

Dopo un po' il sentiero si allargò di nuovo e sbucarono sul marciapiede. Anche se i lampioni erano spenti, le case e le auto parcheggiate rendevano l'oscurità meno completa. E quando arrivarono alla chiesa, la nuvola si spostò e la sagoma del campanile si stagliò nel cielo, al chiaro di luna.

«Ah, se avessi i miei pennelli», mormorò Andrés.

«Sei un artista anche tu?» Ruby lo guardò. Aveva ancora il viso in ombra. Pensò a Vivien, sua madre. Che cosa c'era scritto nella lettera che le aveva lasciato?

«Sì. Ho un piccolo atelier nello studio vicino all'Arts Centre.»

Chissà che genere di quadri dipingeva. Le sarebbe piaciuto vederli. Erano così vicini in quel momento, che cominciò a chiedersi se intendeva baciarla. E nel caso... Che cosa avrebbe fatto?

Ma lui riprese a camminare. Superarono le case di pietra scura e il parcheggio, scivolando di nuovo nel silenzio. Non era certo il più estroverso degli uomini. Doveva essere difficile conoscerlo davvero. Ma d'altro canto, dopo le ultime settimane, Ruby era diventata piuttosto avvezza ai misteri.

«Io abito qui», annunciò, quando giunsero davanti a casa sua. Non voleva chiedergli di entrare. Era tardi ed era stanca. E non aveva ancora le idee chiare su quell'Andrés Marín. Che cos'era successo con le altre donne che Tina gli aveva presentato? Aveva riaccompagnato anche loro? Aveva parlato anche a loro della pittura e di suo padre?

«So che a Pride Bay stanno per mettere in affitto una villetta», esclamò lui. «Se ti va, ti porto a dare un'occhiata. È di un mio cliente, ma non credo che abbia già pubblicato l'annuncio.»

«Oh.» Ecco che cosa intendeva dirle prima di essere interrotto da Tina e Gez. «Quando pensavi di andarci?»

Andrés corrugò la fronte e le posò le mani sulle spalle.

E se ora mi bacia? si chiese di nuovo lei, alzando lo sguardo.

Invece la baciò sulle guance, due volte. Nient'altro. Ma Ruby sentì il suo profumo d'ambra e resina e il suo respiro caldo sulla pelle.

«Potremmo fare una passeggiata insieme il prossimo weekend. E andare a vedere la villetta. Che ne dici?»

«D'accordo», rispose subito Ruby, prima di avere il tempo di trovare motivi per rifiutare. Era solo una complicazione, lo sapeva, e non ne aveva affatto bisogno. Era ancora troppo vulnerabile. Non voleva coinvolgimenti di nessun tipo. Ed era proprio il momento sbagliato. Ma...

«Facciamo sabato mattina? Alle undici?»

«OK.»

«Non vedo l'ora», ribatté Andrés. E sorrise.

Ruby guardò la sua bocca, quel dente leggermente asimmetrico che in qualche modo lo rendeva ancora più attraente. Era impazzita? Completamente impazzita?

«Buonanotte, Ruby.»

«Buonanotte, Andrés.»

Lui la salutò con un cenno della mano e svanì a grandi passi nell'oscurità.

23

Il sabato Andrés passò a prendere Ruby con il suo pick-up. Non aveva mai avvertito la necessità di comprare un altro mezzo oltre a quello che usava per lavoro, ma ora si sentiva un po' a disagio con tutta quella polvere di cemento e le borse degli attrezzi sparse ovunque (per quanto avesse dato una sistemata, prima di partire). E poi era nervoso.

Ruby aprì la porta senza nemmeno dargli il tempo di scendere. O anche lei moriva dalla voglia di vederlo (improbabile) o non voleva rischiare di doverlo invitare a entrare. Andrés sospirò. Ma, in fondo, perché si scaldava tanto? Era lui il primo a non volere una relazione, giusto? O almeno non una relazione di quel tipo, di quelle che finiscono per essere terribilmente complicate. Chissà, forse Ruby era diventata il suo nuovo progetto, ora che la casa che voleva ristrutturare era stata comprata da qualcun altro... Magari!

Il giorno dopo la cena, mentre era in cima a una scala intento a controllare una grossa macchia d'umidità sul soffitto di Martha Hutton, Tina l'aveva chiamato. Stava picchiettando con cautela tutt'intorno alla chiazza (per verificare l'assenza di tubi dell'acqua o cavi elettrici), ma avrebbe potuto fare anche direttamente un buco, perché quella parte di soffitto andava sostituita comunque. La vecchia Martha, però, non aveva molti soldi da parte e così

Andrés si era limitato ad aprire quanto gli bastava per poter dare un'occhiata e capire l'origine della perdita. E, proprio in quel momento, ecco lo squillo del telefono.

«Andrés?»

«Ciao, Tina», aveva risposto, sfilandosi il telefono dalla tasca posteriore dei pantaloni; si era seduto su un gradino e aveva posato il martello. Si aspettava quella chiamata, ma aveva deciso di non rendere alla cara Tina la vita troppo facile.

«Non sei arrabbiato con me, vero?»

«L'avevi promesso: basta con gli appuntamenti al buio. Non eravamo d'accordo?» aveva replicato lui, sorridendo e guardando il buco nero nel soffitto. Martha sarebbe andata su tutte le furie.

«Ma stavolta era diverso, no?»

Sì, decisamente. «Tu credi?»

«Non credo, lo so per certo», aveva riso lei. «Mi ricordo com'eri interessato a Ruby, quando l'hai vista suonare al *Jazz Café*. Ma ignoravo che l'avessi conosciuta e le avessi parlato, mister mistero.»

Mister mistero? Quei giochi di parole lo stupivano sempre. «Allora, invitandola, immaginavi di farmi una sorpresa?»

«Esatto.»

«E Ruby?»

«Ruby, cosa?»

Andrés aveva notato la sua espressione inorridita, appena entrata. Ancor prima di rendersi conto che l'appuntamento al buio era con lui. E quando per giunta l'aveva riconosciuto... Be', sembrava che fosse finita nel peggiore degli incubi.

«Non le ho ancora parlato», aveva ammesso Tina. «Ma stavo solo cercando di tirarla un po' su. È stato un periodo difficile per lei.»

«E io ti sembro la persona giusta per queste cose?»

«Tu sai essere divertente, quando vuoi.»

«Oh, come sei generosa, grazie.» Ma sapeva che Tina aveva a cuore solo i suoi interessi e quelli di Ruby. Era premurosa, malgrado non riuscisse a credere che si potesse essere felici anche da soli, senza avere per forza qualcuno vicino.

«E, a quanto pare, abbiamo fatto il botto.»

«Il botto?» All'orecchio di Andrés suonava tutt'altro che positivo, ma probabilmente era un modo di dire.

«Non avevo mai visto Ruby così vivace. E tu mio caro...»

«Io cosa?»

«Tu sei proprio partito. Se n'è accorto anche Gez. Sei stracotto!»

«Partito? Stracotto?» Andrés era perplesso. Come diavolo si esprimeva?

«Quindi?»

«Quindi cosa?» Ma sapeva benissimo che cosa voleva. Informazioni. E lui non aveva intenzione di accontentarla, non ancora almeno. «Grazie per la cena, Tina. E grazie per avermi presentato Ruby.»

«Che cosa farai ora, Andrés?»

«Be', prenderò in mano il martello e ricomincerò a spaccare il soffitto.»

«Oh», aveva esclamato Tina, delusa. «E con Ruby?»

«Con Ruby?» Andrés si stava divertendo a punzecchiarla. Di solito era lei a farlo.

«Com'è andata, quando l'hai accompagnata a casa? Le hai dato il bacio della buonanotte? Vi vedrete ancora? Tutto qui.»

«Tutto qui?» aveva ridacchiato lui.

«A meno che tu non voglia raccontarmi altro.»

«Lo terrò a mente, ma per ora...»

«Sì?»

«Devo rimettermi al lavoro.»

E l'aveva salutata, sogghignando, mentre infilava il cellulare nella tasca. Ruby, lei sì che era un enigma. Era buffo che continuasse a incontrarla ovunque. A Hide Beach, al *Jazz Café*, all'asta giudiziaria. E alla fine anche da Gez e Tina. Che fosse un segno? Al contrario di sua madre e di sua sorella, lui non aveva mai creduto nei segni. Sull'isola le vecchie storie e leggende sembravano radicate nella mente femminile e si narrava che i primi abitanti delle

Canarie, i cosiddetti guanci, fossero un popolo molto spirituale. Lui stesso, a volte, aveva avvertito una sorta di incomprensibile richiamo e anche con Ruby era stato così. Intuito forse? Una specie di istinto che gli scorreva nelle vene insieme con il sangue? Chi poteva dirlo? Preferiva lasciare che le cose andassero per conto loro, farsi trasportare dal vento.

Aveva ripreso in mano il martello e ricominciato a picchiettare delicatamente il soffitto. Con calma.

Forse era quello l'atteggiamento giusto, pure con Ruby. Se la rammentò il giorno dell'asta. Impetuosa e arrabbiata, mentre si sforzava di non piangere, in precario equilibrio su quella sua bici troppo grande.

Andrés non voleva vederla sparire in quella stradina di campagna, vederla uscire dalla sua vita. Già da allora avrebbe soltanto voluto stringerla tra le braccia e rassicurarla, un impulso che l'aveva sorpreso. Mentre camminavano lungo il sentiero, dopo la cena da Tina e Gez, avrebbe desiderato cingerle le spalle. E, invece, quando erano arrivati a casa sua e lei aveva alzato il viso per augurargli la buonanotte... Non era riuscito a fare altro che baciarla sulle guance e andarsene.

E ora? Non sapeva bene che cosa fare. Non intendeva imbarcarsi in una storia, no? Pensò a suo padre, intento a schizzare selvaggiamente colore sulle tele, a dipingere ritratti fini e delicati con una passione nascosta sotto la superficie, quasi invisibile a occhio nudo. No, non voleva una storia.

Il buco nel soffitto era abbastanza grande ormai da permettergli di infilarci dentro la mano e tastare tutt'intorno. Sembrava che nei paraggi non ci fossero cavi, così aveva martellato i bordi per allargarlo leggermente. Stavolta aveva colpito qualcosa di solido. Mmm. Aveva insistito ancora un po'.

Che cosa c'era sotto la superficie di Ruby? Non poteva fare a meno di chiederselo. Aveva cercato di non intimidirla. Era come un animale selvatico. Forte ma vulnerabile. Più vulnerabile ma anche più forte di quanto si potesse pensare. E facilmente spaventabile. Doveva essere cauto, agire con calma e lasciare che fosse lei ad avvicinarsi. Tina aveva ragione; era stato un periodo difficile per Ruby. Doveva essere paziente e attendere che imparasse a fidarsi di lui. Era quella la strada da seguire.

Ma voleva davvero iniziare una relazione con una donna che poteva diventare realmente importante per lui? Da quando aveva lasciato l'isola, da quando si era trasferito in Inghilterra, aveva avuto solo storie brevi (avventure insignificanti, le chiamava Tina). Con donne piacevoli ma che non avrebbero mai acceso il suo amore. Donne innocue, superficiali che non sarebbero mai riuscite a toccarlo nel profondo né a ferirlo. Era la cosa migliore per lui. Tina sosteneva che lui era un tipo «impegnofobico» e forse aveva ragione. Forse era troppo abituato alla vita da scapolo.

Eppure… Pensava a Ruby mentre suonava il sassofono, rivedeva la tristezza nei suoi occhi. Voleva che gli si avvicinasse? Sì, lo voleva.

Finalmente aveva scoperto la causa della macchia sul soffitto. C'era una perdita dovuta al giunto di compressione di un tubo di rame.

E poi Andrés aveva visto altro. Un pezzo di legno, o qualcosa di simile. Infilando la testa nel buco e toccandolo con le dita, l'aveva proprio sentito. Era una trave larga una ventina di centimetri. Qualcuno doveva aver ricoperto il soffitto originario con un rivestimento stile paesaggio artico, in nome della modernizzazione.

Prima di continuare il lavoro, avrebbe dovuto parlare con Martha Hutton. Poteva togliere l'intero rivestimento e sabbiare le travi per ripristinare la bellezza del legno naturale o semplicemente riparare la perdita e ricoprire tutto di nuovo. Era solo una questione di costi. Ma le avrebbe spiegato che un soffitto con travi a vista avrebbe aumentato sia il carattere sia il valore della casa. Le travi di legno davano un tocco speciale. In Inghilterra l'uomo e la natura non avevano distrutto le foreste com'era accaduto invece sulla sua isola, un tempo ricca di alberi, fiumi e ruscelli. Chi poteva immaginarselo? Ora era arida come il deserto. Quante cose erano cambiate.

* * *

Andrés guardò Ruby girare intorno al pick-up per raggiungere il lato del passeggero.

Indossava una felpa rossa, un paio di jeans e gli stessi stivali con i lacci che aveva quel giorno sulla spiaggia. Era una ragazza semplice, senza tante complicazioni. Il suo tipo, si ritrovò a pensare. Ma no, che sciocchezze. E poi non era la sua ragazza.

«Ciao», disse Ruby, sorridendo, mentre saliva a bordo: buon segno. Andrés aveva temuto fino all'ultimo che annullasse tutto; era inevitabile che avesse dei ripensamenti, anche lui ne aveva di continuo, perciò capiva. E le decisioni prese dopo aver bevuto fiumi di vino con gli amici non si rivelavano sempre le più sagge. Stavolta, però, non si era neanche sognato di cancellare il loro appuntamento, anzi, non vedeva l'ora che arrivasse quel giorno. Ruby aveva lo stesso rossetto rosso e l'aria leggermente impaurita che aveva notato da Gez e Tina. Ma almeno era lì con lui.

«Ciao, Ruby.» Stava per scusarsi per via del camioncino, ma alla fine decise di non farlo. Lui era così, prendere o lasciare. Guardò lo specchietto, mise la freccia e partì. Era la giornata perfetta per portarla nel bosco di Langdon e a Golden Cap.

Nella foresta il terreno era spugnoso ma non troppo bagnato e le foglie delle campanule, sfiorite da tempo, ricoprivano la valle e il fondo dei boschi retrostanti come un verde, lussureggiante piumino. Nell'aria si respirava il profumo intenso del legno misto alla fragranza dolce dei fiori, mentre il sole filtrava tra i rami degli alberi creando disegni frastagliati sul sentiero davanti a loro.

«Raccontami un po' della tua isola», disse Ruby.

E così, lungo il cammino, Andrés le parlò della sua terra. Della casa di pietra bianca e blu in cui era cresciuto, dello studio di suo padre e del piccolo appezzamento dove coltivavano l'orto e allevavano le loro due capre (almeno quand'era bambino). Le raccontò della spiaggia da surf alle cui spalle sorgevano morbide colline purpuree dette *morros*, le descrisse il porto antico e la baia. Parlò del terreno sterile, della *calima*, che soffiando dal deserto porta con sé sabbia e polvere, delle valli pacifiche, con i loro campi coltivati, e delle fattorie sparse qua e là. Delle palme e delle tamerici; dei burroni, che in spagnolo si chiamano *barrancos,* e degli scoiattoli di terra. Andrés era sorpreso. All'improvviso c'erano così tante cose da spiegare. E, mentre raccontava, riusciva a immaginare la sabbia pallida e le lagune turchesi, il blu profondo dell'oceano e il bianco delle onde a Playa del Castillo, il paesaggio lunare delle montagne, la nera roccia vulcanica, la luce giallo acido del tardo pomeriggio. Tutta la tavolozza dei colori dell'isola sembrò di colpo brillargli nella mente e lo colse di nuovo il desiderio ardente di dipingerla.

«Come hai fatto ad andartene?» si stupì Ruby. «Sembra un posto meraviglioso.» Rabbrividì. Era una bella giornata, ma il bosco era fresco e ombreggiato.

Andrés sorrise. Certo, l'Inghilterra poteva essere umida, fredda e grigia. Non si era ancora del tutto abituato. Come aveva fatto ad andarsene? Che cosa poteva risponderle? «Quando sei giovane, l'isola può somigliare a una prigione.» Il che, in sé, era vero. Lui e Izabella avevano parlato spesso di trasferirsi: a Parigi, a Barcellona o a Londra. Ma mentre lui era stato spinto a partire, sua sorella era ancora lì, inchiodata alla terra da cui avrebbe voluto scappare.

«L'erba del vicino è sempre più verde, eh?» fece Ruby.

«Erba? A Fuerteventura? Se ce ne fosse!»

Lei rise. Andrés amava farla ridere.

«Ma è sempre casa tua, no?» chiese Ruby, passandosi le dita tra i capelli corti e biondi. Chissà se erano morbidi al tatto. Sì, sembrava di sì.

«Be'...» Si fermarono a contemplare il panorama. Da lì la vista spaziava oltre i campi, le siepi e i muri a secco fino al villaggio di Seatown e all'oceano. Era ancora casa sua? Non era una domanda facile. L'Inghilterra gli aveva offerto più opportunità. Ma... Si rese conto che era un «ma» ancora molto grosso. «Non lo so. Non so che cosa sto cercando esattamente.»

Lo sguardo pensieroso di Ruby si posò su di lui. «Nemmeno io.»

Si scambiarono un sorriso. E, in quel momento, per Andrés fu come se al mondo esistessero soltanto loro due. Il suo istinto non aveva sbagliato. Sin dal primo istante in cui l'aveva vista sulla scogliera, nell'attimo in cui aveva cominciato a suonare il sassofono e poi la prima volta che avevano parlato...

A un certo punto il sentiero si biforcò e si diressero verso Golden Cap.

«Sei già stata qui, vero?» le domandò lui.

«Sì, molto tempo fa.» Ruby esitò, aveva le lacrime agli occhi e distolse lo sguardo.

«Che cosa c'è, Ruby?» Ma la capiva. Aveva perso la sua famiglia, proprio come lui, anche se in modo diverso. Era quello che li univa?

«Stavo per dire che sto riscoprendo alcuni luoghi della mia infanzia. Da quando i miei genitori sono morti...» Tentennò, indecisa se aggiungere altro. «Da quando sono tornata nel Dorset.»

Andrés l'aiutò a salire la scaletta prendendole la mano, piccola e fredda. «Sembra bello. Tornare indietro nel tempo. Rivisitare i luoghi del passato. No?» Lo domandava a lei, ma anche a se stesso. Eppure i ricordi restavano nella sua testa come i sentimenti nel suo cuore. Nessuno poteva portarglieli via.

«Il più delle volte, sì», rispose Ruby, scendendo dal gradino con un saltello. «Ho bisogno di sentire di nuovo il legame con loro. Soprattutto ora.»

Andrés comprendeva anche quello. Il legame. Anche se non sapeva decifrare quel «soprattutto ora». Ma non voleva chiederle nulla, voleva che fosse lei a parlargliene, con i suoi tempi. Lo assalì una fitta di rabbia. La solita, contro di lui: suo padre.

Cominciarono a salire verso la cima. «Ti manca la tua famiglia?» domandò Ruby.

«Sì.» In particolare sua madre e sua sorella. «Eravamo uniti un tempo. Molto.» Come i granelli di sabbia. Come le onde del mare.

Ruby gli sfiorò il braccio. «Magari un giorno li rivedrai.»

Andrés ricordò le parole di sua madre. *Non è cambiato niente*. E allora come poteva tornare? Abbassò lo sguardo sull'oceano e sul villaggio. Sulla scogliera soffiava il vento, ma sotto tutto era tranquillo. Vedeva abbastanza chiaramente le case sulla collina e le persone sulla spiaggia di Seatown. Si voltò verso Ruby. Lei non era come gli altri. A volte parlava poco, ma sembrava sapere come dire la cosa giusta. «Forse», ribatté lui.

Attraversarono la cima erbosa di Golden Cap, fino all'estremità opposta. Era il punto più alto del Dorset e quella giornata così tersa regalava un panorama spettacolare su tutta la costa. Si sedettero per godersi la vista e chiacchierarono d'altro: della musica di Ruby, del *Jazz Café*, di Tina e Gez e dell'imminente mostra estiva di Andrés.

Dopo un po', Andrés tirò fuori dalla borsa il blocco da disegno che portava sempre con sé. Sentì un impulso improvviso... Abbozzò con tratti sicuri e decisi la donna seduta accanto a lui sulla scogliera, le ginocchia tra le braccia, i capelli accarezzati dal vento, l'oceano sullo sfondo. Lei lo guardò inclinando il capo, l'aria sognante. Andrés ne era affascinato. E voleva continuare a scoprire ciò che le passava per la testa.

Quand'ebbe finito, staccò il foglio e glielo porse.

«È per me?» domandò Ruby, battendo le mani, come una bambina.

«Se ti piace.» C'era una discreta somiglianza. Lui osservò la sua espressione, dapprima felice, poi pensierosa, come se quello schizzo le avesse ricordato qualcosa o qualcuno.

«È stupendo. Grazie.»

«Niente di che. È mio padre il vero esperto», replicò, fissando il mare.

«Tuo padre?»

«Enrique Marín.» Faceva quasi fatica a pronunciare il suo nome. «È lui il ritrattista.» Si coglieva amarezza nella sua voce? Probabilmente, sì. Ma suo padre era stato davvero un grande artista. E lo era ancora. Chissà se Andrés era diventato il *cabal-*

lero che lui aveva sempre voluto. Era un gentiluomo? Nella sua mente si materializzò un'immagine: suo padre con i pantaloncini macchiati di pittura e la tuta da lavoro, il solito sigaro sottile tra le dita. Poi ne riaffiorò un'altra, che lo fece rabbrividire. *Un dannato gentiluomo...*

Più tardi scesero di nuovo verso il bosco di Langdon.

«Dov'è la villetta che volevi farmi vedere?» domandò Ruby.

Gli sorrise e, di colpo, Andrés ebbe la tentazione di stringerla tra le braccia. Era quel tipo di donna. Quella di cui ti sembra di conoscere già il corpo e il profumo e che cosa proverai nel toccare la sua pelle, nel sentirla abbandonarsi a te. Era ancora circondata da un'aura di tristezza. Ma ne era attratto.

«Pride Bay», rispose. «Potremmo andarci dopo pranzo, se ti va. Ho le chiavi.»

«Pranzo?»

«Sì, pensavo al bar sulla spiaggia.»

«D'accordo.»

Dopo mangiato, fecero una passeggiata a Chesil Beach. Come Andrés, anche Ruby sembrava felice di essere tornata a livello del mare. E come lui, sembrava amare la spiaggia. La vide raccogliere un sasso e lanciarlo, facendolo rimbalzare sull'acqua. Era cresciuta sulla costa; aveva il mare nel sangue. Inspirò l'aria salmastra. Le scogliere dorate gli ricordavano sempre Playa del Castillo, il suo tratto di spiaggia preferito, le dune cotte dal sole, battute dal vento, protette dalle montagne. Da ragazzo Andrés ci andava a fare surf, come la maggior parte dei giovani dell'isola. Ma aveva mollato il surf quando nella sua vita era entrata la pittura.

A un certo punto tagliarono verso l'interno in direzione della casa, che si trovava a poco meno di un chilometro dalla costa. Era una semplice villetta a due piani e apparteneva a un cliente di

Andrés che viveva a Sherborne. Gli aveva chiesto di riverniciarla e di sistemarla per poterla poi affittare.

«Quindi non è stato ancora pubblicato nessun annuncio?» domandò Ruby, una volta arrivati. Si voltò a guardarlo, con un leggero rossore sul viso. Al bar avevano bevuto entrambi birra: una chiara per Andrés, una scura per Ruby. Era rimasto colpito. Se l'era immaginata a sorseggiare Chardonnay o a spararsi un bicchiere di vodka con ghiaccio.

«Non ancora.»

«Quanto vuole al mese?» si informò, impassibile. Era interessata? Andrés non ne aveva la minima idea. Le era sembrato un posto adatto a lei. Ma in fondo che cosa poteva saperne? Sull'isola non c'era bisogno di interpretare la mimica facciale, la gente tendeva sempre a esprimere a voce alta i suoi sentimenti, se non a urlare. Gli inglesi erano più riservati. Dovevi indovinare ciò che pensavano. Forse era il clima che li rendeva così maledettamente chiusi.

Andrés le comunicò il prezzo, una cifra equa, che Ruby parve apprezzare, perché annuì e sorrise. «Quando dovrebbe essere disponibile?»

«Non appena avrò finito i lavori.» Si trovavano in cucina, dallo stile essenziale a dir poco. «Potrei montarti qualche armadietto in più e sostituire il piano di lavoro», propose Andrés. «E magari mettere delle mensole nel soggiorno, che ne dici?»

«Con il permesso del padrone di casa?» scherzò Ruby.

«Finché non gli tocca pagare, va tutto bene.»

Ruby lo guardò perplessa. «Perché faresti tutto questo per me, Andrés? Mi conosci appena.»

«Lo farei e basta.»

«Ma Andrés...» E il modo in cui pronunciò il suo nome gli fece venire la pelle d'oca.

«Ruby.» Le posò le mani sulle spalle.

Lei lo guardò ed era tutta tristezza e sogni e occhi azzurri nontiscordardimé. E Andrés non riuscì più a resistere. Si chinò e la baciò sulle labbra per impedirle di parlare e perché intuiva che sarebbe stato bello. E fu così. «Siamo d'accordo, allora.»

«Ah, e tu baci tutti quelli con cui stringi accordi?»

Andrés si chiese che cosa avrebbe raccontato a Tina al prossimo interrogatorio. Prese Ruby sottobraccio. Stava diventando un'abitudine. «Tu sei la prima.»

24

Barcellona, 1956

In città, con il tempo, la situazione stava cambiando. Le tessere annonarie erano scomparse e i giornali parlavano di aumento dei salari. Ma l'economia era ancora molto fragile. Nel 1956 una grande gelata investì la produzione di agrumi e il raccolto di olive, danneggiando gli agricoltori e, di rimando, la popolazione; sembrava di fare due passi avanti e uno indietro. Eppure, pensava suor Julia, si era risvegliato almeno un briciolo di speranza. Quella mattina, camminando per strada in direzione della clinica, aveva sentito un uomo fischiettare un bolero. L'aveva messa di buon umore. Gli spagnoli erano un popolo forte. Non si lasciavano schiacciare tanto facilmente.

Ora erano le sette di sera e suor Julia era esausta. Quel giorno alla Clinica Canales, con tre nascite, non aveva avuto un attimo di tregua.

La prima bimba era nata a mezzogiorno e, grazie a Dio, era bella e sana. Doveva essere adottata e i nuovi genitori sarebbero arrivati a prenderla a breve.

Nel pomeriggio suor Julia aveva trascorso un po' di tempo con la madre, Inez León, cercando di consolarla; sembrava aver preso la decisione di rinunciare alla figlia con grande sofferenza.

«Sono sola al mondo, sorella», le aveva spiegato. «Voglio una bella vita per mia figlia. Desidero che abbia tutto ciò che io non posso darle.»

«Certo, mia cara», aveva mormorato suor Julia, aiutando Inez a tirarsi via il latte. Sarebbe stato un sollievo per lei e il miglior inizio per la piccola.

«Crede che la mia bambina mi perdonerà mai, sorella?»

Suor Julia si era fermata un istante e aveva controllato che nella stanza nessuno avesse udito la domanda, soprattutto il dottor López. Ma il medico stava parlando con una delle infermiere sulla soglia del locale disinfezione e pareva che nessuno le ascoltasse.

Non era un dubbio frequente. Di solito le madri tenevano i bambini oppure li davano in adozione perché convinte che quella fosse la cosa migliore. *Perdono...* Che cosa poteva rispondere? Non certo che, probabilmente, la bambina non avrebbe mai saputo della sua esistenza.

«Ti perdonerà», l'aveva rincuorata. «Tua figlia te ne sarà grata, ne sono sicura.» E aveva recitato per lei una preghiera silenziosa. La verità a volte era troppo dolorosa per essere sopportata; Dio lo capiva? Sperava di sì.

«Ma non smetterò mai di chiedermi come sta, sorella», aveva replicato Inez, sospirando.

E se anche la bambina, un giorno, si fosse posta delle domande sulla sua vera madre? Era plausibile, no, che le dicessero che era stata adottata? O che lo scoprisse da sola. E, in tal caso, avrebbe avuto anche lei degli interrogativi. Ed era proprio quello uno dei motivi per cui suor Julia aveva continuato ad annotare tutti i nomi sul taccuino. Quella bambina, come tutte le altre, aveva il diritto di conoscere la verità.

La seconda bimba era nata a metà pomeriggio, con induzione. La madre, Danita Diez, era sposata e l'avrebbe tenuta con sé. L'ostetrica l'aveva massaggiata a lungo, cercando di migliorare la presentazione del feto. Il travaglio sembrava ancora in fase iniziale, agli occhi della stessa suor Julia, ma quella mattina il dottor López aveva prescritto subito clistere e olio di ricino.

Più tardi la visitò. «La cervice è favorevole. E la presentazione è buona. Provvederò io alla rottura del sacco.»

Una volta perso il liquido amniotico, la pressione della testa della bimba avrebbe aumentato l'intensità e la frequenza delle contrazioni uterine. Suor Julia aiutò l'infermiera a preparare il carrello chirurgico, poi sistemò il paravento intorno al letto.

L'infermiera posò le gambe di Danita sulle staffe e il dottor López operò in modo rapido e professionale, come sempre.

«Sarà assistita meglio durante il giorno, sorella», borbottò, togliendosi la mascherina, dopo aver completato la procedura.

Alla prima contrazione, Danita strillò. Rompere il sacco amniotico in quel modo riduceva sì la durata del travaglio, ma lo rendeva sempre più doloroso. Le fitte erano improvvise e violente.

Suor Julia e l'ostetrica la condussero in sala parto.

«Era proprio necessaria l'induzione?» osò sussurrare suor Julia.

L'ostetrica le lanciò uno sguardo. «Così è più semplice.»

Sì, lo sapeva. Ma più semplice per chi?

Mentre il dottor López era impegnato con il terzo parto della giornata, suor Julia s'infilò nel suo studio con il pretesto di dover recuperare un oggetto dimenticato da una paziente in sala d'attesa. Trovava una scusa per farlo due o tre volte la settimana, abbastanza spesso per tenersi aggiornata sulla registrazione delle nascite e delle morti; abbastanza spesso per riuscire a memorizzare i nomi da scrivere sul taccuino, più tardi, nell'intimità della sua stanza a Santa Ana. Suor Julia doveva farlo a intervalli regolari, altrimenti i moduli sparivano. Venivano distrutti per eliminare le prove di ciò che stava succedendo? Temeva di sì.

Il fine giustifica i mezzi? si chiese sfogliando lo schedario. No. Poteva essere d'aiuto ai bambini e persino alle madri, evitare che patissero privazioni personali e forse sociali. A lungo termine poteva persino essere un bene per la Spagna. Ma lei aveva visto in faccia la sofferenza e l'angoscia. E il peggio del peggio: le morti.

Il terzo bambino, un maschio, come aveva previsto suor Julia, era morto.

Non aveva assistito al parto e apprese ciò che era successo solo quando l'ostetrica, pallida in volto, corse a cercarla. «Abbiamo bisogno di lei, sorella. C'è stata un'altra morte.»

Nessuno vide il bambino, né suor Julia, né la madre.

«Qual è stata la causa?» domandò quella sera al dottor López, prima di andarsene.

Il medico stava scrivendo una relazione. «Basso peso alla nascita. Malnutrito dal corpo della madre. Non aveva forze. Ho dovuto usare il forcipe», rispose, guardandola appena.

Che cosa avrebbe scritto sul certificato di morte? A volte il dottore peccava di presunzione. E, pertanto, di superficialità.

Bussarono alla porta. Gli ultimi genitori adottivi della giornata erano venuti a prendere il loro bambino.

«Oh, benvenuti», li salutò cerimonioso il dottore, appena entrarono nello studio.

Suor Julia non riusciva a sopportarlo. Si voltò per andarsene.

«Per anni e anni il mio unico sogno è stato avere un figlio maschio», mormorò l'uomo, emozionato, stringendo la mano al dottor López. «E lei mi ha aiutato, dottore. Le sono infinitamente grato. È tutto ciò che ho sempre voluto. Gli darò la migliore delle vite possibili.»

Ma a quale prezzo emotivo, pensò suor Julia. A quale prezzo?

Quella sera, tornata al convento, suor Julia aprì il cassetto della scrivania e tirò fuori il libro dei nomi.

Sfogliò le pagine lentamente. Si stava riempiendo. Stava diventando il miglior registro possibile delle adozioni e delle morti alla Clinica Canales. Suor Julia prese la penna e segnò con cura la voce odierna. L'aveva fatto ogni singolo giorno, da quando aveva comprato il taccuino. Le partorienti. I bambini. I genitori adottivi. Le morti. Tutti i nomi e le date erano lì.

Ripose il libro nel cassetto, lo chiuse e infilò la piccola chiave nella tasca. Guardò fuori dalla finestra il giardino sottostante, immerso nell'oscurità. Come desiderava liberarsi da quel peso. Poter vivere semplicemente a Santa Ana, studiare e leggere, pregare e riflettere. Chiudere una volta per tutte con la clinica e con la sofferenza. Perché gli anni non avevano attenuato il dolore. Ogni separazione tra madre e figlio le faceva rivivere il distacco dalla sua famiglia.

Poteva fare di più? Ogni giorno e ogni notte si ripeteva sempre la stessa domanda. Aveva dubitato del dottore molte volte e aveva cercato di spiegare alla reverenda madre come stavano le cose. Ma che potere aveva lei, una semplice suora, contro autorità come il dottor López? Aveva visto le persone che venivano in clinica. Sapeva quanti legami avesse con le alte sfere.

No. Tutto ciò che poteva fare lo stava già facendo, ed era aiutare le donne e i bambini come meglio poteva. Registrando tutto. Forse non era molto, ma come poteva smettere?

Quando la madre andò a trovarla, aveva gli occhi rossi dal pianto. Era vestita di nero e suor Julia capì immediatamente.

«Papà?» sussurrò.

La madre annuì. «Prega per lui, Julia. Se ne è andato.»

La settimana seguente, suor Julia assistette alla sepoltura con la sua famiglia. Vide calare la semplice bara di legno nella terra e strinse forte il rosario tra le dita. Le sembrava impossibile che il corpo di suo padre fosse dentro quella cassa. Che non l'avrebbe rivisto mai più. E la sua perdita pareva ancora maggiore, quando pensava a tutti gli anni in cui erano stati divisi, in cui era stata lontana dai suoi cari. Anni sprecati. Anni che avrebbero potuto essere così diversi, se fosse rimasta a casa, soffrendo con loro, affrontando gli stenti, la fame, il dolore.

Guardò tutt'intorno la stretta cerchia dei suoi famigliari. La mamma in lacrime, seminascosta dallo scialle di pizzo nero; Matilde fredda e impettita, sottobraccio al consorte, ma sfiorandolo appena. E Paloma, la triste Paloma, senza il marito Mario, che aveva trovato qualcosa di più urgente da fare che partecipare al funerale del suocero.

Il sacerdote recitò le parole che suor Julia conosceva così bene. *Padre nostro... Gloria a Dio... Nel suo nome. Amen.* Suor Julia mormorava le risposte. Le sue sorelle tacevano. E la madre piangeva.

Finita la funzione, le si avvicinò. «Perché non è mai venuto a trovarmi in convento, mamma?» domandò. Doveva sapere.

«Non riusciva a sopportarlo, bambina mia», rispose lei.

«A sopportare che cosa? Di vedermi?»

La mamma scosse il capo, lentamente. «Di vedere ciò che ti aveva costretto a fare.»

Suor Julia abbassò lo sguardo. Dio del cielo, pensò.

«Tuo padre era un uomo orgoglioso, Julia. Si vergognava di non essere stato capace di prendersi cura di te come dovrebbe fare un padre.»

Gli occhi di suor Julia si riempirono di lacrime. Per suo padre, per sua madre, per le sue sorelle e per se stessa. Per tutti coloro che avevano sofferto e per quelli che soffrivano ancora.

25

Il mercoledì, all'ora di pranzo, Mel lasciò il negozio in mano alla sua assistente e, appena uscita, andò dritta al mercato settimanale di Pridehaven con Ruby.

«È tutto OK, tesoro?» domandò. «Che cos'è successo?»

Da dove poteva cominciare? Mentre passeggiavano davanti ai banchi di antiquariato, cianfrusaglie, articoli vintage, piante, erbe aromatiche e curry fatto in casa, Ruby cercò di spiegare a Mel come si sentiva dopo la notizia bomba di Frances. Come se una specie di tornado l'avesse sollevata, fatta girare a una velocità vertiginosa e poi gettata a terra, lasciandola in uno stato confusionale per cui non sapeva più chi era né cosa stava pensando.

«E la lettera di tua mamma?» fece Mel, esaminando sospettosa un maialino fermaporta d'ottone. «Che cosa dice?»

«Non lo so. Non l'ho ancora aperta.»

Mel la guardò, perplessa, sollevando il sopracciglio perfettamente curato. «Perché no?»

Bella domanda. La busta era lì, sulla mensola del caminetto, non l'aveva certo dimenticata. «Non lo so», ammise Ruby. «Probabilmente sono ancora troppo arrabbiata.» Una vita di inganni, per poi finire con il solito, vecchio cliché della lettera rivelatrice da consegnare a morte avvenuta. Insomma! «Perché non ha avuto il coraggio di parlarmene a faccia a faccia? Non è giusto.» Suonava infantile, ne era consapevole, ma era proprio così che si sentiva ora: una bambina.

Nel frattempo si erano avvicinate a un banco di gioielleria vintage. Ruby prese in mano una spilla Art déco riposta in una polverosa scatolina di velluto blu. Un bozzolo. Chissà se i gioielli assorbono le sensazioni di chi li indossa. Ruby toccò distrattamente il medaglione d'oro che aveva trovato nel vecchio portagioielli di Vivien; l'esterno smussato riportava l'incisione di una rosa. Anche se ora sapeva di non essere la sua figlia biologica, quel medaglione, contenente la foto dei genitori, sembrava incarnare l'essenza della madre in modo intangibile, indefinibile. Sembrava restituirle un po' di ciò che le mancava.

«E così, vuoi fare la ribelle, eh?» commentò Mel. «Io non leggo la tua lettera, tiè!»

Ruby si lasciò sfuggire un sorriso. «Forse.» L'avrebbe letta, ma con i suoi tempi; doveva sentirsi pronta. In fondo, ora conosceva tutta la storia, che cos'altro poteva esserci scritto?

«Mmm», fece Mel, prendendole il braccio. «Sta' solo attenta a non farti del male da sola.»

Passarono davanti allo stand della frutta e arrivarono a quello delle ceramiche locali. Era un mercatino di carabattole. Non c'era da stupirsi che fosse così popolare. Né da meravigliarsi che nei weekend la gente venisse sin da Londra solo per visitarlo. Il sole era caldo. Ruby aveva appena finito di scrivere un articolo di salute e bellezza commissionato da Leah, con due giorni di anticipo. Così l'indomani poteva dedicarsi alle sue canzoni oppure organizzare le prove per il gruppo. Il pensiero corse alla villetta che stava per affittare e ad Andrés. Si sentiva scombussolata come fosse appena uscita da un frullatore. Ma non era poi così male.

«Be', tutto considerato, hai l'aria piuttosto allegra», constatò Mel, scrutandola e ravviandosi i capelli. «C'è qualcos'altro che devi dirmi?»

C'era? Ruby non ne era sicura. Non ancora. Era stata bene con Andrés. E poi quel bacio, che l'aveva colta di sorpresa: era stato bello, si era sentita inondare da una sensazione meravigliosa. Ed era ansiosa di ripetere l'esperienza. «Be'...»

«Come si chiama?»

«Chi?»

«L'uomo che ti ha restituito il sorriso.»

Era impossibile imbrogliare Mel. «Ti ricordi quella cena a cui mi hai convinto a partecipare?»

«S-sì.»

«Be'...» cominciò, ma s'interruppe subito. Mel la fissava. «Che cos'hai da guardarmi così?»

«Ti piace davvero, eh?»

Arrivarono al banco dell'abbigliamento vintage. Ruby scelse un abito a stampa sbiadito e se lo mise davanti. «Che cosa ne pensi?»

Mel la esaminò, ritta con le mani sui fianchi, e alla fine scosse il capo. «No, lo sbiadito non ti dona.»

No, infatti. «È una persona piacevole», ammise Ruby. Aveva un certo non so che. Ed era diverso dagli altri. Decisamente molto diverso da James e dagli altri uomini che aveva conosciuto a Londra.

«E?»

«E niente. Sul serio. Non c'è niente da dire.» Non ancora, comunque. E in quel momento aveva un sacco di altre idee per la testa.

Prese in mano un vasetto di miele. Sul coperchio c'era una minuscola ape gialla e nera. Controllò il prezzo e tirò fuori il borsellino.

«Dove andresti, se dovessi cercare qualcuno?» domandò Ruby all'improvviso.

Il mercato di Pridehaven era uno scenario bizzarro per ospitare quel genere di conversazione, ma a volte era più facile parlare in mezzo a una marea di sconosciuti che andava e veniva. Il mercato era un luogo di passaggio. La gente era a portata d'orecchio solo per pochi secondi e poi via.

«Tipo la tua vera madre?»

«Sì. Tipo Laura.» La sua vera madre. Suonava così strano da dire, da pensare. Non l'aveva ancora accettato del tutto. Laura era la donna che l'aveva portata in grembo e partorita. Che cosa aveva significato quell'esperienza per lei? Perché qualcosa doveva aver significato. E suo padre (chiunque fosse)? Sapeva della sua esistenza?

«Hai intenzione di cercarla?»

«Devo, Mel.» Ruby aveva dato un'occhiatina al passato, ora, però, voleva di più.

Ma da dove poteva cominciare? Il punto di partenza erano le fotografie. Dove erano state scattate? Pensò al mare turchese, alla casa sulla spiaggia, al faro. Ma non poteva certo mettersi a setacciare tutto il Mediterraneo in cerca di una casa arancione e di un faro. E quand'anche fosse riuscita a trovare il posto giusto, quante erano le probabilità che Laura fosse ancora lì? Anche se... Dalle foto sembrava che si trattasse di una specie di comunità, il tipo di luogo in cui Laura sarebbe potuta tornare.

«Hai verificato qual è il suo ultimo indirizzo conosciuto?» suggerì Mel. Si fermò in uno stand di prodotti locali e intinse un cracker nella salsa piccante. «Accidenti, come pizzica!» esclamò, facendosi vento con la mano e sbarrando gli occhi.

«Ci ho provato.» Era tornata nella vecchia villetta dei suoi e aveva parlato con la vicina, nella speranza di ottenere un recapito utile. «È stato un buco nell'acqua.» Era passato troppo tempo; da allora la casa di Laura e Pearl aveva cambiato proprietario almeno un paio di volte. *Laura e Pearl...* Sua madre. Sua nonna. Se ne sarebbe mai fatta una ragione?

«E il padre di Laura?» domandò Mel. Si era spostata in un altro banchetto e ora stava analizzando un vassoio color crema con papaveri rossi dipinti a mano.

Ah, sì, il nonno di Ruby. Derek Woods. Era ancora vivo? «Dovrebbe essere sull'ottantina ormai. Ma Laura lo odiava.»

«Be', potrebbero aver fatto pace», osservò Mel. Si separarono e l'amica esaminò il luccichio di una caraffa di vetro blu mentre Ruby la fantasia di un piatto di ceramica di Clarice Cliff. Poi si ricongiunsero. Come in un ballo, rifletté Ruby. Si allontanavano, si lanciavano un'occhiata da un capo all'altro dello stand e poi proseguivano.

Certo, era possibile che si fossero riconciliati. Laura era più tornata in Inghilterra? E, in tal caso, aveva avuto la tentazione di cercare la figlia che aveva abbandonato? Ruby doveva rintracciarla, anche solo per trovare qualche risposta alle sue domande.

Si sedettero in piazza ad ascoltare un gruppo rock. Ruby cominciò a battere i piedi. Si sentiva sempre un po' più viva quando ascoltava musica. Le vibrava dentro, come l'avesse nel sangue.

Mel andò a prendere il caffè e tornò con due tazze e due fette di torta di mele. «È una battaglia continua», brontolò, dando un morso a un pezzo e allungando l'altro a Ruby.

I musicisti, lei con una gonnellina frusciante che roteava tutt'intorno, lui in pantaloni neri aderentissimi, cominciarono a ballare.

«Ma, volendo, ci sono altri punti da cui partire», fece Mel.

«Tipo?»

«Potresti scoprire che scuola ha frequentato. Magari mettere un annuncio sul quotidiano locale, stile 'Qualcuno è ancora in contatto con Laura Woods?' e cose del genere», rispose Mel.

«Buona idea», approvò Ruby. Avrà avuto degli amici da ragazzina. E, forse, qualcuno era ancora in contatto con lei o almeno sapeva dove erano state scattate le foto. In questo modo, Ruby avrebbe potuto restringere un po' il raggio d'azione delle sue ricerche. Tolse il coperchio dalla tazza. Il caffè era forte, schiumoso e fumante.

«Facebook?» suggerì Mel, ormai inarrestabile.

«Perché no?» I social network erano una fantastica idea. Avrebbe scansionato la foto e l'avrebbe pubblicata su Facebook. Avrebbe chiesto a tutti i suoi amici di chiedere ai propri contatti se qualcuno aveva informazioni utili. In fondo, dicono che al mondo tra due individui esistono solo sei gradi di separazione, giusto?

«Ma, alla fine, che cosa potrei mai dirle?» borbottò Ruby. «'Ciao, sono la bambina che hai abbandonato trentacinque anni fa. Vuoi essere mia amica?'»

Mel rise. «Altrimenti, potresti assumere un investigatore privato. Hanno accesso a ogni genere di archivio pubblico, che i comuni cittadini di solito non possono consultare.» Controllò l'ora. «Sai, i dati sensibili e quella roba lì.»

«Già, potrei farlo.» Anche lei ci aveva pensato. Ma aveva la sensazione che… Laura non fosse nel Regno Unito. E che non ci fossero informazioni su di lei negli «archivi pubblici». Era stata lei a tirarsi fuori dalla burocrazia, dai rapporti con le autorità, dai documenti ufficiali. Era uno spirito libero, no? *Le persone non dovrebbero essere etichettate*: era ciò che credeva a vent'anni. E Ruby aveva la sensazione che la pensasse ancora così.

Mel si alzò in piedi. «Devo tornare al lavoro, tesoro. Ma tienimi informata su come procedono le cose.»

«Oh, certo.»

Si abbracciarono e, quando si staccarono, sembrava quasi che Mel non volesse lasciarla andare. «E a proposito di quello spagnolo…»

«Majorero. Sì?»

«A volte devi solo chiudere gli occhi e buttarti. Altrimenti è come vivere sempre con il freno a mano tirato.»

Rimasta sola, Ruby finì il caffè e continuò ad ascoltare il concerto. I musicisti chiudevano gli occhi e saltavano, lasciandosi andare. Nel darle quel consiglio lo sguardo di Mel si era velato di tristezza. Forse aveva qualche problema, ma non gliene accennava, ritenendo che fosse ancora troppo fragile per esserle di aiuto. Ruby decise che più tardi l'avrebbe chiamata per cercare di scoprirlo.

Ripensò alla passeggiata con Andrés sulla cima della scogliera, al modo in cui l'aveva ritratta, con il viso concentrato mentre cercava di cogliere i dettagli. C'era una buona somiglianza. Anzi, di più. Quel disegno le aveva ricordato qualcosa, qualcuno. La fotografia di Laura. In quel momento, osservando il ritratto, Ruby non aveva riconosciuto solo qualcosa di sé, ma anche qualcosa di lei.

Era per quello che non aveva ancora aperto la lettera di Vivien? Stava cercando di mostrare una sorta di silenziosa lealtà nei confronti della sua vera madre, dicendo «queste sono le mie origini ed è lì che sto andando ora»?

Estrasse le foto dalla borsa, trovò quella in cui Laura la teneva tra le braccia. Era per quello che non riusciva a smettere di fissare quell'immagine, ancora prima di scoprire la verità? Guardare Laura era come guardare una perfetta estranea, ma allo stesso tempo qualcuno che conosceva da una vita intera.

26

Ruby suonava al *Jazz Café* quella sera.

Andrés era seduto al solito posto con una birra in mano. Tutto era come sempre. Dietro il bancone, Tina era indaffarata a smistare lattine, ghiaccio e bottiglie di vino, e ogni tanto, quando non aveva clienti da servire, si fermava a fare due chiacchiere con lui. Dalla porta entravano coppie, single e gruppi di amici che socializzavano al bar, sedevano ai tavoli o ballavano. Con il passare delle ore, le luci si facevano sempre più soffuse; l'atmosfera era rilassata, un po' nostalgica.

Eppure tutto era cambiato.

Tina non gli aveva domandato come andava tra loro due. Lo sapeva già. Era chiaro.

Erano arrivati al locale insieme, sfiorandosi, gli occhi luccicanti. Era bastato un solo sguardo per capire.

Alla fine del concerto, Ruby si sarebbe seduta sullo sgabello accanto a lui. Avrebbe bevuto birra, sorriso, chiacchierato un po'. Sarebbe stata stanca, ma ancora piena di adrenalina, ancora carica. E poi lui l'avrebbe riaccompagnata a casa.

Il giorno prima, si era impegnato a trasportare le sue cose nella villetta di Pride Bay. Quella settimana Andrés aveva lasciato da parte il resto per portarsi avanti con i lavori, perché voleva che fosse tutto pronto il prima possibile. Il cliente non avrebbe obiettato per i piccoli extra; in fondo, aumentavano il valore d'affitto dell'immobile.

«Non sei tenuto, Andrés, davvero», gli aveva ripetuto Ruby più di una volta. «Non so neanche per quanto tempo mi fermerò.»

Andrés ne era consapevole. Ruby aveva firmato un contratto di soli tre mesi. Non era molto, ma…

«A quel punto saprò che cosa fare», aveva replicato.

E lui aveva notato l'inquietudine nei suoi occhi. Che cosa avrebbe saputo? Dove voleva vivere? Nell'arco di tre mesi la casa dei suoi genitori poteva essere venduta. E Ruby? Avrebbe cercato un altro alloggio lì, nella terra della sua infanzia? O se ne sarebbe andata?

«Non ha importanza», aveva ribattuto lui. Capiva il bisogno di Ruby di lasciare la casa dei suoi e di continuare a vivere senza di loro. E voleva che fosse in grado di farlo. Voleva aiutarla. Era una sensazione strana e insolita. La conosceva appena, eppure sentiva di doverla proteggere. Era un istinto piacevole.

Quella sera Ruby indossava un vestito di seta rosso, attillato, con uno scollo a barchetta, e i tacchi alti. Portava un girocollo nero e un bracciale di giaietto che navigava su e giù per il braccio destro, seguendone i movimenti. Aveva i capelli pettinati all'indietro, con il gel, e l'immancabile rossetto rosso. Era meravigliosa.

Ma non era solo l'aspetto fisico. C'era una sorta di luce dentro di lei, anche quando riversava la sua anima triste nel sassofono e nella musica, una musica bella e malinconica che avvolgeva Andrés fino a fargli venire voglia di piangere. Ruby brillava come un gioiello. Andrés amava la sua tristezza e amava quella luce. Come una stella in cielo, pensò. Irraggiungibile.

Quando suonava e ondeggiava al ritmo della sua melodia, Ruby viaggiava lontano dal *Jazz Café*, lontano da Andrés, lontano dal mondo circostante. Dove andava? Chi diventava? Chissà. Ma Andrés lo capiva. Spesso, dipingendo, provava la stessa sensazione. La vita cessava quasi di esistere, il tempo si fermava, poteva anche arrivare la fine del mondo che lui non se ne sarebbe accorto.

La sera precedente, Andrés l'aveva portata fuori a cena per

festeggiare il trasloco. Il loro primo, vero appuntamento. Era stata una splendida serata, anche se lui era ridicolmente nervoso e Ruby pareva distratta. Aveva un sacco di pensieri, gli aveva spiegato. Cose che c'entravano con i suoi genitori. Poi si era fermata a riflettere per un istante, indecisa se raccontargli tutto.

«Va bene», aveva replicato lui. «Non c'è bisogno che tu aggiunga altro.» Non voleva farle pressioni. Sarebbe successo prima o poi. Ruby avrebbe imparato a fidarsi di lui. E quello sarebbe stato il momento giusto.

Andrés bevve un sorso di birra e trattenne il respiro, mentre le ultime note riempivano il locale, sospese come granelli di polvere. Non era ancora sicuro di ciò che provava per lei, ma avevano delle cose in comune e la capiva, comprendeva la sua perdita.

Nel caso di Andrés, ovviamente, le morti erano state solo simboliche. *Vattene da questa casa...* La voce aspra di suo padre non smetteva mai di risuonargli nelle orecchie.

C'erano sempre state tensioni nella sua famiglia, da quanto poteva ricordare. Il padre era dispotico e prepotente. Izabella, un docile cagnolino. La mamma, una trottola che correva di qua e di là cercando di accontentare tutti. Andrés, una fonte continua di problemi.

«Perché devi sempre rispondergli a tono?» diceva sua madre, frustrata. «Perché non stai zitto e non lo lasci in pace?»

Lasciarlo in pace. Come se Enrique Marín non fosse un comune mortale, un semplice uomo, ma una sorta di dio che tutti dovevano adorare e venerare. Mentre... Andrés scosse il capo, disgustato.

Le tensioni erano aumentate man mano che lui cresceva, anche se non ne capiva il motivo. Che cos'era cambiato? Suo padre lavorava nello studio tra urla e brontolii oppure, bandana in testa e sigaro in bocca, scendeva al porto antico a fissare le onde o a giocare a domino al *Bar Acorralado*.

La mamma lavorava in casa e ricamava seduta all'aperto, a volte in silenzio, altre volte chiacchierando con le vicine. Izabella era una figlia devota e seguiva fedelmente la mamma come un cucciolo. E Andrés continuava a dipingere.

Il paese stava diventando via via più ricco: la semina e i raccolti erano migliorati. E poi c'era il turismo. Un tempo, gli abitanti vivevano barattando il pesce con il latte e il formaggio delle capre, i cereali dei campi, i fichi e i fichi d'India, freschi o secchi. Ma l'arrivo dei turisti aveva cambiato tutto. E suo padre vendeva quadri. La povertà era finita, o almeno questo diceva la gente. Ma allora perché la mamma sorrideva così poco e papà era sempre accigliato? Perché erano entrambi così infelici?

Ora Andrés riusciva a immaginarne il motivo. Forse la mamma sapeva che cosa stava succedendo, ma aveva chiuso un occhio. L'aveva lasciato in pace. Quand'era cominciata quella storia? Per quanto tempo era andata avanti? Probabilmente non avrebbe mai avuto una risposta alle sue domande.

La canzone finì e Ruby s'inchinò agli applausi, sorridendo e liberandosi dalla tracolla del sax. Poi sparì dietro le quinte.

Andrés prese un altro sgabello e le ordinò una birra. Di nuovo quell'istinto protettivo...

Tina posò la bottiglia sul bancone e commentò: «È davvero brava. Riesce a trasmetterti tutto il suo dolore».

«Già.» Andrés vide Ruby farsi strada tra la folla. La donna in jeans e felpa che passeggiava con lui sulla scogliera, quella che sedeva a Chesil Beach abbracciandosi le ginocchia, ora era sexy ed elegante come una diva di Hollywood. Ruby gli sorrise.

Comunque lui guardasse la faccenda, stava nascendo qualcosa di importante. E non avrebbe mandato tutto a rotoli.

27

Barcellona, 1973

In quei giorni, quando suor Julia lasciava il convento per recarsi al Barrio Raval, c'era sempre una gran confusione in giro. Ora erano in molti a visitare Barcellona; persone di altre nazionalità e di culture differenti. In Spagna era arrivato il turismo e in città c'erano tante bellezze da ammirare: la cattedrale e i palazzi di Gaudí, i parchi e le fontane. Miriadi di voci diverse... All'inizio suor Julia era turbata (succede sempre con i cambiamenti, no?), ma alla fine si era resa conto che nell'aria si respirava meno paura e più senso di libertà. Ed era un bene.

Alla clinica le ragazze madri erano diminuite e suor Julia lavorava molto meno di prima. Per lei era un sollievo; aveva più tempo per dedicarsi alla lettura e allo studio dell'inglese, lingua madre di tante belle opere. Riuscire a comprenderle era un piacere immenso. Ma la sfilza di morti e adozioni non era certo finita e così continuava ad annotare nomi sul taccuino, ormai quasi pieno.

In un giorno di foschia autunnale, di quelli che odorano d'umidità e camino, suor Julia si soffermò davanti alla libreria delle Ramblas. Non voleva leggere solo testi in inglese. Finalmente avevano ricominciato a pubblicare anche in catalano. Grazie al cielo. Era un piccolo passo verso il recupero della sua cultura. Ah, se i suoi genitori avessero potuto assistere a quel momento! Sua madre era mancata solo un anno dopo il marito, come se per lei fosse impossibile continuare a vivere senza di lui. E, da allora, suor Julia non aveva più rivisto le sue sorelle. Matilde e il marito si erano trasferiti; chissà se sua sorella aveva trovato la forza per accettare la vita che le era stata imposta. Lo sperava tanto. Invece Paloma... Per quanto ne sapeva, viveva ancora a Barcellona con Mario Vamos.

Era difficile ricordare quanto fosse unita la sua famiglia in passato. Erano sopravvissuti, mentre altri non ce l'avevano fatta. Ma non era stato facile. E, in fondo, erano anche loro degli sconfitti, come tutti.

Suor Julia raggiunse la clinica, dove tutto procedeva come sempre. In sala medica c'erano due donne, entrambe all'inizio del travaglio, e il dottore se ne stava chiuso nel suo studio, come capitava spesso in quel periodo; non era mai tranquillo, aveva sempre i nervi a fior di pelle e non perdeva l'occasione per brandire il crocifisso ed esigere il pentimento delle poverette che ancora si recavano in clinica per chiedere aiuto. Ma, in quei giorni, era circondato più che mai da un'aura di fanatismo. Per quanto tempo ancora poteva andare avanti così?

Come di consueto, suor Julia recitò le preghiere del mattino, poi aiutò le infermiere a rifare i letti e a sbrigare altre faccende. Si presentò un uomo per discutere con il medico di un'adozione; suor Julia non lo vide in faccia, ma sentì la sua voce profonda e irritante, mentre parlava all'interno dello studio, ne avvertì l'eccessiva sicurezza ed ebbe un moto di fastidio.

Dopo il giro di visite del mattino, il dottor López l'aveva presa da parte. «Sto per affidarle un compito delicato e di vitale importanza, sorella.»

«Bene, dottore.» Di che cosa poteva trattarsi?

«Dovrebbe arrivare un pagamento...» aveva esordito lui, schiarendosi la voce, «da parte di uno dei nostri benefattori. Deve incontrare quest'uomo e portarmi immediatamente il denaro.»

Un pagamento?

Notando la sua perplessità, il dottore aveva cercato subito di rassicurarla. «Non si preoccupi, sorella. Non correrà nessun rischio. Non è lontano. Le darò tutte le indicazioni necessarie.»

Ma lei non era preoccupata per la sua incolumità. Era abituata a girare per la città da sola. Lo faceva da anni. Ciò che non le era chiaro era perché dovesse andare chissà dove a ritirare del denaro da un benefattore. Non poteva venire lui in clinica? Era strano, a dir poco.

«Non posso farlo di persona», aveva spiegato il dottor López. «Devo essere prudente. Devo proteggere la mia clinica e il mio buon nome.» E guardandola: «Deve provvedere lei, suor Julia. Nessuno baderà a lei».

Suor Julia aveva cominciato ad afferrare il concetto. Non si trattava di una semplice donazione. C'era sotto qualcosa di losco se il dottore accennava alla sua reputazione. Lei era una suora. Nessuno l'avrebbe mai sospettata di svolgere un'attività illegale o clandestina. *Un'attività illegale...* Facendosi il segno della croce, aveva chiuso gli occhi per cercare il Signore. *Dio del cielo, ascoltami. Aiutami a fare ciò che devo. Amen.*

Che cosa doveva fare? Poteva rifiutarsi. Eppure... Qualcosa le suggeriva che, se fosse andata, avrebbe potuto scoprire qualcosa di più, qualcosa che doveva sapere.

Incontrò l'uomo e la donna sotto gli archi di Calle Fernando. Chissà che traffici di dubbia natura avvenivano in quel luogo pieno d'ombre, ladri e mendicanti.

L'uomo sembrava sorpreso di vederla. «Dov'è il prete?» domandò.

Il prete? Di solito incontrava un prete? Suor Julia non sapeva come rispondere, perciò tacque.

L'uomo fece una risata amara e le porse una busta. «Li conti. Non voglio che mi accusino di essere un truffatore.»

Suor Julia contò diecimila pesetas. Non aveva mai visto tanto denaro in vita sua. A che cosa servivano tutti quei soldi? A rinnovare la clinica? Ad assumere altro personale? Certo, doveva essere costoso mantenere una struttura di quel tipo, ma aveva sempre creduto che bastassero le donazioni; sapeva che contribuiva anche la Chiesa, gliel'aveva spiegato la reverenda madre.

«Tornerò tra sei mesi», disse l'uomo. «Con la prossima rata.»

La prossima rata? Le si gelò il sangue nelle vene. «Quante sono in tutto?» azzardò suor Julia.

«Dieci. Questa è la settima, sorella.»

Centomila pesetas.

Forse suor Julia non avrebbe capito il vero motivo di quel pagamento se, andandosene, non avesse riconosciuto la donna seminascosta all'ombra degli archi, con il viso incorniciato dalla sciarpa.

L'aveva vista in clinica, non per partorire, bensì per adottare un bambino.

Quindi, erano due genitori adottivi. Sforzandosi, avrebbe persino potuto ricordare i nomi. In fondo li aveva annotati tutti, no?

Centomila pesetas. Ecco come stavano le cose. Santo cielo. Pian piano suor Julia cominciò a capire in che cosa era stata coinvolta per tutti quegli anni; in che cosa era ancora coinvolta. Aveva sempre avuto ragione a dubitare del dottore. Come aveva potuto essere così cieca? Così ingenua? Così credulona? Era sempre una questione di soldi. E i soldi arrivavano dalle famiglie giuste. Giuste si fa per dire. Era corruzione quella che aveva avuto sotto gli occhi per quasi trent'anni.

Mentre tornava di corsa alla Clinica Canales, le pareva che quei soldi in tasca le bruciassero la pelle. Non vedeva l'ora di sbarazzarsene. Soldi sporchi di sangue. Usati per comprare vite umane.

Il dottore l'aspettava.

Suor Julia tirò fuori la busta e gliela porse. Inspirò profondamente e si armò di coraggio. «Può dirmi a che cosa serve questo denaro, dottore?»

«Ah, sorella», fece lui, strappandole la busta di mano. «Forse è meglio che lo ignori.»

Suor Julia incrociò il suo sguardo penetrante. Rammentò il suo primo giorno in ospedale, quando le presentarono il dottor López, come lui l'aveva intimidita. Ricordò tutte le domande che avrebbe voluto fare nel corso degli anni e tutte quelle che aveva fatto. «Credo di saperlo già», ribatté.

Il dottore la scrutò da capo a piedi, con uno sguardo severo e accigliato che non aveva mai più usato dopo quel primo giorno. «Le vie del Signore sono misteriose, sorella. E non sta a noi giudicarle.» E fece un passo verso di lei.

Era così vicino che suor Julia riusciva a sentire il suo respiro sul viso, il suo odore, un misto di alcol denaturato e alcol stantio. Il dottor López le afferrò il polso e, in quell'istante, a suor Julia mancò il respiro dalla paura. Ma non cedette. Non voleva farlo. Lo fissò dritto negli occhi. Ora sapeva chi si trovava davvero davanti.

«Forse non riuscirà a nascondersi sempre dietro Dio, dottore», sentenziò, cercando di non farsi tremare la voce.

Lui serrò la presa. «E forse lei, suor Julia, dovrebbe fare più attenzione.»

Suor Julia resistette e, un attimo dopo, il medico parve tornare in sé. Le lasciò il polso e lei allontanò la mano.

Il dottor López prese qualche banconota dalla busta. «Desidero pagarla per aver svolto quest'incarico, sorella», spiegò con tono calmo e professionale.

Lei lo guardò incredula. Riteneva davvero così facile comprare le persone? Funzionava in quel modo nel suo mondo? «Non voglio denaro», rispose lei a voce bassa. «Non voglio nulla. E non voglio mai più essere coinvolta.»

«Molto bene, sorella.» Le aprì la porta.

E, uscendo, si scambiarono uno sguardo. Uno sguardo complice che le fece tremare le gambe, quasi dovessero cederle da un momento all'altro. Ma tenne la testa alta e tornò a Santa Ana.

Giunta al convento, suor Julia si precipitò in cappella a pregare. Chiese perdono a Dio, perché tutte quelle cose erano state fatte celandosi dietro di Lui. Andò in camera sua, guardò il taccuino e sospirò. Cielo, quanti nomi. Aveva fatto il possibile. Ma ora basta.

Era una suora, ma era pur sempre una persona. Aveva il diritto di decidere? Le restava ancora la voce?

Si recò dalla reverenda madre e le comunicò che non poteva più lavorare nella clinica del dottor López.

«Per quale motivo?» domandò la superiora bruscamente.

«Non posso. E non voglio», rispose suor Julia, il viso bagnato di lacrime. Per chi stava piangendo? Per le madri che avevano perso i loro figli? Per i bambini che non avrebbero mai scoperto la loro vera identità? O per se stessa?

«Ma perché mai, figliola?» La reverenda madre sembrò addolcirsi un po'.

Doveva parlarle del denaro? Riferirle ciò che sapeva del dottor López e della clinica? Raccontarle le atrocità commesse nel nome di Dio? Lo desiderava ardentemente. Sarebbe stato un tale sollievo liberarsi di quel peso dopo tanti anni. Eppure... Ci aveva già provato in passato. E ogni volta la reverenda madre l'aveva rabbonita con la stessa storia. Aveva sempre difeso il dottore. Perché stavolta sarebbe dovuta andare diversamente? La verità era che suor Julia non sapeva se poteva fidarsi di lei.

«Non so spiegarlo. Ma per me è diventato impossibile continuare a lavorare lì. Ho bisogno di tempo per pregare. Ho bisogno di ritrovare Dio.»

La superiora la fissò per qualche istante, triste, senza pronunciare parola. «Ne parlerò con il dottore», concluse infine.

Suor Julia non poteva sopportarlo... Se mai fosse dovuta tornare là dentro... Drizzò di colpo le spalle. «Reverenda madre, non intendo tornare in clinica», ripeté.

La superiora la guardò di nuovo e alla fine le posò una mano sul capo.

«Non dovrai farlo, figliola. Non temere.»

«Grazie, reverenda madre», replicò suor Julia, sollevata.

«Ma non puoi rimanere qui», aggiunse.

Non era sorpresa. Ma dove poteva andare? Non aveva altra casa da così tanto tempo.

La superiora ragionò a fondo e infine affermò: «Ti manderemo a Fuerteventura, nelle isole Canarie, in un piccolo convento sorto da poco. È un luogo tranquillo dove sarai al sicuro. E avrai la possibilità di meditare e pregare quanto desideri».

«Molto bene, reverenda madre.» Che idea allettante. La tranquillità. La sicurezza. L'opportunità di riflettere su ciò che era accaduto. Malgrado sapesse che, in quel modo, il dottor López l'avrebbe fatta franca.

Prima di andarsene, però, c'era una cosa che doveva fare: trovare la sorella Paloma e dirle addio.

I primi di marzo, in un giorno di brezza mite che pareva finalmente spingere via l'inverno, suor Julia si recò nella vecchia via in cui la sua famiglia e quella di Mario Vamos avevano vissuto porta a porta. Non era la prima volta che tornava, eppure si fermò a guardare la casa per qualche minuto, ricordando alcuni momenti felici, ma molti altri segnati da stenti e povertà. Alzò gli occhi verso la finestra della camera che aveva condiviso con le sue sorelle e le parve di sentire di nuovo le chiacchiere e le risate di Paloma, catturate dal vento che s'incanalava nella stretta stradina.

La casa non apparteneva più alla sua famiglia e così suor Julia bussò alla porta accanto, quella dei Vamos. Forse Paloma...

Ad aprire fu un'anziana signora, la vecchia zia di Mario, da quel che suor Julia rammentava della sua lontana infanzia.

«Sì, sorella? Posso aiutarla?» chiese la donna gentilmente, senza nascondere la sorpresa nel trovarsi davanti una suora.

Senza inutili preamboli, la religiosa spiegò: «Señora, sto cercando Paloma Vamos. È una questione piuttosto urgente».

L'anziana cambiò di colpo espressione e rispose sprezzante: «Sì, la conosco».

«Allora la prego, mi dia il suo indirizzo.» Suor Julia addolcì le sue parole con un sorriso.

«Certo.» La signora sparì dentro casa e tornò poco dopo con un pezzo di carta scarabocchiato. «Ecco qua.»

«Grazie mille.»

Suor Julia si inoltrò nel labirinto del Barrio Raval fino a raggiungere la strada indicata sul bigliettino. Il numero quindici era un immobile squallido e abbandonato. Fece un gran respiro e bussò.

Aprì la porta un uomo della sua età. Lo riconobbe subito, anche se i bei tratti giovanili erano svaniti, sostituiti da una durezza che la lasciò di stucco. Portava il cappello di sbieco e aveva ancora uno sguardo vivace. Ma gli angoli della bocca rivolti all'ingiù gli conferivano un'aria crudele e l'espressione sul suo viso era tutt'altro che cordiale.

«Señor Vamos?» domandò suor Julia.

«Sì», rispose lui, guardandola senza batter ciglio. «Che cosa posso fare per lei, sorella?»

Ovviamente non l'aveva riconosciuta. Perché avrebbe dovuto, dopo tutti quegli anni? «Sono venuta a trovare mia sorella Paloma.»

«Come?»

Ma eccola spuntare dietro di lui. «Julia?» Paloma si portò davanti al marito e si allungò verso di lei. «Julia?»

Ignorando lo strano sguardo di Mario Vamos, suor Julia porse la mano alla sorella ed entrò in casa. Passandogli accanto, sentì sui suoi vestiti e sulla sua pelle l'odore dolciastro di tabacco misto alla puzza di alcol e sudore. E notò il modo in cui i due si parlavano. Il tono secco e sbrigativo di Mario nel rivolgersi alla moglie.

Suor Julia e la sorella si sedettero l'una di fronte all'altra in una piccola e misera stanzetta. Paloma portò del caffè e lo posò su un tavolino. «Julia», ripeté. «Sono così felice di vederti.»

«Anch'io», replicò suor Julia, chinando il capo, ma in realtà era scioccata. Paloma era tutta un'altra persona. I capelli erano grigi e scarmigliati, gli occhi scuri, che un tempo brillavano come diamanti, ora erano fari spenti, e la curva generosa della sua bocca era tinta di amarezza. «Come stai?»

Di colpo la porta principale sbatté, quasi in risposta alla sua domanda, e suor Julia scorse Mario passeggiare fischiettando per la strada, con le mani nelle tasche.

Paloma chiuse gli occhi. «Non tornerà a casa stanotte.»

Suor Julia non sapeva che cosa dire. «Non sei felice?» azzardò. Ricordò l'ultima visita di Paloma al convento. «Non avete figli?»

«No, non ne abbiamo. E non ne avremo.»

E suor Julia capì come stavano le cose. Comprese la tristezza di Paloma e perché si era lasciata andare, vedendo il marito amoreggiare con le vicine più giovani, combattendo una battaglia che non aveva alcuna speranza di vincere, non riuscendo a dargli un erede e perdendolo sempre più, giorno dopo giorno, anno dopo anno, finché lui non l'aveva più voluta.

«Lascio la città», le comunicò suor Julia, alzandosi. «Andrò a vivere in un convento a Fuerteventura.»

Paloma annuì, non sembrava sorpresa. «Ti auguro tanta fortuna, Julia. E tanto amore.» Sorrise. E solo per un istante parve tornare la ragazza leggera e allegra di un tempo.

«Anch'io a te, sorella mia.» Si abbracciarono.

Suor Julia lasciò Barcellona nel bel mezzo delle tipiche celebrazioni per la Pasqua. Le strade erano piene di gente che assisteva alle processioni. Davanti alla chiesa un sacerdote teneva in mano un messale e un rosario, benedicendo i passanti. C'erano donne con la mantiglia, vestite di nero e con i tacchi alti, e uomini in completo nero, con i capelli impomatati e pettinati all'indietro. C'era gente con gli occhi rivolti al cielo, che si faceva il segno della croce mormorando preghiere. I profumi delle celebrazioni riempivano l'aria della Settimana Santa: cera, incenso, ma anche aglio, tabacco... E fiori d'arancio, che ora ammantavano gli alberi della città. Era un mix inebriante che ricordava a suor Julia la Barcellona della sua infanzia. Finalmente il destino della Spagna era cambiato.

E finalmente suor Julia poteva ritirarsi dal mondo.

28

«Balliamo?» le chiese Andrés, porgendole la mano con sicurezza.

«Stai scherzando?» Ruby guardò il palco. Era di scena un'altra band adesso, un gruppo swing, e i clienti del locale si erano messi a danzare.

«Non scherzo mai su cose serie come il ballo», rispose lui.

«D'accordo», ribatté Ruby, scendendo dallo sgabello. Si sentiva emotivamente svuotata, come sempre, dopo aver suonato. Ma era giusto così: ci metteva l'anima, perché era l'unico modo per ottenere qualcosa di buono. Dopo, però, aveva bisogno di riposarsi, di bere un paio di birre o un bel bicchiere di vino rosso, di sgranocchiare qualcosa e di fare due chiacchiere.

Non di ballare.

Andrés la condusse in pista tenendola per mano, con aria decisa. Indossava un paio di jeans neri sbiaditi, una camicia di lino beige e una giacca dello stesso tessuto, leggermente stropicciata. Aveva un'espressione concentrata, mentre cercava spazio tra la folla (il che era preoccupante: si aspettava che lei si dimenasse molto?). Poi di colpo la strinse a sé come per prepararsi a un ballo da sala. A Ruby piaceva quella sensazione. Le piaceva stargli vicino.

«Ora rilassati», le disse lui.

E prima ancora di rendersene conto, stavano ballando; lui conduceva, lei gli stava aggrappata. All'inizio cercò di concentrarsi sui passi, ma era difficile tenere il ritmo e finivano per sbattere le ginocchia l'uno contro l'altra o per ritrovarsi lontanissimi. Ruby pensò a Mel e alle sue parole. *Devi solo chiudere gli occhi e buttarti.*

Aveva scoperto perché era infelice. Era passata da lei per cena e, mentre sistemavano la cucina, Mel si era confidata. Stuart voleva una famiglia. Il tempo passa, diceva. Per lui avere dei figli significava molto, era tutto ciò che aveva sempre desiderato.

«E tu, invece, non vuoi?»

Mel aveva lanciato uno sguardo verso la porta. Stuart era in soggiorno e aveva messo su un po' di musica, chitarra classica, che si spandeva in tutta la casa. «Non voglio che la mia vita cambi, Ruby», aveva sussurrato. «Non credo di essere… pronta.»

Ruby le aveva tolto di mano la pila di piatti e l'aveva posata sul piano di lavoro. Poi l'aveva abbracciata. «Non è obbligatorio avere figli», aveva mormorato, ma non aveva potuto fare a meno di pensare a Laura e Vivien.

«Sono egoista?» le aveva chiesto Mel, sfilandosi dall'abbraccio.

«Forse», aveva risposto Ruby. «Ma ne hai il diritto, no? È la tua vita.»

«La nostra vita», aveva sospirato Mel, chinandosi per aprire la lavastoviglie.

Era bello, però, condividere la vita con qualcuno, rifletté Ruby, sforzandosi di non concentrarsi troppo sui passi. Anche se i desideri non sempre coincidevano.

D'un tratto cambiò atteggiamento. Chiuse gli occhi e si buttò. Si lasciò andare. Permettendo ad Andrés di portarla ovunque lui volesse. Si abbandonò al ritmo. E funzionò. Ora sì che aveva senso. La musica arrivava dritta al cuore.

«Dove hai imparato a ballare così?» gridò Ruby nel bel mezzo di una piroetta. Le era sempre piaciuto danzare, ma ormai si era quasi dimenticata come si faceva. E quel genere di ballo non rientrava certo nelle sue competenze.

Andrés la tirò a sé e la tenne stretta. «Da nessuna parte. Lo faccio e basta.»

Per un istante Ruby si fece cullare dalle sua braccia; era una bella sensazione, ma di colpo lui la fece piroettare di nuovo. Sentiva l'adrenalina frizzarle nel sangue come bolle di champagne. Era inebriante. Ma... Non avrebbe dovuto rilassarsi?

Seguì un pezzo più calmo. «Così va meglio», mormorò Ruby. Avevano entrambi il fiatone.

Andrés si allontanò un po', come se non volesse rischiare di romperla stringendola troppo al suo corpo, proprio lì dove lei avrebbe voluto stare. Ruby si sforzò di non guardargli la bocca. Le labbra carnose, l'ombra leggera della barba sul viso; gli zigomi alti e definiti. C'era un non so che di primitivo in lui, una semplicità che l'affascinava. E sentiva il suo profumo caldo. Era davvero attraente. E sexy. Doveva stare attenta. Fragile com'era in quel periodo, non voleva scottarsi.

Chiuse gli occhi per un momento e Laura s'infilò di nuovo nella sua mente. Laura... *Chi sei? Dove sei? Perché te ne sei andata? Hai mai pensato a me in tutti questi anni?*

Ruby si chiese come si potesse portare in grembo una bambina per nove mesi, prendersi cura di lei per altri sei e poi abbandonarla. Aveva agito solo per egoismo? Provava sensi di colpa? O aveva continuato a vivere allegramente come se niente fosse?

Chissà se avrebbe mai trovato una risposta. Fino a quel momento aveva sempre avuto ragione. Le tracce si interrompevano nel 1976, quando Laura aveva lasciato l'Inghilterra per la prima volta. Doveva essere una tipa piuttosto solitaria. E in quell'anno aveva tagliato tutti i ponti ed era scomparsa. Ruby aveva scoperto quale scuola aveva frequentato: il suo nome compariva nel vecchio elenco delle allieve del liceo classico femminile del paese, trasformatosi ora in uno splendido istituto. Ma nessuno aveva risposto all'annuncio sul quotidiano locale e non aveva ottenuto risultati né con Facebook né con Friends Reunited. Laura doveva aver perso i contatti con le compagne di scuola. Succede, dopo quasi quarant'anni.

Sembrava che non ci fossero altri possibili appigli, a parte quella spiaggia mediterranea...

Andrés la tirò di nuovo a sé e Ruby posò il viso sul suo petto. In ogni relazione c'è un accordo, tacito o meno. E si rese conto di quanto fosse differente dal contratto inconsapevolmente siglato con James. Ora non doveva *essere* nient'altro che se stessa. Andrés l'accettava così com'era o, addirittura, come poteva essere in un momento imprecisato del futuro. Accettava la sua sofferenza. Non voleva che lei fosse diversa.

Sentiva il battito del suo cuore, il calore del suo corpo. Aveva qualcosa di così familiare, era come se tutta la sua vita fosse stata leggermente fuori asse e solo ora riuscisse a raccapezzarsi. Si sentiva forte, come non lo era più stata dal giorno dell'incidente. Le sembrava di avere uno scopo.

Quando le ultime note si affievolirono e la canzone finì, Andrés la lasciò andare. Ruby accettò restia, sorridendogli. Ma mentre tornavano al bar e lui la guardò e le toccò la mano, sentì qualcosa muoversi dentro. Era come se una parte di dolore fosse scivolata via e in fondo al tunnel si aprisse un minuscolo spiraglio di luce.

Quella sera, rientrando nella sua piccola ma accogliente villetta (proprio ciò di cui aveva bisogno in quel momento), Ruby rivelò ad Andrés di avere scoperto che non era realmente figlia dei suoi genitori. Il buio sembrava facilitare la confessione. Le strade erano silenziose e le finestre delle case quasi tutte spente; molti dormivano già. Nel cielo scuro splendeva la luna. Il marciapiede era ancora bagnato per via di un breve acquazzone serale, ma ora l'aria era fresca e pulita. Dopo la musica e il ballo regnava finalmente un senso di pace e tranquillità. Era il momento giusto per confidarsi. Gli riferì della scatola trovata nell'armadio e della lettera del medico, dell'album di famiglia e della storia che Frances le aveva raccontato. E gli parlò di Laura.

«Ti faccio vedere una foto», disse a un certo punto.

Giunti davanti casa, si fermarono sotto un lampione e Ruby estrasse le fotografie dalla borsa. «Questa è lei. E questa sono io.»

«È molto bella.» Andrés avvicinò l'immagine alla luce e l'esaminò, concentrato. «Sai per caso dove è stata scattata?»

«Non ne ho idea. Ma sembra un luogo stupendo.»

«Somiglia a Fuerteventura», constatò Andrés, restituendole la foto.

«Davvero?» Be', era piuttosto buio. La sabbia, il mare e le rocce nere... Poteva essere ovunque.

«La mia isola è il classico posto che attira gente così», aggiunse lui, cingendola con un braccio.

«In che senso 'gente così'?»

«Surfisti, hippie, viaggiatori.» Sorrise dolcemente. «Gente che guida vecchi furgoni sgangherati.»

«Non riesco a dimenticare che lei è là da qualche parte, che, non so dove, c'è qualcuno che ha preso una decisione in grado di cambiare tutta la mia vita.»

Andrés non disse nulla, ma l'abbracciò forte.

«Ho paura», confessò Ruby, il viso a pochi centimetri dal suo. «È così strano. È come se i miei ricordi non fossero più miei. Non so più chi sono.»

«Io so chi sei, Ruby», ribatté Andrés.

Le sue braccia l'avvolgevano, nel vero senso della parola. Non come quando ballavano, di più, al punto che tra i loro corpi non c'era più spazio. Ruby sentiva il suo calore. Ma voleva di più. C'era qualcosa in lui che la scombussolava. Si sfilò dal suo abbraccio e cercò le chiavi nella borsa. L'aveva fatto entrare nella sua vita. Non c'era possibilità di tornare indietro. Aprì la porta e si girò verso di lui. Gli prese la mano e lo condusse dentro casa.

29

Quando il cellulare squillò, Andrés era nell'atelier. Imprecò sottovoce. Ma era sua madre e doveva per forza rispondere.

«Mamma?»

«Andrés», esclamò lei, trattenendo a stento l'emozione.

«Che cosa succede?» domandò, colto da un brutto presentimento. Stava male qualcuno? Lei? Izabella? O...

«Si tratta di tuo padre.»

Andrés si irrigidì. «Che cos'ha?» Guardò il quadro a cui stava lavorando. Aveva applicato una velatura celeste, leggerissima. Voleva dipingere Chesil Beach con tutte le sue magnifiche sfumature color miele, ambra e caramello. Il calore delle scogliere d'arenaria, la collina di ciottoli, i ranuncoli che picchiettavano l'erba. E il mare. La mostra estiva stava ormai per aprire e Andrés intendeva esibire il maggior numero possibile di opere. Aveva prenotato uno spazio espositivo alla Salt House di Pride Bay, un ex fienile dal soffitto alto, un ambiente ampio e aperto, a due passi dal mare: la cornice perfetta per i suoi lavori. Gli importava poco di vendere, anche se non gli sarebbe certo dispiaciuto. Ciò che desiderava davvero, però, erano i riconoscimenti.

«Tuo padre non sta bene, figliolo.»

Andrés trattenne il fiato, poi continuò con voce aspra e stridente: «Che cos'ha che non va»?

«Non lo sappiamo di preciso.»

«Be', allora...» commentò, riprendendo a respirare. Probabilmente non era nulla di grave. Sua madre si stava preoccupando senza motivo.

Aveva ricevuto un apprezzamento in passato. *Il ragazzo sa dipingere...* Ma non aveva portato altro che odio e rancore da parte di colui che, invece, avrebbe dovuto amarlo. Perché è così, vero? L'amore per i figli dovrebbe essere automatico, giusto? *Sì, por supuesto*. Stavolta Andrés cercava un tipo di riconoscimento diverso.

«Dimagrisce a vista d'occhio. Non ha più energie. E tossisce. Vedessi come!»

«Fuma troppo.» Glielo diceva sempre anche lei.

«Tossisce sangue.»

«È stato dal dottore?» Andrés mantenne la voce ferma, ma la sua mente era un vortice di pensieri. Tossire sangue non era un buon segno. «Deve fare degli esami.»

«Glielo ripeto in continuazione.» La mamma sembrava esausta.

Lui sospirò. Oltre tutto il resto, suo padre era anche incredibilmente testardo. «Chiama il dottore, se sei preoccupata, mamma. Non dargli scelta. Digli che non gli preparerai più da mangiare finché non si sottoporrà agli esami.» *Imponiti, per una volta. Sii forte come non sei mai stata prima. Maledizione. Tienigli testa.*

«Ha anche perso l'appetito.»

«Devi farlo, mamma», ordinò Andrés, irremovibile. «Devi portarlo dal dottore.»

«D'accordo, figliolo.»

«OK. Ti chiamo tra qualche giorno per sentire com'è andata.»

Ci fu una pausa. Be', che cos'altro si aspettava? Andrés aveva tagliato i ponti con la sua famiglia, non aveva avuto scelta. Ma sapeva che cosa si attendeva davvero sua madre.

Lei singhiozzò. «Oh, Andrés. Come vorrei che tu fossi qui.» Di colpo gli parve di averla davanti: l'orecchio schiacciato contro la cornetta del telefono, i capelli scuri raccolti. Erano passati diciassette anni, eppure riusciva a figurarsela come l'avesse vista solo il giorno prima.

«Per lui?» domandò. Gli spiaceva rifiutare. Ma era per quello che voleva che tornasse? Per un uomo che lo odiava? La mamma gli aveva sempre detto che non era cambiato niente. E ora, che cosa c'era di diverso? Suo padre era malato e lui doveva correre a casa come un cucciolo con la coda tra le gambe? Come se Enrique Marín non avesse commesso nulla di male?

«Per tutti», sussurrò lei.

Era inutile cercare di farli riconciliare o fingere che esistesse anche solo un briciolo d'amore tra loro. Non c'era. L'occasione era persa ormai. «Non posso tornare. Tu non capisci.»

«Sì invece, figliolo.»

Ma non era vero, non comprendeva. Suo padre gli aveva ordinato di andarsene e solo lui poteva chiedergli di tornare a casa. E Andrés credeva che non l'avrebbe mai fatto.

«Non è scontato che la situazione sia brutta come temi.» E lui, invece, che cosa pensava? Andrés non voleva pensare. Tosse. Sangue. Calo di energia e inappetenza. Immaginava i sospetti di sua madre. «Chiama il dottore, mamma. E saprai di che cosa si tratta.» Così tutti l'avrebbero saputo.

Finita la telefonata, Andrés cercò di concentrarsi nuovamente sul quadro. Mischiò alcuni colori sulla tavolozza e guardò le foto della scogliera scattate con la luce che desiderava; le confrontò con quanto aveva in mente. Al diavolo suo padre. Al diavolo quell'uomo per ciò che aveva fatto e che faceva per incasinargli ancora la vita. Sì, al diavolo, perché malgrado tutto era preoccupato per lui.

Il colore andava bene. Intinse il pennello e cominciò a dipingere. Tratti ampi. Strisce dorate.

Più tardi Ruby sarebbe passata in atelier e desiderava avere qualcosa da mostrarle. Ruby... In meno di un mese la loro relazione l'aveva travolto. L'amicizia e l'istinto di protezione erano diventati... Che cosa? A volte gli sembrava che la sua vita fosse iniziata davvero soltanto con lei. Voleva che restasse, ma non sapeva per quanto tempo si sarebbe fermata a Pride Bay.

Soddisfatto della prima resa, Andrés intensificò il colore, aggiungendo dell'ocra alla sfumatura iniziale.

Ruby era una donna indipendente. Aveva i suoi concerti, le prove con il gruppo. A volte spariva per svolgere ricerche o interviste per i suoi pezzi. A volte si chiudeva in casa per scrivere un articolo, spingendo Andrés ad andare in atelier a dipingere come non aveva mai fatto prima. E a volte fuggiva altrove, dentro di sé, in un posto in cui lui non poteva seguirla. Andrés intuiva cosa, o chi, voleva trovare. Ma sapeva, per esperienza, che scoprire la verità non ti rende sempre felice. Talvolta distrugge lo status quo, i delicati equilibri della vita. La verità può far male.

Applicò la nuova sfumatura sulla tela, ma il pensiero di suo padre tornò. Non era una coincidenza che quel paesaggio gli ricordasse così intensamente i colori dell'isola. Quante volte lui e Izabella avevano passeggiato sulla spiaggia, affondando i piedi nella sabbia, mentre le onde cancellavano le loro impronte? Andavano in cerca di tesori, come facevano i loro avi: reti, legnetti e conchiglie trasportati dal mare. *Casa...* Andrés si mise a riflettere. L'Inghilterra sarebbe mai stata davvero casa sua? Uno dei motivi per cui voleva comprare la villetta sulla spiaggia era poter dire (forse a suo padre): «Guardami, ho la mia vita adesso, non ho bisogno di te». Ma non ne aveva avuto la possibilità. E ora...

Le scogliere non erano di un unico colore come appariva a prima vista. Niente lo era. Un artista deve guardare più a fondo, era una delle poche cose che gli aveva insegnato suo padre. Come il paesaggio desertico dell'isola, le scogliere erano accarezzate da altre ombre, colori più scuri, sfumature di grigio e blu e ruggine. Così. Un pallido color miele per iniziare e poi lavorarci su.

Ma non poteva tornare a Fuerteventura e l'isola non poteva più essere casa sua. Impossibile tornare indietro per poi andare avanti, come intendeva fare Ruby. Aveva voglia di rivedere la sua famiglia. Sua madre e Izabella. Ma sospettava che suo padre non l'avrebbe mai perdonato. Così come lui non avrebbe mai dimenticato.

30

Fuerteventura, 2012

Suor Julia si sedette a riposare un istante sulla panchina della piazza, proprio sotto l'arancio. Cercò di regolarizzare il respiro. Faceva caldo e aveva una certa età ormai. La passeggiata da Nuestra Señora del Carmen al paese era abbastanza lunga da assicurarle un po' d'aria fresca ed esercizio, anche se la strada principale era costeggiata da palme da dattero così trascurate e curve che le foglie acuminate avevano rischiato di cavarle un occhio. Ma era importante fare un salto nel mondo reale ogni tanto. Era sempre stato così per lei. Suor Julia apprezzava la pace e la tranquillità del convento e il paesaggio desertico che lo circondava, ma quel senso di serenità aveva mai raggiunto davvero la sua anima?

Conduceva una vita piena. Aiutava a sbrigare le faccende del convento e pregava il Signore. Faceva del suo meglio per offrire una guida spirituale agli abitanti del paese. Pensò alla donna dagli occhi scuri che le aveva regalato la tovaglia custodita nel cassetto della scrivania. Alle storie che non aveva ancora udito. E ogni volta che ripensava al passato e guardava il libro dei nomi... Erano trascorsi molti anni, ma suor Julia combatteva ancora per trovare la pace interiore.

Da un lato della piazza c'erano il negozio di ferramenta e il bazar; dall'altro il *Bar Acorralado*. Una donna le passò vicino e la salutò. «*Buenos días.*»

«La pace sia con te», rispose suor Julia.

Sulla panchina, accanto a lei, c'era un giornale. Gli lanciò un'occhiata. Non aveva mai smesso di essere curiosa dei fatti del mondo. Lo prese in mano e lesse il titolo in prima pagina. *Niños robados*, bambini rubati. Di che cosa si trattava? Sotto c'era una foto. Una sala medica, come quella della Clinica Canales, un ricordo che la faceva ancora rabbrividire. Una donna stesa su un lettino, un carrello ostetrico con gli strumenti necessari per il parto, una suora che teneva in braccio un neonato. *Una suora... Santo cielo.* Le tornò tutto in mente, come fosse ieri: le pazienti, i bambini, le morti. Sentiva ancora le urla. E vedeva le lacrime. Temeva che di colpo le si fermasse il cuore.

Suor Julia cercò a tentoni gli occhiali dentro il portamonete che aveva legato in vita. Le tremavano le mani. Bambini rubati. Era davvero ciò che temeva lei? Sì, probabilmente sì. Era uno scandalo, lesse. Forse il più grosso scandalo che avesse mai colpito la Spagna. Neonati rapiti. Terrorizzata, suor Julia si coprì la bocca con la mano. Ma non aveva altra scelta, doveva continuare a leggere.

Alcuni anni prima i giornali avevano denunciato... Alcuni anni prima? E lei che se ne stava lì tranquilla, a occuparsi degli affari del convento, senza sapere che cosa stava accadendo nel mondo! Che cosa avrebbe fatto se l'avesse saputo prima? Avrebbe avuto il coraggio? Aveva atteso tanto che Dio le indicasse la strada. Ma ora esisteva un'organizzazione che si batteva per questa causa: ANADIR.

Sentì un moto di commozione. Era un bene. Persone più giovani e più forti di lei stavano combattendo. Pensò alla Guerra Civile e alla speranza nel cuore dei suoi genitori, quando credevano che i repubblicani avessero ormai vinto. Erano ribelli, ma ai tempi lei era troppo giovane per capirlo. E quei ribelli erano stati schiacciati per tanti, tanti anni. Con metodi del genere. Suor Julia si posò il quotidiano in grembo per un momento. Guardò dall'altra parte della piazza il cane a tre zampe che si muoveva goffo nel bazar. *Dio mio...* Lei era coinvolta. Lei, figlia di persone che avevano lottato contro il Nazionalismo, era stata invischiata in questo abominevole complotto per esercitare la supremazia.

Riprese in mano il giornale. Nonostante fosse sconvolta, doveva sapere tutto. Lesse di un giovane a cui la madre aveva rivelato la verità sul letto di morte: *È giusto che tu sappia che non sei sangue del mio sangue. Ti ho comprato da un prete per centocinquantamila pesetas*. Un religioso... Be', non era una novità, giusto? Non lo ignorava certo. Non era stata proprio lei a prendere il denaro al posto di un sacerdote in Calle Fernando e a portarlo al dottor López?

La verità salta sempre fuori. Il popolo spagnolo, il suo popolo, non era destinato a essere dominato per sempre. E quei genitori adottivi... Non erano tutte cattive persone. Erano ricchi, quello sì, e desideravano disperatamente un figlio. Erano deboli ed esposti alle tentazioni come ogni altro essere umano. Ma alla fine... Non dimenticavano. E in punto di morte potevano sentire il bisogno di liberarsi la coscienza, proprio come quella donna. Proprio come lei. Sospirò. Doveva aiutarli a scoprire la verità. Non poteva restare in un angolo e permettere che chissà quanti individui restassero all'oscuro di chi erano e delle loro vere origini. Poteva offrire almeno un contributo.

Rapimento di bambini... lesse. *Traffico*. Non aveva mai considerato la faccenda sotto questo aspetto, neanche nei momenti più bui.

E lei c'entrava. Già. Aveva consolato le donne che avevano perso i figli, ma non aveva mai messo in dubbio che quei bambini fossero morti. Non aveva mai intimato al dottor López: «Mi mostri il corpo». E questo perché l'avevano convinta che non era nella posizione di sollevare dubbi. Era stata debole, come le ragazze madri che subivano pressioni affinché dessero in adozione i loro bambini, che venivano intimidite dal dottore, da quell'uomo rispettabile e timorato di Dio, quel pilastro della società che sapeva sempre qual era la cosa migliore da fare.

Eppure lei aveva intuito. In fondo al cuore aveva capito tutto. Altrimenti perché annotare tutti quei nomi? Perché tenere quel taccuino e custodirlo ancora oggi?

Suor Julia sentiva le voci dei bambini nel cortile della scuola, dietro la piazza, e la musica che veniva dal *Bar Acorralado*, in cui gli uomini del paese si riunivano a bere e a giocare a carte o a domino. La vita continuava come se nulla fosse. Ma per lei... Era cambiato tutto. Era come se un fulmine dal cielo le avesse mostrato con spaventosa chiarezza che cosa era stato fatto e che cosa si poteva ancora fare.

Suor Julia continuò a leggere. Si erano fatti avanti migliaia di spagnoli, che sospettavano di essere vittime dello scandalo. Alcune donne si dicevano sicure che avessero rubato loro il figlio, ma che ai tempi non avevano avuto la forza per contestare i medici, i sacerdoti o le suore, uomini e donne di Dio. Suor Julia si fece il segno della croce. La corruzione maggiore era quella nascosta dietro l'apparente rispettabilità dei religiosi. Alcuni potevano anche essere innocenti. Ma altri... Le si riempirono gli occhi di lacrime, ma proseguì. Troppo tardi per le lacrime ormai. Lesse di donne che, non potendo pagare la sepoltura del proprio bambino, si erano fidate della rassicurazione che lo Stato avrebbe provveduto a ogni cosa. C'era chi non aveva avuto scelta. Chi aveva creduto a quanto gli era stato raccontato, perché era impossibile immaginare che la realtà fosse diversa.

Quel traffico poteva riguardare ben trecentomila bambini. *Trecentomila...* Suor Julia tentò di metabolizzare il dato, terribile. Era una prassi consolidata in tutta la Spagna. *Rubati.* Era un termine emotivo. Eppure era vero. Il dottor López aveva sottratto quei neonati per venderli in cambio di enormi somme di denaro. E lei l'aveva aiutato.

Pur essendo ancora presto, il sole era sempre più caldo e suor Julia faceva fatica a respirare. Avrebbe dovuto portare con sé un po' d'acqua. Ma terminare l'articolo era più importante.

A causa della legge sulle adozioni firmata da Franco nel 1941, l'unico modo per provare un legame di parentela era il test del DNA. Un procedimento lungo e frustrante. Spesso i bambini erano stati trasferiti in altre zone della Spagna e in altri Paesi. La documentazione era stata distrutta; lei lo sapeva per esperienza.

La maggior parte dei *niños robados* non avrebbe mai conosciuto il nome dei genitori naturali.

E non era ancora finita. Si mise una mano sul capo. Tutto d'un tratto la tonaca le sembrava insopportabilmente stretta, il soggolo le schiacciava le tempie. Avevano dissotterrato le bare dei bimbi dati per morti. Suor Julia sentiva il cuore in gola e dolori lancinanti ai polmoni, come se fossero in debito d'ossigeno. A volte le bare contenevano soltanto un arto, a volte erano vuote.

Chiuse gli occhi. Posò il braccio sulla panchina per sostenersi. Questo era troppo. Suore come lei avevano lavorato negli ospedali e nelle cliniche di tutta la Spagna. E non solo sul continente. C'erano casi anche alle Canarie, a Fuerteventura. Perché i tentacoli della Chiesa e del partito nazionalista si erano allungati fin lì.

Suor Julia ebbe un conato di vomito. Una di quelle religiose aveva partecipato a un'ignobile messinscena, mostrando alle madri il cadavere congelato di un neonato come prova del decesso del figlio; un corpo appositamente tenuto in freezer. *Un cadavere congelato*... Suor Julia cominciò a rabbrividire e a tremare e, per un istante, il sole scomparve gettando il mondo improvvisamente nel buio. Era raccapricciante.

Rammentò ciò che le sue sorelle in visita al convento di Santa Ana le avevano detto tanti anni prima: *Tu sei stata fortunata... hai un ruolo sociale...* Che cosa commenterebbero ora Matilde e Paloma, se fossero ancora vive e se sapessero di tutto questo, si chiese suor Julia. Come giudicherebbero l'importante ruolo sociale che le era stato chiesto di rivestire? Nonostante il calore del sole, davanti a lei si allungarono ombre sinistre, ombre che si spingevano indietro nel tempo, all'epoca della Guerra Civile; un'eredità che continuava a perseguitare la società spagnola. Un retaggio di sofferenza e inganni.

Suor Julia cercò di soffocare i singhiozzi.

Un'altra ombra la coprì e subito alzò lo sguardo. Si trattava di un uomo sulla settantina, con la pelle coriacea e abbronzata e gli occhi scuri. Indossava una tuta da lavoro blu e una bandana. Era la prima volta che lo vedeva. Fumava un sigaro sottile e la fissava con uno sguardo strano, quasi complice.

«*Buenos días*, sorella», fece lui, la voce profonda e gutturale.

Suor Julia trasalì; non le uscivano le parole, ma non poteva ignorarlo. Così si limitò ad annuire. *Per favore, vattene*. Non era un pensiero caritatevole, ma... *Per favore, vattene*.

«Va tutto bene, sorella?» domandò l'uomo.

Suor Julia si rese conto che doveva avere l'aria sconvolta: le lacrime agli occhi e il viso rosso e accaldato. Chinò il capo, cercando di calmarsi. «Sì, va tutto bene», ribatté. Ma la risposta quasi le si strozzò in gola. Bene? Dopo aver letto quell'articolo? Non sarebbe mai più stata bene.

Contrariamente alle sue speranze, l'uomo non si allontanò. Anzi, si sedette accanto a lei sulla panchina. Aveva il fiato corto e irregolare ed era magro e smunto: neanche lui stava bene.

L'uomo si chinò e con un dito picchiettò il giornale ancora appoggiato sul grembo di suor Julia.

Lei sussultò.

«Brutte notizie, eh, sorella?» Evidentemente voleva fare conversazione.

Suor Julia raccolse tutte le sue forze e recitò una preghiera silenziosa. «Proprio così, figliolo», mormorò. Aveva ancora dei doveri nei confronti del prossimo. Non poteva pensare solo a se stessa. C'erano molte persone bisognose di aiuto e quello sconosciuto poteva essere una di loro.

L'uomo afferrò il giornale. Suor Julia si irrigidì. Non era certo in grado di discutere dell'argomento. Né con lui, né con nessun altro. Non ancora, almeno.

Ma l'uomo sospirò e gettò il quotidiano da una parte. «D'altronde, così è la vita, no?»

No, pensò suor Julia. Così era la morte. Poi si alzò in piedi, barcollante.

Lui la guardò, inclinò il capo e chiese: «Posso fare qualcosa per lei, sorella?» Aveva occhi scurissimi. Imperscrutabili.

Suor Julia non vedeva l'ora di bere un sorso d'acqua. E di ritornare al convento. Era in preda a un vortice di emozioni. Ciò di cui aveva necessità più di ogni altra cosa però era pregare. «Grazie, figliolo. Sto bene.»

Tuttavia, l'uomo tirò fuori una bottiglia d'acqua dalla borsa di tela che teneva a tracolla e gliela porse.

Ci aveva già bevuto lui; era mezza vuota. Ma suor Julia non esitò. Si portò la bottiglia alle labbra e, in quell'istante, avvertì di nuovo l'intensità del suo sguardo. Chi era? Perché sembrava che volesse qualcosa da lei?

Fece per restituirgli la bottiglia, che lui rifiutò con un cenno della mano. «La tenga pure, sorella. Potrebbe servirle lungo la strada.»

Ma suor Julia tornò spedita a Nuestra Señora del Carmen, incurante del vento e del sole e della gola riarsa. Si precipitò nella cappella a pregare. Solo Dio poteva aiutarla ora. Solo Dio poteva dirle che cosa fare.

31

«E DA quanti membri era composto il gruppo all'inizio?» domandò Ruby, intervistando Steph Grainger per l'*Echo*, il quotidiano locale. Steph era la fondatrice del gruppo di artisti cui apparteneva Andrés e aveva lavorato sodo per ottenere riconoscimenti per i suoi ragazzi, nonostante da cinque anni fosse malata di sclerosi multipla. Dai tempi della primissima esposizione, sul retro di un piccolo municipio della zona, l'appuntamento con la mostra estiva aveva acquistato sempre più popolarità e si avviava ora a concludersi, in coincidenza con altri eventi artistici della regione.

Steph sorrise. «Eravamo solo in tre. David che dipingeva a olio, Kathryn su ceramica e io a pastello.»

«E ora?»

«Siamo più di quaranta.»

«E, da quanto so, usate tutti tecniche e supporti diversi.» Ruby aveva già visto molte delle opere in procinto di essere esposte a Pride Bay e non solo. Ed era rimasta impressionata. «Puoi rivelarci chi saranno le punte di diamante dell'iniziativa? C'è qualche talento a cui dovremmo fare particolare attenzione?»

«Sì, un paio. Patti Tyler, che lavora su ceramica e ha già riscosso un certo interesse. E Andrés Marín, che realizza opere di grande potenza espressiva.»

«Davvero?» Chissà se Steph era al corrente della loro relazione. Probabilmente sì. Doveva averli notati in giro. In quell'ultimo mese lei e Andrés avevano trascorso un sacco di tempo insieme e si erano messi a nudo (almeno fino a un certo punto). Si erano raccontati la reciproca storia personale e avevano concluso che esistevano delle basi su cui costruire una relazione, che potevano fidarsi l'uno dell'altra. Eppure... C'era qualcosa che Andrés le taceva, lo sentiva.

Steph annuì con entusiasmo. «Oh, sì. Acquerelli favolosi. Ma è figlio d'arte, si sa. Il padre Enrique è un pittore famoso. Deve avere ereditato il suo talento.»

«Mmm.» Ruby si rese conto che non sapeva quasi nulla di Enrique Marín. Quando si finiva a parlare di famiglia, Andrés raccontava sempre della madre e della sorella. Raramente del padre. E, quando lo faceva, si incupiva a tal punto che le veniva subito voglia di cambiare argomento e alla svelta. Che cosa era successo? Si chiese per l'ennesima volta. Perché tutta quella reticenza?

«Siamo davvero grati al giornale per la pubblicità che ci sta facendo. Più visitatori abbiamo, meglio è.»

Ruby si alzò in piedi e le strinse la mano. «Farò il possibile per suscitare interesse anche a livello nazionale. Lascia fare a me.»

Una volta a casa, Ruby mise su un CD jazz e si preparò una tazza di tè. Prese la lettera di Vivien, che riposava ancora sulla mensola del caminetto. La musica si spandeva tutt'intorno. Partì una delle sue canzoni preferite. Guardò la scritta sulla busta. *Ruby...*

E le venne in mente una sera di tanti anni prima, quand'era ancora una bambina. Avrà avuto dieci anni e mancavano poche settimane a Natale. Suo padre aveva appena ricevuto una commessa importante: doveva realizzare i mobili per la sala da pranzo di una coppia di Uplyme. Era tornato a casa tutto eccitato, con una bottiglia di champagne sotto il braccio.

«Ce l'ho fatta», aveva annunciato a Vivien con gli occhi scintillanti, mentre le allungava la bottiglia e si toglieva sciarpa e cappotto.

«L'immaginavo», gli aveva risposto lei con un sorriso. Ruby

aveva intuito che i suoi genitori erano preoccupati per la situazione economica e che quella commessa avrebbe alleviato un po' le loro ansie, soprattutto in vista del Natale.

Papà aveva comprato fish and chips, il piatto preferito di Ruby, e avevano mangiato sorseggiando champagne ghiacciato, pieno di bollicine che le facevano il solletico su per il naso e la facevano ridacchiare.

Dopo cena, era salita al piano di sopra per fare il bagno ed era stato allora che l'aveva sentita per la prima volta: una musica triste, melodica e intensa che si diffondeva in tutta la casa.

Filtrava attraverso le pareti e sembrava far vibrare persino l'acqua nella vasca. Ruby aveva udito il sassofono (di cui avrebbe scoperto il nome solo più tardi) salire e scendere la scala musicale; a volte con piccoli passi, quasi senza fiato, altre volte con falcate lunghe e fluide come l'immagine della piscina a sfioro che i genitori della sua amica Jasmine avevano installato nella loro elegante casa sulla collina. Era un suono così suadente.

E di colpo le era capitata una cosa strana. Aveva chiuso gli occhi e aveva avvertito dentro di sé un desiderio. Suonare musica jazz...

Dopo il bagno, era scesa di sotto in camicia da notte per bere l'immancabile cioccolata calda serale. I suoi genitori stavano ballando: la mamma, con ancora indosso il grembiule, teneva gli occhi chiusi e poggiava la testa sulla spalla di papà, lui la cingeva in vita con una mano e le sfiorava dolcemente la nuca con l'altra.

Ruby era rimasta ferma a guardarli, incantata, poi Vivien aveva aperto gli occhi e, vedendola, l'aveva invitata tacitamente a unirsi a quel cerchio speciale. La piccola Ruby si muoveva e ondeggiava con mamma e papà. La musica era una specie di magia. Una magia nera. E il sassofono, sinuoso e sensuale, le aveva catturato il cuore e l'anima.

Ruby sfiorò il sigillo della busta, sospirando. Perché non avevano avuto il fegato di dirle la verità? Posò di nuovo la lettera sulla mensola e si allontanò.

«Forse dovresti rinunciare», le aveva detto Mel qualche giorno prima, quando Ruby era passata a salutarla in negozio. Sembrava più allegra, forse Stuart aveva allentato un po' le pressioni. Ma in tal caso, era solo questione di tempo e l'argomento sarebbe saltato fuori di nuovo.

«Rinunciare a che cosa?» aveva domandato Ruby, infilandosi un cappello alla Sherlock Holmes. Adorava curiosare tra gli scaffali e provarsi copricapi di ogni sorta. Ma sapeva bene dove voleva andare a parare Mel.

«A cercare Laura.»

Facile a dirsi per lei. «Non posso.» Proprio come non riusciva ad aprire la lettera. Aveva bisogno di ritrovare i propri geni, di conoscere la donna che l'aveva portata in grembo e messa al mondo... *E abbandonata*. Sì, OK. Abbandonata. E voleva anche scoprire qualcosa su suo padre. Capiva il punto di vista di Mel. *Squadra che vince*... Ma doveva capire le ragioni, unire tra loro i pezzi e creare un puzzle che desse senso alla sua vita. Altrimenti si sarebbe sempre sentita incompleta.

Il tè si era raffreddato. Ruby tornò in cucina a prepararne altro. Ripensò all'intervista con Steph Grainger. Andrés era davvero così bravo? Le piaceva credere di sì. La sera prima era passata a trovarlo in atelier e aveva dato un'occhiata ad alcune opere destinate alla mostra. Amava soprattutto il quadro di Chesil Beach, probabile pezzo forte dell'esposizione, con la scogliera e il sentiero che le ricordavano tanto la sua infanzia; un ricordo indelebile, sempre e comunque. Un dipinto speciale per un luogo speciale. Per lei significava molto che Andrés avesse scelto quel soggetto e che fosse riuscito a catturarne l'anima con una tale perfezione.

Ruby lasciò cadere la bustina del tè dentro la tazza e aggiunse acqua bollente. Nessuno poteva rubarle quelle domeniche pomeriggio a Pride Bay, quando da bambina passeggiava con i suoi genitori fino alla cima della scogliera, si divertiva a saltare le onde con papà o a giocare a frisbee sul bagnasciuga. Era la sua immaginazione o le giornate allora erano più lunghe e assolate? Di certo erano più serene...

Qual era il genere di Enrique Marín? Si accorse che non lo sapeva. Esisteva qualche somiglianza con lo stile del figlio? Andrés dipingeva soprattutto paesaggi, che rivelavano chiaramente la sua passione per le scogliere color zenzero, i campi verdi, l'oceano blu; nei suoi quadri i colori erano così vividi che ti veniva voglia di mangiarli. Ma Ruby era curiosa. Intendeva sapere tutto sul suo uomo. Perché Andrés era il suo uomo. C'era un filo che li legava, anche se non sapeva ancora quanto fosse forte o fragile. A volte le sembrava di non poter stare senza di lui. Quando le era vicino, provava il desiderio di baciarlo con passione, di sentirlo dentro di sé, di fare sesso come se il mondo stesse per finire e avessero solo cinque minuti di tempo. Sperava fosse amore, non disperazione.

Che artista era il padre del suo ragazzo? E che aspetto aveva? Ruby si spostò in soggiorno, accese il portatile e aprì la pagina di Google. Digitò il nome: *Enrique Marín*. Era fin troppo facile ormai. Quando i motori di ricerca ancora non esistevano, scovare informazioni richiedeva considerevole tempo. Ma ora... Bastavano pochi clic per aprire un intero mondo. A Ruby piaceva ancora recarsi in biblioteca e intervistare le persone, soprattutto a faccia a faccia. La posta elettronica è comoda, ma non è un vero sostituto. Quando parli a tu per tu con le persone, saltano fuori cose imprevedibili. E scopri molto di più delle loro vite, dei loro pensieri, dei loro ricordi. Come con Steph Grainger.

Apparve subito un elenco di siti Internet. Ruby lo scorse velocemente. Senza dubbio la curiosità era uno dei motivi che l'aveva spinta a scegliere la sua professione. Quando fai la giornalista, hai modo di scoprire un sacco di cose e di raccontarle agli altri. Puoi denunciare le ingiustizie e gli episodi di corruzione. Puoi far sentire la tua voce e se il tuo pezzo finisce nel posto giusto, la gente lo legge; magari proprio quella gente che può davvero cambiare le cose. Be', almeno idealmente. La realtà, spesso, è ben più noiosa. Articoli su salute e bellezza, viaggi e arredamento e persino un pezzo su un gruppo artistico locale non potevano certo rivoluzionare il mondo. Ma almeno erano utili. E se, per il momento, per Ruby quello era pane quotidiano, esisteva sempre la possibilità che un giorno sbucasse fuori una storia più avvincente.

Enrique Marín aveva un sito personale. Ruby esitò un istante prima di cliccare. Si sentiva un po' in colpa, come se stesse tramando alle spalle di Andrés. Lui di certo non avrebbe gradito ma... pazienza. Che male c'era a cercare qualche informazione su suo padre? Non gliene parlava mai. In fondo, era il suo ragazzo.

Si trattava di un sito professionale, costoso. Osservò la foto dell'artista. Si aspettava di riconoscere i tratti di Andrés, magari gli zigomi alti o lo sguardo. Ma Andrés doveva aver preso dalla madre, perché quell'uomo non gli somigliava affatto. Aveva la pelle scura, molto più scura della sua, il viso più squadrato, gli occhi neri e torvi. Occhi arrabbiati che bucavano lo schermo. Nulla da dire, era un personaggio carismatico, con quella bandana rossa che lo faceva sembrare un indiano d'America. Ruby sorrise. Erano diversi come il giorno e la notte. Ma erano pur sempre padre e figlio. Sfiorò l'immagine con le dita. Padre e figlio...

Cliccò su «Biografia». Era una descrizione molto breve, senza alcun accenno alla sua famiglia né al fatto che Enrique vivesse con la moglie a Ricoroque, il paesino della sua infanzia. Il successo non l'aveva allontanato dall'isola. Viveva sempre lì, nello stesso posto in cui era cresciuto anche Andrés.

Ruby cliccò su «Eventi». Ce n'erano a bizzeffe, corredati anche da fotografie. Vi si vedeva il pittore all'opera con altri colleghi in un atelier del Centro de Arte, un complesso che, a quanto pareva, lui stesso aveva contribuito a fondare per incoraggiare gli artisti emergenti e offrire loro uno spazio in cui lavorare. A Ruby pareva un gesto bello e generoso da parte di un uomo che voleva condividere la sua buona sorte con le nuove leve. Andrés sapeva di questa iniziativa? Se sì, non poteva certo disapprovarla.

Poi seguivano altre immagini: Enrique ospite a una cena, Enrique a una mostra dei suoi quadri a Puerto del Rosario, la città principale di Fuerteventura. Anche lì sfoggiava il tipico fazzoletto rosso, che lasciava intravedere sulle tempie i capelli brizzolati, ma indossava un bel completo, che si abbinava alla bandana in modo sorprendente; in una mano teneva un bicchiere di champagne, nell'altra un sigaro sottile. A prima vista era un tipo creativo e interessante. Non sembrava più così arrabbiato. Non c'erano foto della moglie, né della figlia. Né di Andrés, ma di questo non c'era da stupirsi.

C'era invece un'immagine dell'artista nel suo studio di casa con una tuta da lavoro blu e un aspetto selvaggio e trasandato. E, infine, una foto di Enrique all'inaugurazione di un supermercato. A livello locale era una vera celebrità.

Che cosa era successo tra Andrés e suo padre? Perché non poteva tornare a casa? E, se Andrés teneva a lei quanto credeva, perché non le raccontava tutta la storia?

Cliccò su «Opere». Quanto era bravo Enrique Marín?

Wow, era davvero eccezionale, valutò Ruby scorrendo le immagini. La galleria fotografica era piena di ritratti, la sua specialità. Alcuni erano stati realizzati in studio, altri parevano nati sulla spiaggia o in un bar qualsiasi. I primi rappresentavano per lo più giovani donne, di cui a volte si vedevano solo la testa e le spalle; altri erano nudi femminili dipinti dal vero. Ma l'artista era sempre riuscito a catturare una certa sensualità, perfino nelle pose più banali, anche nella semplice linea di un fianco o nelle rotondità di un seno. Ruby era affascinata. Enrique Marín amava dipingere soggetti drammatici, con fiamme e vulcani e scene bibliche raffiguranti punizioni eterne: opere molto diverse dalle altre, ma a loro modo altrettanto geniali.

I ritratti erano di una sensibilità unica. Riuscire a cogliere le somiglianze era un talento speciale. Ruby non sapeva se Enrique ne fosse dotato, ma sicuramente era capace di suscitare sentimenti ed emozioni a partire dai gesti e dalle espressioni del viso, con una semplice inclinazione del capo, una curvatura delle labbra, uno sguardo. Era come se per lui le persone fossero trasparenti, come se potesse guardarle negli occhi e vedere oltre, come se, attraverso la sua opera, potesse mettere a nudo la loro anima. Ruby si sentiva un po' a disagio; c'era un non so che di inquisitorio e quasi invadente in alcuni quadri. Pensò allo sguardo di quell'uomo, così in linea con il suo aspetto. La sua curiosità era soddisfatta: padre e figlio risultavano artisti molto diversi. E lei ne era felice.

Aveva visto abbastanza per farsi un'idea di Enrique Marín e per intuire forse il motivo dei suoi dissapori con Andrés. Stava così per chiudere il sito, quando un quadro catturò la sua attenzione. Si drizzò sulla sedia. Cliccò sull'immagine per ingrandirla, finché un viso di donna riempì tutto lo schermo.

Era il ritratto di una ragazza di poco più di vent'anni con lunghi capelli biondi che le ricadevano morbidi sulle spalle. Indossava una blusa leggera a fiori, anche se si vedevano solo le spalle, la testa e la linea del collo. Portava orecchini d'argento che le pendevano dai lobi come lacrime. Enrique l'aveva dipinta come fosse un fiore. Una figlia dei fiori. E di certo lo sembrava, così minuta e con quell'aria smarrita, il viso da folletto e il sorriso malinconico. Aveva occhi azzurri e innocenti incredibilmente tristi.

Ruby restò a fissarla a lungo, ma non aveva alcun dubbio: era Laura. Era chiaro l'enorme talento del pittore. Era identica alla fotografia. Era proprio lei: la sua madre naturale. Ruby rifletté. A un certo punto della sua vita, dopo averla lasciata a Vivien, Laura aveva vissuto a Fuerteventura. Era incredibile, eppure...

Ricordò il commento di Andrés guardando la fotografia che gli aveva mostrato la sera dopo il concerto: che era un paesaggio simile a quello di Fuerteventura, il classico posto che attirava gente come Laura. In quel momento aveva dato poca importanza a quelle parole. Era buio e si sentiva un po' confusa. E poi le spiagge mediterranee si somigliano tutte, no? Ma ora...

Dopo qualche minuto Ruby afferrò la borsa e tirò fuori la foto di Laura, quella con la collana di perline, in cui sorrideva tenendola tra le braccia e la mise accanto al ritratto di Enrique Marín. Era lei. Laura.

Si alzò e prese lo schizzo che Andrés le aveva fatto a Golden Cap e che per la prima volta le aveva fatto notare una somiglianza con la sua vera madre. Lo confrontò con il quadro e con la foto. Stessi geni. Stessa bocca, stessi occhi.

Perché Laura si era fatta ritrarre dal padre di Andrés? Probabilmente era a corto di soldi. Ai tempi Enrique doveva essere un artista emergente e forse era in cerca di modelle; a giudicare dal sito ne aveva usate parecchie nelle sue opere. Non doveva averla pagata molto. Ma per una come Laura quel poco sarebbe bastato per mangiare almeno un giorno o due.

Ruby non riusciva a smettere di fissare quei tre visi. Ma ciò che la colpiva di più era che, nella foto insieme, Laura appariva felice. Mentre nel ritratto di Enrique aveva un'aria insopportabilmente triste...

32

Fuerteventura, settembre 2012

Suor Julia uscì dal convento e, invece di prendere il sentiero sabbioso che portava in paese, si diresse verso le montagne brune, sovrastate da un cappello di nuvole. Negli ultimi tempi era diventata un'abitudine per lei, soprattutto nel pomeriggio, prima della recita dei vespri. Nonostante l'età, riusciva ancora a camminare per diversi chilometri e aveva scelto quel tragitto perché non lo percorreva mai nessuno. Non c'era il rischio di incrociare persone che la fermassero per conversare, farsi benedire o chiederle di farle visita a Nuestra Señora. Sì, era un gesto da egoisti e le spiaceva. Ma per la prima volta in vita sua, suor Julia non voleva vedere nessuno, né parlare. Anelava alla solitudine.

In fondo, essere una suora significava restare sola con Dio per la maggior parte del tempo: era per questo che le religiose erano invitate a evitare chiacchiere inutili. Ma suor Julia quasi si vergognava ad ammettere che ora aveva bisogno di un altro tipo di solitudine. Era vecchia ormai. Si era rivolta a Dio e gli aveva chiesto di indicarle la via. Ma sinora non aveva ricevuto alcun segno e non sapeva davvero che cosa fare.

E così passeggiava per la campagna, al ritmo del suo cuore. Quel paesaggio aveva sempre avuto un non so che di biblico. Poteva essere la natura a inviarle la risposta, quel segno divino che tardava ad arrivare? In fin dei conti, tutto ciò che la circondava era stato creato da Lui, che era ovunque. Anzi, a suor Julia piaceva credere che vivere in comunione con la natura la facesse avvicinare all'Altissimo senza le distrazioni del mondo materiale. Che lì, in quello scenario desolato con le sole montagne e l'oceano a farle compagnia, potesse finalmente sentire la voce di Dio.

Giunta al bivio, esitò un istante prima di imboccare il sentiero verso la costa. A volte le auto attraversavano i campi nella stessa direzione; erano per lo più ragazzi che, con le tavole da surf sul tettuccio, andavano in cerca di onde. Di solito non li stupiva vederla in giro per quella terra scura e polverosa, anche se un paio di volte era capitato che una macchina si fermasse e un giovane gentile le chiedesse con un sorriso: «Tutto bene, sorella»? Il che probabilmente stava per: «Sai dove sei e che cosa stai facendo o hai bisogno di un passaggio per tornare nel mondo civilizzato»?

«Tutto bene», rispondeva lei. Il che significava: «Sì, lo so, e no, non ne ho bisogno». E proseguiva.

Quel pomeriggio soffiava un forte vento e la strada era deserta. La sabbia le sferzava la tonaca, ma il tessuto era spesso e suor Julia non sentiva quasi nulla.

Quando giunse in cima alla scogliera, si mise a osservare le onde minacciose che s'infrangevano violente contro le rocce. Suor Julia non scendeva mai in spiaggia (l'abito era d'intralcio e risalire sarebbe stato troppo faticoso per lei). E così se ne stava ferma lì ad ammirare gli elementi scatenarsi in totale libertà. A Barcellona aveva imparato che la libertà era un obiettivo per cui bisognava lottare. Ma sull'isola era qualcosa allo stato naturale. Ne era sicura.

Contemplando il panorama, si abbandonò al fragore del mare, al fischio del vento e agli strilli dei gabbiani. Era come meditare o pregare; l'obiettivo era sgombrare la mente e lasciarvi entrare Dio.

Il cielo immenso era striato di nuvole bianche e grigie, tra cui comparivano stralci d'azzurro e raggi di sole che scintillavano sull'oceano. Il mare arretrava e si gonfiava per poi rovesciarsi sulla riva; le onde si alzavano, turchesi e luccicanti, e, giunte all'apice, si fermavano un istante prima di infrangersi contro le rocce nere e ritirarsi di nuovo, sibilando. L'isola distava solo un centinaio di miglia dall'Africa; alle spalle di suor Julia si ergevano morbide colline di velluto rosa e rosso dorato.

Malgrado tutti gli sforzi per liberarsene, ciò che aveva scoperto leggendo il giornale le mulinava in testa come quel mare turbolento. Neanche la preghiera le dava più conforto ormai. Neanche la preghiera offriva risposte.

«Ancora lei, sorella.»

Suor Julia sobbalzò. Conosceva quella voce. Persa nelle sue fantasticherie, non aveva sentito l'uomo avvicinarsi. L'oceano furioso aveva coperto il rumore dei suoi passi, tanto che aveva dovuto quasi urlare per farsi udire.

Suor Julia lo salutò con un cenno del capo, ma non disse altro. Era il tizio con cui aveva parlato nella piazza del paese, il giorno in cui aveva letto dello scandalo dei *niños robados*. Ricordò come si era sentita allora: sgomenta, distrutta, incredula. E sopraffatta dalla sete. Ma quell'uomo era stato gentile.

«Vedo che è ancora turbata.»

Suor Julia esitò ad alzare gli occhi. Forse non avrebbe dovuto parlargli. Che strano rivederlo proprio ora, in quelle condizioni psicologiche. Era una coincidenza? Poteva essere un segno? No, impossibile. Suor Julia guardò il cielo, le scogliere e l'oceano che pareva estendersi all'infinito. Se qualcuno li avesse visti lì insieme da soli, l'avrebbe giudicato sconveniente.

«Non c'è nessuno qui, sorella», fece lui con la solita voce profonda e gutturale. «Solo io, lei e l'oceano.»

Suor Julia si irrigidì. Sembrava le avesse letto nel pensiero. Doveva diffidare? No, tutt'altro. Dio era lì con loro e l'avrebbe protetta. Quell'uomo aveva fatto una semplice osservazione, non una minaccia. E d'altronde aveva ragione.

«Già», convenne suor Julia. «È proprio così.»

«Bene.» L'uomo si lasciò sfuggire un sospiro, che spinse suor Julia a guardarlo. Sembrava molto più vecchio rispetto al giorno in cui si erano incontrati per la prima volta. Ancora più magro e smunto. Le ossa del viso e le clavicole sporgevano nettamente sotto la pelle scura, secca e coriacea e le guance erano ricoperte da una barbetta incolta. Aveva davvero una brutta cera.

Mentre suor Julia formulava quei pensieri, l'uomo si coprì la bocca con la mano e cominciò a tossire forte. «Ognuno ha i suoi problemi», borbottò.

«Sì, è vero.»

L'uomo infilò le mani nelle tasche, estraendone un pacchetto di sigari e una scatola di fiammiferi.

Suor Julia gli lanciò un'occhiata di rimprovero, al che lui mise via tutto, imbarazzato.

«Immagino che lei non abbia nessuno con cui parlare al convento», osservò.

Un commento che non esigeva risposta. In fondo, era la verità. A Santa Ana la madre superiora si era sempre prestata ad ascoltarla e darle suggerimenti, ma a suor Julia non era mai davvero bastato. A Nuestra Señora del Carmen, invece, vivevano come fossero in ritiro. Poiché lei era la suora più anziana e tutte credevano avesse raggiunto la vera saggezza spirituale, di tanto in tanto le consorelle più giovani le chiedevano consiglio. Nessuno aveva mai immaginato che anche lei avesse bisogno di una guida.

«Io, invece, ho un sacco di persone che mi ronzano attorno come mosche», osservò lui, muovendo le braccia come per scacciarle. «Secondo lei, posso confidarmi con la mia famiglia?»

Silenzio.

«No, non posso. E suppongo sia così anche per lei», continuò. «Certo, ci sono le sue consorelle, ma non ha un vero confidente, giusto?»

Suor Julia si chiese se fosse il caso di andarsene.

«Credo proprio di no», concluse lui con una risata aspra e profonda. «Sa come dicono: mal comune, mezzo gaudio... Perché non mi racconta che cosa c'è che non va, sorella. Chissà, potrei esserle di aiuto.» Appena uscite dalla sua bocca, quelle parole svanirono nel vento. *Mal comune...*

«Non posso farlo, figliolo.» Sarebbe stato un grosso errore

confidarsi con qualcuno al di fuori della comunità monastica, soprattutto con un uomo. Per di più in quella situazione...

Di colpo lui le prese il braccio e lei trasalì. Quell'uomo non era intimidito dall'abito religioso. Era passato molto tempo dall'ultima volta che qualcuno l'aveva toccata così e le fece uno strano effetto. Per un istante pensò a che tipo di vita avrebbe avuto, se non fosse stata consegnata alla Chiesa in giovane età. Sarebbe stata felice? Sarebbe mai stata toccata e amata da un uomo? O avrebbe sofferto ancora di più, come Paloma e Matilde?

Guardò la mano che le stringeva la tonaca bianca e l'uomo subito la lasciò.

«Può aiutarmi, sorella?»

Suor Julia incrociò il suo sguardo implorante. «A fare che cosa, figliolo?»

«Ho dei peccati da confessare.» Tossì di nuovo.

Lei rabbrividì, senza sapere perché, ma senza riuscire a evitarlo.

«Sono malato. La mia fine si avvicina.»

«Deve venire nella cappella.»

L'uomo imprecò sottovoce. «*Chungo, chungo*. Non posso.»

«E io non posso ascoltare ciò che deve dire a Dio. La cappella è la casa del Signore. Non deve avere paura.»

«Dio ascolta tutti, vero?» gridò lui, disperato. «Dio perdona tutti, non è così?»

Suor Julia provò una gran pena. L'uomo era stremato. A parte lei, non aveva nessuno a cui rivolgersi. Era bisognoso quanto gli altri cui aveva sempre offerto il suo sostegno. «Sta' calmo, figliolo.» Allungò la mano e gliela posò sulla testa.

Lui chiuse gli occhi per un momento.

Quando li riaprì, parve più tranquillo. «Venga con me, sorella.»

E suor Julia lo seguì fino a una roccia a strapiombo; si sedettero l'uno accanto all'altra, senza toccarsi, su una sporgenza riparata dal vento.

Lei chinò il capo e lo ascoltò.

* * *

Quando l'uomo ebbe finito di parlare, suor Julia rimase in silenzio per un istante. Adesso sapeva chi era. Che cosa faceva e che cosa aveva fatto. «C'è altro, figliolo?» domandò, ora che poteva leggere il suo cuore. Pensò alla donna che le aveva regalato la tovaglia di pizzo. Ai suoi occhi scuri e tristi. A ciò che le aveva taciuto. «C'è altro che vuoi raccontarmi?»

33

Ruby non vedeva l'ora di dirlo ad Andrés. Ma non voleva chiamarlo, preferiva parlargliene di persona. Era un'assurda coincidenza che Laura avesse posato per suo padre, l'artista Enrique Marín? Non proprio. Aveva una sua logica. Per il tipo di vita che conduceva ai tempi la sua vera madre, Fuerteventura era un luogo perfetto… Ruby riusciva quasi a vedere le tessere del mosaico ricomporsi. E il fatto che il suo passato fosse in qualche modo legato a quello di Andrés le faceva venire la pelle d'oca.

Aspettò l'ora in cui di solito Andrés smetteva di lavorare e si recava nell'atelier, dove ormai trascorreva tutto il tempo libero in previsione della mostra, dopodiché andò a trovarlo, portando con sé la borsa con il computer.

Era una bella serata estiva, il sole del crepuscolo scintillava sull'acqua quieta del porto e illuminava le scogliere dorate. Ma Ruby non si fece distrarre. Si precipitò lungo le stradine secondarie che portavano all'Arts Centre, sicura di trovare Andrés alle prese con la cornice di uno dei suoi quadri. Fortunatamente, in giro non circolava anima viva.

«Ciao, Ruby», la salutò lui, vedendola avvicinarsi. Bene. Temeva di disturbarlo, invece sembrava contento di vederla.

Ruby gli porse le labbra in attesa di un bacio, dolce e delicato. Si sentì avvolgere dal suo caldo abbraccio. Come le piaceva. Forse era troppo presto per pensare a un futuro insieme. Ma, in fondo, perché no? Quando una cosa funziona, funziona.

«Che cosa ci fai qui a quest'ora?» domandò Andrés, tornando al suo lavoro.

«Non indovinerai mai.» Ruby non riusciva a nascondere l'eccitazione. Da quando aveva visto quell'immagine sullo schermo... Era un indizio, giusto? Il suo primo vero indizio. E la giornalista che era in lei fremeva dalla voglia di seguirlo. Per non parlare della figlia abbandonata.

«Sembri una che ha appena vinto alla lotteria», scherzò Andrés.

«Be', non proprio. Ma forse ho ritrovato la mia vera madre.» Avrebbe dovuto provare risentimento nei confronti di Laura per ciò che aveva fatto, eppure non era così. Le faceva solo una gran pena. Era una ragazzina a quei tempi. Aveva messo al mondo una bambina senza un uomo né una famiglia vicino e poco dopo aveva perso la madre. Doveva essere stato incredibilmente difficile. Non le portava rancore né la biasimava.

«Sul serio?» Andrés la tirò di nuovo a sé e prese a carezzarle la nuca, come faceva sempre. «E dove?»

«Ho dato un'occhiata al sito Internet di tuo padre. E non ci crederai mai, ma guarda cos'ho trovato.» Ruby si allontanò, posò il portatile sul tavolo da lavoro di Andrés e lo aprì.

Poi si rese conto della totale assenza di reazioni. «Ehi, Andrés?»

Il suo volto s'era fatto scuro di rabbia. Nell'eccitazione per aver scoperto il ritratto di Laura, Ruby si era dimenticata che per lui Enrique Marín era un argomento tabù.

«Hai dato un'occhiata al sito Internet di mio padre?» ripeté, fissandola con uno sguardo improvvisamente gelido. «Perché?»

«Volevo scoprire qualcosa in più su di lui, ovvio.» Ecco, doveva aspettarselo. Era solo un sito web, eppure aveva avuto un brutto presentimento aprendolo.

«Perché volevi scoprire qualcosa in più su di lui?» Andrés aveva interrotto il suo lavoro e continuava a guardarla, confuso e scocciato a un tempo. «Perché ti interessa?»

«Perché è tuo padre.» Semplice, no? Enrique Marín e sua

moglie avevano dato vita ad Andrés. Erano i suoi genitori, le sue radici. Maledizione, lei non aveva nessuno da presentargli. Nessuno. Come credeva che ci si sentisse? Non capiva quanto fosse importante avere una famiglia?

Andrés diede un pugno sul tavolo, facendolo tremare forte. Ruby ebbe l'istinto di proteggere il portatile. Qual era il problema?

«Lui non conta più niente per me. Niente. Perché non riesci a capire?»

«Ma...»

«E perché dovrebbe contare qualcosa per te? Che cosa te ne importa?»

Ruby era senza parole. Come faceva a rispondergli che era semplice curiosità, quando per lui era una questione vitale? Andrés lo detestava. Lo detestava davvero e lei aveva di gran lunga sottovalutato l'intensità di quell'odio. «Mi dispiace. Non m'importa niente di lui, è chiaro. Neanche lo conosco. Ma è sempre tuo padre e stavo solo...»

«Ficcando il naso», concluse lui. «Era questo che stavi facendo, vero?»

Quell'accusa la ferì. Si era scusata... E poi il punto era un altro. «Non vuoi sapere che cos'ho trovato nel suo sito?» fece lei, calma. Non riusciva davvero a capire che cosa avesse fatto di così orribile.

«Sì, dimmi», mugugnò lui, senza guardarla. I suoi occhi erano puntati all'esterno, oltre la porta aperta sul tramonto estivo. A che cosa stava pensando? Ruby non ne aveva idea. All'improvviso si rese conto di quanto poco lo conoscesse.

«Ho trovato Laura, Andrés», sussurrò. «Tuo padre le ha fatto un ritratto.»

«Che cosa?» domandò, inorridito. «Che cosa hai detto?»

«Laura deve aver posato per lui», rispose Ruby. «L'ha dipinta.»

Andrés la fissava muto. Ruby non si spiegava quel terribile silenzio. «Fammi vedere», reagì lui infine.

Con le mani tremanti Ruby accese il portatile e cercò la cartella in cui aveva copiato l'immagine. Cliccò due volte per aprirla.

Il viso di Laura riempì di nuovo lo schermo.

Andrés lo guardava come ipnotizzato. «È sua quest'opera? L'ha dipinta lui?»

«Sì.»

«Non ci credo», borbottò, stringendo i pugni. Imprecò nella sua lingua. «Non posso crederci.»

«Ma perché no?»

«Perché... Perché...» Si voltò verso Ruby con aria disperata. «Come fai a essere sicura che sia lei?»

Ruby tirò fuori dalla borsa lo schizzo che Andrés le aveva fatto a Golden Cap. «Non vedi la somiglianza?»

«No», replicò lui, quasi gridando. «Non la vedo.» Distolse lo sguardo dallo schermo. Andò dall'altra parte della stanza, alla finestra che dava sul cortile. Era affranto e Ruby non riusciva a sopportarlo.

Gli si avvicinò e gli posò dolcemente la mano sul braccio. «Qual è il problema, Andrés? Dimmelo», mormorò.

Lui si liberò dalla sua presa, quasi spingendola via. «È ridicolo. Avete i capelli biondi e gli occhi azzurri. E allora? Un sacco di gente li ha.»

Perché era così arrabbiato? Ruby frugò ancora nella borsa, tirò fuori la foto di Laura e gliela mise di fronte. «Toh, guarda.» Cominciava a seccarsi anche lei.

Andrés la prese e si mise a esaminarla con cura. «È troppo sfocata.»

«Ma se la prima volta che l'hai vista hai detto che riconoscevi il paesaggio», ribatté Ruby, indicando lo sfondo.

«Io?» domandò, stupito.

«Sì, tu. Hai detto che ti ricordava Fuerteventura.» Anzi, non aveva proprio detto che pensava che fosse la sua isola? «Hai detto che era il classico posto che attirava persone tipo Laura. Hippie e viaggiatori. Gente che guidava vecchi furgoni sgangherati. Ti ricordi?»

Andrés indietreggiò. Voleva evitare il suo sguardo. I suoi occhi, invece, s'erano fatti di ghiaccio, come se non volesse più sentire nulla, come se preferisse negare tutto.

Ma perché? Ruby era corsa lì eccitata come una bambina e lui aveva rovinato tutto, aveva fatto scoppiare la sua bolla di sapone con uno spillo. «Secondo te non è possibile», ipotizzò, cercando di sembrare calma e ragionevole, «che Laura abbia vissuto sull'isola e che abbia posato per tuo padre in cambio di soldi? Era bella, non trovi? Lui l'avrebbe ritratta volentieri, no?»

«Sì», rispose Andrés, cupo. «Sì, l'avrebbe ritratta volentieri. Ma non l'ha fatto. Non ha potuto. E questa non è lei, Ruby. Tu vuoi che lo sia, ma non lo è. Non capisci che cosa significa?...» Si fiondò verso la porta e uscì.

Ruby era sbigottita. No, non riusciva a capire che cosa significasse, a parte il fatto che finalmente aveva un indizio. Chiuse il documento, spense il portatile e lo infilò nella borsa. Prese le sue cose e lo seguì all'esterno. Andrés era in cortile, gli occhi fissi nel vuoto. «Allora credi che non valga la pena continuare a indagare?»

Lui non la degnò di uno sguardo.

Ruby tentò di nuovo. «Intendo andare, Andrés.»

«Sull'isola», precisò lui. Ma non era una domanda. Continuava a non guardarla e pareva quasi stesse piangendo.

«Sì, sull'isola.» Per qualche ragione Andrés non voleva che lei scoprisse che cosa era accaduto. Ma quella era la sua storia, era la sua verità quella su cui stava indagando. Perciò doveva essere forte. «Vuoi venire con me?»

Andrés imprecò sottovoce. Ma non era un no. Almeno così pensò Ruby.

«Puoi presentarmi tuo padre?»

Stavolta scosse il capo. «Mai e poi mai.»

«Non so una parola di spagnolo, Andrés. Lo sai. Da sola sarebbe tutto molto più difficile. Ed è così importante per me.» Come faceva a spiegargli che cosa aveva provato, quando aveva scoperto che Tom e Vivien non erano i suoi veri genitori? Era come non esistere più, almeno non nel modo in cui esisteva prima. Era un senso di smarrimento, di inconsistenza, di sradicamento. Qualsiasi cosa fosse riuscita a scoprire su Laura l'avrebbe aiutata a gestire quei sentimenti e le avrebbe permesso di andare avanti. Poteva anche non trovarla mai e forse lei non voleva essere trovata. Tuttavia, se c'era anche solo una possibilità... Doveva tentare.

«Ma andrai comunque, vero? Con o senza di me.» Finalmente incrociò il suo sguardo.

«Sì.»

Andrés sospirò, rassegnato. «Non posso tornare laggiù, Ruby. Non voglio.»

«Che cos'è successo, Andrés?»

«Non ha importanza. Specie ora.»

Ruby fece per toccarlo. «Se provi qualcosa per me...» Se l'amava, doveva dirglielo. Il concetto era quello, ma non riusciva a formularlo.

«Certo, Ruby.» Andrés le prese la mano e se la portò alle labbra. «Ma mi stai chiedendo una cosa impossibile.»

«Niente è impossibile.»

«Tu non puoi capire.»

Le diede un bacio sulla mano. Un bacio che sapeva d'addio.

Che cosa poteva fare per fargli cambiare idea? A giudicare dal suo viso, assolutamente nulla. Ma se non si fidava abbastanza di lei da raccontarle la verità, allora... «Non posso lasciar perdere, Andrés.»

«Lo capisco, Ruby», replicò, lasciandole la mano o forse molto di più. «Ma neanche questo ha importanza adesso.»

34

ANDRÉS seguì Ruby con lo sguardo, finché sparì dalla sua vista. Era sconvolto al pensiero che... Oh, maledizione. Era andato tutto storto, tutto. Possibile? Stentava a crederci, ma sì, era possibile. Pensò a ciò che Ruby gli aveva raccontato di Laura, a come l'aveva abbandonata quando aveva solo pochi mesi. E alla foto che gli aveva mostrato. Era più che possibile, era estremamente probabile.

Quel vecchio bastardo. Avrebbe mai smesso di rovinargli la vita? Di perseguitarlo?

E ora era malato. Gli sarebbe dovuto dispiacere, in teoria.

Qualche giorno prima, Andrés aveva telefonato a sua madre, come promesso.

«Come va?» le aveva domandato. «È stato dal dottore?»

«Sì.»

«Come hai fatto a convincerlo?»

«Non sono stata io. È stata una persona con cui ha parlato sulla scogliera.»

«Oh, Gesù...» Tipico da parte sua, dare retta a un tizio qualunque piuttosto che alla moglie che gli era stata accanto per tutta la vita, sopportando capricci, malumori e chissà che altro.

«Si tratta di una suora.»

Una suora? Andrés era perplesso, conosceva troppo bene suo padre per credere in una sua possibile conversione. Era matematicamente escluso. «Quali esami gli hanno prescritto?» In fin dei conti, poco importava a chi avesse dato retta. Il vecchio testone era andato dal medico. E lui ne era felice, se non altro per amore di sua madre.

«Aspetta, com'è che si chiamano?» aveva risposto lei lentamente. «Una TAC? Una biopsia?»

«E che cosa dicono i risultati?»

«Non si sa, ancora non ci sono. Arriveranno domani o dopodomani.»

«Allora ci sentiamo tra un paio di giorni.» Aveva diritto di telefonare. Aveva diritto di sapere. «Sii forte, mamma.»

E invece non aveva chiamato, non ancora almeno. E non si decideva a farlo. Aveva taciuto a Ruby che suo padre non stava bene. Aveva resistito. Non voleva guastare la loro relazione parlandole di lui. Ma ora... Ruby si sarebbe recata sull'isola, sapeva che l'avrebbe fatto. Era cocciuta quanto il vecchio, dannazione. Sarebbe andata a casa dei suoi genitori. Che cosa avrebbe scoperto? Andrés si accorse che stava tremando.

Riordinò alla bell'e meglio le sue cose e chiuse l'atelier. Non aveva senso cercare di lavorare con la mente così in subbuglio.

Uscì, diretto verso il porto e la spiaggia. Fuori era ancora chiaro, il cielo del tramonto, striato di rosso e giallo, gettava sulle vecchie fabbriche e sulle case una luce misteriosamente simile a quella dell'isola, l'ideale per dipingere. Di solito gli piacevano le lunghe giornate estive. Ma quella sera non era proprio dell'umore giusto. Come avrebbe potuto?

Ripensò al faro nelle foto di Ruby e a quello della sua infanzia... Chi poteva immaginarsi una cosa simile?

Andrés e Izabella ci andavano spesso nei weekend estivi o durante le vacanze, quando lui aveva dodici o tredici anni e lei otto o nove. Si era sempre preso cura di sua sorella. Gli piaceva la sua compagnia ed era felice di allontanarsi dalla brutta atmosfera di casa, dove il padre sbraitava e inveiva e la madre correva di qua e di là come una matta senza che il marito la approvasse una sola volta. Enrique non li voleva intorno; li spingeva a uscire e a star fuori quanto volevano. Già. Poi Andrés aveva capito il perché...

Prima delle lagune, in prossimità del faro, c'era una baia, un ferro di cavallo perfetto circondato da rocce nere e banchi di sabbia dorata, su cui si poteva correre a piedi nudi per poi immergersi in un'acqua limpida come il cristallo. Era la loro meta preferita. Andrés ricordò un episodio in particolare. Un giorno, con i teli sulle spalle, si erano messi in cammino: lui aveva con sé la borsa e la canna da pesca, oltre al solito zaino blu con una bottiglia d'acqua, il blocco da disegno, i carboncini e qualche matita; Izabella, invece, portava una borsa a fiori con un libro, una pagnotta, formaggio di capra e pomodori. L'idea era fare un bel picnic, poi Andrés avrebbe abbozzato qualche schizzo del faro a strisce bianche e rosse che si stagliava alto nel cielo. Nel tardo pomeriggio, verso il tramonto, avrebbe pescato un po'.

«Se potessi partire, dove ti piacerebbe andare, Andrés?» gli aveva domandato Izabella, la voce sommersa dal sibilo del vento e dal fragore delle onde che sbattevano contro le rocce.

«Oh, non lo so», aveva risposto lui, pensando ai suoi quadri, a Picasso e ad altri artisti che ammirava. «Parigi, forse, o Siviglia.» Ma la verità era che non voleva andare da nessuna parte. Non si era ancora stufato di dipingere l'isola e non era detto che accadesse.

«Mmm», aveva commentato Izabella, delusa. A lei non interessava visitare vecchi e noiosi musei o mostre d'arte. Amava vivere e ballare. Era più felice quando stava all'aria aperta. Aveva bisogno di libertà.

«E tu dove andresti, piccola? Puerto del Rosario? Puerto Cabras?» l'aveva punzecchiata Andrés. Non se l'immaginava proprio lontana dall'isola.

Izabella gli aveva dato un pugno sul braccio. «Stupido, si vede proprio che non mi conosci! Andrei a Londra.»

«Ma dài. E perché?»

«Per divertirmi. Ballare e andare alle feste. Per vivere!» aveva esclamato lei, saltellando tutt'intorno come un grillo.

Andrés era scoppiato a ridere. Una delle insegnanti di Izabella aveva vissuto per qualche anno in Inghilterra e doveva averne detto un gran bene ai suoi studenti per aver suscitato tutta quella passione.

Giunti nella baia avevano pranzato sotto il sole e sguazzato nella laguna; dopo mangiato, Andrés aveva fatto i suoi schizzi, non solo del faro e del mare, ma anche di Izabella, mentre dormiva sdraiata a pancia in giù sulla sabbia, riparata dalle rocce vulcaniche, mentre leggeva seduta su uno scoglio e, più tardi, mentre ballava sul bagnasciuga, con il pareo che fluttuava nella brezza, i lunghi capelli che ricadevano sulle spalle abbronzate.

Placatosi il vento, quando ormai il sole illuminava l'oceano di riflessi d'oro e d'argento, avevano nuotato nelle acque turchesi e profonde della baia, finché Andrés aveva scorto il vecchio molo scrostato di Los Lagos e il paese in lontananza: mucchi di case bianche e tozze in stile moresco con il tetto piatto e stralci blu intenso, i monti avvolti nella foschia, rugosi come la pelle di un vecchio.

Si erano immersi tenendosi per mano ed esplorando la vita marina tra le rocce e la sabbia: labridi dai colori brillanti, cernie, lumache, granchi e anemoni. C'erano spesso correnti pericolose e una risacca potente, ma la gente del posto capiva l'oceano e le sue onde. Da sempre.

Alla fine, erano tornati a riva, si erano gettati esausti sulla sabbia e, strisciando, avevano raggiunto le rocce, dove si erano asciugati a vicenda con i teli e si erano distesi a godersi i caldi raggi del sole.

Verso il tramonto, Andrés si era seduto sugli scogli a pescare orate e *viejas,* i coloratissimi pesci pappagallo, usando sardine come esca. Avevano cenato con una bella grigliata, improvvisando un fuoco con i legnetti ritrovati sulla spiaggia. I majoreros erano abituati a utilizzare i relitti galleggianti che trovavano in mare, per loro erano veri e propri doni dell'oceano. Il profumo di mare, legna bruciata e pesce fresco riempiva l'aria e le narici. Era stata una giornata perfetta.

Ma, al contrario di Andrés, Izabella non aveva mai messo piede in Inghilterra. Proprio come sua madre era stata schiacciata dalle aspettative, dalle usanze e dalle imposizioni sociali. Andrés sospirò. Lui era stato cacciato, mentre sua sorella viveva ancora a Ricoroque, senza la benedizione di avere figli. Nessuno dei due aveva realizzato i suoi sogni. Chissà se Izabella andava ancora a ballare nella baia. Ne dubitava.

Ne dubitava moltissimo.

Quando Andrés arrivò al porto, si sedette su una panchina accanto a un mucchio di nasse stese ad asciugare e tirò fuori il cellulare. Ebbe la tentazione di chiamare Ruby. Voleva scusarsi, voleva quasi dire: «OK, vengo con te». Ma non poteva.

Così telefonò a sua madre.

«Che novità ci sono, mamma?» le domandò, gentile.

«Ora lo sappiamo, figliolo», rispose lei, la voce rotta. «Ora lo sappiamo.»

«Di che cosa si tratta?»

«Cancro ai polmoni. È un carcinoma, al terzo stadio.»

«È grave?»

«Sì, è grave. La diagnosi è carcinoma polmonare non a piccole cellule.» Sembrava che stesse leggendo da un'enciclopedia. E forse era così. «È il tipo più comune. Ha una massa nel polmone sinistro. Un tumore in stadio avanzato. Ma non si è ancora esteso agli altri organi, a quanto dicono.»

Ma quanto era grave?

«Maledetti sigari», mugugnò Andrés. Era arrabbiato. Maledettamente arrabbiato. Ma non sapeva dire se lo fosse più *per* suo padre o *con* suo padre. Non aveva neanche settant'anni. Era un artista brillante, un uomo creativo. E pure un bastardo che l'aveva trattato in modo ignobile. La vita era ingiusta ma... Rivide la sua faccia mentre lo sbatteva fuori di casa. Suo padre l'aveva sempre odiato. Andrés era sempre stato una fonte di delusione per lui. E ora questo.

«Quanto gli resta da vivere?» domandò. Le barche oscillavano dolcemente sull'acqua calma del porto, accompagnate di tanto in tanto dal tintinnio metallico degli alberi maestri, anche se non soffiava un alito di vento.

«Un anno. Forse meno.» Sembrava calma. Forse aveva superato l'iniziale crisi isterica che doveva aver avuto nell'apprendere la notizia. Forse se l'aspettava. Forse tutti se l'aspettavano.

Un anno. Forse meno...

«E lui, come l'ha presa?»

«Ha detto: 'Che diavolo vuoi che ne sappiano quelli?' e si è fiondato fuori dalla stanza.»

Andrés trattenne a stento una risata. Era una reazione tipica da parte di quella vecchia carogna. «Ma dovrà accettarlo prima o poi. Dovrà seguire delle terapie.»

«Bah, proveremo a convincerlo», commentò sua madre, scettica. «Ma non fa altro che parlare della vecchia medicina popolare. Di come funzionavano le cose sull'isola tanto tempo fa. È contrario a qualsiasi cura moderna.»

Andrés sapeva a che cosa si riferiva. Ne aveva sentite a bizzeffe di quelle storie: medici che guarivano ogni tipo di malattia con rimedi erboristici e roba del genere. Alcuni dei vecchi majoreros erano come suo padre e non si fidavano della medicina occidentale, fatta di pillole, antibiotici e penicillina. Suo padre parlava spesso del dottor Agnello, soprannominato così perché, quando era arrivato sull'isola, aveva portato con sé degli agnelli da vendere. Si spostava da un paese all'altro, raccontava Enrique, e si fermava in casa dei malati finché non guarivano, usando coppette e candele per fare prognosi e salassi; preparando medicine con le erbe e il latte di capra. Ma santo cielo... Erano passati decenni. Da allora la scienza medica aveva fatto qualche piccolo progresso, o no?

«Era uno stregone?» aveva domandato Izabella una volta, con gli occhi sgranati.

«Qualunque cosa fosse», aveva risposto Enrique, «sull'isola avremmo bisogno di molti più dottori come lui. La gente diceva sempre: 'Se il dottor Agnello non può curarti, allora non hai speranze'. Se non fosse per lui, oggi io non sarei qui.»

«Perché papà?» Izabella gli era corsa vicino e lui l'aveva abbracciata.

Per sua figlia aveva sempre tempo.

«Mia madre ha avuto un travaglio difficile. Pensavano saremmo morti, tutti e due.»

«Oh, no, papà!» aveva esclamato Izabella, atterrita, e lui l'aveva stretta ancora più forte. «Mio padre scoprì che il dottor Agnello era a Lajares per curare un caso di polmonite. Lo fece chiamare e lui arrivò in sella al suo asino bianco. E ci salvò.»

«E tu, mamma, l'hai conosciuto?»

«No, non l'ho mai visto. È morto nell'anno in cui sono nata. Ma anche i miei genitori ne parlavano spesso. Lo facevano tutti. Era famoso sull'isola. Dicevano che era un grande uomo. Una persona gentile.»

«E un gran bevitore», aveva commentato papà con una grassa risata.

«I medici non si fidavano di lui», aveva aggiunto la mamma.

«Ma la gente, sì», aveva concluso lui, seccato.

«Che cure deve fare?» domandò Andrés. Di certo nulla che avesse a che fare con erbe e latte di capra.

«Radioterapia. Forse chemio. Niente operazioni, dicono.»

Era un brutto segno? Probabilmente sì. In fondo, il cancro è cancro.

«Deve seguire una dieta equilibrata, riposare molto. Ma lui dice che ha ancora un sacco di cose da fare», continuò lei, la voce strozzata dal dolore.

Come se non avesse già fatto abbastanza, pensò Andrés. «E deve smettere di fumare.»

La mamma scoppiò in una risata amara. «Vedremo, figliolo. Vedremo.»

Ma ormai era troppo tardi, non avrebbe fatto molta differenza.

Stavolta non gli chiese di tornare a casa. Ma come si sentiva? Come stava reagendo al fatto che presto avrebbe perso suo marito?

Andrés la salutò e volse lo sguardo in direzione di Chesil Beach. Vide una coppia che passeggiava lungo la spiaggia di ciottoli, mano nella mano. Avrebbe dovuto avvisare sua madre della visita di Ruby? No, meglio di no. *Sarà quel che sarà.*

Si stava facendo buio, si alzò e si avviò verso casa. Voleva vedere Ruby. Voleva stare con lei, ma non poteva. Come avrebbe potuto, senza sapere come stavano davvero le cose? L'aveva persa? Se non era così, sarebbe accaduto presto. Dipendeva da ciò che avrebbe scoperto a Ricoroque. Andrés non riusciva a immaginare la sua vita senza Ruby, né senza suo padre. Era sempre stato una forza della natura. Com'era possibile che tutto quel vigore svanisse? Eppure spesso non aveva desiderato altro.

35

Ruby si svegliò di colpo, in un bagno di sudore. Sdraiata sull'asfalto, in un lago di sangue, con le braccia aperte e le gambe scompostamente divaricate. Ecco come appariva sua madre nell'incubo. Sua madre: Vivien.

Ruby si inumidì le labbra. Si era addormentata fantasticando sul suo viaggio alle Canarie e si era risvegliata in quel modo. Con l'immagine della donna che l'aveva cresciuta. E dell'incidente che l'aveva uccisa. Proprio l'unico pensiero che non tollerava e che non riusciva a togliersi dalla testa.

Si alzò a sedere sul letto e allungò la mano per prendere l'acqua. Era ancora buio, anche se, dalla debole luce che filtrava attraverso le tendine della camera, si intuiva che non era più notte fonda.

Pensò ad Andrés. Era così eccitata quando l'aveva raggiunto in atelier. Non vedeva l'ora di mostrargli l'immagine di Laura sul portatile. E, invece, alla fine si era ritrovata da sola, a prenotare via Internet un volo singolo per Fuerteventura. Doveva partire. Sapeva che la ragazza del ritratto era Laura. Forse ora non viveva più sull'isola. E se non avesse voluto conoscere Ruby? Comunque si svolgessero le cose, almeno non avrebbe avuto rimpianti.

Cercando in rete, aveva trovato un piccolo albergo nel paesino di Ricoroque e aveva fermato una stanza. Non sapeva quanto si sarebbe trattenuta, ma certo non meno di una settimana. La partenza era fissata per due giorni dopo. Sarebbe andata all'aeroporto di Bournemouth in taxi. Non voleva chiedere nulla ad Andrés. Chissà che cosa gli era preso per comportarsi in quel modo. In ogni caso, meglio scoprire com'era fatto ora, piuttosto che dopo. Ruby aveva davvero creduto che potesse essere l'uomo giusto. Ma, a quanto pareva, si era sbagliata. Di nuovo.

Si rituffò sui cuscini e chiuse gli occhi, sospirando. Era da un po' che non faceva più quel brutto sogno, che non si poneva più quelle terribili domande... Quand'è che Vivien aveva capito che stava per morire? Quando l'auto aveva azzardato il sorpasso senza accorgersi della moto? Forse non l'aveva nemmeno vista, la macchina, forse aveva il viso schiacciato contro la schiena di Tom e non vedeva altro. O quando aveva sentito la moto sbandare e sfuggire al controllo? Quand'era stata sbalzata via dalla sella volando a terra? O quando aveva avvertito lo stridio dei freni e il raschiare crudele del metallo? O era stato nell'attimo preciso dell'impatto? Ruby rabbrividì.

E il buio, quand'era sopraggiunto? Quando aveva capito che era la fine?

Aprì gli occhi. Era inutile, il sonno era passato ormai.

Le avevano detto che erano morti sul colpo. Nell'arco di pochi secondi. Senza avere il tempo di accorgersi di ciò che stava succedendo.

Si raggomitolò su un fianco e tastò il letto in cerca di Andrés, pur consapevole che non ci fosse. Non c'era nessun corpo caldo accanto a lei. Neanche un piccolo solco sul materasso a indicare che qualcuno aveva dormito lì e che ora forse era in cucina a preparare il tè.

Niente Andrés. Niente famiglia. Ruby era completamente sola.

Quel pomeriggio tornò nella sua vecchia casa per l'ultima volta. La casa dei suoi genitori, della sua infanzia. La vendita era conclusa e Ruby si sentiva sollevata. Aprì la porta principale ed entrò in ogni singola stanza per dirle addio. Nella cucina che aveva accolto i loro pasti; nelle camere che avevano cullato i loro sonni; nel soggiorno che aveva visto nascere gli acquerelli di Vivien. Sembrava tutto così diverso senza mobili, senza di loro. Era come un guscio vuoto, che un tempo, però, aveva ospitato la sua famiglia, la sua vita, tutte le risate, le voci, le lacrime.

Uscì in giardino. C'era da tagliare l'erba. Le rose bianche e i piselli odorosi erano ancora in fiore e riempivano l'aria del loro intenso profumo. Ruby tirò fuori dalla borsa la lettera di Vivien. Era giunto il momento. Basta con la rabbia. Era ora di scoprire che cosa pensava davvero sua madre. Aprì la busta con la punta del dito.

Mia cara Ruby,

se stai leggendo questa lettera è perché mi è capitato qualcosa prima di avere la possibilità di raccontarti la nostra storia. Se la stai leggendo, Frances, la mia più cara e fidata amica, ha deciso che era ora di dirti tutto.

Come si fa a sapere se rivelare la verità a chi amiamo è la cosa migliore? Io non lo so, non l'ho mai saputo. Tuo padre, invece, è sempre stato convinto che ciò che è fatto, è fatto. Che non ha senso rivangare il passato. Riaprire vecchie ferite ormai chiuse. Ma io non sono mai stata davvero d'accordo con lui. Ho sempre pensato che tu meritassi di conoscere la verità. Ed è per questo che ho chiesto aiuto a Frances.

Ma spero, amore mio, di trovare il coraggio di parlartene di persona. Spero che un giorno io e te potremo sederci a discutere di ciò che è successo e che tu possa trovare la forza per perdonarci. Voglio spiegarti come sono andate le cose. Voglio dirti che l'abbiamo fatto per te, ma anche per noi stessi. Non puoi immaginare quanto io ti abbia desiderato!

Ti prego, non avercela con Laura. Anche lei ha pensato al tuo bene, ne sono sicura. E, se abbiamo sbagliato, be', allora tuo padre ha ragione, ormai è andata e il passato è passato.

Voglio che tu sappia che ti amiamo tanto. E che non sono pentita. Mi spiace averti deluso, è ovvio. Ma non sono pentita delle nostre scelte. Rifarei tutto.

E voglio che tu sappia, tesoro mio, che se vorrai cercare Laura, la tua madre naturale, ti do la mia benedizione. Capisco le tue ragioni e sono contenta.

Con infinito amore,

mamma

Gli occhi di Ruby si riempirono di lacrime, tanto che faticò a leggere le ultime righe. Certo che li perdonava. Certo che li capiva. *Con infinito amore, mamma...* Sì, era così. Vivien era sempre stata sua madre, nel vero senso della parola. L'aveva salvata, cresciuta, amata. E così suo padre. Nessuno avrebbe potuto fare di più. Era stata una donna generosa in vita e lo era stata anche di più, scrivendole quelle parole. Aveva capito che Ruby aveva bisogno di sapere la verità e per quello aveva lasciato la scatola da scarpe nell'armadio. La conosceva bene. Sapeva che non avrebbe avuto pace finché non avesse scoperto tutta la storia. E aveva anche capito che avrebbe avuto bisogno di trovare Laura. Di colmare tutte le lacune.

Ruby rientrò in casa. Posò le chiavi per i nuovi padroni sul tavolino nell'atrio. Più tardi ne avrebbe lasciato un mazzo di scorta all'agenzia immobiliare.

Aprì la porta, senza guardarsi indietro. Quella lettera... era la prova che stava facendo la cosa giusta, no?

36

Dorset, 20 marzo 2012

«SEI pronta, amore?» Tom era lì che l'aspettava, con la sua giacca di pelle nera, totalmente calato nella parte, malgrado i sessant'anni suonati. *Easy Rider...* A Vivien scappò un sorriso.

«Sono pronta», rispose, chinandosi ad allacciare gli stivaletti ricevuti in dono a Natale. «Per la mia motociclista», le aveva detto lui. Raccolse i capelli in uno chignon morbido, che fosse comodo sotto il casco, e si infilò la giacca. Aveva più l'aria da arzilla vecchietta che da centaura.

Tom sorrideva.

«Che cosa c'è?»

«Sei bella come la prima volta che ti ho visto, alla fiera di Charmouth.»

«Ma smettila.»

«Giuro.»

Nemmeno lui era cambiato. Aveva sempre desiderato una moto, sin da quando aveva sedici anni. E ne aveva anche posseduta una per un breve periodo, subito dopo il matrimonio. Prima delle difficoltà economiche. Prima di Ruby...

Vivien lo seguì fuori. Il bolide rosso (come la chiamava Tom di tanto in tanto) li aspettava, luccicante come uno specchio.

Le allungò il casco.

Vivien lo prese e di colpo si ritrovò di nuovo a pensare a sua figlia. Voleva parlarle, davvero. Erano anni che voleva dirle la verità. Ruby meritava di saperla. Ma c'era da considerare il parere di Tom.

Lui saltò in sella e avviò il motore. «Diamoci dentro, tesoro.»

L'arrivo di Ruby non aveva cambiato il loro rapporto. Anzi, aveva reso la loro vita ancora più ricca e Vivien era sicura che fosse così anche per Tom. Andava pazzo per la sua bambina.

Vivien salì dietro di lui, gli si avvicinò e lo strinse forte in vita. Era una bella sensazione. Si amavano come il primo giorno. E facevano ancora un mucchio di cose insieme. Passeggiavano, chiacchieravano, facevano progetti per il futuro, soprattutto ora che Ruby era grande ed era felice e indipendente, tutto ciò che Vivien aveva sempre desiderato.

Sentì un brivido d'eccitazione quando la moto partì e prese velocità. Vivien aveva sempre amato Ruby come se fosse sangue del suo sangue. Nel corso degli anni aveva quasi dimenticato che non era figlia loro. Ma a volte si svegliava ancora nel cuore della notte, pensando a Laura.

Non aveva mai smesso di chiedersi che cosa sarebbe accaduto se, di punto in bianco, fosse tornata a riprendersi la sua bambina. Che cosa avrebbero fatto? E Ruby, come avrebbe reagito? Ma, ovviamente, non era mai successo. Laura aveva amato sua figlia, il contenuto della scatola da scarpe ne era una prova lampante, anche se Vivien non aveva mai colto nei suoi occhi quell'affetto profondo. Tuttavia, in quella notte di tempesta, nel bene e nel male Laura aveva preso una decisione e l'aveva portata avanti. E per quanto riguardava Ruby, i piccoli doni della sua vera madre le avrebbero dimostrato il suo amore. Perché, in fondo, è solo questo che conta, no? Sapere quanto si è stati amati.

Vivien guardò in lontananza i pendii alberati di Colmer's Hill, un simbolo di quella terra. Non ci aveva messo molto a innamorarsi del Dorset occidentale. Erano dovuti tornare a vivere lì, non avevano potuto farne a meno. E Tom aveva ragione, era una splendida giornata, con quel bel cielo azzurro chiaro e le colline verdi e fresche come la primavera.

Vivien aveva protetto sua figlia e la loro vita insieme. Ma ora era giunto il momento di dirle la verità. Dopodiché Ruby avrebbe fatto le sue scelte. Decise che le avrebbe raccontato tutto durante il weekend. Era una ragazza forte, autonoma e piena di risorse. Anche per merito loro. Sarebbe riuscita ad affrontare la situazione. Era la scelta giusta. Tom l'avrebbe capito, alla fine, doveva capirlo.

Alla rotonda Tom rallentò e gridò: «Non è eccitante, amore mio»?

«Sì!» strillò lei, la voce carica di adrenalina. E, mentre sorpassavano l'auto che avevano davanti, Vivien ripensò alla fiera, alla prima volta che aveva visto quel ragazzo alto con i capelli scuri e gli occhi marroni punteggiati d'ambra, e lo strinse ancora più forte.

Era eccitante, sì. La vita con Tom lo era sempre.

37

RUBY fu felice di arrivare in albergo, farsi una doccia e rilassarsi con una tazza di caffè, prima di uscire a visitare il paese.

Una volta pronta, si inoltrò nel labirinto di vicoli della città vecchia, passando davanti a case tipiche semidiroccate, dai muri di pietra imbiancata con inserti di roccia vulcanica a mo' di contrasto. Più che bello era pittoresco: per strada, dove ti aspetteresti di trovare un'auto, era parcheggiata una barca; nel porto, sul tetto del ristorante *La Vaca Azul,* campeggiava la statua di una mucca azzurra. A Ruby sfuggì un sorriso. Dal lato opposto del porto, su una delle rocce grigie della scogliera si leggeva la scritta a vernice bianca LA VÍRGEN DEL BUEN VIAJE, mentre sui ciottoli di Calle Muelle de Pescadores era incisa una sagoma di donna rivolta verso il mare. Forse la moglie di un pescatore che augurava agli uomini buon viaggio o che attendeva il ritorno del marito.

Ruby si sporse dal parapetto di legno, contemplò l'oceano e pensò ad Andrés. Quella, sì, sarebbe stata una lunga attesa. Da quando era uscita dal suo atelier, tre giorni prima, non aveva più avuto sue notizie. E non c'era da stupirsi. L'avrebbe mai perdonata per essersi recata a Fuerteventura? E lei, l'avrebbe mai perdonato per quell'assurda reazione e per averla lasciata partire da sola? Be', non era certo il momento per pensarci. Ormai era lì e il resto non contava. Doveva concentrarsi sulle sue ricerche. Alzò gli occhi e vide uno stormo di piccioni volare in formazione, con le ali argentate tese nell'azzurro intenso del cielo estivo. Era un paese in sfacelo, ma aveva un non so che di speciale.

«Coraggio», l'aveva incitata Mel al telefono.

«Mi fermerò solo una settimana o poco più», l'aveva rassicurata Ruby. Aveva colto nella sua voce un velo di tristezza e sperava tanto di non averla abbandonata proprio nel momento del bisogno. «Va tutto bene, Mel?»

«Sì, tranquilla.» Ruby se l'immaginava a drizzare la spalle, ravviarsi i capelli e applicare disinvolta un altro strato di rossetto. Non voleva farla preoccupare. Ma c'era qualcosa che non andava, era evidente.

Tirò fuori le foto dalla borsa. Intorno a lei non c'era nessun indizio che si trattasse dello stesso posto. La spiaggia delle foto era color oro pallido, quella, invece, era grigia e sassosa; la villa sul mare era arancione, mentre lì le case erano per lo più bianche e blu. Eppure...

Il sole era basso nel cielo e Ruby si rese conto di essere affamata. In aereo non aveva mangiato nulla e quella mattina era troppo agitata per fare colazione. Dopo tutto c'era una possibilità che Laura vivesse sull'isola. Che nei giorni seguenti riuscisse persino a incontrarla. A parlarle e a scoprire l'identità di suo padre. O chissà che altro. Le sembrava di essere tornata di colpo bambina. Doveva solo ricordarsi di respirare...

In fondo alla strada, a vegliare sulle rocce del porto antico e sull'oceano blu inchiostro, si ergeva un'altra scultura di bronzo: due pescatori intenti a spingere una barca su per la spiaggia. E, cosa ancora più rilevante in quel momento, c'era un bar che serviva birra, gamberi freschi e paella. Ruby si diresse subito lì.

Andrés e Laura... Era incredibile che due persone così importanti per la sua vita avessero abitato entrambe su quell'isola. E che magari, come lei, si fossero sedute a mangiare in quel luogo, contemplando il porto antico come la moglie del pescatore sulla collina, guardando il sole sparire all'orizzonte. Il cielo era un'esplosione di rosa, rosso e giallo, il mare era scuro come fosse notte. I tavolini alle sue spalle pian piano si svuotarono, mentre lei restava lì ferma a godersi il tramonto e il ritmo sinuoso delle onde, persa nei suoi sogni.

Quando alla fine si alzò per andare a pagare il conto, il cameriere, un ragazzino, probabilmente figlio o nipote del proprietario, prese i soldi e le parlò in un inglese quasi perfetto.

Ruby colse l'occasione. «Sai per caso dove abita Enrique Marín, l'artista?»

«Certo», rispose lui, sorpreso, come se fosse la cosa più naturale del mondo. «Vada giù per questa strada, poi svolti a destra. La sua è la casa blu. Nel giardino vedrà una fontana e un carrubo. Non può sbagliare.»

«Grazie.» Ruby sorrise e gli diede una generosa mancia. La gente del paese sembrava amichevole, si respirava una bella atmosfera. E ora sapeva dove viveva Enrique Marín.

Il giorno dopo sarebbe andata subito a trovarlo.

La casa blu era esattamente dove le aveva indicato il ragazzino. Ruby si fermò qualche istante a osservarla, immaginandosela come doveva essere stata un tempo, in base alla descrizione di Andrés: una tipica, umile casetta dai muri bianchi, le imposte e le porte verniciate di blu, piccole finestre e un appezzamento di terreno sul retro. Ora, invece, la *Casa Azul* era un maestoso edificio a tre piani, l'ultimo quasi interamente in vetro, con terrazze esterne, piastrelle decorative blu e una piscina. Nel giardino sul davanti c'erano il carrubo e la fontana che il ragazzino aveva menzionato, in realtà veri e propri giochi d'acqua con una sontuosa struttura in acciaio, dall'aspetto molto teatrale. Senz'altro la dimora di un artista, e di un artista di successo per giunta.

Ruby si fece coraggio e aprì il cancello di ferro battuto, anch'esso blu. Percorse il vialetto fino all'entrata, bussò e rimase in attesa.

Poco dopo, la porta si aprì e spuntò una donnina sui settant'anni. Sembrava tutto fuorché la moglie di un pittore famoso: era semplice e minuta e, sopra il sobrio vestito blu, indossava un grembiule. I capelli scuri, ormai tendenti al grigio, erano raccolti sulla nuca e aveva un viso abbronzato e rugoso. Non sfoggiava né gioielli né trucco e aveva uno sguardo affabile, un po' sospettoso. Ruby la esaminò con attenzione, ma non riconobbe in lei alcun tratto di Andrés. Eppure doveva essere sua madre.

«Mi scusi. Parla inglese?» domandò Ruby.

La donna si fece ancora più diffidente. «Sì», rispose. «Un po'.» Si asciugò le mani sul grembiule e la fissò dritta negli occhi. «Che cosa vuole?»

Ruby immaginava che, volente o nolente, essere la moglie di un pittore famoso l'avesse catapultata in un mondo molto diverso dal suo. Che avesse dovuto imparare a comunicare in altre lingue, a vestirsi elegante nelle occasioni formali, a recitare la parte della fiera consorte. Ma non sembrava che quel ruolo le piacesse molto.

«Sarebbe possibile parlare con suo marito, Enrique Marín?»

«Mi spiace», fece, come se avesse inserito il risponditore automatico. «Mio marito non sta bene e non vuole essere disturbato.» E cominciò a chiudere la porta.

Come faceva a farle capire che non era una seccatrice o una semplice fan? «Sto cercando mia madre», buttò lì Ruby, pensando che questo la fermasse.

E così fu. «Sua madre?»

Ruby annuì. «Credo che suo marito le abbia fatto un ritratto. Tanti anni fa.»

Di colpo l'espressione di Reyna Marín si fece inspiegabilmente torva. Sembrava infastidita, addirittura arrabbiata. «Mi spiace», ripeté. «Il passato è passato. E lui ora è malato...» E serrò la porta.

«Ma...» Ruby bussò di nuovo. «Per favore...» Non aveva macinato tutta quella strada per farsi liquidare così, senza neanche vedere quell'uomo, senza potergli parlare.

All'improvviso sentì dei passi provenire da dietro la casa. Era una donna, che avrà avuto all'incirca la sua età.

«Mi spiace che mia madre sia stata scortese», si scusò in un inglese impeccabile. «Ma è vero che mio padre non sta abbastanza bene oggi per ricevere visite.»

«Izabella?»

Il garbato distacco si trasformò in vivo interesse. «Come fai a sapere il nome?» domandò lei, avvicinandosi. Ruby notò la somiglianza con la madre: labbra carnose e capelli scuri e folti, anche se lei li portava lunghi e sciolti; non era alta come Andrés, ma altrettanto snella.

«Conosco tuo fratello.»

«Andrés!» Con un balzo Izabella le fu subito davanti, l'espressione ansiosa e piena di speranza. «È qui con te, sull'isola?»

«No, purtroppo.» Se solo... «Viviamo nello stesso paese, in Inghilterra. Nel Dorset.» Decise che non avrebbe rivelato altro sulla loro relazione, sempre che ce ne fosse ancora una.

«È stato lui a mandarti qui?» Izabella aveva gli occhi sgranati. Ruby si aspettava quasi che richiamasse sua madre, che la convincesse a farla entrare in casa. Ma non lo fece. La prese per il braccio e l'accompagnò lungo il vialetto, fuori dal cancello. Andrés era davvero così indesiderato da quelle parti? Non si poteva neanche pronunciarne il nome? Ruby si lasciò spingere via. Era curiosa di conoscere Izabella, poteva scoprire un sacco di cose da lei e, in ogni modo, poteva tornare a cercare Enrique più tardi.

«No. Gli ho chiesto di venire con me, ma non ha voluto.»

A quelle parole Ruby lesse l'immensa delusione sul viso di Izabella e si affrettò a precisare: «Non perché non avesse voglia di vederti, ma per quel che è successo, qualsiasi cosa sia».

«Mi manca.» La ragazza continuava a tenerle il braccio e Ruby si accorse che si stavano dirigendo verso il mare, ma non nel porto antico vicino all'albergo, bensì più a nord.

Perché no, pensò. Izabella la incuriosiva. E voleva molto bene ad Andrés, era evidente. Ruby non aveva fratelli, ma poteva immaginare quanto fosse rassicurante averne. «Anche lui sente la tua mancanza.»

«Davvero? Oh, se tornasse a casa... Anche solo per una visita.»

Aveva un'aria così triste. Di sicuro lei conosceva le ragioni di Andrés. «Sei felice qui?» azzardò Ruby.

«Abbastanza. Ma le cose non sono più le stesse, da quando Andrés se n'è andato. È mio fratello. Ho tanta voglia di vederlo.»

Già. Sarebbe pur dovuto tornare prima o poi, no? Se non altro, per amore di sua sorella. «Che cosa è capitato, Izabella? Perché se n'è andato e non ha più messo piede sull'isola?» E in quell'istante Ruby capì che non era lì solo per trovare Laura; il vero motivo, forse, non era mai stato quello. Era scoprire di più su Andrés e sul perché avesse lasciato Fuerteventura.

Erano ai margini del paese ormai. Davanti a loro si stendeva una spiaggia di sabbia oro pallido, più in là il mare azzurro. La costa sembrava infinita. Ecco, questo sì che le ricordava le foto.

«Lui e papà hanno litigato», spiegò Izabella, sconsolata.

«Be', dev'essere stato un litigio colossale», commentò Ruby. In una famiglia è normale discutere. Doveva esserci sotto qualcosa di più grave.

«Loro due non sono mai andati d'accordo. Andrés cercava sempre di proteggere la mamma. E diceva cose che lo facevano infuriare. Sai, mio padre è un grande pittore», sottolineò, orgogliosa. «E a volte i grandi pittori hanno...» Aggiunse qualcosa in spagnolo, gesticolando.

«Un grande ego?» A Ruby era bastata un'occhiata al suo sito per capirlo. Non aveva l'aria di un uomo a cui piace essere contraddetto.

Izabella annuì. «Direi di sì.» Attraversarono la strada. Ruby si riparò gli occhi dal bagliore del sole, già molto caldo, e ammirò la lunga distesa di dune, le rocce nere vicino al bagnasciuga e i cumuli di lava vulcanica sparsi qua e là sulla spiaggia, proprio come nelle foto...

«È stato tanto tempo fa. Non è ora che si lascino tutto alle spalle e facciano pace?» chiese Ruby.

Izabella la guardò triste e scosse il capo. «Tu non conosci mio padre», sussurrò.

No. Andrés ed Enrique Marín erano entrambi artisti, ma la somiglianza tra loro finiva lì. Eppure, Ruby non vedeva l'ora di conoscerlo. «Che cosa gli ha detto Andrés? Lo sai?»

«No, non di preciso. Non me l'hanno mai raccontato. Ma mio

padre ha un pessimo carattere», spiegò Izabella, rassegnata. «E la mamma mi riferì che Andrés era andato troppo oltre...» La guardò con occhi imploranti. «Papà l'ha sbattuto fuori casa. E lui è così orgoglioso che non è mai più tornato.»

«Non sai il motivo del loro litigio?» Andrés doveva aver toccato un nervo scoperto per suscitare una reazione simile.

«No. So solo che dopo che se n'è andato...» Il suo sguardo si perse nel vuoto, poi si riscosse, come se di colpo si fosse accorta di essersi lasciata sfuggire troppo. «Le cose sono cambiate», concluse.

Passeggiarono sulla spiaggia fino alla riva. Izabella tolse le scarpe e si fece scorrere l'acqua tra le dita, subito seguita da Ruby. Era una carezza delicata e rinfrescante. C'erano poche persone in giro. «Vorrei mostrarti una cosa», propose Izabella.

«D'accordo.»

Continuarono a camminare sul bagnasciuga a piedi nudi. «Che cos'ha tuo padre?» domandò Ruby, anche se temeva che quella di Reyna Marín fosse solo una scusa per non farla entrare in casa. «Tua madre ha detto che è malato.»

«Ha un cancro ai polmoni.»

«Oh, santo cielo!»

Izabella le aveva risposto bruscamente, Ruby si accorse che stava soffocando le lacrime. «Mi spiace. Non ne avevo idea.» E subito le balenò un pensiero. «E Andrés lo sa?»

«Sì, lo sa.»

«Come sì?» fece Ruby, scioccata. «Ma allora...» Perché diavolo non gliel'aveva detto? Era una notizia di enorme importanza. E, in teoria, Andrés era innamorato di lei, giusto? Era lei quella con cui trascorreva la maggior parte del tempo. Quella con cui pensava di costruirsi un futuro (o almeno così aveva creduto fino a poco tempo prima). Evidentemente Andrés era molto più chiuso di quanto avesse immaginato.

E lei ne aveva abbastanza dei segreti. Era già fastidioso che non le raccontasse ciò che era accaduto e i motivi per cui non voleva più rivedere la sua famiglia. Ma questo era davvero troppo. Suo padre aveva un tumore ai polmoni e lui non si era minimamente preoccupato di dirglielo. Non gliene importava nulla? Né di lei né di suo padre?

Izabella la condusse sulle rocce. «Ti aspettavi che te lo comunicasse, eh? Sei innamorata di lui?»

Lo era? Chissà...

Izabella le prese la mano. «Guarda», disse.

Da lassù godevano di una vista privilegiata, che spaziava da nord a sud. E proprio davanti a loro c'era quel che le rocce avevano sinora nascosto. Una baia a ferro di cavallo. Una laguna d'acqua calma e turchese circondata da pietre vulcaniche nere a cui si giungeva camminando su uno strato uniforme di sabbia chiara. «È bellissimo, non trovi?»

«Oh, sì.» Era davvero stupendo.

«Ed è un posto segreto.» Izabella si mise il dito davanti alle labbra. «Devi arrivare fin quassù per scoprirlo.»

Ruby sorrise. Era vero. Dalla parte opposta della baia si vedeva una strana costruzione. Una sorta di casa sulla spiaggia in stile moresco con un tetto scultoreo e un comignolo. E in lontananza... Ruby soffocò un urlo di gioia. C'era un faro a strisce bianche e rosse!

Izabella le domandò: «Perché sei venuta sull'isola»?

Forse era davvero il posto giusto. «Sono venuta a cercare mia madre.»

38

Doveva andare avanti.

Con il martello e il piede di porco Andrés cominciò a sollevare le assi del pavimento per poter raggiungere i tubi. Stava smontando il vecchio impianto idraulico di un cliente, uno di quei lavori che si sarebbe volentieri risparmiato; ma benché la sua attività fosse ormai molto fiorente e volesse dedicare più tempo all'arte, gli riusciva ancora difficile rifiutare una commessa. Gli ci era voluto un mucchio di tempo per farsi un nome e, in fondo, preoccuparsi sempre del futuro era il destino che toccava a tutti i lavoratori autonomi.

Premette forte sul piede di porco, facendo scricchiolare l'asse vecchio e polveroso. Fuori il vecchio, dentro il nuovo... Consiglio ragionevole, no?

Andrés pensò a Ruby, laggiù a Fuerteventura. Era stata la sua ragazza fino a pochi giorni prima. Adesso non ne era più tanto sicuro perché, se i suoi sospetti risultavano fondati, non esisteva futuro per loro due. Ma se si sbagliava... Lasciandola partire da sola e privandola del suo sostegno, aveva buttato all'aria tutte le sue chance.

In un caso o nell'altro sarebbe comunque finita male. Mise le assi da parte estraendo poi dalla borsa degli attrezzi la chiave inglese. Poteva essere un lavoraccio, ma rappresentava proprio l'ideale quando si era infuriati con il mondo. E lui era davvero furioso. Furioso perché Ruby era sull'isola. Furioso perché non riusciva a capire il motivo per cui non l'aveva accompagnata. Furioso con lui, quel vecchio bastardo libidinoso che era anche suo padre. Perché mai avrebbe dovuto mollare tutto e precipitarsi da quell'uomo, che non aveva mai avuto né tempo né parole buone né moti di tenerezza nei suoi confronti? Non gli doveva nulla. Assolutamente nulla.

Soprattutto dopo che...

Andrés prese il seghetto, girò la lama all'infuori e cominciò a segare il tubo; il fastidioso raschiare del metallo riempì subito l'aria.

Ripensò a tutte le donne che erano entrate e uscite dallo studio di suo padre, alcune poco più che ragazzine. Le aveva viste girare per casa, da sole o in coppia, ridacchiando e bisbigliando. Erano così impressionate, incantate dal grande artista. Si ricordava ancora la faccia di suo padre, mentre le guardava. Vecchio porco bavoso. E non dimenticava certo l'espressione della madre, anche se spesso usciva in giardino e faceva finta di niente. Quante volte Enrique Marín aveva umiliato sua moglie? Troppe per tenerne il conto.

Un giorno in cui il padre era al *Bar Acorralado*, Andrés si era intrufolato nel suo studio e aveva scoperto che cosa faceva lì dentro quello stronzo, come le ritraeva. La gente lo considerava un grand'uomo, ma a volte c'è chi usa il proprio talento e la propria grandezza per esercitare potere sui più vulnerabili. E in quello Enrique Marín era un vero maestro. Possedeva una sorta di carisma che spingeva tutti quanti a piegarsi al suo volere e che, a tratti, lo rendeva persino capace di leggere nel pensiero. Ma che uso faceva di quel dono?

«Perché non metti fine a questa storia?» ripeteva Andrés a sua madre. «Fagli capire che non può andare avanti così.»

«È un artista, figliolo», rispondeva lei, rassegnata.

Un artista! «Ma hai visto che cosa disegna? Che cosa dipinge?» le aveva domandato un giorno. I ritratti dal vero potevano essere opere splendide. Ma non quelli, non i suoi. Alcuni erano di così cattivo gusto che gli facevano accapponare la pelle.

«Io non voglio vederli! Non voglio sapere!» aveva ribattuto lei.

«Ma mamma», l'aveva implorata, «non è giusto nascondere la testa sotto la sabbia. Non è giusto permettergli di continuare così.»

«È un grand'uomo. E tutti i grandi uomini hanno un lato oscuro.»

Andrés non era affatto d'accordo. Certo, suo padre non aveva mai avuto un bel carattere ed era sempre stato difficile da accontentare. Ma con l'arrivo del successo si era montato la testa, aveva cominciato a credersi ciò che non era, a usare il suo potere per controllare gli altri e ottenere ciò che voleva.

E Andrés doveva starsene fermo e zitto a guardare, mentre sua madre sopportava continue umiliazioni. Enrique non la portava mai alle mostre né alle inaugurazioni né alle feste. Perché avrebbe dovuto, quando poteva permettersi di esibire una ragazza più giovane o più bella che pendeva dalle sue labbra? Perché avrebbe dovuto farsi accompagnare dalla donna con cui era sposato e che gli aveva dato due figli? Andrés fremeva di rabbia. Ma che cosa poteva fare per cambiare le cose?

Le sue modelle, si limitava solo a ritrarle e dipingerle? Possibile? Era deciso a coglierlo sul fatto.

Un pomeriggio, in cui era previsto che stesse fuori fino all'ora di cena, Andrés era rientrato in anticipo. Era il giorno in cui la mamma andava a fare la spesa e suo padre era da solo nello studio. Be', da solo... Non esattamente.

Andrés s'era infilato in casa di soppiatto e in punta di piedi aveva raggiunto lo studio. Riusciva a sentire le voci e senza dubbio, non si faceva solo arte lì dentro. Per conferma aveva aperto la porta, giusto un filo per poter dare un'occhiata. Aveva riconosciuto subito la ragazza, si chiamava Stella ed era una delle modelle di suo padre. Diciottenne, stava con un giovane del paese, con cui Andrés ogni tanto faceva qualche partitella a calcio. Enrique giocava a domino con suo padre al *Bar Acorralado*; era uno dei suoi migliori amici.

Erano entrambi nudi. Stella era distesa su una chaise longue, lui le era inginocchiato di fronte e l'imboccava con spicchi d'arancia, facendoli cadere dall'alto tra le labbra umide. Con l'altra mano le carezzava il seno. Chiacchieravano e ridevano e… Andrés aveva richiuso la porta. Non voleva vedere altro. E sapeva che Stella non era certo la prima, anzi.

Quella sera, dopo mangiato, mentre Izabella era a casa di un'amica, aveva raccontato di fronte ai genitori ciò che aveva visto.

«Questo pomeriggio sono rientrato prima e sono salito fino al tuo studio.»

La mamma si era alzata da tavola e aveva cominciato a sparecchiare.

«Ho visto quel che facevi con Stella. Come puoi approfittarti di lei in questo modo?»

Enrique aveva risposto con noncuranza: «È tutta smaniosa di farsi ritrarre».

«Ritrarre!» aveva esclamato Andrés, ridendo amaramente. Poi si era voltato verso sua madre, che continuava ad aprire e chiudere sportelli, apparentemente senza mostrare alcun interesse per la loro conversazione. «Non mi sembrava proprio che le stessi facendo un ritratto.»

«Che diavolo ne sai tu delle donne e dei loro bisogni? Sei solo un ragazzo.»

«Lei pensa che tu sia un grand'uomo. Una persona importante. È giovane e stupida. E così tu ne approfitti per scopartela e distruggerle la vita.»

Enrique continuava a guardarlo, immobile. Andrés aveva persino l'impressione di intravedere sulle sue labbra un sorrisino di scherno. In fin dei conti, perché mai avrebbe dovuto preoccuparsi? Li aveva tutti in pugno.

«Sta' zitto, Andrés!» era intervenuta sua madre, precipitandosi al tavolo. Sembrava più scioccata dal fatto che lui ne avesse parlato che non dall'episodio in sé. «Tu non sai quel che dici.»

«Lo so perfettamente invece», aveva ribattuto, tornando a fissare gli occhi color carbone di suo padre. Gli altri potevano anche farlo, ma lui no, non distoglieva mai lo sguardo. «Li ho visti. Nudi, tutti e due. Ho visto mentre la toccava. È stato disgustoso.»

«Sei un bugiardo», aveva replicato suo padre, bevendo un altro sorso di birra.

«So che cosa ho visto.» Gli occhi di Andrés guizzavano dall'uno all'altra. Stava cercando di proteggere sua madre, di mostrare a tutti il vero volto di Enrique Marín. Ma allora perché gli sembrava che fossero coalizzati contro di lui?

«Ritira quello che hai detto», aveva ringhiato suo padre.

«No.»

«Ritira quello che hai detto!»

«Io ti ho visto», aveva urlato Andrés. «So che cosa fai. So che cosa sei. La gente ti crede una persona fantastica. Ma non lo sei. Non lo sei affatto. Sei solo uno sporco...»

«Ora basta!» aveva gridato Enrique, così forte da far resuscitare i morti. «Vattene da questa casa.»

«Enrique...» Solo allora la mamma aveva cercato di fermarlo. «Enrique, no...»

«Vattene da questa casa. E non farti mai più vedere.»

E così se n'era andato.

Donne... Ragazze... Se il matrimonio era quello, be', allora non voleva sposarsi.

Ora, però, era costretto a tornare. Aveva creduto invano di poterlo evitare, ma ora doveva per stare vicino a Ruby, che aveva bisogno di lui. E, se Enrique stava davvero morendo, avrebbe dovuto aiutare la madre e la sorella a superare il lutto. Era una sua responsabilità. Di colpo sentì un dolore al petto e fece un respiro profondo, cercando di liberarsene, di liberarsi. Suo padre. Sangue del suo sangue.

Ma doveva farlo anche per se stesso. Per seppellire i fantasmi del passato.

Pensò al ritratto della bella ragazza con i capelli biondi e gli occhi azzurri e tristi. Doveva scoprire se la madre di Ruby era stata una di quelle donne.

39

«RIPASSA questo pomeriggio», le aveva detto Izabella al momento di salutarsi. «Parlerò con la mamma. Vedrai che ti farà entrare.»

E così Ruby si trovò di nuovo davanti alla porta della *Casa Azul*, in attesa.

Reyna Marín andò ad aprire e l'invitò: «Vieni, vieni pure. Gli amici di mio figlio sono i benvenuti».

Ruby la seguì all'interno della casa, oltrepassando una scala a chiocciola che dall'atrio conduceva ai piani superiori, fino ad arrivare in cucina, una tradizionale cucina spagnola, con le piastrelle e le tendine colorate, ma attrezzata con tutte le apparecchiature moderne.

Reyna la fece accomodare su una sedia di legno vicino al tavolo e scostò il tagliere e le verdure che stava preparando.

Ruby rimase colpita notando che, nonostante l'enorme successo, Enrique Marín e la moglie facevano ancora la vita semplice di un tempo.

«Come sta Andrés?» domandò Reyna, titubante.

«Molto bene», rispose Ruby.

La poveretta sembrava sul punto di piangere. Farfugliò qualcosa in spagnolo, che Ruby non capì, ma che lasciava trapelare una grande emozione.

«Non so che cosa darei per rivederlo. Per poterlo stringere di nuovo.» Chiuse gli occhi. «Andrés. Figlio mio…»

Ruby le si avvicinò e le cinse le spalle, cercando di consolarla. Prima Izabella, ora lei. Accidenti, perché quel testone non si decideva a tornare? E di colpo le balenò un pensiero. Ecco un'altra donna che, come Laura, aveva vissuto gran parte della vita senza suo figlio. Qualsiasi cosa fosse successa tra Enrique e Andrés, era evidente che la madre lo amava molto. Il suo dolore era tangibile.

Reyna riaprì gli occhi. Aveva l'aria confusa, come se tutto d'un tratto si fosse ricordata di non essere sola. «Ti va un po' di caffè?»

«Sì, grazie.»

Riempì la caffettiera d'acqua e miscela e la mise sul fuoco. «Hai detto che vuoi parlare con mio marito di tua madre?»

«Sì, sto cercando di rintracciarla.»

Reyna la guardò perplessa, senza capire.

Ruby si rassegnò a dover raccontare la sua storia per l'ennesima volta. «Mi ha abbandonata quando avevo solo pochi mesi.»

Reyna borbottò di nuovo in spagnolo, si affacciò sulla soglia e lanciò un'occhiata su per le scale. Era visibilmente a disagio. «Solo pochi mesi», ripeté, scuotendo il capo. Chissà se era un gesto di condanna o se si era semplicemente commossa pensando ai suoi figli.

«Ho visto un ritratto di mia madre sul sito Internet di suo marito», spiegò.

«Un ritratto?» E ricomparve la faccia scura del mattino. «Un ritratto, hai detto?»

«Ho parlato con Andrés...»

Reyna la fissava con attenzione. Era sulle spine. Ma perché? Era solo per Andrés o c'era qualcos'altro?

«Gli mancate molto», sussurrò Ruby.

«Anche lui ci manca.» Si alzò per versare il caffè. «Dal più profondo del cuore.»

«Reyna?» Dal piano di sopra giunse la voce di un uomo. Non poteva che essere Enrique.

«Sì?» sospirò lei. «Non sta bene», precisò, rivolgendosi a Ruby. Poi si affacciò alla porta della cucina e gli strillò qualcosa in spagnolo.

«Le prometto che non lo farò stancare», giurò Ruby a Reyna.

«Ehilà!» gridò lui in inglese con una voce gutturale e impastata, che un tempo doveva essere stata potente, ma di cui ora si avvertiva tutta la fragilità.

Ruby uscì nell'atrio. Lo vide in cima alle scale e restò sconvolta: davanti ai suoi occhi non c'era il grande artista che si aspettava, bensì un ometto piccolo ed emaciato sui settant'anni. In confronto alle fotografie sul sito era quasi un'altra persona. «*Hola, Señor*», lo salutò e con ciò aveva praticamente esaurito il suo repertorio di spagnolo.

«E tu chi sei?» Appena aprì bocca, cominciò a tossire. Ma si riprese e si mise a scrutarla, rizzandosi. Allora Ruby riconobbe un barlume di ciò che era stato. Era qualcosa nel suo atteggiamento, una sorta di aura che, nonostante la malattia, ancora l'avvolgeva.

«Mi chiamo Ruby Rae. Sono qui perché vorrei parlarle.» Si fece coraggio e proseguì: «Credo che lei abbia ritratto mia madre tanti anni fa».

«Tua madre?» fece lui, perplesso, poi borbottò qualcosa di incomprensibile. «E che cosa vuoi da me?»

«Sto cercando di ritrovarla.»

«Come si chiama? Ma no, lascia perdere, non stare neanche a dirmelo. Sono una frana con i nomi. Vieni su», sbuffò, accompagnando l'invito con un cenno della mano.

«Ho visto un ritratto di mia madre sul suo sito Internet», spiegò Ruby, salendo le scale. «Voglio solo parlarle, signor Marín, tutto qui.»

Enrique la squadrò da capo a piedi.

Ruby non si lasciò intimidire. Quell'uomo era abbastanza vecchio da essere suo padre, se non di più, eppure la stava spogliando con gli occhi senza farsi il minimo scrupolo. Si poteva definire licenza d'artista? Bah, certo era uno che non si faceva grossi problemi.

«Aveva i capelli lunghi, biondi e gli occhi azzurri. Posso mostrarle la foto.»

«Non c'è bisogno, non c'è bisogno.» Enrique si avviò lentamente sul pianerottolo, ansimando e facendole segno di seguirlo. «Vieni con me.»

Entrarono in una stanza stupenda, ariosa e piena di luce, con finestre su tutti e quattro i lati. Un atelier zeppo di tele, cavalletti e tavoli da disegno carichi di colori, pennelli e attrezzi vari. Ruby si avvicinò istintivamente alla finestra. Da lì si vedevano l'oceano, le lagune, persino il faro. «Che panorama meraviglioso si gode da quassù.»

«Sì, sì.»

Sembrava impaziente. Chissà perché le aveva detto di non avere bisogno della foto.

«È lei, giusto?»

Ruby si girò: Enrique Marín teneva in mano il ritratto di una donna seduta su una roccia. Indossava un pareo indaco e una morbida blusa color crema. Aveva le gambe piegate ed era leggermente appoggiata sulle mani; i capelli mossi dal vento. Guardava il mare con la stessa espressione infelice del quadro sul sito. «Sì. È lei. Come ha fatto a capirlo?»

«Hai lo stesso sguardo.»

«Davvero?»

«L'ho notato subito.» Aveva occhi neri e intensi come selce. «Mi piaceva dipingere quella ragazza», commentò con una risata aspra e gracchiante. «Dipingerei anche te, se ne avessi la forza.»

Ruby pensò ad Andrés. Che cosa avrebbe detto Enrique Marín se avesse saputo che suo figlio l'aveva battuto sul tempo? Il suo non era un vero e proprio dipinto, solo uno schizzo, ma era pur sempre un ritratto. E la somiglianza con sua madre era evidente; se n'era accorto Enrique, ma se ne rendeva conto anche lei, ora più che mai, vedendo quel nuovo quadro.

«Non l'ha mai venduto?» domandò Ruby. Di solito gli artisti vendono le loro opere, quando ci riescono.

«Ho fatto solo qualche stampa, ma questo l'ho tenuto. Sono un pazzo sentimentale, non credi?»

Be', no, affatto. «Sa dirmi qualcosa di lei? Se vive ancora da queste parti?»

«Non sapevo niente di lei neanche allora, a parte il fatto che era triste, aveva una bella struttura ossea ed era capace di stare immobile per ore.» Rise di nuovo, ma stavolta la risata si trasformò in una tosse abbaiante e viscerale. «Perché mai avrei dovuto chiederle altro? Non mi importava. O si chiacchiera o si dipinge.»

Ruby capì che cosa intendeva. Tuttavia, doveva pur esserci qualcos'altro che poteva raccontarle.

«Era uno spirito libero. Non so se viva ancora sull'isola. Ma mi piaceva», ammise, sfregandosi le mani. «Mi piaceva proprio.»

«E non può dirmi altro?» insistette Ruby. Forse si trovava in un vicolo cieco, ma almeno ora era certa che Laura avesse vissuto sull'isola. Parlare con qualcuno che l'aveva conosciuta, che l'aveva ritratta, l'aiutava a comprenderla meglio.

«No», rispose lui, spostandosi con qualche difficoltà dalla parte opposta dello studio. «Conservo tutti i miei vecchi schizzi e bozzetti. E alcuni degli originali. È una prerogativa degli artisti, no?»

«Immagino di sì», sorrise Ruby.

«E tu?»

«Io?»

«Tu che cosa fai? Sei uno spirito libero come tua madre?»

«Non proprio. Sono una giornalista. E suono il sassofono. Musica jazz.»

Enrique si bloccò e si mise a fissarla. «Ah, quindi sei una giornalista.»

Lei annuì e lui riprese a spulciare tra i dipinti accatastati.

«Tua madre, eh? OK, vuoi dare un'occhiata al resto?»

Ruby salutò velocemente Reyna Marín, che la scrutò come se stesse cercando una risposta a qualche misteriosa domanda e che le strinse la mano, raccomandandosi: «Torna a trovarmi, Ruby, ti prego».

Uscita dalla *Casa Azul*, tirò fuori il cellulare e chiamò Andrés.

Era stata una rivelazione. Aveva parlato con il padre. E ora voleva parlare con il figlio.

«Ciao, Ruby.»
Be', almeno aveva risposto. «Ciao, Andrés.»
«Allora sei lì?»
«Sì, sono qui», confermò, mentre andava fino in fondo alla strada e svoltava a destra, come le aveva indicato Enrique.
«Ed è il posto giusto?» domandò Andrés, sospirando, anche se pareva conoscere già la risposta.
«Sì, lo è.» Ruby ricordò il faro che aveva scorto in lontananza, la baia con l'acqua turchese e le rocce vulcaniche nere. «Ma non ho idea se lei sia ancora qui.»

«La gente va e viene», le aveva detto Enrique con la sua voce roca. «Alcuni restano qui per sempre. Questo posto ti ruba l'anima», aveva spiegato, battendosi la mano sul petto.
Chissà se Laura si era fermata. Enrique non la vedeva da trent'anni, ma su un'isola come quella non significava nulla. Lui passava la maggior parte del tempo nel suo studio e a Puerto del Rosario. Non bazzicava il genere di ambienti frequentati da Laura. Non più ormai.

«E dove pensi di dirigerti ora?» si informò Andrés con un tono gelido e formale. E Ruby avrebbe voluto che fosse lì per poterlo afferrare per le spalle e costringerlo a confessarle che cosa provava veramente.
«In convento.»
«In convento?» Sembrava sorpreso ed era comprensibile.
«È una strana storia.»
Enrique le aveva raccontato di una certa suor Julia che viveva nel convento appena fuori dal paese. Le aveva anche indicato la strada per arrivarci. Non era lontano, solo pochi chilometri. «L'ho incontrata più di una volta», le aveva riferito.
«Sì?» aveva commentato Ruby, confusa. Che cosa c'entrava con Laura? Non se l'immaginava a intrattenersi con una suora.

«È anziana. Ma sa molte cose», aveva risposto lui, picchiettandosi il naso.

«Quali cose?»

«A Nuestra Señora del Carmen tengono dei registri. Sanno come trovare le persone. E a suor Julia stanno molto a cuore i bambini, le loro madri, i padri...» Un colpo di tosse l'aveva interrotto.

«Allora pensa che...»

«Tu parlale.» Visibilmente affaticato, l'aveva congedata con un cenno della mano, ma aveva ripetuto: «Tu parlale». Per qualche motivo sembrava importante per lui.

«Chi ti ha consigliato di rivolgerti a una suora?» domandò Andrés.

«Tuo padre», rispose, preparandosi al peggio.

«Ah. L'hai incontrato allora», commentò lui, rassegnato.

«È malato, Andrés.» All'uscita del paese, Ruby prese la lunga strada diritta indicatale da Enrique. Era costeggiata da palme da dattero e animata da un paio di piccoli bar scalcinati, davanti ai quali capannelli di uomini bevevano birra. «È molto malato.»

«Lo so.»

«Potrebbe morire.»

«So anche questo.»

Stavolta fu Ruby a sospirare. Non voleva credere che quell'uomo a lei tanto caro potesse restare così freddo e distaccato nei confronti del padre. Andrés sapeva che Enrique aveva un cancro ai polmoni, che gli restava poco da vivere. Che cosa poteva aver mai commesso di così orribile da non meritare neanche un ultimo saluto prima di morire? «E, malgrado tutto, non hai intenzione di tornare?»

Seguì una lunga pausa. Ruby oltrepassò il nuovo supermercato e si diresse verso il mulino a vento. La terra era bruna e arida, le montagne in lontananza sfumate e grinzose.

«Perché vuole che tu vada da una suora?»

«Mah, non ho capito esattamente.» La storia dei bambini e dei loro genitori era un po' bizzarra, in effetti. Ma era pur vero che in convento si potevano trovare documenti utili, nonostante Laura, lo spirito libero, fosse avversa a registri, etichette e via discorrendo. Chissà che tipo era in realtà.

«Gli hai detto che mi conosci?» domandò Andrés.

«No.» Probabilmente, se l'avesse saputo, Enrique non avrebbe neanche accettato di parlarle.

«E mia madre, come sta?»

«Perché non vieni qui e non lo scopri da te?»

Silenzio.

«Mio padre ti ha detto altro?»

«Tipo?» Non gli avrebbe reso la vita semplice. «Non mi ha rivelato che cosa è successo tra voi, se è questo che intendi.» Il suo segreto, qualunque esso fosse, era al sicuro.

«Non intendevo questo. Intendevo...» Un attimo di esitazione. «Be', non ha importanza.»

Ruby gettò la spugna, esasperata. «Allora, come vanno i preparativi per l'evento?»

«Sono pronto.»

Ruby pensò agli schizzi che Enrique le aveva mostrato: ritratti di Laura, realizzati per lo più sulla spiaggia, in un breve arco di tempo. In quelle opere tristezza e sofferenza erano quasi tangibili; Enrique era riuscito magistralmente a catturare le sue emozioni. 1978... 1979... Dopo la morte di Pearl. Dopo il suo ritorno in Inghilterra. Dopo aver lasciato Ruby a Vivien. Si era forse pentita di averla abbandonata? Enrique aveva fatto decine e decine di bozzetti, sembrava quasi ossessionato.

«E dopo l'esposizione...» proseguì Andrés.

«Sì?»

«Tutto sarà finito.»

Lo sguardo malinconico di Ruby vagò oltre la campagna, verso i monti e il mulino. Come diavolo aveva fatto a impegolarsi con un uomo così irritante e indecifrabile? E con «tutto sarà finito» si riferiva solo alla mostra? O stava parlando della loro relazione?

40

«COSA posso fare per te, figliola?» le domandò l'anziana suora.

«Sto cercando mia madre.» Era molto semplice, in realtà.

Ma la suora sembrò sconvolta da quella risposta.

Che cosa c'era di così scioccante? si chiese Ruby.

Erano sedute in una piccola stanza, separata dall'atrio del convento. Suor Julia pareva vecchia come il mondo. Indossava una semplice tonaca bianca e, intorno al collo, un pesante crocifisso. Se il viso era grinzoso come un dattero secco, nei suoi occhi, pur annebbiati e lattiginosi, si coglieva una straordinaria saggezza. Mostrava un'ottima padronanza della lingua: forse aveva studiato inglese da ragazzina.

«Tua madre?» domandò incredula, con la mano sulla bocca, gli occhi sgranati. «Oh, mia cara...» Suor Julia rimase ferma e zitta per un po', fissando il vuoto. Poi sembrò finalmente riprendersi.

«Tutto bene, sorella?»

«Sì, facciamo una passeggiata?» propose lei, alzandosi in piedi e guardandosi attorno, come per assicurarsi che nessuno stesse ascoltando la loro conversazione.

Ipotesi ridicola, ovviamente. Ma...

«È una splendida giornata.»

«Certo, sorella. Volentieri.» Sembrava che in quel posto tutti volessero passeggiare con lei. Il che le pareva un po' paranoico. Perché diavolo quella vecchia religiosa faceva così la misteriosa?

Attraversarono gli archi di pietra scalcinata. Adiacente alla cappella, Ruby notò un piccolo campanile su un contrafforte di pietra. All'esterno c'erano un recinto con capre e galline, un orto e una fila di mandorli. Un muretto di pietra secca, fatto con le rocce vulcaniche tipiche dell'isola, cingeva il terreno.

Uscirono dal cancello, girarono a sinistra sul sentiero sabbioso e si incamminarono verso le montagne. Per la sua età, suor Julia era piuttosto briosa.

«Chi ti ha mandato da me?» domandò la suora, mentre si allontanavano dal convento.

«Enrique Marín.» Sapeva chi era? Probabilmente le religiose non avevano molto a che fare con gli artisti famosi. «Il pittore che vive in paese», precisò Ruby.

«Ah, giusto.» Suor Julia annuì. «È l'unico a cui ho raccontato tutta la storia.»

«La storia?» Ruby era confusa. Era una storia che c'entrava con sua madre? E, in tal caso, come faceva suor Julia a sapere che era proprio di Laura che voleva parlarle, visto che aveva appena lasciato la *Casa Azul*? Enrique non poteva averla già avvertita. In convento non usavano certo il cellulare e forse neanche il telefono fisso, o no?

«C'è qualcosa in quell'uomo», commentò suor Julia, fermandosi un istante a guardare le montagne, «qualcosa di persuasivo.»

Era la verità, Ruby aveva provato la stessa sensazione. Seguì il suo sguardo e si accorse che sopra la cima dei monti si erano addensate grosse nuvole scure, mentre il resto del cielo era azzurro e sereno. Non si vedevano altro che deserto e montagne e, in lontananza, una striscia di oceano. «È un tipo carismatico.» Come suo figlio, anche se in modo molto diverso.

«Già. Sono i suoi occhi, credo», aggiunse suor Julia, guardandola. E, in quell'istante, a Ruby parve di intravedere la ragazza che doveva essere stata in passato. Chissà perché aveva deciso di prendere i voti. Aveva sempre vissuto sull'isola? O aveva avuto anche un'altra vita oltre quella?

Era d'accordo sullo sguardo di Enrique. Ti penetrava, come se riuscisse a vederti l'anima. Laura aveva capito qualcosa di lui? Aveva ceduto al suo fascino? Ruby ne dubitava. Artista finché vuoi, ma Enrique Marín non aveva mai avuto la bellezza mediterranea di Julio o di suo padre, chiunque egli fosse. Un altro spirito libero. Un altro nomade, come Laura.

«Come ti chiami, figliola?»

«Ruby. Ruby Rae.»

«Ruby», ripeté suor Julia, annuendo, come se il nome fosse di suo gradimento.

«Ma Rae non è il cognome di mia madre.»

Suor Julia le lanciò un'occhiata intensa, che la colse di sorpresa. «Naturalmente.»

Perché naturalmente? si chiese Ruby perplessa.

«Per forza non conosci il nome della tua vera madre. Hanno fatto di tutto per impedirlo.»

«Ma...» Aveva sbagliato a rivolgersi a lei? Le era sembrata una persona in gamba, ma forse non era lucida come aveva creduto. Oltre all'età, andava considerato che le suore vivevano distaccate dal mondo. Erano tenute ad abbandonare ogni contatto con la realtà.

Raggiunsero un bivio e suor Julia le fece segno di prendere il sentiero di destra, verso il mare. «Non è distante», la rassicurò. «Ormai non posso più allontanarmi molto.»

«In realtà, sorella, so qual è il cognome di mia madre», chiarì Ruby gentilmente. Avrebbe passeggiato un altro po' con lei e poi l'avrebbe riaccompagnata in convento. Nessun problema.

«Davvero?» Suor Julia si voltò a guardarla. «Com'è possibile, figliola?»

«Si chiama Laura. Laura Woods.» E Ruby le spiegò che Laura l'aveva partorita lì sull'isola, che era tornata in Inghilterra dopo la morte della madre e l'aveva affidata a Tom e Vivien perché si prendessero cura di lei, offrendole una vita diversa.

La vecchia suora sembrava capire tutto, pur non proferendo parola. E, in qualche modo, la sua presenza aveva un effetto calmante.

«Ho una sua fotografia.»

«Posso vederla?»

«Certo.» Nel frattempo avevano raggiunto la scogliera. C'era vento, ma suor Julia pareva non accorgersene. Sotto di loro il mare infuriava, gonfiandosi e scagliandosi violentemente contro le rocce nere. Ruby frugò nella borsa e trovò le ormai inseparabili foto. «Ho riconosciuto un ritratto di mia madre sul sito web di Enrique Marín. Sono venuta a Fuerteventura apposta per parlargli.»

Suor Julia esaminò la fotografia, proteggendola dal vento con il palmo della mano. Sorrideva leggermente e aveva un'aria serena. Ruby sospettò che si recasse spesso lassù per sentirsi in comunione con la natura e con Dio. C'era qualcosa di puro e primordiale in quel paesaggio: una forza che soggiogava..

«Chissà quanto hai desiderato ritrovarla», riprese suor Julia.

«Oh, sì, tanto. E lo desidero ancora.» E Ruby si ritrovò a raccontarle ogni particolare. Dell'incidente e della morte di Vivien e Tom. Di come aveva rimesso insieme i pezzi della sua storia. «Sono una giornalista», spiegò quasi a mo' di scusa. «Fare indagini e rivelare ciò che ho scoperto è il mio mestiere. Mia madre, Vivien, diceva sempre che sono nata curiosa come una scimmia.»

«Una giornalista, quindi.» Suor Julia la fissava in modo molto strano.

«Sì.»

«E fai indagini?»

«Sì, certo.» Ruby era confusa. Sicuramente la suora sapeva in che cosa consisteva il suo lavoro, ma il punto non era quello, sembrava stesse meditando su qualcos'altro.

«E stai cercando tua madre.» Suor Julia strinse la foto al petto e si mise a fissare l'orizzonte. «Ora capisco perché Enrique Marín ti ha mandato da me. All'inizio avevo frainteso. Immaginavo che tu avessi bisogno del mio aiuto.»

«Ed è così, infatti.»

«Ma anch'io ho bisogno del tuo, cara. Non mi servono altri segni.»

C'era qualcosa che non le quadrava. Aiutare quella vecchia suora? L'avrebbe anche fatto volentieri. Ma come? «Conosce questa donna, sorella?» domandò poco dopo, quando le sembrò che suor Julia fosse tornata sulla Terra. «Conosce la mia vera madre?»

«Oh, certo. Torniamo al convento ora, figliola?»

Certo? La conosceva? Finalmente, un raggio di speranza. «Vive qui vicino?» Doveva cercare di essere paziente, ma era dura.

«Di tanto in tanto veniva al convento a prendere erbe per cucinare e preparare medicinali.»

Sì, questa descrizione combaciava con lo stile di vita di Laura. Semplice. Essenziale. Un po' alternativo.

Suor Julia sorrise tra sé e sé. «Aveva pochissimi soldi. E noi eravamo contente di poter condividere i frutti della nostra terra. A volte, quando ci occorreva fare qualche lavoretto nell'orto e nel giardino, lei e i suoi amici venivano ad aiutarci.»

Ruby sentiva l'eccitazione aumentare a ogni parola. «È successo anche di recente?» La pista si faceva sempre più calda, ne era sicura.

Ma suor Julia scosse il capo. «No, è da qualche anno che non viene più. Ma, come ben sai, il convento è piuttosto isolato e lontano dal paese. Può darsi che in questo periodo faccia fatica a venire sin da noi.»

Ruby avvertì una stretta al cuore. «Sa dove abita?» sussurrò.

Suor Julia le cercò la mano. «So dove abitava, figliola. A Los Lagos, in una casa sulla spiaggia, accanto alla baia, poco prima del faro.»

«Oh, mio Dio», esclamò Ruby. Poi si ricordò chi aveva davanti. «Mi scusi, sorella. Ma...» Laura viveva (o aveva vissuto) in quella casa, a poche centinaia di metri da dove era stata con Izabella quella stessa mattina!

«Non preoccuparti, cara, ti capisco. Muori dalla voglia di vederla. E, finalmente, potresti aver raggiunto la meta del tuo viaggio. È meraviglioso.»

Erano arrivate al convento. «Non è detto che voglia incontrarmi», osservò Ruby. Anche se preferiva non pensare a quell'eventualità. «Ma sento che devo fare almeno un tentativo.» Soprattutto ora che i ritratti di Enrique le avevano mostrato la tristezza negli occhi di Laura. «Ci sono tante cose che vorrei sapere. Credo mi aiuterebbero a sentirmi più completa.»

«Completa», ripeté suor Julia. «Già, ognuno ha diritto di scoprire la verità sulla propria nascita. È un bisogno essenziale. Una verità fondamentale. Sei d'accordo?» Le strinse la mano e la guardò dritta negli occhi.

La sua presa era sorprendentemente forte. «Sì, certo.» Ma con la sua risposta Ruby ebbe l'impressione di concordare su ben altro. Si fidava di quella donna. E di qualsiasi cosa si trattasse, era a sua disposizione. Voleva aiutarla.

Suor Julia sembrava soddisfatta. «Dopo aver trovato le risposte che cerchi, tornerai al convento da me?»

«Certo.» Sarebbe venuta a raccontarle che cosa aveva scoperto, se aveva trovato Laura oppure no.

«Perché c'è una storia che devo confidarti. Una storia molto importante. Ed è per questo che ti hanno mandata da me, figliola.»

41

Rimasta sola, suor Julia si ritirò nella sua stanzetta al primo piano. Si sedette, appoggiò le braccia conserte sulla scrivania e vi posò sopra la testa. «Oh, Signore», mormorò. «Ecco il tuo segno.» L'aveva aspettato così a lungo. Chiuse gli occhi e si sentì invadere da una sensazione di pace mai provata prima. Ma era ancora incompleta. Restavano altre questioni da sbrigare.

Dopo un po' sollevò il capo e si alzò in piedi. Mantenere la serenità era difficile anche per le religiose a volte. Per tanti anni si era adoperata per aiutare le sventurate pazienti della clinica, ascoltandole e consolandole. Quando ne aveva avuto la forza, aveva affrontato quelli con più autorità di lei e, soprattutto, aveva pregato tanto che Dio le indicasse che cosa fare. Poi aveva cominciato a tenere il libro dei nomi... Sembravano passati secoli. Ma aveva registrato tutto: i nomi delle madri, dei genitori adottivi, dei bambini. Era stato un rischio, ma non poteva agire diversamente. In fin dei conti, era solo una povera suora, senza alcun potere. Alla mercé di chi la comandava.

Forse. Eppure... Suor Julia si avvicinò alla finestra ad arco e guardò il piccolo giardino circolare con il fico e la fontana. Non si era opposta, e aveva permesso che accadesse. Era stata complice.

Sospirò. Era un grande peso da sopportare. Appena giunta a Nuestra Señora del Carmen aveva cercato di aiutare gli abitanti del paese, di riparare ai suoi errori. Se avesse offerto conforto e guida spirituale ai bisognosi, se avesse trascorso le sue giornate a meditare e pregare, allora Dio le avrebbe inviato un segno. L'avrebbe perdonata e concesso di riposare in pace. O almeno così sperava. Ma per anni non aveva fatto altro che lottare con quanto le gravava sul cuore, temendo spesso che quella battaglia durasse fino al giorno della sua morte.

Leggere sul giornale la sua storia, la storia dei *niños robados*, aveva ridestato tutto: il dolore, la sofferenza, le lacrime... Ma aveva anche risvegliato il ricordo della delusione, della corruzione. E così aveva deciso che, in qualche modo, doveva testimoniare.

In giardino suor Josefina e suor María passeggiavano senza parlare. Suor Julia le osservava. Non aveva mai potuto realmente godere della calma del ritiro spirituale, della gioia del silenzio, della riflessione e della preghiera. Nel suo intimo sentiva una battaglia furiosa, una necessità impellente di liberarsi da quel pesante fardello e l'incertezza sul come procedere. Quel giorno sulla scogliera, Enrique Marín aveva ragione. Perché se ci fosse stato qualcuno a cui raccontare il ruolo avuto nella storia dei bambini rubati, l'avrebbe fatto. Ma sembrava non ci fosse nessuno. E così aveva continuato a esitare. Tuttavia, voleva conservare il libro dei nomi, perché fosse disponibile per tutti gli individui coinvolti che ne avessero avuto bisogno. Magari una madre che non aveva mai creduto alla morte del suo bambino e che ora voleva rintracciarlo. Oppure un figlio o una figlia consapevoli di essere stati adottati e intenzionati disperatamente a ritrovare la madre naturale. Lei era in grado di aiutarli, ma non sapeva come. Era una suora, sola al mondo e chiusa in un convento sperduto. Parlava con pochissime persone. Le serviva un segno. Ed eccolo, finalmente era arrivato.

Suor Julia tornò alla scrivania e aprì il cassetto. Tirò fuori la delicata tovaglia di pizzo bianco e rifletté su quanto Enrique Marín le aveva confessato quel giorno... Seduti sulla sporgenza rocciosa, con l'unica presenza dell'oceano, le aveva raccontato della sua vita di artista tormentato. Del dilemma che l'attanagliava, diviso com'era tra la necessità di dedicarsi completamente all'arte e quella di prendersi cura della moglie; del risentimento nel doversi occupare delle capre e della sua piccola proprietà terriera, mentre avrebbe potuto impiegare quel tempo a dipingere. E poi dell'immensa gioia quando le sue opere avevano iniziato a ricevere riconoscimenti, allorché la gente aveva cominciato a pagare forti somme per i suoi quadri e lo fermava per la strada.

«Il successo mi ha dato alla testa, sorella. Non voglio scusarmi. Mi ha proprio dato alla testa.»

Suor Julia conosceva abbastanza bene il mondo per sapere quanto la fama possa danneggiare un individuo. Quanto si possa finire per perdere la giusta prospettiva e per abusare del proprio potere. Non l'aveva forse sperimentato in prima persona con il dottor López, a Barcellona? Di certo non si poteva definirlo famoso, ma era molto rispettato e considerato una personalità autorevole. Doveva essersi montato parecchio la testa. E per soddisfare la sua avidità e la sua crudeltà si era nascosto dietro la parola di Dio. Suor Julia non era mai stata mossa dalla volontà di punirlo: era compito di Dio perdonarlo o condannarlo, quando fosse venuto il suo momento, sempre che non fosse già arrivato. Non spettava a lei giudicare. Né il dottore né l'uomo che le stava davanti in quel momento.

«Che cosa hai fatto, figliolo?» aveva domandato a Enrique. Anche se conosceva già la risposta. L'aveva subito identificato come il marito della donna che le aveva regalato quella bella tovaglia. Suor Julia ricordava ancora l'espressione nei suoi occhi scuri mentre le raccontava la sua vicenda, riusciva ancora a sentire la sua disperazione. Aveva pregato molto per lei. Era un'anima ferita, delusa, disingannata. D'altronde... è così che va il mondo.

«Non sono fiero di ciò che ho fatto», le aveva confessato Enrique Marín, lo sguardo intenso fisso sull'oceano. «Ma c'è dell'altro.»

Già allora suor Julia aveva avuto l'impressione che la donna le tacesse qualcosa di importante.

Si sedette di nuovo. Era stanca. In quei giorni le capitava spesso. Ma finalmente aveva ricevuto una risposta e a mani giunte ringraziò il Signore. Quella ragazza, Ruby, veniva da chissà dove, cercava sua madre ed era una giornalista. Non poteva esserci segno più chiaro. Ora poteva svelarle tutta la sua storia e lei l'avrebbe riferita al mondo intero. Sarebbe stata fatta giustizia. Avrebbe consegnato a Ruby il libro dei nomi e, finalmente, sarebbe stata libera.

Sulla scrivania c'erano un bicchiere e una bottiglia d'acqua; suor Julia se ne versò un poco con mano tremante. Ma le restava abbastanza tempo? La sua fine si avvicinava ormai. Ruby sarebbe davvero tornata a trovarla, come promesso? Bevve un sorso d'acqua. Poteva soltanto sperare.

Enrique Marín le aveva parlato di suo figlio. Padri, figli... Madri, figlie... Sembrava che fosse il suo destino ritrovarsi coinvolta in queste faccende famigliari.

«Se n'è andato di casa tanti anni fa», aveva rievocato Enrique. «E, nei suoi panni, avrei fatto la stessa cosa.»

Quell'uomo aveva raggiunto una profonda coscienza di sé, era un dono raro.

«Ero amareggiato, geloso.» Enrique Marín si era interrotto mentre l'impeto fragoroso delle onde investiva la costa, innaffiando le rocce nere e spruzzando schiuma ovunque. «Lo incolpavo per qualcosa di cui non aveva alcun controllo.»

Dopo aver ascoltato tutta la storia, suor Julia, con il cuore ancora lacerato dalla sua battaglia interiore, aveva sospirato profondamente.

A quel punto Enrique le aveva detto: «Si confidi con me, sorella. Io sono qui. Non sono nient'altro che un uomo. E siamo soli, in cima a una scogliera deserta. Si liberi».

E suor Julia l'aveva guardato dritto negli occhi di selce e gli aveva svelato tutto. Mentre i gabbiani strillavano e le onde si infrangevano sulle rocce, gli aveva raccontato tutto ciò che era accaduto a Barcellona. Quanto aveva visto, sentito, fatto.

«Preghiamo Dio perché questi nomi non vadano persi», aveva concluso. Come aveva accennato a Ruby, forse era stata la natura persuasiva di quell'uomo, l'espressione dei suoi occhi, a spingerla a parlare. Forse aveva bisogno di sfogarsi per ritrovare la pace mentale. O forse gliel'aveva detto soltanto perché convinta che dovesse saperlo. Tutti avrebbero dovuto saperlo.

Suor Julia aprì il cassetto della scrivania e scostò la tovaglia amorevolmente ricamata da Reyna Marín. Tenne in mano per qualche istante l'anello nuziale di sua madre e i suoi ricami di ragazzina. Prese la vecchia fotografia color seppia che la ritraeva con le sorelle, Matilde e Paloma. Erano morte entrambe. Tutti i suoi famigliari erano scomparsi e adesso era completamente sola. Ma non lo era forse già da tempo?

Tirò fuori il libro dei nomi.

Forse avrebbe potuto fare di più ma era debole e umana, come Enrique Marín. Ed era colpevole quanto lui.

Ma se solo fosse riuscita ad aiutare quei bambini... In fondo, era tutto ciò che aveva sempre voluto. Creature innocenti, indifese, che non avevano fatto nulla e avevano diritto di sapere da dove venivano. Forse qualcuno preferiva ignorare ma altri... Molti archivi erano stati distrutti. Tuttavia suor Julia aveva lavorato alla Clinica Canales per molto tempo. E quel taccuino poteva servire a molte persone. Sfiorò la copertina liscia. Nessuno poteva immaginare cosa contenesse.

Suor Julia ripensò a Ruby. Era una donna così piena di passione. Aveva amato i genitori che l'avevano allevata, ma ora provava un disperato bisogno di andare a fondo. Suor Julia aveva sbagliato, come tutti, ma ora poteva dire la verità.

Aprì il taccuino e lesse la lista di nomi sulla prima pagina. Ora poteva espiare i suoi peccati. E trovare finalmente la vera pace.

42

Andrés non era preparato all'intensa nostalgia che lo travolse quando l'aereo cominciò la discesa verso la costa, fendendo banchi di nuvole. A prima vista, il paesaggio desertico della sua infanzia pareva immutato. Desolato come sempre, si stendeva sotto di lui come un manto ocra di sabbia e rocce grigie, attraversato da sentieri e stradine; ed ecco le montagne, antiche come il mondo, con la cima avvolta dalle nubi. L'aereo virò poi verso il mare, un mare dai toni accesi che spaziavano dal turchese della battigia fino al blu scuro delle profondità; con le ali inclinate si dirigevano ora a sud dell'isola per atterrare controvento.

Più scendevano, più le nuvole si diradavano e fu allora che Andrés si accorse dei cambiamenti. Il verde brillante e artificiale dei campi da golf (che utilizzavano chissà quanta preziosa acqua desalinizzata), l'azzurro chimico delle piscine, l'arancione dei complessi turistici. Ma a Ricoroque non sarebbe stato così. Ormai pronti all'atterraggio, Andrés si appoggiò allo schienale del sedile e contemplò ancora le morbide onde dell'oceano.

Il caldo lo avvolse non appena mise piede fuori dall'aereo, mentre nel terminal furono gli odori a colpirlo: caffè amaro e olio d'oliva, prosciutto affumicato e creme solari. Era passato tanto tempo, ma gli sembrava di essersene allontanato solo il giorno prima.

Andrés recuperò l'auto a noleggio dal parcheggio dell'aeroporto e partì, in direzione nord. Aveva fatto tutto il possibile per imbarcarsi su quel volo last minute. E non aveva avvisato nessuno del suo arrivo, neanche Ruby. Chissà perché. Forse non voleva che si preparassero; voleva tornare a casa con la stessa spontaneità con cui se n'era andato. E per quanto riguardava Ruby... Prima di tutto doveva scoprire la verità. Solo allora avrebbe potuto dedicarsi a lei.

Prese la circonvallazione e, allontanandosi dal centro urbano di Puerto del Rosario, il paesaggio cambiò quasi subito. L'area rurale con i suoi paesini disseminati qua e là era più o meno come se la ricordava. In diciassette anni non era cambiato molto. Basse casette di pietra e chiese imbiancate. Piccole proprietà terriere. Ruderi. Un bar e un supermercato. Andrés resistette all'impulso di fermarsi a bere una birra. Guidava sulla strada liscia, in contrasto con le rocce frastagliate e le montagne erose che proiettavano lunghe ombre sui villaggi sottostanti.

Invece di accendere l'aria condizionata, Aprì il finestrino. Entrava aria fresca e pura e voleva respirarla a pieni polmoni; era così differente dall'aria inglese. Si accorse che gli era mancata, anche se si era ormai abituato all'inquinamento e a non vedere le stelle pur nelle notti più serene.

Pensò alla mostra estiva. Vi si era gettato anima e corpo, ma ora sembrava importargliene così poco. Comunque, era tutto pronto e Susie, una collega che realizzava ceramiche nell'atelier accanto al suo, aveva accettato di coprire i suoi turni al banco di accoglienza. Appena prima di partire, Andrés aveva dato il tocco finale alla sua ala dello spazio espositivo e applicato un'etichetta rossa sull'opera principale: il quadro della scogliera di Chesil Beach. Quello non era in vendita. C'era un unico posto in cui poteva essere appeso.

Era tardo pomeriggio e la luce stava già cambiando. I tenui raggi del sole sui fianchi delle montagne brune e rosate stavano acquistando la sfumatura giallo acido che Andrés ricordava così bene, che amava catturare e con cui adorava dipingere; una luce che gettava strali di verde sulle case bianche e sulla sabbia dorata. Un fulgore ultraterreno che trasformava quello scenario desolato in un paesaggio quasi lunare; una luminosità unica e mozzafiato mai più vista da quando aveva lasciato l'isola.

Quando spuntò all'orizzonte la Montaña de Tindaya, Andrés rallentò. Ci era stato con Izabella una volta, in scooter; avevano percorso il sentiero tra i muri di pietra secca, il monte sacro proprio davanti a loro, beige chiaro nella pallida luce del mattino, striato di marrone più scuro, bianco e color ruggine, scavato dall'acqua piovana; e, sopra la testa, un cielo limpido come un diamante.

Parcheggiato lo scooter vicino alle fatiscenti casette di arenaria, avevano attraversato un tappeto di fiori amaranto e camminato sul sentiero di terra e detriti che s'inerpicava lungo i pendii, fin sulla roccia nuda della vetta. Non era un percorso facile; giunti quasi in cima, si erano dovuti arrampicare con mani e piedi. Ma ne valeva la pena. Da lassù si vedevano i picchi delle altre montagne in lontananza, l'isola di Lanzarote, le spruzzate di bianco delle case di La Oliva e Ricoroque, a sinistra sulla costa. Andrés e Izabella erano saliti a cercare gli antichissimi graffiti sulle rocce, per gioco.

«*Aquí están!*» Izabella aveva trovato i primi due su una roccia dritta e levigata sul versante orientale del monte, a cinque o sei metri dalla vetta. «Qui. Vieni a vedere!» Andrés aveva sentito dire che c'erano centinaia di incisioni rupestri a forma di piede, intagliate nella trachite. Lungo il crinale dei vicini gruppi di rocce ce n'erano altre, alcune meno riconoscibili, altre invece molto nitide e di grande effetto. La leggenda voleva che fossero tutte orientate verso il Teide, il grande vulcano di Tenerife, ancora attivo e considerato in passato la dimora del diavolo. Lo scopo dei graffiti era allontanare gli spiriti maligni. E da lassù, contemplando la cima del Teide avvolta da dense nubi, Andrés aveva pensato che, chissà, forse era vero.

Al ritorno bisognava scendere lentamente e i due fratelli si erano presi per mano; Andrés temeva che Izabella andasse imprudentemente troppo veloce, rischiando così di perdere l'equilibrio. Ma in realtà era lui a inciampare, mentre lei procedeva sicura come una capra delle nevi ed era un sostegno saldo che gli impediva di cadere.

E ora chi gli avrebbe impedito di cadere? Nel corso degli anni lui e la sorella si erano allontanati, le loro vite avevano preso direzioni diverse. I suoi genitori erano ormai degli estranei. E Ruby...

Alcuni credevano che la montagna fosse infestata dagli spiriti. Certo, quel luogo aveva un fascino particolare. Sembrava possedere una forza magnetica. Andrés ne era stato influenzato per tutta la giornata, come se qualcosa o qualcuno incombesse su di lui. Avvertiva uno strano senso di oppressione. Il giorno successivo a quella gita aveva spiato suo padre nello studio e l'aveva affrontato a muso duro. E se n'era andato di casa per sempre.

Andrés continuò a guidare verso La Oliva, cittadina importante oltre che residenza ufficiale dei colonnelli nel XVII secolo. Era un luogo di rilievo anche per il padre di Andrés che qui, al Centro de Arte, esponeva molte opere. Prima di entrare in città, però, svoltò sulla sinistra in direzione di Ricoroque, fiancheggiando il Parco Naturale di Malpaís a Rosa de los Negrines, un'area brulla e aspra disseminata di licheni verde pallido. Ripensò alla storia dell'isola studiata sui banchi di scuola, ai coloni francesi che erano approdati su quella terra verde, piena di fichi, palme e olivi; alle fitte foreste di salici e pini, ai ruscelli d'acqua fresca. Era difficile da immaginare. Poi erano arrivate le capre (che, come si sa, divorano tutto), le fornaci che inghiottivano enormi quantità di legna, i periodi di siccità e, infine, i conigli e gli scoiattoli di terra. E ora il paesaggio era praticamente desertico.

Giunto sulla lunga strada dritta per Lajares pigiò sull'acceleratore: ormai era quasi arrivato. In lontananza riusciva già ad avvistare l'eremo e *los molinos*. Chissà se i mulini funzionavano ancora. Chissà se il vecchio mugnaio e la moglie vivevano ancora lì, come prima che Andrés partisse.

La strada per Ricoroque girava a sinistra e fu allora che Andrés scorse il faro, il paese e il mare. Il suo mare. Il suo paese. Ne sentiva l'odore: la pietra secca, la terra, le case dai muri incrostati di sale. La colata lavica proseguiva fino al villaggio, accanto alla vecchia strada costeggiata da palme da dattero, trasformatasi ora in una sorta di pista ciclabile per turisti, e oltre, il sentiero che portava al convento. Di colpo gli venne in mente Ruby. Perché si era rivolta a una suora?

La strada lo condusse fin dentro il paese. Andrés inspirò profondamente. Chissà se si era illuso per tutti quegli anni. Chissà se avrebbe finalmente ottenuto una risposta alle sue domande. Chissà come l'avrebbero accolto. Ma non aveva importanza. Era a casa.

Parcheggiò davanti alla *Casa Azul*. Sua madre gli aveva parlato di alcune modifiche, ma Andrés restò sorpreso ugualmente. La piccola e modesta abitazione di un tempo era raddoppiata di dimensioni. Stentava a credere che fosse lo stesso posto in cui aveva trascorso la sua infanzia. Osservò il giardino di ghiaia bianca e la scultura metallica al centro, una sorta di gigantesca frusta da cucina. Sembrava tutto così irreale. Per fortuna, però, il carrubo era ancora lì, nell'angolo più remoto del cortile. Si fermò davanti al cancello di ferro battuto. Si era comportato in modo ingiusto? Suo padre era partito dal nulla e aveva fatto grandi cose. Ma a quale prezzo?

Invece di bussare alla porta principale come un estraneo, Andrés si fece coraggio e andò sul retro. Attraverso la finestra aperta vide sua madre armeggiare in cucina. Restò immobile a guardarla, con le lacrime agli occhi. Come aveva potuto andarsene, sparire, restare lontano da lei per così tanti anni? Non avrebbe dovuto, no. Come diavolo gli era saltato in mente?

All'improvviso Reyna si voltò, lo scorse e si fermò impietrita.

«Figlio mio!»

Andrés la sentì urlare da dentro la cucina, al che aprì la porta e si ritrovò subito cullato dal suo caldo abbraccio, come un bambino.

«Mamma.» Affondò il viso nei suoi capelli. Profumava di pane appena sfornato, una fragranza che lo riportò di colpo all'infanzia, a quella cucina in cui aveva trascorso ore e ore a dipingere, mentre sua madre pelava le verdure, o puliva i crostacei o faceva il pane, oppure mentre preparava la cena o lavava i piatti, canticchiando sommessamente. Chissà se le era mai piaciuta la vita da massaia. All'inizio, forse, sì. Ma dopo... Non era stata una donna felice.

«Andrés!» La mamma lo allontanò da sé per rimirarlo, con una forza sorprendente per una persona così minuta. «Sei proprio tu? Non riesco a crederci.»

«Sì, mamma, sono io», la rassicurò lui. Grazie al cielo suo padre non era nei paraggi. Andrés non era ancora pronto. «Come stai?»

«Io? Sono sana come un pesce!» rispose lei, ridendo. Ma un attimo dopo il suo viso si oscurò.

«E papà?» Dov'era? Nel suo studio, probabilmente. Se era abbastanza in forma da reggersi in piedi, era lassù, senza dubbio.

L'espressione di Reyna cambiò. Lanciò un'occhiata verso le scale. Che cosa provava? Ansia? Paura? Lo abbracciò di nuovo e si mise a esaminarlo da capo a piedi. «Sei pallido.»

Andrés rise. «Vivo in Inghilterra.»

«Hai l'aria stanca.»

«Sono solo invecchiato.»

«Avresti dovuto dirci della tua visita. Ti avrei cucinato qualcosa di speciale.»

«Non importa, mamma.» La strinse di nuovo, sollevandola da terra. Era leggera come una piuma. Si vedeva che era dimagrita e che anche lei era invecchiata: il viso rugoso e segnato dall'età, ciocche grigie tra i capelli scuri e uno sguardo preoccupato, ancor più di quanto Andrés ricordasse; il tempo non l'aveva certo risparmiata.

«Andrés!» esclamò Reyna, colpendolo scherzosamente sulla schiena. Aveva una risata meravigliosa.

La rimise giù. «E Izabella?» domandò. «Come sta?»

«Bene, grazie.»

La voce giunse da fuori. Izabella, la sua cara Izabella, era ferma sulla porta con un cestino pieno di alimentari sul braccio e un gran sorriso sulle labbra. Piccola, snella e bellissima, come sempre.

«Andrés», sussurrò. «Alla fine sei venuto.» Posò a terra il cestino.

Andrés si precipitò da Izabella e la strinse nell'abbraccio più forte di tutti i tempi, finché lei cominciò a battergli sul petto, ridendo e ansimando in cerca d'aria. «Ciao, Izabelle», le disse dolcemente. «Non sei cambiata per niente.» E invece sì. Guardandola bene, si accorse che anche lei aveva l'aria stanca. Pur con la pelle ancora liscia e levigata, aveva gli occhi e la bocca circondati da rughette sottili e la fronte lievemente accigliata. I capelli erano ancora lunghi e lucenti come ali di corvo e, mentre si allontanava per dare un bacio alla mamma, Andrés notò che il suo corpo era sinuoso come un tempo, quando la ritraeva così spesso; anzi, ora aveva curve ancora più morbide. Sua madre e sua sorella. Loro non erano estranee.

«Su, siediti, che faccio il caffè.» La mamma lo spinse verso il tavolo, lanciando un'altra occhiata su per le scale.

Izabella la imitò. Santo cielo. Di che cosa avevano paura? «Papà è in casa?» domandò Andrés.

«Certo, figliolo», rispose la mamma, versando l'acqua nella caffettiera.

«E pensi di dirgli che sono qui?»

Lei esitò. «Sì, è ovvio.» Ma non si mosse di un millimetro.

Izabella tirò Andrés per un braccio e lo fece sedere a tavola accanto a lei. Era sempre lo stesso mobile su cui dipingeva da ragazzino. Un semplice tavolo di legno, segnato, graffiato e macchiato dalla famiglia che l'aveva usato per una vita intera.

«Raccontami tutto. Dimmi dell'Inghilterra. Quando sei atterrato? Perché non ci hai avvertito del tuo arrivo?»

«Eh, quante domande.» Andrés scoppiò a ridere e, alzando lo sguardo, vide suo padre sulla soglia.

«Papà.» Si alzò di scatto, scioccato. Enrique era terribilmente invecchiato, la sua faccia somigliava a un pezza di cuoio sbiadito e i pochi capelli rimasti erano bianchi e sottili. Indossava ancora i pantaloncini macchiati di pittura e la camicia celeste, ma era magro e scavato. Ed era più basso. Sembrava essersi rimpicciolito. Portava sempre in testa la bandana rossa e il solito sigaro gli pendeva dalle labbra. Continuava a fumare, nonostante la malattia. Aveva un'aria pensierosa.

«Bene, bene...» commentò con la voce di sempre, profonda e gutturale. Andrés non si lasciò intimidire. Quella era la sua famiglia. Aveva il diritto di stare lì. L'avrebbe fronteggiato come aveva sempre fatto. Era venuto per sostenere sua madre e sua sorella. E aveva delle domande che esigevano una risposta.

«Guarda un po' chi si rivede. E così, alla fine, ti sei deciso. Mi chiedevo quanto ci avresti messo.»

«Enrique!» l'ammonì la moglie con dolcezza. «Nostro figlio è tornato a casa, finalmente. Ora beviamoci un bel caffè insieme.»

Ma lui si trascinò fino al frigo e prese una birra. Chiuse lo sportello, lanciò un'occhiata al figlio, dopodiché lo riaprì, tirò fuori un'altra bottiglia e gliela porse.

«Grazie, papà.»

«Benissimo», fece la mamma e andò a prendere due bicchieri. Andrés si sedette di nuovo, Enrique, invece, restò in piedi. Bevve un sorso di birra direttamente dalla bottiglia e si pulì la bocca con il dorso della mano.

Diede un violento colpo di tosse, sputò su un fazzoletto e, infine, domandò: «Perché ora? Perché sei tornato proprio ora? Pensavi che stessi tirando le cuoia, vero? Non c'è niente di meglio di un moribondo per radunare gli avvoltoi!»

«Enrique...» La mamma placò Andrés con qualche affettuoso colpetto sulla mano.

«Ti consideravi troppo in gamba per vivere con noi, in questa casa», borbottò Enrique. «L'isola ti stava stretta, eh? Te ne sei voluto andare a Londra. Puah!» Imprecò, con disprezzo. Poi uscì a grandi passi dalla cucina, continuando a brontolare, con il sigaro in mano.

Sentirono il rumore dei suoi passi sulle scale, l'accesso di tosse che lo colse una volta in cima.

Non gli aveva dato un bacio né stretto la mano. Suo padre, l'uomo che non vedeva da diciassette anni non l'aveva abbracciato, non gli aveva detto di essere felice di rivederlo. Perché diavolo Andrés avrebbe dovuto preoccuparsi per lui?

Eppure c'era una cosa che doveva fare. Si alzò in piedi.

«Andrés...»

«Va tutto bene, mamma», disse. Ma era una bugia. La verità era che faceva male, come sempre.

«Non ci badare», sussurrò lei. «Lo sai, è fatto così.»

Gliel'aveva ripetuto migliaia di volte. *È fatto così*. Sì, Andrés lo sapeva com'era fatto. Suo padre non lo aveva mai amato. Non aveva mai avuto fiducia in lui. Anche quando gli aveva dimostrato che sapeva dipingere, che poteva aver ereditato un briciolo del suo talento. Persino quello l'aveva fatto arrabbiare; come se si sentisse minacciato dal ragazzo che riusciva a rendere il mare così vivido; come se quel giovane potesse rubargli un po' di fama, di potere, di gloria. Suo padre non era felice di vederlo. Perché avrebbe dovuto?

Ma era tornato a casa per un motivo preciso e non intendeva prendere ordini da quel vecchio caprone. Sorrise a sua sorella, carezzò dolcemente la spalla di sua madre. E si diresse al piano di sopra.

Enrique non parve sorpreso di vederlo entrare nel suo studio. E non gli ordinò di uscire come aveva sempre fatto in passato. Per la prima volta, Andrés sospettò che sotto la dura scorza potesse nascondersi qualche altra emozione. Possibile?

«Dipingi ancora?» grugnì il vecchio.

Gli interessava? Anche questa era una novità. «Sì, dipingo ancora.» Andrés si addentrò nella stanza, camminando sulle piastrelle macchiate di pittura, non più furtivo come faceva da ragazzino, ma deciso come se fosse pienamente autorizzato a trovarsi lì. Sentì l'odore del gesso e della carta, della trementina e dei colori a olio.

«Che genere di soggetti?»

«Per lo più paesaggi marini.»

«Niente di nuovo, allora.» Enrique manteneva la solita postura fiera ed eretta, come se fosse l'uomo più importante sulla faccia della Terra, ma all'improvviso cominciò a rantolare e si accasciò sulla sedia più vicina.

«Stai bene, papà?» Andrés fece un passo avanti, ma lui lo fermò con un cenno della mano.

«Non preoccuparti.» Tossì ancora, in modo più prolungato

stavolta, e sputò di nuovo sul fazzoletto. «È chiaro che non sto bene. Ma lo sapevi già, no?»

«Sì, la mamma mi ha detto tutto.»

Enrique imprecò. Era bianco come un cencio. Ed era arrabbiato. Maledizione. Possibile che fosse sempre furioso?

Andrés oltrepassò i cavalletti e le lenzuola impolverate e si avvicinò alle finestre che offrivano una meravigliosa panoramica sulle montagne e sulla costa. I rilievi si stagliavano morbidi e rosa nel cielo blu della sera; il vento era calato e il mare era liscio come l'olio. Da lassù Andrés riuscì persino a scorgere la casa in stile moresco vicino alla laguna e il faro a strisce bianche e rosse in lontananza. Stormi di piccioni scendevano in picchiata sui tetti bianchi e arancio. Lavorare in quello studio doveva essere un'esperienza celestiale.

Distolse lo sguardo e tornò verso il padre. «Devo chiederti una cosa, papà. È importante.»

«Oh, sì. Immagino di sì.» Enrique annuì, come fosse già al corrente di tutto. «E anch'io devo parlarti, ragazzo mio. È giunto il momento. Non faccio che ripeterlo a tua madre: ormai non ha più senso rimandare. Devo rivelarti una cosa.»

43

CHE cosa avrebbe trovato laggiù?

Ruby cercò di non pensarci, di non crearsi aspettative esagerate. Camminava lungo la spiaggia come aveva fatto con Izabella, oltre quei piccoli recinti di rocce semicircolari di cui, grazie al receptionist dell'albergo, aveva scoperto il nome: *corralitos*. Erano cumuli di pietra lavica accatastati sulla sabbia, una naturale barriera frangivento. Provava una sensazione piacevole malgrado le raffiche che le sferzavano le caviglie e le spingevano via i capelli dal viso. In lontananza, il faro sembrava prendersi gioco di lei: un attimo prima sembrava vicinissimo e quello dopo, quando la linea costiera curvava, pareva di nuovo distante.

Pensò a suor Julia. Perché voleva che tornasse a trovarla? Che storia doveva raccontarle? *Be', c'è solo un modo per scoprirlo...* Doveva recarsi al convento. Non voleva deludere la vecchia suora e, in fin dei conti, era pur sempre una giornalista, no? Nonostante le sue ricerche e vicende personali, sperava di non perdere mai il fiuto per le notizie.

Si fermò in cima alle rocce e contemplò per un istante quella che Izabella aveva chiamato la baia segreta. La spiaggia era quasi deserta e all'estremità opposta, vicino alle dune, Ruby riuscì a scorgere la casa arancione e, in fondo, il faro bianco e rosso, un dito puntato verso il cielo, a un tratto di nuovo lontanissimo.

La schiuma ricopriva la battigia di bolle frizzanti; istintivamente, Ruby corse a riva, si tolse le scarpe e lasciò sprofondare i piedi nella sabbia morbida, facendosi accarezzare le dita dall'acqua. Proseguì fin dove l'affioramento di rocce circondava la baia, dove la marea lasciava minuscoli specchi d'acqua, fonte di cibo per chiurli e rondini di mare. In quel punto l'oceano era così limpido che si riuscivano a vedere le rocce sul fondo e i pesciolini che vi nuotavano sopra.

Continuò a camminare sulla sabbia, in direzione della casa. Notò un sentiero costeggiato da piante grasse che pareva condurre verso il faro, serpeggiando tra le dune. Si schermò gli occhi con la mano per vedere meglio. Chissà se un tempo Andrés andava laggiù a pescare o a setacciare la spiaggia in cerca di piccoli tesori. Aveva l'isola nel sangue. Faceva parte di lui, qualsiasi cosa fosse successa. Aveva davvero rinunciato per sempre alla sua famiglia, alla sua terra?

Ruby non l'aveva chiamato per riferirgli l'incontro con suor Julia e le novità su Laura. E lui non aveva contattato lei. Che senso aveva continuare a telefonargli? Se non andava a trovare il padre in punto di morte, se non tornava a supportare il resto della sua famiglia nel momento del bisogno, se non era neanche in grado di offrirle un minimo sostegno emotivo… Be', allora non era il tipo di uomo che stava cercando.

Era questo che aveva spiegato a Mel il giorno prima, quando l'amica l'aveva chiamata, ansiosa di ricevere aggiornamenti.

«Dài, tesoro», l'aveva incoraggiata Mel. «Non mollare.»

«A che cosa ti riferisci?»

«Ad Andrés.»

«Non sono io che ho mollato.»

«A me sembra di sì. Mi illudevo fosse una persona speciale.»

Già, anche lei.

«Ti hanno mai detto che non bisogna lasciarsi sfuggire le persone speciali? Almeno non senza lottare.»

Belle parole, ma… «E tu, allora?» aveva ribattuto Ruby.

«È buffo che tu me lo chieda.» Mel colse l'allusione. «Ieri

sera io e Stuart abbiamo fatto una lunga chiacchierata. Su ciò che vogliamo veramente, capisci?»

«Capisco.»

«E… mi sono resa conto che avevo soltanto paura.»

«Paura?» Ruby era perplessa. Era sempre stata Mel quella coraggiosa, quella che, da adolescenti, attaccava bottone con i ragazzi. O era solo una maschera? «Paura di che cosa, Mel?»

«Di perdere ciò per cui ho lavorato sodo, di dover cambiare le mie abitudini, di non avere più il controllo sulla mia vita.»

«E ora?»

«Ho parlato con Stuart e ho capito che non devo avere paura. E che non devo perdere nulla. Né il negozio né il resto. Posso avere tutto.»

«Hai solo da guadagnarci», aveva sussurrato Ruby.

«Esatto.»

Qualsiasi cosa succedesse, qualsiasi cosa decidesse di fare, Mel aveva Stuart e sarebbe stata bene.

Poteva affermare lo stesso di lei e Andrés? Non ne era sicura.

Nel frattempo la brezza si era fatta più intensa. Quello doveva essere un paesaggio sempre in movimento, trasformato e modellato senza posa dal vento. Intorno ai corralitos si ammassavano banchi di sabbia simile a neve; era come se un mucchio di rocce visto oggi, domani fosse già scomparso, inghiottito da una duna. E così i profili cambiavano di continuo e non sapevi mai che cosa potevi trovare.

Finalmente giunse davanti alla casa sulla spiaggia e si fermò. Curiosamente, proprio come aveva pensato la prima volta che l'aveva scorta, si ergeva sulla sabbia, vicino al sentiero che conduceva al faro. Ed era una costruzione insolita da tanti punti di vista. Era di pietra tinteggiata di arancione e crema e aveva un design semplice, quasi infantile, con influenze moresche riconoscibili nella sagoma delle finestre, nel comignolo conico a forma di pera, nel tetto inclinato, anch'esso arancione. Tutt'intorno correva un basso muretto di pietra fatto di rocce vulcaniche nere accatastate.

Ruby respirò profondamente per tranquillizzarsi un po'. Ecco il posto che aveva tanto cercato.

Si avvicinò, ma a prima vista sembrava non ci fosse nessuno nei paraggi. Doveva bussare? Sentiva il cuore batterle forte nel petto. Pensò alla lettera di Vivien. *Capisco le tue ragioni...* Eppure Laura si era occupata di lei solo per pochi mesi. Stava sbagliando a cercarla? Non era meglio lasciare le cose come stavano?

Ma era un impulso irrefrenabile. Forse anche lei aveva quel luogo nel sangue? In fondo, era già stata in quella casa, seppure per poche settimane. E Laura aveva vissuto lì per molto più tempo. Tirò fuori le foto ed esaminò il paesaggio, cercando di individuare i punti esatti in cui erano state scattate. C'era il muro arancione cui Laura era appoggiata nella foto con la casa sulla spiaggia; al posto del *corralito* naturale su cui Laura, seduta, suonava la chitarra, ora non c'era nulla eccetto una lingua di sabbia dorata su una base di lava nera bucherellata. E individuò il punto in cui era stato parcheggiato il furgone psichedelico Volkswagen; il sentiero proveniente dalla strada era lungo e accidentato ed era difficile credere che quel vecchio macinino fosse riuscito a percorrerlo, ma quella foto ne era la prova. Le strisce bianche e rosse del faro erano chiaramente visibili ora. E c'era il mare, limpido e invitante. Non aveva dubbi: il posto era quello.

«Posso aiutarti?»

Ruby si girò. *Laura?...* No, non era lei. Si accorse subito che la donna sulla soglia di casa, di chiare origini inglesi, era troppo alta e troppo scura per essere Laura, benché avesse più o meno la sua età.

«Sì, grazie. Sto, ehm, cercando qualcuno.»

«Davvero?» La donna sembrava curiosa, ma anche amichevole, così Ruby si avvicinò.

«Mi spiace disturbarla», si scusò. Era un posticino talmente silenzioso e tranquillo. «Lei vive qui?» Per la prima volta Ruby notò l'orologio inciso sul comignolo di pietra e una faccia sorridente nascosta in un angolo del muro. Che strana casa. Non era infantile come aveva pensato in un primo momento. Era eccentrica e surreale, come un'opera di Dalì.

«Sì, vivo qui. Mi chiamo Trish», rispose la donna, porgendole la mano.

«Io sono Ruby», si presentò lei, ricambiando la stretta.

«Ciao, Ruby.» Trish l'osservò minuziosamente. «Chi stavi cercando?» domandò, controllando a destra e a sinistra con un sorriso.

Ruby seguì il suo sguardo, poi capì che la stava prendendo in giro. Non c'era anima viva lì intorno. «Una donna di nome Laura. Laura Woods. La conosce?»

«Laura?» Trish la scrutò con ancora più attenzione. Indossava una T-shirt scolorita, una semplice gonna pareo e un paio di infradito. I capelli, lunghi fino alle spalle, erano sciolti e non aveva un filo di trucco.

Ruby si sentiva ridicolmente elegante con i pantaloncini di stoffa e il top a fiori rosso.

«Sei una sua amica?» si informò, invece di rispondere.

Anche se, in un certo senso, una risposta l'aveva già data. Allora... La conosceva. Forse Laura viveva ancora lì. «Più o meno», ribatté Ruby.

«Sei una sua parente? Hai un'aria un po'... famigliare.»

«Ehm...» Ruby teneva ancora in mano la fotografia. Ma non era sicura di voler raccontare tutta la storia un'altra volta.

«Laura abita qui?»

«Ci abitava.»

Ruby sentì un tuffo al cuore. *Ci abitava*. Ora non più, quindi. «Quando è partita?» domandò cupamente. «Sa dov'è andata?»

«Quasi un anno fa. E non ho idea di dove si sia diretta, mi spiace.» Trish era incuriosita dalla fotografia di Ruby. «Posso vederla?» chiese con gentilezza.

Che differenza faceva ormai, se Laura non era più lì? Ruby gliela porse, sospirando. «La bambina sono io.»

«E la madre è Laura.» L'espressione di Trish si addolcì. Il suo sguardo prese a guizzare da Ruby alla foto e viceversa. «Oh, cara, non lo sapevo. Ma ora noto la somiglianza. Vieni, entra. E dammi pure del tu.» E condusse Ruby dentro casa.

La porta si apriva direttamente sul soggiorno. Sul pavimento c'erano mattonelle rosso acceso e vivaci tappeti fantasia, sbiaditi dal tempo. I mobili erano semplici: un piccolo tavolo di legno con una tovaglia ricamata, una cassettiera e qualche sedia di vimini. C'erano cuscini decorativi, grandi e colorati, sparsi per tutta la stanza e al soffitto erano appese lenzuola, forse di seta, a mo' di baldacchino, che la brezza faceva gonfiare.

«Accomodati.» Trish le fece segno di sedersi e sparì in cucina a prendere da bere. Tornò con due bicchieri di succo d'arancia fresco. Ne passò uno a Ruby, si sedette sulla sedia di vimini davanti alla sua e ricominciò a fissarla. «Non avevo idea che Laura avesse una figlia. Non me ne ha mai parlato.» Sembrava sorpresa, come se stesse cercando un senso a tutta la storia.

«Forse stava cercando di dimenticare», commentò Ruby.

Trish la guardò, perplessa.

«Non l'ho mai conosciuta in realtà», spiegò Ruby. «Mi ha abbandonata quando avevo solo pochi mesi.» Detta così pareva brutta. Ma in fondo era la verità.

«Oh, capisco», fece Trish, scuotendo il capo. «Anzi, no, non capisco. Ma...»

«Va tutto bene.» Ruby si stava sforzando di mostrarsi coraggiosa. Ma era delusa. Era venuta lì se non per trovare Laura, almeno per ottenere qualche risposta sui suoi genitori naturali. Sperava che si fosse confidata con quella donna. Per poter almeno scoprire chi era suo padre, come si era sentita dopo averla abbandonata e, magari, le sue motivazioni. Aveva bisogno di sapere che non era stato semplice per lei, che aveva avuto dei rimpianti, che se fosse potuta tornare indietro nel tempo... Sentirsi rifiutati non era gradevole né facile.

«Mi spiace di non poterti essere di aiuto», si scusò Trish, empatica.

Ruby bevve un sorso di succo d'arancia. Forse non tutto era perduto, però. In fondo, quella donna doveva aver conosciuto

Laura meglio di chiunque altro con cui Ruby avesse parlato sino a quel momento. Poteva almeno scoprire qualcosa in più su di lei. Si guardò intorno. «Questo posto è fantastico», osservò. Trish aveva lasciato la porta aperta e da fuori giungeva la sinfonia del vento e dell'oceano. Chissà che bello addormentarsi cullati da quel fragore. Essere accompagnata nel mondo dei sogni ogni notte ed essere poi risvegliata allo stesso modo ogni mattina.

Trish annuì. «Anche Laura l'adorava. Aveva preso in affitto la casa dal tedesco che l'aveva costruita, negli anni Settanta, credo. Un pazzo sognatore, non trovi?» Rise, ma Ruby capiva esattamente che cosa intendeva.

Era proprio il genere di comportamento che la gente sceglieva a quei tempi. *Fuggiamo da tutto e andiamo a vivere sulla spiaggia.* E in una casa anticonvenzionale, per giunta, bizzarra e stravagante, emblematica di quanto i suoi abitanti volessero considerarsi diversi dal resto del mondo. E Ruby era nata esattamente in quel periodo, alla fine degli anni Settanta, nel 1978 per essere precisi.

«Viveva qui con Julio, quando l'hai conosciuta?» Ruby pensò al ragazzo di Laura, che l'abbracciava disinvolto nella foto. Forse era stato solo uno dei tanti girovaghi passati di lì, come il suo padre naturale.

«Stava da sola, quando l'ho conosciuta. Ma qui la gente arrivava e ripartiva di continuo.» Trish fece un cenno verso la spiaggia e Ruby ricordò le proprie riflessioni sul paesaggio mutante, sulla sabbia in movimento. E sugli spiriti nomadi. Come Laura. Come Trish. Gente che andava e veniva con la brezza, con la marea, a suo piacimento.

«Che cosa ne è stato di lui? Del tedesco che ha costruito questa casa?»

«Credo si sia spostato in paese a occuparsi di qualcosa di più ordinario», rispose Trish, ridendo. «Aveva un debole per Laura. Come quasi tutti gli uomini, del resto. A volte con qualcuno nasceva una storia, ma appena Laura cominciava a sentirsi in catene, era l'inizio della fine.»

Anche suo padre era stato uno di quegli uomini? Aveva cercato di imprigionarla e l'aveva persa, ignaro che fosse incinta?

«Pagava l'affitto?» domandò Ruby, senza sapere dove volesse andare a parare.

«Immaginò di sì», fece Trish, vaga. «Ma a un certo punto lui è scomparso. Forse è tornato in Germania. Non lo so.»

Scomparso, come Laura, concluse Ruby. E così sua madre, di colpo, era diventata la proprietaria di quella casa. Perché qualcuno doveva pur prendersene cura e lei ne aveva bisogno. *Cielo.* Proprio come Vivien era diventata la proprietaria della bambina che le avevano lasciato. Forse era diverso quando c'era di mezzo un essere umano. Eppure Ruby capiva quanto potesse essere facile appropriarsi di una casa o di un bambino, quando quella casa e quel bambino parevano la risposta a tutte le tue preghiere. Che fine aveva fatto il costruttore tedesco? E se avesse lasciato la casa a Laura per via di Ruby? E se all'inizio pure lei fosse stata parte del suo sogno folle? E se?...

«Un bell'affare, no?» aggiunse Trish.

Poteva dirlo forte. «Da quanto tempo vivi qui?» domandò Ruby. Sembrava di casa e ben inserita nel contesto.

«Vent'anni. Arrivai con il mio ragazzo di allora. Stavamo cercando di fuggire.» Si chinò confidenzialmente verso di lei. «La maggior parte della gente che arriva qui vuole scappare da qualcosa.»

Già. Da che cosa voleva fuggire Laura? Dalla separazione dei suoi genitori? Dalla perdita di sua madre? Dalla sua bambina? Ruby fissò l'oceano. E che cosa succedeva quando non avevi più necessità di una via di fuga? O quando ti stancavi del sole e delle onde e del vento? Forse a certe persone non capitava mai.

«E poi hai conosciuto Laura?»

«Più o meno.» Trish annuì. «Ero appena stata scaricata ed ero quasi al verde. Un giorno stavo passeggiando sulla spiaggia e udii qualcuno suonare la chitarra. La musica si insinuava tra il vento e le onde, come per magia.»

«Era Laura?»

«Già.» Bevve un sorso di succo. «Cominciammo a parlare e le raccontai che cosa mi era accaduto. Lei mi propose di trasferirmi qui. 'Tanta gente ci viene, non è niente di che', commentò. Era una specie di casa aperta. Tutti erano i benvenuti finché non abusavano della sua ospitalità. Ma per me era un fatto eccezionale, ovviamente.»

Ruby provò una bella sensazione, come quando aveva parlato di Laura con suor Julia. Era bello sentire che la sua madre naturale era una persona perbene (anche se ti ha abbandonata, continuava a bisbigliare una vocina interiore).

«Aiutava un sacco di gente.» Trish divenne pensierosa. «Piccole cose, sai. Accoglieva le persone così com'erano. All'inizio dividevamo il cibo e la casa, poi, quando trovai lavoro come cameriera nel bar vicino al porto antico, cominciai a restituirle qualche favore, dandole un po' di soldi per l'affitto.»

«E non te ne sei più andata?»

«No, mai.»

Ruby capiva perché. Persino in quel momento, seduta su quella sedia di vimini, ascoltando il vento e l'oceano, riusciva a sentirsi distesa e rilassata, come se tutto lo stress dei mesi passati la stesse gradualmente abbandonando. Per essere sostituito da... Che cosa? La sensazione di esistere. Se non suonava troppo banale.

«Che tipo era?» Anche Laura doveva aver provato quella stessa sensazione, di esistere e basta. Combaciava con l'immagine che Ruby si era fatta di lei sinora.

«Senza pregiudizi. Calma. Gentile. Un po' matta.» Trish sorrise. «Suonava e cantava al *Beach Bar* di Los Lagos.»

Ruby annuì. Ci era passata davanti poco prima.

«E anche in un bar del paese. In cambio del pasto e di un po' di contanti, nient'altro. Ma sapeva creare atmosfera. Calore. Alla gente piaceva. A volte faceva le pulizie nelle case per i turisti.»

Ruby aveva visto anche quelle: si trattava di un paio di complessi costruiti sulla spiaggia, alla periferia del paese.

«Viveva in modo semplice», proseguì Trish. «Quando ho ricevuto una piccola eredità da parte dei miei genitori...» E i suoi occhi d'un tratto si offuscarono, come se stesse ricordando anche lei ciò da cui era fuggita, «...mi sono presa la responsabilità di questo posto, cercando di conservarne la tradizione.»

«Tutti sono i benvenuti?»

«Più o meno. Ho provato a convincere Laura ad accettare un po' di denaro, ma non era interessata. Non è per questo che lo faccio, diceva. Capivo che cosa intendeva. Ma non possiamo essere tutti forti come lei al mondo.»

Ruby rifletté sulle scelte di Laura: era andata in Inghilterra, aveva affidato la sua bambina a Vivien e Tom Rae ed era tornata a vivere a Fuerteventura con il fidanzato spagnolo; lì aveva sbarcato il lunario posando per Enrique Marín, suonando e cantando nei bar, facendo le pulizie negli alloggi turistici. Era una donna forte? Era quella forza che le aveva permesso di abbandonare sua figlia? Ruby era perplessa. Forse aveva sbagliato completamente prospettiva. Aveva provato compassione per quella giovane, orfana di madre, che, non sapendo come mantenere la piccola, l'aveva affidata ad altri. Anche Vivien aveva provato compassione. Ma ora Ruby si rendeva conto che non era così semplice. Laura viveva secondo un sistema di valori e credenze diverso dagli altri. E aveva rifiutato di tenerla con sé, non solo perché Ruby non rientrava nel suo stile di vita, ma anche perché era abbastanza forte da poterne fare a meno.

«Perché se n'è andata?»

«Non lo so.» Trish allargò le braccia. «Un giorno mi sono alzata e la sua borsa non c'era più. E lei neanche. Se n'era semplicemente... andata.»

«Per sempre, secondo te?»

«Non so perché...» Trish esitò. «E probabilmente non dovrei dirtelo. Ma, da quando Laura è partita, continuo ad avere sempre la stessa sensazione.»

«Che tipo di sensazione?» domandò Ruby.

«Che un giorno o l'altro tornerà.»

44

C'ERA qualcosa di diverso nell'atteggiamento di suo padre. Sì, era sempre il solito miserabile bastardo e forse ancora di più, da quando era malato. Eppure... Era colpa del cancro? Aveva perso il suo ardore? E che cosa doveva dirgli? Che gli dispiaceva? Che rinnegava tutto ciò che aveva fatto per denigrarlo e non farlo sentire amato? Improbabile.

Ma Enrique non si era soffermato su ciò che gli doveva dire. Si era solo avvicinato alla finestra opposta e aveva cominciato a fissare le montagne. Chissà che aiuto pensava di riceverne.

«E tu? Che cosa dipingi ora?» gli domandò Andrés, sperando di incanalare il discorso nella direzione che più gli premeva. «Sempre la stessa roba?»

«Lo vedi da te.» Enrique fece un ampio gesto con il braccio, quasi a mostrare il contenuto di quello studio arioso e pieno di luce.

Andrés aveva già adocchiato alcune tele raffiguranti i soggetti preferiti di suo padre: scene bibliche di punizioni eterne, immagini drammatiche di fiamme e rivoli di sangue dai colori accesi, le sgargianti processioni religiose del paese, il disboscamento di una vecchia foresta, l'eruzione di un vulcano che ricopriva la terra bruna con un fiume di lava bollente...

Ma per venire al sodo: «Fai ancora ritratti di donne?»

«Ah, le donne», sospirò Enrique con aria pensierosa. «Non sono creature bellissime? Incredibilmente seducenti?»

«Oh, per l'amor del cielo!» Andrés si fiondò dall'altra parte dello studio, provando per lui una profonda vergogna, come in passato. Una volta sua madre gli aveva detto che ogni grande artista aveva un lato oscuro, ma Andrés non era d'accordo. Era solo un pretesto, un modo per giustificare un comportamento sbagliato e inopportuno. Non sarebbe mai cambiato? Aveva settant'anni suonati e un cancro ai polmoni, ma restava un vecchio libidinoso, se non altro mentalmente.

«Riconosco di aver superato i limiti.»

Andrés si voltò. Aveva sentito bene? Stava ammettendo i suoi errori?

Enrique aveva sollevato la mano, ma ora la lasciò cadere, mestamente. «Hai ragione. Avevi ragione, ai tempi, a volermi fermare.»

Andrés era senza parole. Ma, allora, a che pro emarginarlo per tutti quegli anni? Perché non chiamarlo per fargli sapere che era di nuovo il benvenuto?

«Quel genere di faccende sono finite molto tempo fa, te l'assicuro.» Ad Andrés parve di cogliere un velo di malinconia nella sua espressione. Be', un uomo come Enrique Marín non poteva essersi trasformato così tanto.

Era felice per sua madre, almeno. Di certo Enrique trovava altre maniere per umiliarla. Ma le donne... Erano state il peggio del peggio.

«Non mi sono comportato bene nei confronti di tua madre.» Un altro accesso di tosse.

Si teneva il fianco. Stava male. Andrés si avvicinò un poco. «Papà?»

«E ti odiavo con tutto il cuore quando me lo facevi notare», ringhiò.

Già. Andrés si bloccò. Da un lato c'era Enrique, il grand'uomo. Dall'altra suo figlio, un semplice ragazzino, una nullità che pretendeva di insegnargli che cosa fare. A ripensarci ora, aveva avuto davvero un gran fegato.

«Che cosa ne sapevo io delle donne, eh?»

«Esatto. Che cosa ne sapevi?» Enrique si appoggiò allo schienale della sedia e tirò fuori dalla tasca un pacchetto di sigari. Picchiettando ne estrasse uno e se l'infilò tra le dita macchiate di colore e nicotina. E con una profonda e gracchiante risata esclamò: «Ah, il matrimonio! Non è che ti avvisano prima, sai? Non tutti sono tagliati per la vita coniugale. Uno si impegna, ma...» Prese i fiammiferi e accese il sigaro, aspirando e tossendo allo stesso tempo.

Andrés ebbe l'istinto di fermarlo, ma, in fondo, a che serviva? Suo padre faceva sempre quel che gli pareva, ora come in passato. Nessuno poteva dirgli come agire. Oltretutto, da quanto sua madre gli aveva raccontato, che fumasse oppure no non faceva una grande differenza.

«E così uno s'ingegna per far durare le cose. Capisci, ragazzo?»

Ragazzo. Non sarebbe mai stato altro per lui. Eppure, suo padre non gli aveva mai parlato in quel modo. Se l'avesse fatto, anche solo una volta, quando stava crescendo, se avesse cercato di spiegargli, se ogni tanto gli avesse dedicato qualche minuto del suo tempo, le cose sarebbero potute andare molto diversamente. «Capisco solo che mi hai fatto passare per sempre la voglia di sposarmi», rispose. Bell'esempio era stato.

«Ah, sì? Be', allora ho fatto almeno una cosa degna di lode nella mia vita.»

Andrés scosse il capo, avvilito. Quell'uomo era una causa persa. Poteva anche aver ammesso di aver sbagliato, ma aveva sempre una scusa pronta, una risposta per tutto. Esistevano persone capaci di far durare i matrimoni per sempre o che, almeno, non se ne andavano in giro a sedurre ragazzine. E a proposito...

Andrés si fece coraggio. «Devo farti una domanda su una di quelle donne.» Si accostò alla finestra più lontana. *Ora o mai più.*

Enrique tirò una boccata di fumo, trattenendo a stento un colpo di tosse. «Ma che strano. È la seconda volta che mi capita in questi giorni.»

Andrés raddrizzò le spalle. «Sì, lo so.»

«Ah», commentò Enrique con una risata. «Ora capisco.»

Davvero? Capiva? Anche le eventuali implicazioni? Andrés si preparò alla risposta.

«E così vuoi che ti parli di Laura», continuò, pensieroso. «La ragazza inglese. Lo spirito libero.»

«Sì.»

«Bene, allora ti mostrerò quello che ho mostrato alla... tua fidanzata, giusto?» Si alzò in piedi lentamente, spense il sigaro su un posacenere di vetro.

Andrés lo vide avvicinarsi a un mucchio di tele accatastate contro la parete. Enrique si piegò e, sospirando e brontolando, le fece passare tutte, finché ne tirò fuori una.

Oddio, di che genere di quadro si trattava? Con suo grande sollievo, quando il padre glielo mostrò, si accorse che era un innocuo ritratto di una donna sulla spiaggia. Un capolavoro, a essere sinceri. E quella era Laura Woods, poco ma sicuro. «Bello», commentò Andrés. L'artista che era in lui doveva riconoscerlo.

«Ne ho quanti ne vuoi.» E, nell'ordine, il vecchio tirò fuori un'altra tela, dei bozzetti, uno schizzo a carboncino e, per finire, un piccolo blocco a spirale zeppo di disegni a pastello.

«Maledizione.» Andrés lo guardò, atterrito. Evidentemente nutriva una vera e propria ossessione per quella donna. Il che rispondeva alla sua domanda, no? Dovevano essere stati amanti. E in tal caso, suo padre poteva essere il responsabile della gravidanza di Laura. Il che significava che.... E adesso?

Osservando quei ritratti, risalenti suppergiù alla fine degli anni Settanta, Andrés restò di nuovo colpito dalla somiglianza con Ruby. Non era scontata e non si notava a prima vista, a meno che uno non studiasse la struttura ossea e la forma del viso con lo sguardo da artista. Ma c'era. Senz'ombra di dubbio. Ed era stato un vero stupido a tentare di negarla, a cercare di impedire a Ruby di venire sull'isola. Che cosa credeva di ottenere? Ma non riusciva a sopportare quel terribile pensiero, quel sospetto che ora pareva quasi una certezza.

«Sei stato a letto con lei?» domandò infine.

«Che razza di domanda è?» sbuffò Enrique, cominciando a rimettere tutto a posto.

«Devo saperlo», ribatté lui con i pugni stretti.

«Ah...» Enrique chiuse il cassetto e si voltò. «Certo. Sei preoccupato. Quella ragazza...»

«Ruby.»

«Già, Ruby.»

«Allora? Rispondi. Sì o no?» L'avrebbe ucciso. Se per colpa di quel lurido donnaiolo, la sua vita fosse andata distrutta, l'avrebbe ucciso.

Enrique guardò un istante il ritratto di Laura sulla spiaggia e sospirò profondamente. Sollevò la tela e la rinfilò nel mucchio. «Potendo, l'avrei fatto.»

Quindi... L'ira di Andrés svanì di colpo. Niente sesso, allora. Grazie al cielo. «Davvero?» Continuava a chiedersi se il vecchio bastardo stesse mentendo.

Suo padre gli lanciò un'occhiata di disprezzo. «Credi che non te lo direi?»

Doveva essere vero, allora. Le spalle si rilassarono, la testa smise di girare. «Che cosa è successo? Che cosa c'è stato tra di voi? Come mai tanti ritratti?»

«Non era interessata a me», spiegò Enrique, rantolando e tossendo. «Ecco perché ne ero così attratto. È così che vanno queste cose, no?»

Andrés scosse le spalle. Non era certo lui l'esperto in materia. Ma, fortunatamente, Laura aveva buonsenso.

E pensare che aveva immaginato... Ma, in fondo, per quanto orribile, era un ragionamento del tutto logico. Laura che rimane incinta per errore, che torna in Inghilterra e abbandona la sua bambina...

«Continuavo a provarci», confessò suo padre, infilandosi le mani in tasca. «Chi non l'avrebbe fatto al posto mio? Ogni volta che la ritraevo pensavo: Questa è la volta buona.»

Andrés non faticava certo a crederci.

Persino ora Enrique stentava a rassegnarsi. «Sai, ragazzo, non era minimamente impressionata né dall'artista, né dallo studio.» E allargò le braccia a indicare lo spazio in cui si trovavano, anche se Andrés, ovviamente, sapeva che non era quella la stanza che aveva frequentato Laura. Ai tempi lui doveva avere quattro o cinque anni. Lo studio era sempre stato al piano di sopra, ma era molto diverso da quello attuale. «Le feste, i quadri, le mostre. Per lei non significavano nulla.» Lasciò cadere le braccia lungo i fianchi. «I soldi. Il successo. Niente. Per lei era soltanto un lavoro, tutto qui. Posava per me per guadagnare ciò che le serviva a comprarsi da mangiare. Niente di più, niente di meno.»

«È così che dovrebbe essere», replicò seccamente Andrés.

Enrique gli rivolse uno sguardo penetrante. «In ogni caso, era un modella fantastica.»

«Lo vedo.»

Dalla porta aperta giunse un rumore. Andrés si voltò e vide sua madre, ferma sulla soglia. «Enrique...»

Il marito la ignorò. Anzi, si avvicinò ad Andrés e lo afferrò per i gomiti. «E ora c'è una cosa che devo svelarti, ragazzo.»

Andrés avvertiva la pressione delle sue dita sulla carne. Provava una strana sensazione. Si rese conto che gli era capitato di rado di trovarsi in quella posizione, di guardarlo negli occhi, di sentirsi toccare da lui.

«Che cosa c'è? Che cosa devi dirmi?» Niente poteva essere peggio di ciò che si era immaginato in quelle settimane. Ora, se Ruby fosse riuscita a perdonarlo, non ci sarebbero più stati ostacoli sulla loro strada...

«Preparati, ragazzo», lo avvisò Enrique. «Preparati a scoprire la verità.»

La verità? Andrés era perplesso. Lanciò un'occhiata alla madre. «Mamma?»

Vide che aveva gli occhi pieni di lacrime.

«Non piangere, mamma, ti prego.» Che cosa stava accadendo?

«Enrique...» Reyna si fiondò sul marito, gli strattonò il braccio. «Non farlo.»

Lui la scansò. «E invece sì. Deve sapere la verità. Perché non capisci?»

Quale verità? A che cosa diavolo stavano riferendosi? Andrés sentì la mano di sua madre cingergli la vita. Enrique lo teneva ancora stretto. Come una dannata morsa.

«A proposito di Laura. Se anche la risposta alla tua domanda fosse stata sì…»

Andrés guardò sua madre, che aveva un'espressione impassibile. Si sentì travolgere da un'ondata di panico.

«Non sarebbe stato comunque un problema per te.»

«Che cosa intendi?» Perché non si esprimeva chiaramente?

«Non sarebbe stato un problema per te e Ruby.»

«Enrique…» fece la madre, ma stavolta in tono triste e rassegnato.

Suo padre lo lasciò andare e cinse la moglie con un braccio. «È giunto il momento, Reyna. Devi accettarlo.»

«Di che cosa stai parlando?» Andrés era stufo marcio di quel teatrino. «Per l'amor del cielo…»

«La mia ora è vicina.» Enrique le accarezzò i capelli. «E non voglio finire in una tomba senza avergli rivelato ciò che deve sapere.»

Andrés attendeva, il fiato sempre più corto.

«Quando sei un artista, il giorno in cui cominci a vendere le tue opere è meraviglioso.» Aveva un tono quasi filosofico ora. Lasciò gli altri due vicino alla finestra e camminò lentamente fino al lato opposto dello studio. «Hai una moglie che ti sostiene.» E indicò Reyna, che annuì. «Una bella vita.»

Andrés lo guardava. In quell'istante non riusciva neanche a pensare di aprire bocca.

«Ma a che cosa serve avere tanto, se non hai nessuno a cui lasciarlo?» La voce di Enrique attraversò la stanza quasi con la stessa forza di un tempo, quando sbraitava furioso contro tutto e tutti.

«Che cosa stai dicendo?» Andrés cercò di controllare il brutto presentimento che gli stringeva lo stomaco.

«Avevo delle conoscenze.» Enrique si infilò le mani in tasca.

Sembrava aver riacquistato anche la sua classica spavalderia. «Avevo delle conoscenze qui e in Spagna che potevano mettermi in contatto con le persone giuste.» Scrollò le spalle. «Non avevo mai fatto mistero di chi ero. Alcuni avrebbero potuto persino definirmi un'istituzione nazionale.» Ed eccolo di nuovo a darsi delle arie.

Poteva aver perso un po' dell'ardore di un tempo, ma di sicuro gli restava ancora un ego smisurato. Certamente aveva fatto molto per la sua isola, forse anche per la Spagna. Ma che cosa c'entrava con lui? Andrés osservò con tristezza la figura del padre. Era diventato quasi grottesco. Non era neanche più l'ombra di ciò che era stato. Sembrava una misera caricatura di se stesso.

«La gente che contava sapeva in che cosa credevo», proseguì Enrique, battendosi il petto.

A che cosa si riferiva? Era impazzito? Andrés guardò di nuovo sua madre, ma sembrava del tutto assente. Suo padre era un tipo vecchio stampo. Politicamente parlando, almeno. Non era mai stato religioso, anche se gli avrebbe potuto far comodo a volte confessare i propri peccati ed essere perdonato, e, nonostante fosse un artista, era sempre stato dalla parte del sistema. Ma...

«E così a me e tua madre...» Per la prima volta Enrique esitò e volse lo sguardo verso la moglie. Si schiarì la voce. «A noi, come ad altri, è stata data la possibilità di adottare un bambino.»

Andrés aveva sentito bene, ma quelle parole non avevano alcun senso. «Adottare un bambino?» ripeté. Perché sua madre taceva?

Reyna abbassò gli occhi, torcendosi le mani. «Andrés...»

«Quindi...» Non riuscì neppure a formulare la frase.

«Sei stato adottato», sussurrò Enrique.

E in quel momento Andrés sentì l'abbraccio di sua madre, quella madre che aveva sempre amato, che aveva sempre voluto proteggere.

«Adottato?» Com'era possibile? La sua testa era un turbinio di pensieri. «Che cosa stai farneticando?» Si liberò bruscamente dall'abbraccio, afferrò Enrique per le spalle, reprimendo a stento la voglia di stringergli le mani intorno al collo ossuto. «Che cazzo stai dicendo?»

«Andrés, ti prego!» Reyna gli si aggrappò con quella sua forza sorprendente.

E in quel momento la furia l'abbandonò. Così. Di botto.

Suo padre tossiva e rantolava e farfugliava. Andrés era immobile, i pugni stretti.

«Ti capisco, ragazzo», ribatté Enrique. «Ti capisco perfettamente.»

45

Ruby ascoltava a bocca aperta la storia che suor Julia le stava raccontando. Prendeva appunti alla velocità della luce per non interrompere il fiume di informazioni. Non voleva perdersi neanche un parola. Era dinamite pura.

«Bambini rubati», sussurrò. Ne aveva sentito parlare da qualche parte; nel corso degli anni aveva raccolto e archiviato mentalmente un sacco di storie. Ma non riusciva a ricordare i dettagli.

«Sì, figliola.» Suor Julia annuì, gli occhi colmi di tristezza. «Sono stati rubati. Nel vero senso della parola.»

Quanto le costava, in termini di coraggio e angoscia personale, rivelare quei fatti?

Ruby si appoggiò un istante al muro corroso del convento. Erano sedute su una delle panchine di pietra del cortile, all'ombra del fico, carico di frutti ormai maturi, e al riparo dal sole cocente. A dispetto di quel tragico racconto, nel giardino regnava una grande tranquillità e, ora che anche suor Julia stava in silenzio, non si sentiva altro che il lieve fruscio del vento e dell'oceano, il raspare delle galline sulla terra polverosa e il gocciolio della fontana.

Controllò i suoi appunti. La notizia dei bambini rubati era già apparsa sui giornali, ma stavolta era diverso. Qui la storia era narrata da un punto di vista personale e non da una vittima, bensì dalla voce di qualcuno direttamente coinvolto nello scandalo. E per giunta si trattava di una religiosa, il che sicuramente comprometteva l'immagine del cattolicesimo spagnolo dei tempi. Alzò lo sguardo su suor Julia, che l'osservava paziente. Si rendeva conto della portata di ciò che le stava raccontando? Sembrava di sì. E Ruby pur non volendola turbare o riportarle alla memoria ricordi dolorosi, aveva bisogno di sapere tutto.

«La madre superiora era coinvolta?» domandò.

Suor Julia non mostrò alcuna reazione di choc né di sdegno, pareva serena, doveva aver visto di tutto nella vita. Rifletté un poco e infine affermò: «Non credo. Non direttamente almeno. Ha sempre manifestato il massimo rispetto per il dottore». E la guardò.

Ah. Il segreto era tutto nel verbo: *Manifestato.* Probabilmente la superiora sospettava che il dottor López non fosse proprio candido come la neve, ma non avrebbe mai messo a repentaglio lo status quo. Be', ora suor Julia stava ampiamente rimediando a quell'omissione.

«Per quanti anni ritiene sia stata portata avanti questa pratica?» continuò Ruby.

«Sicuramente dai tempi della Guerra Civile fino ad almeno la metà degli anni Settanta e forse di più.»

Ruby scosse il capo, incredula. Anche se comprendeva che, sotto una dittatura o in una condizione di povertà, corruzione e iniqua gestione del potere, era più che plausibile che attività del genere proseguissero per decenni. Dopo tutte le emozioni vissute negli ultimi giorni, dopo ciò che aveva scoperto su Laura chiacchierando con Trish, non pensava che esistesse altro al mondo capace di commuoverla. E invece...

«Credi che si siano fatte avanti altre persone?» domandò suor Julia. «Che altri abbiano raccontato la loro storia?»

Ruby intuì a che cosa stava pensando. Se lei era stata tormentata dai sensi di colpa per anni, forse anche per gli altri implicati nello scandalo era così. Alcuni avrebbero parlato, altri avrebbero mantenuto il silenzio per sempre. «Non ne ho idea», rispose Ruby. Avrebbe dovuto controllare in Internet, una volta tornata in albergo.

Ma chi poteva mai confessare una cosa del genere? Sentì un brivido su per la schiena. Aveva tra le mani un vero scoop.

Chi poteva essere interessato a un articolo di quel tipo? Ruby lasciò vagare lo sguardo oltre il piccolo campanile verso il cielo azzurro. Chi, invece, di sicuro non lo era? Passò automaticamente in rassegna la sua personale lista di direttori, in cerca di possibili candidati. Era una faccenda rischiosa e scottante. Non sarebbero certo mancate le accuse.

E si trattava di una questione internazionale. Si rese conto che aveva bisogno di aiuto. Ricordò la sua conversazione con Leah Shandon, una delle giornaliste per cui lavorava regolarmente. Non c'era gara. Di lei poteva fidarsi a occhi chiusi.

Suor Julia si alzò in piedi. Era così vecchia e fragile. Eppure aveva già dimostrato una forza incredibile. «Devo mostrarti una cosa», le disse. «Puoi aspettarmi qui?»

«Certo.» Mentre la suora si allontanava, Ruby si mise ad ascoltare il rumore dell'oceano. Era distante, poco più di una vibrazione, un battito cardiaco. *Andrés, Andrés...* Sembrava ripetere. Perché ovunque andasse, con chiunque parlasse, qualsiasi cosa vedesse, non faceva che riportarla a lui. Quello era il suo paesaggio. Se aveva deciso che con Andrés era finita, perché la sua isola le si era già insinuata nel profondo dell'anima?

Aveva ragione Mel? Valeva la pena lottare per lui? Ruby pensò ai suoi genitori, a Tom e Vivien, e al legame speciale che li univa. Quante volte, guardandoli, si era augurata di poter vivere un giorno qualcosa di analogo? Ma forse non era così semplice e bisognava avere pazienza per trovare quel tipo di amore. Forse occorreva attendere e superare gli ostacoli, così come Vivien aveva aspettato Tom, aveva lottato per lui quando i suoi genitori premevano perché frequentasse il college a Kingston, gli era restata fedele nonostante fossero entrambi giovanissimi e lui vivesse nel Dorset, a centinaia di chilometri di distanza. Come per Stuart e Mel, poteva non essere sempre tutto rose e fiori; Vivien, per esempio, aveva desiderato fortemente un bambino. E quando era entrata in scena Ruby, la tensione doveva aver messo a dura prova il suo rapporto con Tom. Ma alla fine lo aveva solo rafforzato.

Qualche minuto dopo, suor Julia tornò. Stringeva qualcosa al petto. Era un grosso taccuino dalla copertina liscia e dalla rilegatura blu scuro.

«Nessuno l'ha mai visto, figliola», precisò suor Julia, sedendosi sulla panchina vicino a lei. «Tu sei la prima.»

Oh, cielo. Che cosa poteva mai essere? Una prova? Possibile? Ruby posò la mano sul braccio di suor Julia. «È sicura di voler rendere pubblica questa storia? Non so prospettarle esattamente le conseguenze che potrebbero derivarne.» Perché suor Julia aveva commesso un crimine, giusto? Era stata complice di centinaia di rapimenti in un arco temporale di oltre trent'anni.

Ruby guardò l'anziana donna seduta accanto a lei, il viso rugoso, gli occhi marroni, lattiginosi e velati dall'età. Non era lei l'unica e vera responsabile. Ma sarebbe rimasta impunita? La vecchiaia e la vocazione le avrebbero concesso il meritato perdono? Per un istante Ruby provò a mettersi nei suoi panni. Al suo posto avrebbe denunciato ciò che stava succedendo? Avrebbe rischiato di essere cacciata dal convento o, peggio, di essere punita per ciò di cui era stata testimone? Si sarebbe mai ribellata a figure autorevoli come il dottore o la madre superiora, che dichiaravano di agire secondo la volontà di Dio? Scosse il capo. Considerata l'epoca dei fatti, probabilmente no. E, in fondo, come era possibile giudicare senza aver vissuto quell'esperienza sulla propria pelle?

«Sarà quel che il Signore vorrà», rispose suor Julia, chinando il capo. «Perché chi ha sbagliato riceverà il suo castigo sulla Terra e, se Dio lo riterrà necessario, anche in cielo.» Porse il taccuino a Ruby. «Ma Dio è misericordioso, figliola. Possiamo confidare in Lui e nella Sua saggezza.»

Ruby sperava tanto fosse vero. Prese il libretto e lo aprì. I fogli erano ricoperti da scritte sbiadite, quasi illeggibili. E in spagnolo. Qualcuno, forse suor Julia, aveva diviso la prima pagina in tre colonne. Erano tutte piene e ciascuna riportava un'intestazione.

Suor Julia indicò il primo titolo.

Ruby riconobbe il vocabolo. *Niños.*

«Bambini», spiegò la suora. Sotto, c'era una lunga lista di *chico* o *chica*, seguiti a volte da altre scritte, forse segni identificativi. Accanto a ogni voce compariva una data. Suor Julia mostrò la seconda colonna, che riportava uno o due nomi per ciascuna voce. «Genitori naturali.» E poi la terza. «Le persone che hanno preso i bambini. I genitori adottivi.»

Lo sguardo esterrefatto di Ruby guizzò dal taccuino a suor Julia e viceversa. Le galline chiuse nel recinto accanto al cortile continuavano a raspare la terra secca, mentre d'un tratto una delle capre si lasciò cadere a terra per riposare. L'acqua della fontana continuava a gocciolare. «Vuole dire che...» Ruby passò alla pagina dopo e a quella dopo ancora. L'elenco continuava a oltranza.

«Sì, figliola», rispose suor Julia. «Questo è il mio libro dei nomi.»

Libro dei nomi. Oh, sì, lo era di sicuro. Ruby continuò a sfogliarlo, in modo quasi reverenziale ora che ne conosceva il contenuto. E l'impatto che poteva avere...

«Non c'era un registro. Distruggevano tutti i documenti. Riferivano alle madri che i loro bambini erano morti. Redigevano e vidimavano certificati di nascita incompleti o certificati di decesso irregolari.» La sua voce si assottigliò. «Temevo che nessuno avrebbe mai scoperto la verità.»

«E allora si è creata un registro personale», concluse Ruby. Non riusciva a crederci. Come poteva essere punito chi aveva osato tanto? «Perché sapeva che quel che facevano era sbagliato.»

«Sì.»

«Giudicava sbagliato privare i figli adottivi del diritto alla verità», sussurrò Ruby. Pensò di nuovo a Vivien e Tom. Anche Vivien l'aveva capito. Non aveva voluto ferire Tom, ma si era assicurata di lasciare delle tracce. Perché Ruby potesse sapere.

«Esatto», confermò suor Julia.

«Ma perché ora?» le domandò Ruby. Era rimasta in silenzio così a lungo. Perché, finalmente, aveva deciso di parlare?

«Ho letto dell'entità dello scandalo sul giornale. Non si trattava solo della clinica del dottor López. E non accadeva solo a Barcellona. Ma in tutta la Spagna. Persino qui.»

Lì? Ruby seguì lo sguardo di suor Julia. A Fuerteventura? Tuttavia, seppur difficili da immaginare, molte cose non per questo sono meno vere.

«Ho parlato con una persona e ho compreso che dovevo raccontare la mia parte di storia.» Gli occhi di suor Julia si persero in lontananza, oltre l'orto e il frutteto, verso le montagne, come se si fosse dimenticata della presenza di Ruby.

«E poi?» l'imbeccò lei.

«E poi sei arrivata tu.»

«Io?»

«Sì. Non una semplice giornalista, ma una figlia in cerca della sua vera madre. Tu eri un segno di Dio. Tu eri l'unica a poter raccogliere la mia testimonianza. Ho capito subito che cosa dovevo fare.»

Ruby chiuse il taccuino e glielo restituì. Era un oggetto prezioso che poteva mettere nei guai tanta gente e causare molto dolore, ma poteva anche contribuire a rendere consapevole un'enorme quantità di persone, permettendo loro di ritrovare la propria famiglia e raggiungere un senso di completezza. Prima d'ora nessuno l'aveva mai definita segno di Dio, ma Ruby capiva perché suor Julia era giunta a quella conclusione. E se poteva essere di qualche aiuto… «Lasci fare a me, sorella», la rassicurò. «Devo svolgere qualche ricerca. E poi forse…» Rifletté un istante. «Dovrò andare a Barcellona.» Perché era lì che era accaduto tutto. Doveva visitare la clinica di persona; doveva parlare con altri possibili dipendenti. E doveva scoprire qualcosa di più sul dottor López e sull'eredità che aveva lasciato a così tante famiglie.

«È per i bambini. Capisci?» chiarì suor Julia. «So che sarai in grado di trattare tutto quanto con la dovuta sensibilità, figliola. Perché tu sai cosa significa. Anche tu hai vissuto un'esperienza del genere. Voglio aiutare i bambini. Sono loro gli innocenti, più di chiunque altro.»

«Certo.» Ruby sentì affiorare le lacrime. Anche lei lo voleva.

Forse non sarebbe mai riuscita a trovare la sua vera madre, ma, con il contributo di suor Julia, avrebbe fatto del suo meglio per aiutare quei bambini a trovare la loro.

46

SEDUTO sulla panchina piastrellata di blu, Andrés sentiva i raggi del sole sulla pelle. Il porto antico ospitava sempre un gran viavai di gente. Sarebbe passata di lì anche lei? Magari, anche se non sapeva che cosa le avrebbe detto.

Gli era mancato quel calore. Quante volte si era seduto al porto a dipingere i piccoli pescherecci dai colori vivaci, a ritrarre i pescatori che trascinavano sul molo le reti cariche di pesci luccicanti… Quante cose non sapeva a quei tempi. Sembrava trascorsa una vita.

Stava ancora cercando di assimilare i fatti, di metabolizzarli, come si suol dire.

Era stato adottato.

Nel preciso istante in cui gli avevano svelato la verità, aveva avvertito il desiderio di parlare con Ruby. Ma si era trattenuto. Quando era stata lei ad avere bisogno, Andrés non si era mostrato di grande aiuto. Perché mai ora avrebbe dovuto stargli vicino? Che scherzo del destino… In teoria era lei a non sapere più chi fossero i suoi veri genitori. A essere in cerca della sua identità. Non lui. Lui aveva sempre saputo chi era, non aveva mai avuto il minimo dubbio. Era quello con il padre arrabbiato. Il grande pittore dall'ego mostruoso che non aveva tempo da perdere con quei comuni mortali dei suoi famigliari, soprattutto con il ragazzino, che sembrava aver ereditato un po' del suo eccezionale talento artistico. L'uomo che aveva buttato fuori di casa il suo unico figlio maschio. L'uomo che non lo aveva mai amato. Andrés si era sempre chiesto il perché. E ora cominciava a capirlo.

Dopo la confessione, sua madre era crollata. Andrés, invece, era rimasto imperturbabile. Che cosa sentiva? Che cosa poteva sentire? La sua infanzia, la sua famiglia, tutto ciò in cui credeva gli era stato portato via. Ecco che cosa aveva provato Ruby. Erano due figli adottivi. Era stato questo ad avvicinarli? O erano stati gli anni vissuti all'ombra di una menzogna?

La mamma piangeva, affranta, avvinghiata al suo corpo. E lui l'aveva consolata, le aveva assicurato che non era cambiato nulla, che l'amava ancora e l'avrebbe sempre amata. Perché avrebbe dovuto smettere? L'aveva allevato, si era presa cura di lui. Chissà se, in tutti quegli anni, la poveretta aveva sempre vissuto nell'angoscia, sotto la minaccia del marito di rivelare tutto. Andrés le aveva accarezzato i capelli, tranquillizzandola. E aveva puntato gli occhi su Enrique, che aveva distolto subito lo sguardo. Perché taceva? Non capiva che spettava a lui parlare?

«Chi sono i miei veri genitori?» aveva domandato infine. Era tutto così strano, quasi surreale. Era ancora stordito eppure, in un certo senso, non era stata una vera e propria sorpresa. Si era sempre sentito incompreso, inadeguato, come un pesce fuor d'acqua. «Raccontami che cos'è successo. Raccontami tutto.»

E a quel punto avevano sganciato la seconda bomba.

«Non lo sappiamo», aveva risposto sua madre. «Nessuno lo sa, neanche ora.» E gli aveva raccontato della clinica, dei documenti irregolari. E del pagamento.

Ma che diavolo?... «Mi avete *comprato*?» Andrés era incredulo.

«Era tutto legale e alla luce del sole», aveva insistito Enrique.

Eh? Chi credeva di prendere in giro? Andrés si sentiva come una nuova, favolosa auto sportiva. Non così favolosa, forse. Anzi, assai deludente, almeno per suo padre.

Osservò i piccioni che sorvolavano il porto. Ogni volta che oltrepassavano la piccionaia, qualche elemento abbandonava lo stormo principale e indeboliva la formazione.

«Ma perché parli di documenti irregolari? Che cosa riporta il mio certificato di nascita?»

Solo allora suo padre gli aveva spiegato tutta la storia. Che le adozioni avvenivano in modo clandestino. Che dai tempi della Guerra Civile, e anche prima, la Spagna era finita nel caos più completo. Che c'erano molte gravidanze indesiderate e donne senza un uomo accanto che si prendesse cura di loro, madri che volevano per i figli una vita migliore, una vita dignitosa, che loro non erano in grado di offrire. E che la legge di Franco, per cui i certificati di nascita dovevano riportare solo il nome dei genitori adottivi, era stata usata per nascondere la verità.

«Quelle donne volevano sempre dare via i loro figli?» aveva sussurrato Andrés.

«No», aveva risposto Enrique, guardandolo dritto negli occhi. «Ho ragione di credere che con il tempo il sistema si sia corrotto. E che non sempre le madri fossero d'accordo con l'adozione.»

L'ultimo uccello tornò sulla piccionaia. Anzi, no. Andrés si accorse di un ritardatario ancora in volo, che sembrava vagare senza meta. Sapeva bene come si sentiva.

«E Izabella?» aveva domandato, pur conoscendo già la risposta. Izabella era sempre stata parte integrante di quella famiglia. Enrique Marín l'aveva almeno amata.

«Questa è la stranezza. Tre anni dopo di te è arrivata lei. E in modo naturale. A volte capita», aveva risposto Enrique.

Alla fine, il piccione ritardatario rincasò e il cielo tornò a essere sgombro.

Andrés aveva con sé un telo da mare, poggiato sulla spalla. Si alzò dalla panchina. Ruby non sarebbe passata, perché mai avrebbe dovuto? Oltretutto, non sapeva neanche che lui fosse sull'isola. Si allontanò dal porto e si diresse al vecchio molo, dove il mare era più profondo.

Nuotare gli faceva bene. Nuotare veloce, controcorrente cancellava ogni pensiero ed era proprio ciò che voleva. Eppure, malgrado l'acqua che gli bruciava gli occhi e i muscoli che vibravano per la fatica, non poteva fare a meno di rimuginare. Era stato adottato. Era stato abbandonato o forse portato via con la forza. Era stato rubato da un uomo che non lo aveva mai amato.

Chi sono io veramente? Andrés era ormai in mare aperto. Aveva perso la nozione del tempo. A un certo punto, le onde erano così alte e la corrente così forte che temette di essersi allontanato troppo, che l'oceano l'avrebbe inghiottito fino a farlo annegare. Invece, era un nuotatore talmente abile che continuò e continuò, mentre ancora gli frullavano in testa le parole dei suoi genitori.

«Eri tutto ciò che desideravo», gli aveva confessato suo padre.

Andrés aveva sperato di sentirglielo dire per tutta l'infanzia. Ma... «E quand'è che le cose sono cambiate?»

Enrique non aveva saputo rispondergli.

Forse quando Andrés aveva cominciato a dipingere. Probabilmente gli era apparso come un usurpatore, un intruso. Magari perché osava contraddirlo. O, chissà, semplicemente, si era accorto di non poterlo amare, perché non era figlio suo.

«A volte avrei voluto gridartelo in faccia», aveva ammesso. «Urlare: 'Tu non sei mio figlio!'»

«Ora l'hai fatto», aveva replicato Andrés pacatamente.

«Ora è diverso.» Enrique gli si era avvicinato e gli aveva posato la mano sottile e ossuta sulla spalla. «Non lo sto gridando pieno di rabbia. Te lo sto dicendo, perché è la cosa giusta da fare. Ora anch'io sono diverso. Ora so quanti errori ho commesso.» Fu interrotto da un violento colpo di tosse. «Quando stai per morire, capisci un sacco di cose, ragazzo mio. È uno dei pochi pregi della morte.»

Ragazzo mio... Andrés avrebbe voluto prendergli la mano, stringergliela, abbracciarlo. Ma non si era mosso. Non ci era riuscito. «Perché non me l'avete detto prima?» aveva domandato invece. Ricordava che anche Ruby si era posta lo stesso interrogativo. I bambini vengono adottati di continuo. Come mai avevano deciso di mantenere il segreto?

«È stata tua madre a impedirmelo. Credo che sapesse che...»

Se fosse tornato a casa, Enrique gli avrebbe detto la verità. Il che spiegava perché lei l'avesse quasi incoraggiato a stare lontano. Per tutti quegli anni.

Non è cambiato niente...

Oh, mamma.

Reyna li aveva raggiunti e Andrés era rimasto lì tra loro, in una sorta di abbraccio collettivo, forse per la prima volta nella vita. Era una strana sensazione. Famiglia...

Quando Andrés tornò a riva e si trascinò sulla sabbia, era sfinito. Sulla spiaggia vicino c'erano un paio di coppie e di famiglie, ma nessuno fece troppo caso a lui. Buffo.

Crollò su un corralito e rimase sdraiato al sole, ansimante, con gli occhi chiusi, sentendo il calore penetrargli pian piano nelle ossa. *Quanto conosci la tua famiglia?* Non molto bene, a quanto pareva. Lui e Ruby condividevano almeno questo.

Più tardi passò a prendere Izabella e si recarono insieme al Centro de Arte. Andrés doveva assolutamente vederlo e, malgrado tutto, non poté fare a meno di sentirsi orgoglioso. Mentre passeggiavano in quel luogo, creato grazie a suo padre, le raccontò tutta la storia.

Izabella ascoltò in silenzio. Alla fine gli si gettò tra le braccia, senza curarsi della gente intorno, che li fissava curiosa.

«Per me non cambia nulla, Andrés», affermò poi, staccandosi. Aveva gli occhi scuri e ardenti.

Lui si lasciò sfuggire un sorriso. Gli ricordava tanto suo padre a volte. «Ti voglio bene, Izabelle.»

«Anch'io.» Continuarono a camminare a braccetto. «Tu sarai sempre mio fratello, in tutti i sensi.»

«Ma certo.» Era vero, i sentimenti per lei non erano mutati. E neanche quelli per la madre. Ma per quanto riguardava suo padre... Be', non era così semplice.

Andrés restò impressionato dal Centro, istituito in onore dei numerosi talenti artistici dell'isola: scultori, ceramisti e pittori.

Era una vera conquista. In ogni angolo del cortile e dei giardini ornamentali si scorgevano sculture in legno, bronzo, pietra e acciaio raffiguranti conchiglie e scale, capre e vortici; ce n'era persino una in lava vulcanica intitolata *Intima beatitudine*. Andrés sorrise: pensando al proprio stato d'animo sarebbe stato più azzeccato *Intimo subbuglio*. Era presente anche un laboratorio, in cui gli artisti professionisti facevano lezione; un atelier aperto agli artisti emergenti che non disponevano di uno spazio lavorativo personale, e ampie gallerie dalle pareti bianche, in cui erano esposti quadri e ceramiche di ogni stile e colore.

«Che cosa ne dici?» gli domandò Izabella. «Non è magnifico?»

Sì, lo era. Andrés era sopraffatto dall'intensità delle pennellate, dalla vivacità dei blu, dei verdi e dei gialli, dalle molteplici sfumature di ocra e marrone che si potevano ritrovare in un'unica montagna. Da giovane avrebbe pagato oro per disporre di un'occasione simile.

«Non è un uomo cattivo, nostro padre», disse Izabella quando se ne andarono, un'oretta dopo. «Ha fatto grandi cose.»

E questo era un motivo valido per amarlo? Andrés aveva provato ogni sorta di emozione nei confronti di suo padre. Adorazione, rabbia, odio, vergogna... E ora? A essere sinceri, non ne aveva idea.

Izabella indicò il centro alle loro spalle e mormorò: «Ha reso possibile tutto questo e ha aiutato molte persone».

«Forse.» Andrés ripensò alle ragazze nello studio. E a sua madre. Enrique Marín aveva causato anche molto dolore, no?

Izabella intuì i suoi pensieri. «Ha fatto un mucchio di errori nella vita. Ma è sempre nostro padre.»

«Sì.» Andrés le diede un colpetto sulla mano. Sapeva quanto desiderava che si riconciliassero. E non dubitava dell'amore, né della sincerità di sua sorella. Ma Enrique Marín non era suo padre. Poteva vederlo sotto un'altra ottica? Poteva perdonarlo? Poteva zittire quella vocina che continuava a bisbigliare: «Non aveva mai tempo per te, ricordatelo».

* * *

«Vieni dentro?» gli domandò Izabella, quando si avvicinarono alla casa in cui viveva con il marito Carlos.

«Non ora, Izabelle», rispose Andrés. C'era una cosa che doveva fare.

«Ma stasera, sì, vero?» insistette lei, ansiosa.

Lui le diede un bacio sulla guancia. «Certo», sussurrò. Anche se tremava all'idea. Una cena di famiglia al gran completo. Come potevano starsene seduti a tavola tutti insieme, facendo finta di niente?

«E ora, che cosa farai?» domandò Izabella. Inclinò il capo e si mise a studiarlo con uno sguardo tutto femminile. «Cercherai di vederla?»

«Chi?»

«Ruby.» Gli strinse la mano. «Mi piace, sai? Molto.»

Andrés le sorrise. «Sì, ci proverò.» Sempre che lei fosse d'accordo. «Ma devo prima vedere qualcun altro.»

«Qualcun altro?»

«C'è una persona che può raccontarti qualcosa in più», gli aveva spiegato suo padre. «Lavorava nella clinica in cui sei nato, a Barcellona, prima che si sbarazzassero di lei, confinandola quaggiù. Mi è capitato di incontrarla un paio di volte.»

«Chi è?» aveva chiesto Andrés, dubbioso.

«Una suora che vive qui in convento», rispose Andrés a Izabella.

«Ha conservato qualcosa di importante», aveva aggiunto Enrique. «Si chiama suor Julia.»

47

Dopo un pranzo frugale a base di carne e verdure stufate, accompagnato da qualche pezzo di pane, Ruby e suor Julia fecero due passi nella campagna deserta. L'anziana le raccontò dei suoi genitori e delle sue sorelle, del perché aveva preso i voti e di come la sua famiglia era sopravvissuta dopo la Guerra Civile spagnola. E Ruby ascoltò con attenzione. «Chissà come sentiva la loro mancanza.»

«Sì. E la sento ancora.»

«Già, capisco.» Ruby pensò ai suoi genitori, persi all'improvviso. Non era facile ritrovarsi di colpo da soli. Forse era per quello che si era sentita così attratta da Andrés Marín. Un uomo diverso dagli altri, con cui amava passare il tempo, a cui si era sentita legata da subito a tanti livelli differenti e che sembrava comprendere ciò che stava attraversando. O almeno così aveva creduto.

«Ma certo, figliola.» Suor Julia le diede un colpetto sulla mano. «È per questo che sei qui.»

Ruby sorrise. D'altronde, era la verità, c'era sintonia tra loro, proprio come con Andrés. Due persone unite da un inspiegabile legame. Aveva avuto quell'impressione, ma era finita ormai. Doveva abituarsi all'idea anche se soffriva ancora per lui.

Mentre tornavano al convento, suor Julia le narrò più approfonditamente del suo lavoro in ospedale, le fornì altre informazioni sul dottore e sui suoi metodi e le confidò ciò che provava per quelle povere madri e i loro bambini. E Ruby avvertì tutto il suo dolore e il senso di colpa e ripensò a Laura. L'avrebbe mai trovata? Forse no. Ma forse era più importante trovare l'armonia.

«Non è stata colpa sua», disse a suor Julia. Ruby sapeva già che taglio dare al suo articolo. C'erano più di un punto di vista, più di una storia da raccontare.

Suor Julia chinò il capo. «Avrei potuto fare di più, figliola.»

Sì, d'accordo... «Lei è solo un essere umano, sorella. Tutti potremmo fare di più.»

Rientrate al convento, suor Julia preparò il tè, mentre Ruby buttava giù alcuni appunti.

«Ritiene che il dottor López sia ancora vivo?» Lui sì che avrebbe dovuto essere punito. Aveva sfruttato l'ingenuità di suor Julia, la cieca fiducia della superiora, i timori delle madri di essere incapaci di offrire ai propri bambini una vita soddisfacente. Madri come Laura, ragionò Ruby. Proprio come lei. E aveva usato anche i genitori adottivi, che desideravano così disperatamente un bambino da essere disposti a fare di tutto e a pagare qualsiasi prezzo.

«Ne dubito», rispose suor Julia. «Guardami, sono molto anziana e lui aveva qualche anno più di me, anche se ai tempi sembrava più maturo della sua età.»

Ruby annuì. «Eppure...»

Suor Julia si sedette, ben ritta, mentre versava il tè. Posò la teiera e la guardò negli occhi. «Vorrei venire con te a Barcellona.»

«Sul serio?» domandò Ruby, sorpresa. Non aveva valutato quest'ipotesi. «Ma non c'è bisogno...»

«Sì, invece.» Suor Julia mantenne lo sguardo fermo. «Prima hai detto che tutti potremmo fare di più. E c'è una cosa che devo fare. Devo tornare in quei luoghi.»

«Quei luoghi?» Ma Ruby sapeva che cosa intendeva.

«A Barcellona, la mia città. A Santa Ana.» Gli occhi di suor Julia si persero nel vuoto. Forse stava rievocando il suo ingresso in convento, appena diciassettenne. «E alla Clinica Canales.» Sembrava essersi ripresa. Sollevò la sua tazza. «Devo tornarci, figliola. Devo seppellire i miei fantasmi prima che il Signore mi chiami a sé.»

«Certo.» Ruby avvertiva un certo senso di inevitabilità. Di solito preferiva lavorare da sola e la suora era un po' troppo anziana per viaggiare, senza contare che avrebbe dovuto rivedere posti pieni di tristi ricordi. Ma il buono era che avrebbe potuto mostrarglieli in prima persona e raccontarle altri episodi, in situ. Nulla avrebbe potuto rendere la sua storia più potente. E per suor Julia quel viaggio significava molto. Le avrebbe dato quel senso di chiusura di cui aveva bisogno. Come poteva dirle di no?

Ruby finì il tè e si alzò in piedi. «La ricontatterò presto», promise.

Suor Julia l'accompagnò al cancello. «Ti ringrazio molto, figliola.»

«Arrivederci, sorella.» Ruby abbassò gli occhi sul sentiero di terra rossa e polverosa che conduceva al paese. Stava arrivando qualcuno. Era piuttosto lontano, ma si capiva che era alto e che si trattava di un uomo. E non solo. C'era qualcosa di familiare in quella camminata, in quei passi lunghi. E nell'abbigliamento e nel modo in cui… Lo scrutò attentamente. Si stava avvicinando. «Andrés!» esclamò senza fiato.

Lui fece un cenno con la mano e si mise a correre verso di loro.

«Chi è quel ragazzo?» mormorò suor Julia.

«Andrés», ripeté lei.

E prima ancora di rendersene conto, si ritrovò tra le sue braccia. E in paradiso. Mentre con il viso tra i suoi capelli lui le sussurrava: «Ruby, Ruby…»

Suor Julia si schiarì la voce.

Andrés liberò Ruby dal suo abbraccio.

«Che cosa ci fai qui?» domandò lei. «Avevi detto…»

«So che cosa ho detto.» Le cinse le spalle. Poi, guardando suor Julia, si presentò: «Sono il figlio di Enrique Marín».

«Ah, capisco. È stato lui a mandarti da me?»

«Sì. È stato lui.»

Che cosa stava succedendo? Lo sguardo confuso di Ruby

guizzava dall'uno all'altra. «Perché? Perché ti ha spinto qui?» E in quell'istante scorse qualcosa nello sguardo di Andrés. Qualcosa che le ricordò una sensazione ben nota. E rammentò ciò che le aveva riferito suor Julia. Che aveva parlato con un uomo del paese. Che la pratica delle adozioni era diffusa anche alle Canarie.

Andrés le carezzò la nuca in quel suo modo tutto speciale e la guardò negli occhi. «Devo controllare il libro dei nomi di suor Julia.»

48

Dopo aver cenato con la sua famiglia, Andrés condusse Ruby a fare una passeggiata fino al porto antico. La cingeva con il braccio, senza alcuna intenzione di lasciarla andare. Il porto antico, dove tutto era cominciato... Chi avrebbe mai pensato di ritrovarsi lì in una calda serata di fine estate, con il profumo dolce e aromatico di gamberi e tapas nell'aria, le stelle luminose nella volta notturna, la luna crescente appesa al cielo come una culla sopra il mare calmo. E con quella ragazza...

Erano stati giorni densi di emozioni.

Quando Andrés era arrivato al convento nel tardo pomeriggio, non si era stupito di incontrare Ruby. Era del tutto logico. Ruby Rae, l'isola, suor Julia e la storia della sua nascita. Era incredibile, ma, dopo tutto ciò che gli aveva raccontato suo padre, ormai nulla poteva più sconvolgerlo.

«Faresti meglio a entrare, figliolo», gli aveva detto la vecchia suora. E così si erano ritirati tutti e tre nel chiostro di pietra chiara e suor Julia era salita a prendere il famoso libro dei nomi.

Ruby non aveva parlato granché e Andrés era felice che avesse capito senza bisogno di spiegarle tutto per filo e per segno. Ci aveva visto giusto con lei, sin da subito. «Sei sicuro di voler sapere?» gli aveva sussurrato.

Lui aveva annuito. Era possibile che il suo nome non comparisse su quelle pagine; non era un registro completo, ne era consapevole. Ma era stato adottato a Barcellona. E doveva conoscere la verità.

Al suo ritorno, suor Julia gli aveva allungato il taccuino. «Tu sei il primo a farne uso.»

Andrés aveva raccolto il coraggio. E l'aveva aperto.

Ora, appoggiati al parapetto di legno, Ruby e Andrés guardavano le rocce nel porto.

«Mi piacciono i tuoi genitori», affermò lei.

Lui rise. «Tutti e due?»

«Sì, tutti e due.»

Capiva bene perché. Sua madre non si era fermata un attimo quella sera. Aveva corso avanti e indietro come una matta, finché Andrés ed Enrique non l'avevano trascinata a tavola con la forza, obbligandola a mangiare qualcosa. «È che sono così felice. Mio figlio è casa, finalmente.»

Mio figlio...

E suo padre, seppur vecchio e malato, non aveva perso un briciolo del suo fascino. E vedendolo usare il suo carisma con la ragazza che adorava... Be', per la prima volta non aveva provato fastidio. Anzi, gli era quasi piaciuto.

«E anche Izabella. E Carlos», aggiunse Ruby.

Andrés le strinse la mano. Sì, il marito di sua sorella era un brav'uomo. Non avevano figli. Ma avevano ancora tanto tempo davanti. Bastava pensare ai suoi genitori: Izabella era arrivata in modo del tutto inatteso, dopo che erano stati costretti ad adottare il loro primo figlio, convinti di non poter concepire naturalmente.

«Che cosa provi nei confronti dei tuoi ora?» domandò Ruby, guardandolo. Lei era l'unica in grado di capire le emozioni contrastanti che gli frullavano per la testa.

Non si era forse chiesto la stessa cosa per tutta la giornata? Andrés osservò la statua della moglie del pescatore sulla collina di Calle Muelle de Pescadores. Sempre in attesa... «Non lo so», ammise. «Non ancora, almeno.»

«Ci vorrà un po' di tempo per assorbire il colpo.» Ruby gli teneva la mano sul braccio. «Non puoi aspettarti di riuscire a metabolizzare tutto subito, nessuno ce la farebbe.»

Vero. Ma era altrettanto vero che aveva ancora una famiglia. C'era il nome dei suoi genitori sul libro. Marín. Aveva letto la voce *chico* e la sua data di nascita. E aveva visto il nome di una donna. Florentina Chávez. Era rimasto lì a fissarlo per qualche minuto. Florentina Chávez. La sua madre naturale. Poi aveva chiuso il taccuino e l'aveva restituito a suor Julia, ringraziandola. Che cosa avrebbe fatto di quell'informazione? Non lo sapeva ancora.

La verità, invece, la sapeva. E cioè che si sentiva più vicino ai suoi genitori in quel momento che non negli ultimi diciassette anni. Perché la stranezza era che quella sera, a cena, si era colto nell'aria il senso di famiglia. Era così un tempo? Forse. Ma ora... Suo padre non era più tanto arrabbiato, sua madre non era più così ansiosa. Era come se, emersa la verità, ora tutti potessero rilassarsi ed essere finalmente se stessi.

«So che non riuscirò a farmi perdonare», gli aveva confessato il padre prima di coricarsi. Lo teneva per la spalla e aveva il viso scarno e tirato. «Nel poco tempo che mi rimane ci proverò con tutte le mie forze, ragazzo mio.» Ruby e Andrés sentivano in lontananza le note di un flamenco provenienti da un bar. E lì sotto il fruscio delle onde, con il loro ritmo ipnotico.

Tornando dal convento, quel pomeriggio, Ruby aveva aggiornato Andrés su ciò che aveva scoperto di sua madre. Gli aveva anche raccontato l'intera faccenda dei niños robados e come intendeva procedere. Era eccitata, era evidente. Andrés sapeva che, malgrado la delusione per Laura, quell'inchiesta per Ruby era importante, era qualcosa che la toccava da vicino. E ora anche lui ne faceva parte. Volendo, poteva aggiungere anche la sua voce.

«E la mostra estiva?» gli domandò Ruby. «Non finisce questo weekend?» Si chinò a raccogliere un pezzo di vetro verde, lisciato dalla lunga permanenza in mare, che scintillava tra i sassi scuri illuminato dalla luce sulla collina.

«Sì.» Andrés pensò ai suoi quadri, allo spazio espositivo alla Salt House. Sembravano lontani milioni di chilometri, come appartenessero a un'altra vita. E pensò al pezzo forte: il dipinto delle scogliere di Chesil Beach. Il sentiero che ricordava a Ruby la sua infanzia, il suo sogno. Era contento di non averlo messo in vendita. I sogni non dovrebbero mai essere messi in vendita.

E quel quadro apparteneva a Ruby.

«Ti perderai la chiusura.» Si voltò verso di lui. Indossava un semplice vestito di lino color crema e, al chiaro di luna, con i capelli biondi, sembrava quasi eterea.

«Ne vale la pena.» Andrés le sfiorò la mano. «Sono felice di averti incontrato, Ruby.»

«E ora? Che cosa farai? Verrai a Barcellona? Cercherai di rintracciarla?»

Lui la prese tra le braccia e la strinse forte, come se non la volesse lasciare andare mai più. Che buon profumo aveva. Di fiori d'arancio e di sole. Andrés sapeva di chi stava parlando. Della sua madre biologica. Florentina Chávez. Qual era la sua storia? Voleva conoscerla? Aveva bisogno di conoscerla? Che cosa aveva provato abbandonandolo e come si sentiva ora? Si era mai chiesta?...

C'era troppo su cui riflettere. Andrés chiuse gli occhi e le sentì: la calma, la quiete, la pace. «Non ancora», mormorò.

Non era ancora pronto per il passo successivo. E, prima di tutto, voleva riscoprire la sua famiglia. Per suo padre, ahimè, non gli rimaneva molto tempo. Chinò il capo verso Ruby e le cinse la mano, che stringeva ancora il pezzo di vetro. «Che cosa vedi?» sussurrò.

Lei nascose il viso sul suo petto e gli carezzò la schiena. E, all'improvviso, Andrés non si sentì più solo.

49

Suor Julia mise da parte il rosario. Non era preoccupata per ciò che l'attendeva. Sapeva esattamente quanto doveva fare e, a livello pratico, confidava nell'aiuto di quella cara ragazza che aveva ascoltato la sua storia con tanto garbo e attenzione. Sul piano spirituale, ovviamente, c'era il suo Dio. Quando aveva preso i voti, forse suor Julia non credeva davvero in Lui; aveva solo intuito quale immensa consolazione potesse offrire la fede. Ma ora quella fede era diventata incrollabile. Dio l'aveva aiutata nel corso degli anni e, infine, le aveva mandato un segno. La possibilità di redimersi.

Preparare il bagaglio per il viaggio era semplice. Che cosa le serviva, di fatto? Quasi nulla. Aveva imparato a farsi bastare quello che c'era, anzi, a valorizzare la semplicità dell'avere poco. La povertà arricchiva in altri modi, di cui suor Julia era grata.

Aprì la malconcia valigia marrone che aveva portato con sé sull'isola quando l'avevano allontanata da Barcellona, molti anni prima. Non avrebbe preso gli effetti personali che custodiva nel cassetto della scrivania, anche se non era facile staccarsi dai cimeli di famiglia, cui teneva tanto. A parte la Bibbia, c'era un solo oggetto di cui aveva davvero bisogno. Lo prese in mano e il peso, che aveva portato così a lungo nel cuore, cominciò ad alleggerirsi. Il libro dei nomi.

Aveva già aiutato qualcuno, no? E non solo Andrés, ma anche

suo padre e sua madre, che avevano trovato la pace. Enrique Marín. Suor Julia aveva sempre avuto l'impressione di conoscere la sua voce, ma in piazza quel giorno, quando aveva letto per la prima volta dello scandalo, non aveva fatto il collegamento.

Ruby le aveva spiegato che, una volta arrivate a Barcellona, avrebbero dovuto consegnare la prova, ovvero il taccuino, a un pubblico ufficiale che le aspettava in aeroporto. Aveva già pianificato tutto. Era una ragazza sveglia, suor Julia l'ammirava moltissimo. Era fondamentale, aveva spiegato Ruby, che il libro dei nomi finisse il prima possibile in mani sicure, così da non doversene più preoccupare ed essere libere di concentrarsi sulla loro missione: raccontare i fatti.

Finalmente. Suor Julia aveva tanto desiderato sentirsi libera.

Come avrebbe reagito nel rivedere la Clinica Canales? Infilò in valigia l'occorrente per l'igiene personale e la biancheria di ricambio, dopodiché la chiuse. Non era importante come si sentiva lei. L'essenziale era ciò che avrebbero ottenuto per gli altri, per i bambini rubati.

E le conseguenze? Ruby l'aveva avvisata che ci sarebbero state ripercussioni per lei. Che rischiava di dover affrontare una condanna penale, di vedersi negato il permesso di muoversi liberamente e di tornare sull'isola.

Ma anche questo aveva poca importanza. Era anziana. Non le restava molto da vivere. Anzi, era stanca e più che desiderosa di raggiungere il Creatore, una volta che avessero portato a termine quella missione e che la sua coscienza fosse tornata finalmente pulita. Era più che pronta a liberarsi, a fare ammenda dei suoi errori, a trovare la tanto agognata pace.

«Si ricordi, suor Julia», l'aveva avvisata Ruby, «poi non potrà più fare retromarcia.»

E suor Julia non lo voleva. Per niente al mondo.

50

Il giorno della partenza per Barcellona si aprì con un'alba grigia e senza vento. A mezzogiorno Ruby e Andrés avevano concordato di passare a prendere suor Julia al convento, per recarsi all'aeroporto in auto. Ruby non era certo entusiasta all'idea di allontanarsi da lui. L'aveva appena ritrovato, nel vero senso della parola, e già doveva lasciarlo. Ma prima...

«C'è tempo per un'ultima passeggiata?» suggerì Andrés. E parve intuire subito la meta desiderata da Ruby.

Camminarono mano nella mano lungo la spiaggia, verso le rocce che cingevano la baia, in un silenzio che sembrava sottolineato dalle nubi cupe e pesanti, dalla cauta tranquillità di quella giornata. Si erano detti tante cose, rifletté Ruby. Tutte, a parte l'unica che contava veramente.

Malgrado ciò, era impaziente di godersi quell'ultimo scorcio di isola, almeno per un istante. Stentava a credere di trovarsi lì soltanto da una settimana. Aveva già tutto un'aria così familiare. Sabbia fine come polvere d'oro, corralitos fatti di rocce vulcaniche nere, il cuore di pietra dell'isola e, in lontananza, le morbide montagne striate di ruggine e licheni. Quello era il paesaggio di Andrés. Ma era ancora casa sua?

Cominciarono ad arrampicarsi sulle rocce, lui ad aprire la strada con passo sicuro. E Ruby ebbe di nuovo la conferma di quanto Andrés appartenesse a quel luogo.

Quando l'aveva visto spuntare al convento, quando l'aveva sentito descrivere i dettagli della sua adozione, l'espressione dei suoi occhi nel leggere il suo nome sul taccuino di suor Julia: era stato uno choc, per entrambi. Ma aveva senso. I pezzi si ricomponevano. Enrique aveva spedito Ruby lassù perché sapeva del libro dei nomi e perché aveva capito subito che, come giornalista, poteva aiutare suor Julia nel suo proposito di rivelare la verità riguardo alla Clinica Canales. Ed Enrique era l'unica persona a cui suor Julia avesse confidato la storia, perché lui le aveva svelato prima la sua. Anche lui era coinvolto. Anche lui aveva qualcosa per cui chiedere perdono. Era stato a Barcellona ed era implicato nella faccenda.

Come tutti loro.

Raggiunsero la cima delle rocce e Ruby contemplò ancora una volta la baia a ferro di cavallo, il faro bianco e rosso in lontananza e la surreale casa sulla spiaggia di Laura, opera di un pazzo sognatore tedesco. Le nuvole si stavano ammassando e la baia era deserta.

Solo io e te... Ruby guardò Andrés. Era venuta sull'isola per trovare la sua madre biologica e, invece, aveva inconsapevolmente scoperto la vera storia dell'uomo di cui era innamorata. Perché era così, giusto? Era innamorata?

Ora che Andrés sapeva la verità, avrebbe cercato i suoi genitori naturali? Avrebbe avvertito il suo stesso impulso? Il bisogno di sapere? Forse, con il tempo. Prima di prendere qualsiasi decisione, voleva fare pace con la sua attuale famiglia. Aveva bisogno di perdonare, anche se non avrebbe mai dimenticato il passato. Ma la riconciliazione era in atto. E, come Vivien e Tom, Reyna ed Enrique avevano fatto ciò che avevano fatto solo perché desideravano tanto un bambino. A Ruby sembravano felici di riaverlo a casa. Enrique Marín aveva sbagliato con Andrés, non c'era alcun dubbio. Non aveva mai legato con il figlio adottivo e se l'era presa ingiustamente con lui, sia per le sue doti artistiche, di cui sapeva di non avere alcun merito, sia per il suo rifiuto di sottometterglisi, come faceva invece il resto della famiglia. Ma ora non stava bene.

Era un uomo diverso ed era pentito. Quando, nel corso della prima cena in famiglia, emozionato e visibilmente commosso, aveva alzato il bicchiere e brindato in onore di Andrés, chiamandolo «nostro figlio», Ruby aveva soffocato a fatica le lacrime. Perché in fondo quel che contava era l'amore, giusto?

Decifrare l'espressione di Andrés era impossibile. Era leggermente accigliato. Ruby voleva allungare le dita, sfiorargli le guance e la bocca e cancellare ogni cruccio dal suo viso. Ma si trattenne. Era intento a osservare il mare, nel punto in cui le onde si innalzavano per poi infrangersi rumorose contro le rocce sottostanti. Dall'altro lato, la baia era serena. Ma era come fosse in attesa.

Ruby pensò al viaggio a Barcellona. Aveva già cominciato a fare qualche ricerca. La Clinica Canales esisteva ancora ed era gestita dal figlio del dottor López, Rafael. Chissà se lui era al corrente dei fatti. Le sue indagini sarebbero partite da lì. Non sapeva dove l'avrebbero condotta. Ma avrebbe fatto qualche domanda, sperando di raccogliere indizi utili. La maggior parte delle informazioni sarebbero arrivate dalla stessa suor Julia. Ruby aveva già scritto una mail a Leah ricevendone una risposta positiva: *Storia interessante. È il genere che fa per noi. Cerca di capire come svilupparla e ricontattami quando ne saprai un po' di più.*

Ci avrebbe riflettuto. E poi avrebbe cominciato a scrivere. Era una bella sfida. Doveva trattare l'argomento con sensibilità ed empatia. L'ultima cosa che voleva era ferire suor Julia, ma avrebbe raccontato tutta la verità. Doveva farlo. Sentì un lieve brontolio e alzò gli occhi al cielo: non pioverà proprio nel mio ultimo giorno sull'isola, si augurò. Non aveva idea di che cosa sarebbe accaduto dopo aver reso pubblica la storia di suor Julia. Ma il libro dei nomi avrebbe sicuramente destato scalpore.

Andrés si voltò verso di lei, negli occhi verdi un'espressione inquieta. «Quante persone riuscirete ad aiutare, secondo te?»

Ruby sapeva a che cosa stava pensando; anche la sua mente aveva seguito lo stesso percorso. Quanti figli adottivi erano in cerca di risposte? Quanti niños robados si sarebbero mai ricongiunti ai genitori naturali? Alzò le spalle. «Dipende da quanti si faranno avanti.» Da quante madri avrebbero ammesso di non aver mai creduto alla morte dei propri bambini. E da quanti genitori adottivi, come Enrique, avrebbero raccontato ai figli la verità. Per qualcuno l'unica soluzione era l'esame del DNA; e lunghe ricerche, in molti casi, per trovare una compatibilità. Ma per altri c'era il taccuino di suor Julia.

Di colpo cominciò a piovere a dirotto, come se qualcuno in cielo avesse aperto una diga.

Ruby fu colta alla sprovvista, Andrés imprecò e la tirò a sé. «A volte capita sull'isola», mormorò lui. «All'improvviso scoppiano temporali pazzeschi. Tipo diluvio universale.»

Poteva dirlo forte. «Facciamo una corsa?» propose Ruby. Scendevano goccioloni pesanti ed era già bagnata come un pulcino.

«E dove?» rise lui.

In effetti. Non c'era nessun posto da raggiungere per proteggersi. Che cosa potevano fare, allora? Semplicemente aprire le braccia e lasciarsi inzuppare da capo a piedi?

«Vieni con me.» Andrés la portò dall'altra parte delle rocce, leggermente più al riparo, e la strinse al petto, voltando le spalle alla tempesta.

Ruby era al caldo ora. Sentiva il battito del suo cuore, il tessuto della sua camicia, grezzo ma stranamente confortante. Intorno a loro il vento ululava, il mare frustava le rocce e la pioggia continuava a scendere a fiotti dal cielo plumbeo. Ma a lei non importava. Era al sicuro tra le sue braccia, respirava il suo profumo. Sarebbe potuta rimanere lì per sempre.

Poco dopo il temporale si placò e Andrés allentò la presa. Ruby rispuntò dal suo nascondiglio, aprì gli occhi e si mise a ridere. Lui aveva la camicia completamente fradicia e i capelli scuri appiccicati alla testa e alla nuca. Batté le palpebre, facendo scivolare via le gocce di pioggia dalle ciglia. Era stupendo, un dio della tormenta. Ruby non aveva freddo, eppure tremava ancora. Valeva la pena aspettare. Lottare per lui. Ruby voleva il genere di amore che aveva visto con i suoi occhi, da bambina. E quello era l'uomo con cui condividerlo.

«Vieni a vedere», la invitò lui, facendole un cenno.

«Dovremmo tornare indietro.» Ruby non voleva tirarla troppo per le lunghe. Non voleva dirgli addio. Detestava gli addii. Ma Andrés era solo all'inizio del suo viaggio. Mentre lei temeva di essere arrivata alla fine del suo. Vedere l'isola e sentir descrivere la vita di Laura potevano rappresentare il massimo avvicinamento possibile alla sua vera madre, per non parlare del suo misterioso padre. Forse non avrebbe mai scoperto tutto ciò che voleva sapere. Ma negli ultimi giorni era giunta a un'importante conclusione. Lei era la stessa Ruby di sempre. Mel aveva ragione. *Ruby Rae era Ruby Rae.* E lo sarebbe sempre stata. Toccò il medaglione d'oro che portava ancora al collo. Tom e Vivien erano le stesse persone amorevoli che l'avevano allevata ed erano i suoi genitori. Non poteva essere arrabbiata con loro. L'avevano amata. Le avevano insegnato che cosa conta davvero nella vita. Era merito loro se era diventata quel tipo di donna. Quindi, in un certo senso, era giunta alla fine del viaggio, giusto? Anche se stava per iniziarne uno nuovo.

«Tra un minuto», esclamò Andrés. Le porse la mano e l'aiutò a risalire sulle rocce. «Fa' attenzione. È scivoloso.»

Ops, sì, aveva ragione.

«Guarda», fece lui, una volta arrivati in cima.

Ruby seguì il suo sguardo. Era incredibile. La sabbia non si era solo spostata; la baia era stata spazzata via dalla pioggia e della marea. Niente più segreti, pensò Ruby. Tra le nuvole era rispuntato il sole, che faceva luccicare le rocce nere. La sabbia dorata scintillava come fosse cosparsa di diamanti, e così l'acqua limpida e turchese dell'oceano.

Ruby scorse una figura femminile camminare sulla sabbia, in lontananza: indossava un vestito patchwork multicolore e sulle spalle portava un vecchio zaino rosso, sbiadito. Non era giovane, ma aveva un bel portamento eretto. Procedeva lenta ma decisa verso la casa sulla spiaggia o, forse, verso il sentiero che conduceva al faro, guardando il mare, le rocce, il cielo. Aveva un'aria così tranquilla. I capelli biondi ondeggiavano nel vento. Anche lei sembrava appartenere a quel paesaggio.

«È meglio andare», la voce di Andrés la risvegliò dai suoi pensieri, «o arriveremo tardi da suor Julia.»

«Sì.» Ma era difficile distogliere l'attenzione da quella donna, chiunque fosse.

Andrés le girò il viso, con dolcezza, per guardarla negli occhi. «Tornerai, Ruby?» domandò, incerto.

«Dove? Qui o in Inghilterra?» sussurrò lei.

«Da me», rispose lui.

Era ciò che Ruby voleva sentirsi dire. Tramonti di fuoco e una luce gialla ultraterrena. Era quello il posto in cui avrebbe costruito il suo futuro con l'uomo che amava? Il posto che anche Laura, la sua madre naturale, aveva amato così tanto? Ruby poteva continuare a lavorare lì, come da qualsiasi altra parte, sia come reporter sia come musicista. E Andrés? Be', semplice. Avrebbe portato avanti l'eredità artistica del padre adottivo. Dopo tutto, era nato per quello. Sì, ora sapeva qual era la sua casa.

Ruby guardò di nuovo la baia, ma non la stupì vedere che la figura femminile era già sparita.

«Sì, Andrés. Tornerò. Ci puoi contare.» E, sfiorandogli la bocca con le labbra, sussurrò: «Tornerò da te, ovunque tu sia».

Ringraziamenti

DESIDERO ringraziare la mia agente, Teresa Chris, per il costante sostegno e la fiducia nelle mie capacità. Per avermi incoraggiato senza posa e avermi suggerito alcune immagini evocative, divenute parti integranti della storia. Grazie mille a tutto lo staff di Quercus Books, soprattutto alla fantastica Margot Weale e a Kathryn Taussig; un ringraziamento particolare alla mia editor, Jo Dickinson, che non loderò mai abbastanza per l'occhio clinico e la sensibilità dimostrata negli interventi di editing: lavorare con lei è un vero piacere.

Questo romanzo si è sviluppato in un lungo arco di tempo. All'inizio, la storia era diversa, benché sul prodotto finale permangano forti influenze dell'idea originaria; vorrei pertanto ringraziare gli esperti Caroline Neilson e Peter Fullerton per aver analizzato con me la psicologia e l'impatto dei personaggi e degli eventi narrati. Grazie a Alan Fish, i cui commenti sono sempre preziosi. Sono immensamente grata a Magda Taylor per avermi aiutato a familiarizzare (per così dire) con il sassofono e a Chris Forbes, Grey Innes e Jackie Deveraux per le discussioni sulla pittura ad acquerello. I miei ringraziamenti anche a Peter English per i suoi contributi musicali, a Bernie, gestore del bar *Tindaya Arms* di Fuerteventura, e a tutti gli abitanti che mi hanno dato informazioni sulla storia e sulla cultura dell'isola. Grazie a Mario Pulini per la sua conoscenza della lingua spagnola e della città di Barcellona. Ho dimenticato qualcuno? Spero di no. Un grazie speciale a Grey Innes, meraviglioso suggeritore di idee e ascoltatore dall'orecchio particolarmente acuto. E, per finire, grazie di cuore a tutti coloro che hanno lavorato sodo per promuovere il mio primo romanzo, *La villa degli aranci fioriti*, soprattutto alle mie formidabili figlie, Alexa e Ana.

Malgrado nel romanzo siano citati eventi storici reali, i personaggi sono tutti immaginari e qualsiasi somiglianza a persone esistenti è da ritenersi puramente accidentale e non voluta. La Clinica Canales e i conventi menzionati nella storia sono luoghi di fantasia. Per reperire le informazioni storiche ho fatto ricorso a saggi e opere di fiction, cercando di riportare date e avvenimenti con la massima precisione. Mi assumo la responsabilità per qualsiasi eventuale inesattezza.

Collana «Pandora»

E. Stewart, *Ballerina*
S. Casati Modignani, *Il Barone*
S. Casati Modignani, *Anna dagli occhi verdi*
D. Steel, *Fine dell'estate*
D. Steel, *Una perfetta sconosciuta*
M. Higgins Clark, *Nella notte un grido*
D. Steel, *Una volta nella vita*
B. Taylor Bradford, *La voce del cuore*
D. Steel, *Un amore così raro*
M. Higgins Clark, *La culla vuota*
D. Steel, *Due mondi, due amori*
D. Steel, *Incontri*
S. Casati Modignani, *Come stelle cadenti*
R. Mason, *Il vento non sa leggere*
D. Steel, *La tenuta*
M. Higgins Clark, *Incubo*
D. Steel, *Ritratto di famiglia*
B. Taylor Bradford, *L'eredità di un sogno*
D. Steel, *Svolte*
S. Casati Modignani, *Disperatamente Giulia*
D. Steel, *Menzogne*
D. Steel, *Ora e per sempre*
D. Steel, *L'anello*
B. Taylor Bradford, *I nodi del destino*
D. Steel, *Giramondo*
D. Steel, *Amarsi*
D. Steel, *Amare ancora*
M. Higgins Clark, *Non piangere più, signora*
D. Steel, *Cose belle*
S. Casati Modignani, *E infine una pioggia di diamanti*
E. Segal, *Dottori*
J. Lynch, *Il diario segreto di Laura Palmer*
S. Casati Modignani, *Lo splendore della vita*
D. Steel, *Il cerchio della vita*
S. Lord, *Il prezzo della bellezza*
D. Steel, *Il caleidoscopio*
D. Steel, *Messaggio dal Vietnam*
D. Steel, *Stagione di passione*
D. Steel, *Promessa d'amore*
J. Susann, *La valle delle bambole*
W. Adler, *La guerra dei Roses*
D. Steel, *Zoya*
D. Steel, *Batte il cuore*
D. Steel, *Star*
B. Taylor Bradford, *Sempre di più*
D. Steel, *Nessun amore più grande*
S. Casati Modignani, *Il Cigno Nero*
D. Steel, *Gioielli*
D. Steel, *Le sorprese del destino*
D. Steel, *Scomparso*
S. Casati Modignani, *Come vento selvaggio*
D. Steel, *Il regalo*
M. Higgins Clark, *Ricordatevi di me*
D. Steel, *Scontro fatale*
S. Casati Modignani, *Il Corsaro e la rosa*
D. Steel, *Cielo aperto*
M. Higgins Clark, *Domani vincerò*
D. Steel, *Fulmini*
M. Higgins Clark, *Un colpo al cuore*
D. Steel, *Cinque giorni a Parigi*
M. Higgins Clark, *Una notte, all'improvviso*
P. Mosca, *C'è una farfalla dentro di noi*
D. Steel, *Perfidia*
M. Higgins Clark, *Bella al chiaro di luna*
S. Casati Modignani, *Caterina a modo suo*
D. Steel, *Silenzio e onore*
P. Mosca, *Beata incoscienza*
D. Steel, *Il ranch*
M. Higgins Clark, *Testimone allo specchio*
S. Casati Modignani, *Lezione di tango*
D. Steel, *Un dono speciale*
S. Casati Modignani, *Saulina (Il vento del passato)*
S. Casati Modignani, *Donna d'onore*
D. Steel, *Il fantasma*
D. Steel, *La lunga strada verso casa*
M. Higgins Clark, *Accadde tutto in una notte*
D. Steel, *Immagine allo specchio*
M. Higgins Clark, *Ci incontreremo ancora*
S. Casati Modignani, *Vaniglia e cioccolato*
M. Higgins Clark, *Uno sconosciuto nell'ombra*
D. Steel, *Dolceamaro*
D. Steel, *Forze irresistibili*
S. Casati Modignani, *Vicolo della Duchesca*
D. Steel, *Le nozze*
M. Higgins Clark, *Sapevo tutto di lei*
D. Steel, *La casa di Hope Street*
M. e C. Higgins Clark, *Ti ho guardato dormire*
D. Steel, *Il viaggio*
M. Higgins Clark, *La figlia prediletta*
S. Casati Modignani, *6 Aprile '96*
S. Townsend, *Il diario segreto di Adrian Mole*

D. Steel, *Aquila solitaria*
D. Steel, *Atto di fede*
M. Higgins Clark, *La seconda volta*
C. Higgins Clark, *Quattro diamanti per un delitto*
S. Casati Modignani, *Qualcosa di buono*
D. Steel, *Il bacio*
M. Higgins Clark, *Quattro volte domenica*
D. Steel, *Il Cottage*
M. Higgins Clark, *La notte mi appartiene*
C. Higgins Clark, *Festa di nozze con brivido*
D. Steel, *Tramonto a Saint-Tropez*
M. e C. Higgins Clark, *Il ladro di Natale*
D. Steel, *Una preghiera esaudita*
M. Higgins Clark, *Casa dolce casa*
S. Casati Modignani, *Rosso corallo*
C. Higgins Clark, *Crimini in prima serata*
S. Townsend, *Fuori di zucca*
D. Steel, *Un angelo che torna*
S. Casati Modignani, *Rosso corallo (edizione illustrata)*
M. e C. Higgins Clark, *Una crociera pericolosa*
S. Townsend, *Il grande Io*
M. Higgins Clark, *Due bambine in blu*
K. Harter, *Quando finisce la pioggia*
L. Fox, *Natura morta con marito*
D. Carlton Adams, *Il diario segreto di Don Giovanni*
A. Kerlin, P. Oh, *Generazione extra small*
D. Wei Liang, *L'occhio di giada*
H. McElhatton, *È un gioco da ragazze*
C. Higgins Clark, *La collana maledetta*
D. Koomson, *La figlia della mia migliore amica*
I. Lorentz, *Salvata dall'amore*
D. Steel, *Un porto sicuro*
S. Casati Modignani, *Singolare femminile*
C. Kelly, *Le donne di Summer Street*
J. Mitchard, *La forza di restare*
A. Davis, *Le mille luci di Parigi*
M. Higgins Clark, *Ho già sentito questa canzone*
P. Mosca, *Vivi tu per me*
D. Steel, *La casa*
M. Higgins Clark, *Dimmi dove sei*
D. Steel, *Il miracolo*
M.D. Raineri, *Più bella di così*
C. Higgins Clark, *Vendetta sotto le stelle*
D. Steel, *Sua Altezza Reale*
S. Sottile, *Più scuro di mezzanotte*
S. Casati Modignani, *Il gioco delle verità*
H. McQueen, *Isabel Bookbinder (neodesigner) si dà alla moda*
M. Higgins Clark, *Prendimi il cuore*
D. Steel, *Ricominciare*
A. Taylor, *Il bambino rubato*
M. e C. Higgins Clark, *Il biglietto vincente*
G. Musso, *Perché l'amore qualche volta ha paura*
D. Steel, *Una grazia infinita*
A. Pike, *Wings*
P. Gregory, *L'altra regina*
D. Safier, *L'orribile attesa del Giudizio Universale*
K. Morton, *Il giardino dei segreti*
M.D. Raineri, *Se fosse tutto facile*
M. Higgins Clark, *L'ombra del tuo sorriso*
S. Casati Modignani, *Mister Gregory*
D. Steel, *Irresistibile*
C. Higgins Clark, *Una giornata nera*
R. Oren, *Come un figlio*
G. Musso, *La ragazza di carta*
P. Gregory, *La regina della Rosa Bianca*
J. Fletcher & D. Bain, *La Signora in Giallo - Ospite inatteso a Cabot Cove*
D. Steel, *Gli inganni del cuore*
A. Pike, *Spells*
L. Candlish, *Non voglio dirti addio*
S. Raule, V. Berberian, *Come sabbia nel vento*
A. Gaudenzi, *Amiche in alto mare*
K. Morton, *Una lontana follia*
P. Parmar, *Memorie di una cortigiana*
M. Higgins Clark, *Nessuno mi crede*
J. Fletcher & D. Bain, *La Signora in Giallo - Delitto cum laude*
D. Steel, *Le luci del Sud*
S. Ahrnstedt, *Ritratto di donna in cremisi*
Z. Fishman, *Donne in cerca di equilibrio*
L. Harrison, *Monster High - Il mostro della porta accanto*
D. Cartier, *Un sogno oltre il mare*
S. Casati Modignani, *Un amore di marito*
S. Bower, *I peccati dei Borgia*
P. Gregory, *La regina della Rosa Rossa*
L. Fallon, *The Mark*
B. Taylor Bradford, *L'amore non è un gioco*
C. Higgins Clark, *Un mare di guai*
L. Harrington, *Il giardino di Alice*
C. Palumbo, *Damned*
J. Fletcher & D. Bain, *La Signora in Giallo - Omicidio sul ghiaccio*
D. Steel, *Una ragazza grande*
P. Gregory, *La signora dei fiumi*

N. Bortolotti, *E qualcosa rimane*
A. Pike, *Illusions*
G. Musso, *Il richiamo dell'angelo*
D. Safier, *La mia famiglia e altri orrori*
N. Bilyeau, *L'ultimo velo*
A. Plichota e C. Wolf, *Oksa Pollock e la foresta scomparsa*
T. Bloom, *Niente sesso, è martedì*
R. Drummond, *Sex and the Country*
A.H. Bubenzer, *La favolosa vita di Henry N. Brown orsetto centenario*
H. Dixon, *Enchanted*
S. Casati Modignani, *Léonie*
J.E. Smith, *La probabilità statistica dell'amore a prima vista*
H. McQueen, *Domani scappo o ti sposo*
C. Addison, *L'altra metà del sole*
B. Asher, *Amore al profumo di lavanda*
C. Valente, *La bambina che fece il giro di Fairyland per salvare la Fantasia*
R. O'Melveny, *L'arte segreta dei rimedi del cuore*
S. Prince Halverson, *L'amore più grande del mondo*
K. Klise, *Colazione a Parigi*
A. Winn Scotch, *Una sorpresa sulla Fifth Avenue*
J. Close, *Ragazze in bianco*
J. Spotswood, *Wicked*
M. Higgins Clark, *La lettera scomparsa*
J. Hall, *La villa degli aranci fioriti*
J. Fletcher & D. Bain, *La Signora in Giallo - Un delitto a regola d'arte*
B. Leoni Capello, *Dark Heaven - La carezza dell'angelo*
H. Evans, *Il libro dell'amore perfetto*
P. Gregory, *La futura regina*
M. Gideon, *Cose che mio marito non sa di me*
M. Goldstein, *Singles*
B. Despain, *Lost Grace*
R. Joyce, *L'imprevedibile viaggio di Harold Fry*
K. Sackville, *Quando mio marito lava i piatti...*
S. Aragona, *La moglie dell'ambasciatore*
S. Fox, *Una particolare specie di tentazione*
S. Bower, *La bellezza e il peccato*
R. Hartman, *Seraphina. La ragazza con il cuore di drago*
R. Maizel, *Fragility*
B. Taylor Bradford, *Lettera da una sconosciuta*
D. Steel, *44 Charles Street*
B. Kery, *Quello che mi lega a te*
J. Fletcher & D. Bain, *La Signora in Giallo - I gioielli della regina*
L. Frankel, *Tu, per ora #persempre*
G. Musso, *Sette anni senza di te*
K. Izzo, *Amore, ragione e sentimento*
D. Steel, *Legami di famiglia*
P. Jenoff, *Il colore trasparente della notte*
A. Pike, *Destined*
P. Mesa, *La piccola dea della fertilità*
K. Cass, *The Selection*
C. Valls, *Il mercante di stoffe*
D. Galdino, *Il primo caffè del mattino*
D. Safier, *L'insostenibile leggerezza della mucca innamorata*
A. Plichota e C. Wolf, *Oksa Pollock e il cuore dei Due Mondi*
Eliselle, *Amori a tempo determinato*
M. Goodin, *Felicità è un pizzico di noce moscata*
R. Brook, *L'alba del mondo*
K. Morton, *L'ombra del silenzio*
S. Pastis, *Timmy Frana*
L. Price, *Enders*
L. Nelson Spielman, *La lista dei miei desideri*
B. Ciotta, *La ricetta segreta dell'amore*
J.E. Smith, *Raccontami cos'è la felicità*
B. Kery, *Quello che mi piace di te*
A. Parellada, *La piccola cucina dei sapori segreti*
C. Addison, *I fiori di sabbia*
E. Flumeri, G. Giacometti, *L'amore è un bacio di dama*
L. Cahall, *Voglio un piano C!*
S. Ahrnstedt, *La ragazza dei fiordalisi*
S. Fox, *Una particolare specie di attrazione*
T. Jenkins Reid, *Tu, io e tutto il tempo del mondo*
J. Fletcher & D. Bain, *La Signora in Giallo - Assassinio sull'isola*
E. Bowman, *Taken*
J. Hall, *Il colore delle onde d'inverno*